É PROIBIDO MATAR

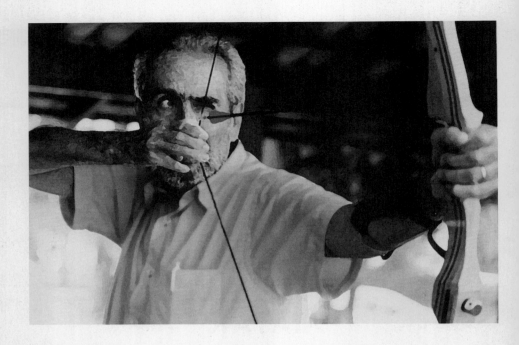

O Arqueiro

GERALDO JORDÃO PEREIRA (1938-2008) começou sua carreira aos 17 anos, quando foi trabalhar com seu pai, o célebre editor José Olympio, publicando obras marcantes como *O menino do dedo verde*, de Maurice Druon, e *Minha vida*, de Charles Chaplin.

Em 1976, fundou a Editora Salamandra com o propósito de formar uma nova geração de leitores e acabou criando um dos catálogos infantis mais premiados do Brasil. Em 1992, fugindo de sua linha editorial, lançou *Muitas vidas, muitos mestres*, de Brian Weiss, livro que deu origem à Editora Sextante.

Fã de histórias de suspense, Geraldo descobriu *O Código Da Vinci* antes mesmo de ele ser lançado nos Estados Unidos. A aposta em ficção, que não era o foco da Sextante, foi certeira: o título se transformou em um dos maiores fenômenos editoriais de todos os tempos.

Mas não foi só aos livros que se dedicou. Com seu desejo de ajudar o próximo, Geraldo desenvolveu diversos projetos sociais que se tornaram sua grande paixão.

Com a missão de publicar histórias empolgantes, tornar os livros cada vez mais acessíveis e despertar o amor pela leitura, a Editora Arqueiro é uma homenagem a esta figura extraordinária, capaz de enxergar mais além, mirar nas coisas verdadeiramente importantes e não perder o idealismo e a esperança diante dos desafios e contratempos da vida.

LOUISE PENNY

É PROIBIDO MATAR

— UM CASO DO INSPETOR GAMACHE —

ARQUEIRO

Título original: *A Rule Against Murder*

Copyright © 2008 por Louise Penny
Trecho de *The Brutal Telling* © 2009 por Louise Penny
Copyright da tradução © 2023 por Editora Arqueiro Ltda.

Todos os direitos reservados. Nenhuma parte deste livro pode ser utilizada ou reproduzida sob quaisquer meios existentes sem autorização por escrito dos editores.

Trecho de "The Cremation of Sam McGee" reproduzido com a gentil permissão do espólio de Robert Service.

tradução: Simone Reisner
preparo de originais: Helena Mayrink
revisão: Camila Figueiredo e Sheila Louzada
diagramação: Abreu's System
capa: David Baldeosingh Rotstein
imagem de capa: James R. Hearn | Shutterstock
adaptação de capa: Gustavo Cardozo
impressão e acabamento: Lis Gráfica e Editora Ltda.

CIP-BRASIL. CATALOGAÇÃO NA PUBLICAÇÃO
SINDICATO NACIONAL DOS EDITORES DE LIVROS, RJ

P465e

Penny, Louise, 1958-
  É proibido matar / Louise Penny ; tradução Simone Reisner. – 1. ed. – São Paulo : Arqueiro, 2023.
  368 p. ; 23 cm.   (Inspetor Gamache ; 4)

  Tradução de: A rule against murder
  Sequência de: O mais cruel dos meses
  ISBN 978-65-5565-429-5

  1. Ficção canadense. I. Reisner, Simone. II. Título. III. Série.

22-81213
CDD: 819.13
CDU: 82-3(71)

Meri Gleice Rodrigues de Souza – Bibliotecária – CRB-7/6439

Todos os direitos reservados, no Brasil, por
Editora Arqueiro Ltda.
Rua Funchal, 538 – conjuntos 52 e 54 – Vila Olímpia
04551-060 – São Paulo – SP
Tel.: (11) 3868-4492 – Fax: (11) 3862-5818
E-mail: atendimento@editoraarqueiro.com.br
www.editoraarqueiro.com.br

Em memória dos meus pais, com amor

PRÓLOGO

Há mais de um século, os chamados barões ladrões descobriram o lago Massawippi. Eles vieram decididos de Montreal, Boston e Nova York e construíram o grandioso hotel nas profundezas da mata canadense. É claro que não colocaram a mão na massa. Contrataram homens com nomes como Zoétique, Télesphore e Honoré para derrubar a mata densa e antiga. No início, tendo passado a vida inteira naquele local intocado, os quebequenses resistiram. Recusaram-se a destruir algo de tamanha beleza, e alguns mais intuitivos entenderam que a empreitada ocasionaria o fim de tudo aquilo. Mas o dinheiro falou mais alto, e pouco a pouco a floresta recuou e o magnífico Manoir Bellechasse surgiu. Depois de meses sendo cortados, descascados, girados e secos, os enormes troncos foram finalmente empilhados e tomaram forma. Era uma arte, a construção daquele imóvel de madeira. No entanto, o que guiava os olhos afiados e as mãos ásperas daqueles homens não era a estética, mas a certeza de que o frio cortante do inverno mataria quem estivesse lá dentro se eles não escolhessem os troncos com sabedoria. Um *coureur de bois*, um homem da floresta do imaginário canadense, poderia passar horas contemplando o tronco limpo de uma árvore maciça, como se o decifrasse. Dava voltas e mais voltas ao redor dele, sentando-se em um toco, enchendo seu cachimbo e analisando-o, até que finalmente percebia exatamente onde aquela árvore deveria ser assentada pelo resto da vida.

Levou anos, mas finalmente a grande obra foi concluída. O último homem subiu no magnífico telhado de cobre e ali, postado como um para-raios, observou, de uma altura que jamais voltaria a alcançar, as florestas e o lago sombrio. E se os olhos daquele homem conseguissem enxergar a uma distância ainda maior, teriam visto algo terrível se aproximando, como as veias elétricas dos relâmpagos de verão. Marchando na direção não apenas do hotel, mas do lugar exato em que ele estava, no brilhante telhado de metal. Algo terrível estava para acontecer bem ali.

Ele já havia instalado telhados de cobre antes, todos iguais. Mas dessa vez, quando todos pensavam que estava pronto, ele subiu de novo e acrescentou uma cumeeira, uma peça ao longo da linha de encontro das águas do telhado. Não tinha ideia do motivo, exceto que lhe pareceu bom e necessário. E havia cobre sobrando. Ele acabaria repetindo aquele modelo muitas vezes, em edifícios de grande porte por todo o território em expansão. Mas aquele foi o primeiro.

Após martelar o último prego, ele desceu devagar, com cuidado, atento.

Os homens receberam o pagamento que lhes era devido e partiram em canoas, o coração tão pesado quanto os bolsos. E, ao olhar para trás, o mais intuitivo deles notou que haviam criado algo um pouco semelhante a uma floresta tombada de lado, de uma forma nada natural.

Pois desde o início havia algo pouco natural no Manoir Bellechasse. Uma construção de beleza espantosa, com seus troncos de coloração dourada. Era feito de madeira e tabique e ficava bem à beira da água. A construção dominava o lago Massawippi, assim como os barões ladrões dominavam tudo. Exercer tal controle parecia inevitável a esses capitães da indústria.

Assim, uma vez por ano, homens com nomes como Andrew, Douglas e Charles deixavam seus impérios de ferrovias e uísque, trocavam as perneiras por mocassins de couro macio e iam de canoa até o hotel à margem do lago isolado. Estavam cansados de roubar e precisavam de outra distração.

O Manoir Bellechasse foi criado e concebido para permitir que esses homens praticassem uma única atividade: matar.

A mudança foi bem-vinda.

Ao longo dos anos, a floresta foi desaparecendo. As raposas e os veados, os alces e os ursos, todas as criaturas selvagens caçadas pelos barões ladrões foram se afastando. Os abenakis, tomados pela repulsa, deixaram de transportar em suas canoas os industriais ricos até o grandioso hotel. Cidadezinhas e vilarejos surgiram. Os lagos próximos foram descobertos por visitantes, que aproveitavam ali as férias ou os finais de semana.

Mas o Bellechasse permaneceu. A direção mudou ao longo das gerações e, pouco a pouco, as cabeças assustadas e empalhadas de veados e alces mortos, até mesmo a de um raro puma, foram guardadas no sótão para nunca mais serem devolvidas às paredes.

À medida que a fortuna de seus criadores se desvanecia, o mesmo acontecia à construção. Grande demais para uma única família e afastado demais para um hotel, o local ficou abandonado por muitos anos. Quando a floresta começou a se sentir encorajada o suficiente para recuperar o que lhe pertencia, alguém comprou a propriedade. Uma estrada foi aberta, cortinas foram instaladas, aranhas e besouros e corujas foram expulsos dos cômodos e hóspedes pagantes foram convidados a entrar. E o Manoir Bellechasse se tornou um dos mais requintados *auberges* da província do Quebec.

No entanto, se em mais de um século o lago Massawippi havia mudado, o Quebec havia mudado, o Canadá havia mudado, quase tudo havia mudado, um elemento se manteve intocado.

Os barões ladrões. Eles voltaram ao Manoir Bellechasse, e voltaram para matar.

UM

No auge do verão, os visitantes desceram até o hotel isolado à beira do lago, convocados para o Manoir Bellechasse por convites idênticos em papel velino, os endereços escritos em uma caligrafia emaranhada que mais parecia uma teia de aranha. Enfiados em caixas de correio e nas fendas para correspondência das casas, o papel encorpado tinha ido parar em residências imponentes de Vancouver e Toronto, e em uma pequena casa de tijolinhos aparentes em Three Pines.

O carteiro atravessara a cidadezinha quebequense com o convite na bolsa, sem se apressar. Melhor não se esforçar muito naquele calor, dissera a si mesmo, parando para tirar o chapéu e secar o suor do rosto. Eram regras do sindicato. Mas a verdadeira razão para sua letargia não era o sol brilhante nem o calor intenso, mas algo mais pessoal. Ele sempre se demorava em Three Pines. Vagava lentamente pelos canteiros perenes de rosas, lírios e digitális. Ajudava as crianças a encontrar rãs no lago do parque. Sentava-se no muro quente de pedras e observava a rotina do antigo vilarejo. Isso acrescentava horas ao seu dia de trabalho e fazia com que fosse o último a voltar ao centro de distribuição. Ele era ridicularizado por ser tão lento e suspeitava que fosse essa a razão de nunca ter sido promovido. Por duas décadas ou mais, não tivera pressa. Em vez de acelerar, passeava por Three Pines, conversando com as pessoas que caminhavam com seus cachorros, e muitas vezes ia com elas tomar uma limonada ou um *thé glacé* em frente ao bistrô. Ou, se fosse inverno, um *café au lait* junto à lareira crepitante no seu interior. Os habitantes, sabendo que ele estava almoçando no bistrô, às vezes iam lá buscar a correspondência e conversar um pouquinho. Ele trazia notícias de outros vilarejos em sua rota, como um menestrel viajante em tempos medievais, com relatos sobre pestes, guerras ou inundações em outros lugares. Mas nunca naquela bela e pacata vila. Ele sempre imaginava que Three Pines, aninhada entre as montanhas e cercada pela floresta canadense, era desconectada do mundo exterior. A impressão era exatamente essa. Dava-lhe certo alívio.

Por isso ele seguia devagar. Naquele dia, carregava um maço de envelopes nas mãos suadas, torcendo para não estragar o papel grosso e perfeito do belo envelope no topo. Subitamente, a caligrafia chamou sua atenção, fazendo-o reduzir o ritmo ainda mais. Depois de décadas como carteiro, ele sabia que entregava mais do que apenas cartas. Sabia que, em seus anos de trabalho, lançara bombas ao longo de sua rota. Ótimas notícias: nascimentos, prêmios de loteria, mortes de tias distantes e ricas. Mas ele era um homem bom e sensível e sabia que também era o portador de más notícias. Partia seu coração pensar na dor que às vezes causava, especialmente naquela cidadezinha.

Ele sabia que o que tinha nas mãos agora era isso, e muito mais. Talvez possuísse certo nível de telepatia que lhe dava essa certeza, mas também tinha uma habilidade inconsciente de ler a escrita manual. Não apenas as palavras, mas o impulso por trás delas. O simples e banal endereço de três linhas no envelope lhe dizia mais do que onde deveria entregar a carta. Ele sabia dizer que a mão era velha e fraca. Debilitada não só pela idade, mas pela raiva. Nada de bom viria daquele objeto que tinha em mãos. De repente, desejou se livrar dele.

Sua intenção era ir até o bistrô, pedir uma cerveja gelada e um sanduíche, conversar com o dono, Olivier, e ver se alguém aparecia para buscar sua correspondência, porque ele também estava se sentindo um pouco preguiçoso. Mas, em um estalo, ficou energizado. Atônitos, os moradores viram algo completamente inusitado: o carteiro correndo. Ele parou, virou e se afastou rapidamente do bistrô, em direção a uma caixa de correio enferrujada, em frente a uma casa de tijolinhos com vista para a praça. A caixa rangeu ao ser aberta. Ele não podia culpá-la. Empurrou a carta e fechou bem rápido a portinhola barulhenta. Ficou surpreso quando a velha caixa de metal não se engasgou e cuspiu de volta o desventurado envelope. Ele se acostumara a ver suas cartas como seres vivos, e as caixas de correio, como animais de estimação. E tinha feito algo terrível àquela caixa. E àquelas pessoas.

Mesmo se estivesse vendado, Armand Gamache saberia exatamente onde se encontrava. Era o cheiro. Aquela combinação de madeira queimada, livros velhos e madressilva.

– *Monsieur et madame Gamache, quel plaisir.*

Clementine Dubois deu a volta no balcão da recepção do Manoir Bellechasse, a pele flácida dos braços estendidos balançando feito asas. Reine-Marie Gamache foi ao encontro dela. As duas se abraçaram e deram dois beijinhos na bochecha uma da outra. Depois de Gamache trocar abraços e beijos com madame Dubois, ela recuou um passo para examinar o casal.

Diante de si, viu Reine-Marie, baixa, nem gorda nem magra, cabelo grisalho e um rosto que revelava os anos de uma vida bem vivida. Ela era uma graça, embora não estivesse dentro do padrão típico de beleza. Era o que os franceses chamavam de *soignée*. Usava uma saia azul-escura até o meio da panturrilha e uma blusa branca bem passada. Simples, elegante, clássica. Já o homem era alto e forte. Com seus 50 e poucos anos, ainda mantinha a boa forma, mas mostrava evidências de uma vida permeada por bons livros, comidas maravilhosas e caminhadas tranquilas. Ele parecia um professor, embora Clementine Dubois soubesse que não era. Seu cabelo estava mais ralo – antes ondulado e escuro, agora se mostrava mais fino no topo e grisalho acima das orelhas e nas laterais, onde se enrolava um pouco sobre o colarinho. No rosto, havia apenas um bigode bem aparado. Vestia uma jaqueta azul-marinho, calça cáqui e uma camisa azul macia, com gravata. Sempre impecável, mesmo no calor daquele final de junho. Mas o mais impressionante eram seus olhos, de um castanho profundo. Ele emanava calma, da mesma forma que outros homens emanavam água-de-colônia.

– Mas vocês parecem cansados.

A maioria dos donos de hotel teria exclamado: "Mas vocês estão ótimos", "*Mais, voyons,* vocês nunca envelhecem". Ou mesmo: "Vocês estão cada vez mais jovens", sabendo que ouvidos velhos nunca se cansam dessas palavras.

Embora os ouvidos dos Gamaches ainda não pudessem ser considerados velhos, eles estavam de fato cansados. Tinha sido um longo ano e seus ouvidos tinham escutado mais do que gostariam. E, como sempre, o casal havia se dirigido ao Manoir Bellechasse para deixar tudo isso para trás. Enquanto o resto do mundo celebrava a entrada de um novo ano em janeiro, os Gamaches a celebravam no auge do verão canadense, quando visitavam aquele lugar abençoado, se afastavam do mundo e recomeçavam.

– Estamos mesmo um pouco cansados – admitiu Reine-Marie, sentando-se agradecida na confortável poltrona próxima ao balcão da recepção.

– *Bon*, já, já vamos cuidar disso – garantiu madame Dubois, voltando graciosamente para o balcão em um movimento ensaiado.

Ela se sentou em sua cadeira confortável, puxou o livro de registros e colocou os óculos.

– Onde foi que colocamos vocês?

Armand Gamache sentou-se na poltrona ao lado da esposa e eles se entreolharam. Sabiam que, se procurassem naquele mesmo livro, encontrariam suas assinaturas, uma vez por ano, desde algum dia de junho mais de trinta anos antes, quando o jovem Armand havia economizado dinheiro e levado Reine-Marie até ali. Por uma noite. No menor dos quartos, nos fundos do esplêndido e antigo hotel. Sem vista para as montanhas, o lago ou os exuberantes jardins perenes, com peônias frescas e rosas em sua primeira floração. Ele economizara por meses, querendo que a visita fosse especial. Querendo que Reine-Marie soubesse quanto ele a amava, como ela era preciosa em sua vida.

E assim eles ficaram juntos pela primeira vez, o doce aroma da floresta, do tomilho da cozinha e dos lilases os alcançando através da janela de tela, de maneira quase palpável. Mas o melhor cheiro de todos era o dela, jovem e quente em seus braços fortes. Ele escreveu um bilhete de amor naquela noite. Cobriu-a suavemente com o lençol branco simples e então, sentado na cadeira de balanço estreita – não ousando balançá-la por medo de que batesse na parede atrás ou esbarrasse as canelas na cama à frente, perturbando Reine-Marie –, ele a observou respirar. No bloco do Manoir Bellechasse, escreveu:

O meu amor não tem...
Como pode um homem guardar tanto...
Meu coração e minha alma ganharam vida...
Meu amor por você...

Ele passou a noite escrevendo, e na manhã seguinte, colado no espelho do banheiro, Reine-Marie encontrou o bilhete.

Eu te amo.

Clementine Dubois estava lá naquela época, o corpo grande, andar vacilante, um sorriso no rosto. Ela já era velha, e a cada ano Gamache temia ligar para fazer uma reserva e ouvir uma voz estranha e firme dizer: "*Bonjour, Manoir Bellechasse. Puis-je vous aider?*" Em vez disso, ele ouvia: "Monsieur Gamache, que prazer. Vocês vêm nos visitar de novo, certo?" Era como ir à casa da vovó.

E, enquanto Gamache e Reine-Marie haviam certamente mudado – se casaram, tiveram dois filhos, uma neta e agora havia outro neto a caminho –, Clementine Dubois nunca parecia diferente. Nem o seu grande amor, o Manoir. Era como se os dois fossem um só, gentis e amorosos, reconfortantes e acolhedores. E misteriosa e deliciosamente imutáveis, em um mundo que parecia se transformar tão depressa. Nem sempre para melhor.

– Algum problema? – perguntou Reine-Marie, percebendo a expressão de madame Dubois.

– Devo estar ficando velha – respondeu ela, erguendo os olhos cor de violeta chateados.

Gamache sorriu de maneira tranquilizadora. Pelos seus cálculos, ela devia ter pelo menos 120 anos.

– Se você não tiver um quarto, não se preocupe. Podemos voltar numa outra semana – disse ele.

Eastern Townships ficava a apenas duas horas de viagem da casa deles, em Montreal.

– Ah, eu tenho um quarto, mas esperava ter algo melhor. Quando vocês ligaram para fazer as reservas, eu deveria ter guardado a Suíte do Lago, a mesma em que ficaram no ano passado. Mas o Manoir está cheio. Uma família, os Finneys, ocupou os outros cinco quartos. Eles vieram para...

Ela parou de repente e deixou os olhos caírem sobre o livro, em um ato tão cauteloso e pouco característico que os Gamaches trocaram olhares.

– Eles vieram para...? – repetiu Gamache, quando o silêncio se prolongou.

– Bem, não importa, temos bastante tempo para isso – disse ela, erguendo o olhar e sorrindo para tranquilizá-los. – Me desculpem por não ter guardado o melhor quarto para vocês.

– Se nós quiséssemos a Suíte do Lago, teríamos pedido – comentou Reine-Marie. – Você conhece Armand, essa é a única aposta dele na incerteza. Um aventureiro.

Clementine Dubois riu, sabendo que não era verdade. Ela sabia que o homem à sua frente vivia com grandes incertezas todos os dias de sua vida. Por isso ela queria tanto que a visita anual deles ao Manoir fosse repleta de luxo e conforto. E paz.

– Nós nunca especificamos o quarto, madame – disse Gamache, com aquela voz grave e gentil. – Sabe por quê?

Madame Dubois balançou a cabeça. Ela sempre tivera essa curiosidade, mas não achava certo interrogar seus hóspedes, especialmente aquele.

– Todo mundo especifica – disse ela. – Na verdade, essa família pediu até mais vantagens gratuitas. Eles chegaram em Mercedes e BMWs, e fizeram um pedido desses.

Ela sorriu. Não irritada, mas um pouco perplexa que pessoas que já tinham tanto sempre quisessem muito mais.

– Nós gostamos de deixar isso a cargo do destino – explicou ele.

Ela examinou o rosto de Gamache para checar se ele estava brincando, mas achou que não.

– Ficamos felizes com o que conseguimos – concluiu o homem.

E Clementine Dubois sabia que era verdade. Ela sentia o mesmo. Todas as manhãs, quando acordava, ficava um pouco surpresa por ver um novo dia, por estar ali, naquele velho hotel, às margens cintilantes daquele lago de água doce, cercada por florestas, córregos, jardins e hóspedes. Era a casa dela e os hóspedes eram como membros da família – embora madame Dubois soubesse, por algumas experiências amargas, que nem sempre dá para escolher ou mesmo gostar da própria família.

– Aqui está – disse ela, pegando uma velha chave de bronze com um longo chaveiro. – A Suíte da Floresta. Infelizmente, fica na parte dos fundos.

Reine-Marie sorriu.

– Nós sabemos onde fica, *merci*.

OS DIAS SE SEGUIRAM SUAVEMENTE, enquanto os Gamaches nadavam no lago Massawippi e caminhavam pela floresta cheirosa. Eles liam e conversavam amigavelmente com os outros hóspedes, e aos poucos foram conhecendo-os.

Até alguns dias antes, eles nunca tinham ouvido falar dos Finneys, mas agora eram companheiros no hotel isolado. Como viajantes experientes em um cruzeiro, os hóspedes não eram nem muito distantes, nem muito próximos. Eles nem sabiam em que os outros trabalhavam, o que era bom para Armand Gamache.

Era meio da tarde e Gamache estava observando uma abelha que voava em torno de uma rosa particularmente vermelha, quando um movimento chamou sua atenção. Ele se virou na espreguiçadeira e viu quando o filho da família, Thomas, e sua esposa, Sandra, saíram do hotel, para o surpreendente calor do sol. Sandra levantou a mão magra e colocou enormes óculos escuros no rosto, de modo que lembrava uma mosca. Ela parecia não se encaixar naquele lugar, certamente estava longe de seu habitat natural. Gamache calculou que ela devia ter entre 50 e 60 anos, embora fosse óbvio que estava tentando se passar por alguém bem mais jovem. Engraçado, pensou ele, como cabelo pintado, maquiagem pesada e roupas joviais na verdade faziam a pessoa parecer mais velha.

Eles caminharam até o gramado, os saltos de Sandra perfurando a grama, e ali pararam, como se esperassem aplausos. Mas o único som que Gamache ouviu veio da abelha, cujas asas zumbiam.

Thomas parou no cume da pequena colina que descia até o lago, como um almirante na ponte. Seus olhos azuis penetrantes examinaram a água, *à la* Nelson em Trafalgar. Gamache percebeu que toda vez que via Thomas, pensava em um homem se preparando para a batalha. Thomas Finney tinha 60 e poucos anos e certamente era bonito. Alto e distinto, com cabelo grisalho e traços nobres. Nos poucos dias em que compartilharam o hotel, Gamache também identificou um toque de ironia no sujeito, um leve senso de humor. Ele era arrogante e autoritário, mas parecia ter consciência disso e ser capaz de rir de si mesmo. Isso o tornava mais cativante, e Gamache sentiu que a presença daquele homem já aquecia um pouquinho seu coração. O dia também estava tão quente que ele sentia que tudo parecia se aquecer, especialmente a velha edição da revista *Life* que manchava suas mãos suadas. Olhando para baixo ele viu, tatuado na palma da mão, ƎℲI⅂.

Thomas e Sandra passaram direto pelos pais dele, que descansavam na varanda sombreada. Gamache ficou fascinado mais uma vez com a capacidade daquela família de tornar uns aos outros invisíveis. Por cima de seus óculos meia-lua, observou Thomas e Sandra examinarem as pessoas espalhadas pelo jardim e ao longo da margem do lago. Julia Martin, a mais velha das irmãs e alguns anos mais nova que Thomas, estava sentada sozinha no cais, em uma cadeira Adirondack, lendo. Ela usava um maiô branco simples. Tinha 50 e poucos anos, era magra e brilhava como um troféu, como se tivesse espalhado óleo de cozinha pelo corpo. Parecia fritar ao sol, e, estremecendo, Gamache imaginou sua pele começando a crepitar. De vez em quando, Julia abaixava o livro e olhava para o lago calmo. Pensando. Gamache sabia o suficiente sobre a mulher para entender que ela tinha muito em que pensar.

No gramado que levava até o lago estava a irmã mais nova, Marianna, mãe de Bean, que a acompanhava. Enquanto Thomas e Julia eram magros e bonitos, Marianna era baixinha, rechonchuda e inquestionavelmente feia. Parecia o completo oposto dos irmãos. Suas roupas pareciam sentir rancor da dona e se revezavam entre escorregar desajeitadamente e se amassar em seu corpo, de modo que ela estava sempre se ajeitando, puxando ou se contorcendo.

Já Bean era uma graça, com cabelo comprido muito loiro, quase branco ao sol, cílios escuros espessos e olhos azuis brilhantes. Naquele momento, Marianna parecia estar fazendo tai chi, embora com movimentos de sua própria autoria.

– Olhe, meu amor, um guindaste. Mamãe é um guindaste.

A mulher se equilibrava sobre uma perna, os braços esticados para o alto e o pescoço estendido até o limite.

Bean, de 10 anos, ignorou a mãe e continuou a ler. Gamache se perguntou quão entediada a criança devia estar.

– É a posição mais difícil – explicou Marianna, mais alto do que o necessário, quase se estrangulando com um de seus lenços.

Gamache tinha notado que o tai chi, a ioga, as meditações e os exercícios em geral só aconteciam quando Thomas aparecia.

Estaria ela tentando impressionar o irmão mais velho, ponderou Gamache, ou envergonhá-lo? Thomas deu uma rápida olhada naquele guindaste desequilibrado e conduziu Sandra na direção oposta. Encontraram duas cadeiras na sombra, isoladas, e se sentaram.

– Você não está espionando eles, está? – perguntou Reine-Marie, baixando o livro para olhar para o marido.

– "Espionando" é um exagero. Estou observando.

– Você não devia parar com isso? – perguntou a esposa, para, um momento depois, acrescentar: – Alguma coisa interessante?

Ele riu.

– Nada.

– Ainda assim... – comentou Reine-Marie, olhando ao redor, para os Finneys espalhados. – Família estranha, vêm todos juntos e depois ficam ignorando uns aos outros.

– Poderia ser pior. Eles poderiam estar se matando.

Reine-Marie riu.

– Eles nunca se aproximariam o suficiente para conseguir.

Gamache grunhiu em concordância e percebeu, satisfeito, que não se importava. Era problema dos outros, não dele. Além disso, depois de alguns dias juntos, ele se afeiçoara aos Finneys de uma forma até engraçada.

– *Votre thé glacé, madame*.

O jovem falava francês com um delicioso sotaque inglês canadense.

– *Merci*, Elliot – respondeu Reine-Marie, protegendo os olhos do sol e sorrindo para o garçom.

– *Un plaisir*.

O rapaz sorriu e entregou um copo alto de chá gelado para Reine-Marie e um copo de limonada densa para Gamache, saindo em seguida para entregar o restante das bebidas.

– Eu me lembro de quando eu era jovem que nem ele – comentou Gamache, com um tom de melancolia.

– Você pode já ter tido essa idade, mas nunca foi assim...

Ela fez um sinal para indicar Elliot, que cruzava de maneira atlética o gramado bem-cuidado, usando calça preta e uma pequena jaqueta branca ajustada ao corpo.

– Ah, meu Deus, eu vou ter que lutar contra outro pretendente?

– Talvez.

– Você sabe que eu faria isso – disse ele, tomando a mão da esposa.

– Eu sei que não faria. Você ficaria batendo boca com ele até a morte.

– Bem, é uma estratégia. Esmagá-lo com meu enorme intelecto.

– Posso imaginar o terror dele.

Gamache bebeu um pouco da limonada e, de repente, fez uma careta, os olhos se enchendo de lágrimas.

– Ah, e que mulher resistiria a isso? – disse ela, ao ver os olhos trêmulos e lacrimejantes dele e seu rosto contraído.

– Açúcar. Precisa de açúcar – tentou explicar ele, engasgando-se.

– Espera, vou pedir ao garçom.

– Pode deixar. Eu mesmo peço.

Ele tossiu, lançou um olhar de falsa seriedade para Reine-Marie e se levantou da espreguiçadeira funda e confortável.

Levando sua limonada, ele vagou pelo caminho por entre os jardins em direção à ampla varanda, já mais fria e protegida do sol da tarde. Bert Finney baixou seu livro e olhou para Gamache, em seguida sorriu e acenou educadamente.

– *Bonjour* – disse ele. – Dia quente.

– Mas estou notando que aqui está mais fresco – observou Gamache, sorrindo para o casal de idosos sentados lado a lado, tranquilos.

Finney era visivelmente mais velho que a esposa. Gamache calculou que ela devia ter pouco mais de 80 anos e ele provavelmente quase 90, e trazia em si aquela semitransparência característica que as pessoas às vezes adquirem perto do fim.

– Eu vou lá dentro. Querem que eu traga alguma coisa? – perguntou ele, pensando mais uma vez que Bert Finney era ao mesmo tempo cortês e uma das pessoas menos atraentes que já conhecera.

Censurou a si mesmo por ser tão superficial e se esforçou para não ficar olhando. Monsieur Finney era tão repulsivo que era quase sedutor, como se a estética fosse circular e o pobre homem tivesse circum-navegado aquele mundo inclemente.

Sua pele era avermelhada e repleta de marcas, o nariz grande e deformado, vermelho e cheio de veias aparentes, como se ele tivesse cheirado vinho de Borgonha e a substância tivesse manchado a pele. Os dentes se projetavam para fora, amarelados e tortos. Os olhos eram pequenos e ligeiramente vesgos. *Um olho preguiçoso*, pensou Gamache. Aquilo que costumava ser conhecido como um olhar maligno em tempos mais sombrios, quando homens como ele eram, na melhor das hipóteses, expulsos da sociedade civilizada e, na pior das hipóteses, destinados à fogueira.

Ao lado do marido, Irene Finney usava um vestido floral de verão. Era gordinha, com o cabelo branco e suave preso em um coque frouxo e pele delicada e branca, algo que Gamache acabara notando, ainda que a senhora não tivesse olhado para cima. Ela parecia um travesseiro desbotado, macio e convidativo, ao lado de um penhasco em forma de rosto.

– Não, estamos bem, mas *merci*.

Gamache notou que Finney era o único da família que sempre tentava falar um pouco de francês com ele.

Dentro do hotel, a temperatura caiu novamente. Estava quase frio lá dentro, um alívio do calor do dia. Levou um instante para os olhos de Gamache se ajustarem.

A porta de bordo escura que dava para a sala de jantar estava fechada. Gamache bateu com hesitação, abrindo-a em seguida e entrando no cômodo com painéis de madeira nas paredes. As mesas estavam sendo postas, com toalhas de linho branco engomado, talheres de prata esterlina, porcelana branca fina e um pequeno arranjo de flores frescas em cada mesa. O cômodo cheirava a rosas e madeira, a ervas e polidor de prata, a beleza e ordem. O sol entrava pelas janelas que iam do chão ao teto e tinham vista para o jardim; estavam fechadas no momento, para manter o calor fora e o frio dentro. O Manoir Bellechasse não tinha ar-condicionado, mas os troncos maciços funcionavam como um isolamento natural, preservando o calor durante os invernos mais amargos do Quebec, e bloqueando-o nos dias de verão mais escaldantes. Aquele nem era o mais quente. Menos de 20 graus, imaginou Gamache. Mas ele continuava grato pela obra feita pelos *coureurs de bois*, que construíram aquele lugar com as próprias mãos e escolheram cada tronco com tanta precisão que nada que não fosse convidado jamais poderia entrar.

– Monsieur Gamache.

Pierre Patenaude aproximou-se sorrindo, limpando as mãos em um pano. Ele era alguns anos mais novo que Gamache e mais magro. Toda aquela correria de mesa em mesa, pensou Gamache. Mas o maître nunca parecia correr. Atendia a todos sem pressa, como se fossem os únicos no *auberge*, sem ignorar ou deixar de ajudar qualquer um dos outros hóspedes. Era um dom especial dos melhores maîtres, e o Manoir Bellechasse era famoso por ter apenas o melhor.

– O que posso fazer pelo senhor?

Ligeiramente tímido, Gamache estendeu o copo.

– Desculpe incomodar, mas preciso de um pouco de açúcar.

– Oh, céus. Eu bem que temia isso. Estamos sem. Mandei um dos garçons até o vilarejo para comprar mais. *Désolé*. Mas, se o senhor esperar aqui, acho que sei onde a chef esconde seu estoque de emergência. Realmente, essa é uma situação inusitada.

O mais inusitado, pensou Gamache, era ver o maître abalado.

– Não quero incomodar – disse ele para Patenaude, que, no entanto, já se afastara.

Pouco depois, o maître retornou, um pequeno recipiente de porcelana branca nas mãos.

– *Voilà!* Tudo certo. Mas claro que tive que lutar com a chef Véronique para conseguir isso.

– Eu ouvi os gritos. *Merci*.

– *Pour vous, monsieur, c'est un plaisir*.

Patenaude pegou seu pano e uma tigela de prata e continuou com o polimento, enquanto Gamache jogava o precioso açúcar em sua limonada. Os dois olharam pelas janelas em um silêncio cúmplice, para o jardim e o lago brilhando mais além. Uma canoa vagava preguiçosamente no silêncio da tarde.

– Verifiquei meus instrumentos há alguns minutos – comentou o maître. – Uma tempestade está a caminho.

– *Vraiment?*

O dia estava claro e calmo, mas, como todos os outros hóspedes do hotel antigo e gracioso, ele passara a acreditar nos relatórios meteorológicos diários do maître, obtidos de suas estações meteorológicas caseiras espalhadas pela propriedade. Era um hobby, como o maître explicara uma vez, que passava de pai para filho.

"Alguns pais ensinam os filhos a caçar ou pescar. O meu me levava para a floresta e me ensinava sobre o tempo", contara ele certo dia, enquanto mostrava a Gamache e Reine-Marie o barômetro e o velho recipiente de vidro, com água quase até a boca. "Agora estou ensinando a eles." Pierre Patenaude indicou os jovens da equipe. Gamache torceu para que estivessem prestando atenção.

Não havia televisão no Bellechasse e até a transmissão por rádio era irregular, então os boletins oficiais não estavam disponíveis. Apenas Patenaude e sua habilidade quase mítica de prever o tempo. Todas as manhãs, quando chegavam para o café, a previsão estava afixada na porta da sala de jantar. Ele sabia como lidar com uma nação viciada no clima.

Patenaude observou o dia tranquilo. Nem uma folha se mexia.

– *Oui*. Uma onda de calor está chegando; depois, tempestade. E parece que vai ser forte.

– *Merci* – disse Gamache, erguendo sua limonada para o maître, e saiu.

Ele adorava tempestades de verão, especialmente no Bellechasse. Ao contrário de Montreal, onde as tempestades pareciam chegar de repente, ali ele podia vê-las se aproximando. Nuvens escuras se acumulavam acima das montanhas no extremo oposto do lago, então uma cortina cinza de chuva caía a distância. Parecia se preparar, respirar um pouco e depois marchar como uma linha de infantaria claramente marcada na água. O vento aumentava, sacudindo furiosamente as árvores mais altas. Então a chuva atacava. *Bum*. E enquanto ela uivava, soprava e se lançava sobre tudo, Gamache estava em segurança no Manoir, com Reine-Marie.

Assim que ele saiu do hotel, o calor o atingiu como uma pancada.

– Conseguiu açúcar? – indagou Reine-Marie, tocando o rosto do marido quando ele se inclinou para beijá-la, antes de se acomodar de novo em sua cadeira.

– *Absolument*.

Ela voltou a ler e Gamache procurou o *Le Devoir*, mas sua mão hesitou, pairando sobre as manchetes dos jornais. "Outro referendo de soberania possível", "Guerra de gangues de motoqueiros", "Terremoto catastrófico".

Em vez disso, ele alcançou a limonada. O ano todo, ele sentia água na boca ao se lembrar da limonada caseira do Manoir Bellechasse. Tinha um sabor puro, fresco, doce e azedo. Gosto de sol e de verão.

Gamache sentiu seus ombros cederem. Estava relaxando. Era uma sensação boa. Tirou o chapéu de sol dobrável e secou a testa. A umidade estava aumentando.

Naquela tarde pacífica, Gamache achava difícil acreditar que uma tempestade estivesse a caminho. Mas sentiu uma gota escorrer pela coluna, uma corrente solitária de transpiração fazendo-lhe cócegas. Conseguia sentir que a pressão do ar estava aumentando, e se lembrou das palavras do maître.

– Amanhã o tempo não estará muito agradável – alertou ele.

DOIS

Depois de um mergulho refrescante e um gim-tônica no cais, os Gamaches tomaram banho e se juntaram aos outros convidados na sala de jantar. Velas brilhavam dentro de lampiões e cada mesa era adornada com buquês simples de rosas inglesas. Havia arranjos mais exuberantes na lareira, grandes exclamações de peônias, lilases, delfínios azul-bebê e corações-sangrentos arqueados.

Os Finneys estavam sentados juntos, os homens de smoking, as mulheres em vestidos de verão, apropriados para a noite quente. Bean usava short branco e uma blusa verde engomada.

Os convidados assistiram ao sol se pôr atrás das colinas rochosas do lago Massawippi e desfrutaram dos vários pratos servidos, um após o outro, começando com o *amuse-bouche* da chef, feito com carne de cervo local. Reine-Marie optou pelos *escargots à l'ail*, seguidos de peito de pato com confit de gengibre silvestre, tangerina e laranjinha kinkan. Gamache começou com rúcula fresca, colhida na horta, salpicada com parmesão ralado, depois pediu salmão orgânico com iogurte temperado com azedinha.

– E para a sobremesa? – perguntou Pierre, enquanto tirava uma garrafa do balde de gelo e derramava o resto do vinho em suas taças.

– O que você recomenda?

Reine-Marie mal acreditou que estivesse perguntando.

– Para a madame, temos sorvete de menta refrescante em um *éclair* recheado com chocolate amargo orgânico cremoso, e para o monsieur, um pudim *chômeur à l'érable avec crème chantilly*.

– Meu Deus – sussurrou Reine-Marie, voltando-se para o marido. – O que foi mesmo que o Oscar Wilde disse?

– Posso resistir a tudo, menos à tentação.

Eles pediram a sobremesa.

Por fim, quando já não conseguiam comer mais nada, o carrinho de queijos chegou, sobrecarregado com uma seleção de queijos locais feitos pelos monges da abadia beneditina próxima, de Saint-Benoît-du-Lac. Os irmãos levavam uma vida contemplativa, criando animais, fazendo queijo e cantando cantos gregorianos tão belos que os tinham tornado mundialmente famosos, o que era irônico para homens que deliberadamente se retiraram do mundo.

Saboreando o *fromage bleu*, Armand Gamache olhou para o lago, a luminosidade lá fora desaparecendo lentamente, como se um dia de tal beleza estivesse relutante em acabar. Uma única luz podia ser vista do outro lado do lago. Um chalé. Em vez de ser invasivo e quebrar aquela beleza natural intocada, ele era acolhedor. Gamache imaginou uma família sentada no cais observando estrelas cadentes, ou em uma sala rústica jogando baralho ou palavras cruzadas à luz de lampiões de propano. É claro que eles deviam ter eletricidade, mas aquela era a sua fantasia, e nela as pessoas nas profundezas das florestas do Quebec viviam com lampiões a gás.

– Liguei para Paris e falei com Roslyn hoje – comentou Reine-Marie, recostando-se na cadeira, ouvindo-a ranger confortavelmente.

– Está tudo bem?

Gamache analisou a expressão da esposa, embora soubesse que, se houvesse algum problema, ela já teria lhe contado.

– Tudo ótimo. Só faltam dois meses. Vai nascer em setembro. A mãe dela irá para Paris para cuidar da Florence quando o bebê chegar, mas Roslyn perguntou se nós queríamos ir também.

Ele sorriu. Já haviam conversado sobre isso, é claro. Estavam desesperados para ir, para ver a neta, o filho e a nora. Para ver o bebê. Cada vez que pensava nisso, Gamache tremia de felicidade. A simples ideia de que seu filho teria outro filho lhe parecia quase inacreditável.

– Eles escolheram alguns nomes – disse ela, casualmente.

Mas Gamache conhecia bem a esposa, seu rosto, suas mãos, seu corpo, sua voz. E a voz dela tinha acabado de mudar.

– Me conta.

Ele colocou o queijo no prato e cruzou as mãos grandes e expressivas em cima da toalha de linho branco.

Reine-Marie olhou para o marido. Para um homem tão avantajado, ele era capaz de ser muito calmo e contido, embora isso só aumentasse a impressão de sua força.

– Se for menina, eles acham que vão chamá-la Geneviève Marie Gamache.

Gamache repetiu o nome. Geneviève Marie Gamache.

– É lindo.

Seria esse o nome que eles escreveriam nos cartões de aniversário e de Natal? Geneviève Marie Gamache. Ela viria correndo pelas escadas para o apartamento deles em Outremont, com os pezinhos batendo no chão e gritando "Vovô, vovô"? E ele chamaria o nome dela, "Geneviève!", para em seguida pegá-la em seus braços fortes e segurá-la, abrigá-la naquela parte de seu ombro reservada às pessoas que amava? Será que um dia ele levaria Florence e Geneviève em caminhadas pelo Parc Mont Royal e lhes ensinaria seus poemas favoritos?

Respira ali o homem de alma partida
que nunca para si mesmo disse:
Isso é meu, minha terra nativa!

Como seu próprio pai lhe ensinara.

Geneviève.

– E se for um menino – prosseguiu Reine-Marie –, eles vão chamar de Honoré.

Houve uma pausa.

– Ahh – soltou Gamache por fim, suspirando, e baixou os olhos.

– É um nome maravilhoso, Armand, e um gesto maravilhoso.

Gamache assentiu, mas não disse nada. Ele já tinha se perguntado como se sentiria se isso acontecesse. Por alguma razão, talvez porque conhecia bem o filho, suspeitava que aconteceria. Eles eram muito parecidos. Altos, de porte imponente, bondosos. E ele mesmo não havia lutado com a ideia de chamar Daniel de "Honoré"? Até o dia do batismo, seu nome deveria ser Honoré Daniel.

Mas, no fim, ele não teve coragem de fazer isso com o filho. A vida já não era difícil o suficiente sem ter que passar por ela chamando-se Honoré Gamache?

– Ele pediu que você telefonasse.

Gamache olhou para o relógio: quase dez horas.

– Amanhã de manhã eu ligo.

– E o que vai dizer?

Gamache segurou as mãos da esposa, mas depois as soltou e sorriu para ela.

– O que você acha de tomarmos o café e o licor no salão principal?

Ela analisou a expressão no rosto dele.

– Você quer sair para dar uma volta? Eu arranjo os cafés.

– *Merci, mon coeur.*

– *Je t'attends.*

Respira ali o homem de alma *partida*, sussurrou Armand Gamache para si enquanto caminhava a passos cuidadosos no escuro. O doce aroma das flores noturnas lhe fazia companhia, assim como as estrelas, a lua e a luz do outro lado do lago. A família na floresta. A família de sua imaginação. Pai, mãe, filhos felizes e prósperos.

Sem tristezas, sem perdas, sem batidas fortes na porta à noite.

Enquanto observava o cenário, a luz se apagou e tudo mergulhou na escuridão do outro lado. A família dormia, em paz.

Honoré Gamache. Seria mesmo tão errado? Estaria ele errado em se sentir assim? E o que ele diria a Daniel pela manhã?

Ele olhou para o nada, pensando nisso por alguns minutos, então, lentamente, percebeu algo na floresta. Brilhando. Olhou em volta para ver se havia mais alguém lá, outra testemunha. Mas o *terrasse* e os jardins estavam vazios.

Curioso, Gamache foi em direção à luz, a grama macia sob seus pés. Olhou para trás e viu as luzes brilhantes e alegres do Manoir e as pessoas nos quartos. Então se voltou novamente para a floresta.

Estava escura. Mas não em silêncio. Criaturas se mexiam ali. Galhos se quebravam, coisas caíam das árvores e aterrissavam suavemente no chão.

Gamache não tinha medo do escuro, mas, como a maioria dos canadenses com bom senso, tinha um pouco de medo da floresta.

Mas a coisa branca brilhava e o chamava e, como Ulisses com as sereias, ele foi atraído.

O objeto se encontrava nos limites da floresta. Ao se aproximar, Gamache ficou surpreso ao descobrir que era grande e sólido, um quadrado perfeito, como um enorme cubo de açúcar. Chegava na altura de seu quadril e, ao tocá-lo, rapidamente retirou a mão. Era frio, quase úmido. Estendendo a mão novamente, agora com mais firmeza, ele a descansou no topo da caixa e sorriu.

Era mármore. Ele sentira medo de um cubo de mármore, pensou, e riu de si mesmo. Que humilhação.

Gamache afastou-se um pouco e olhou para o objeto. A pedra branca brilhava como se tivesse capturado o pouco de luar que vinha em sua direção. *É só um cubo de mármore*, disse a si mesmo. Não um urso, ou um puma. Nada com o que se preocupar, e com certeza nada para assustá-lo. Mas assustou. Fez com que se lembrasse de algo.

– Pobre Peter da pele apinhada de pus.

Gamache congelou.

– Pobre Peter da pele apinhada de pus.

Aquela frase de novo.

Ele se virou e viu uma pessoa parada no meio do gramado. Uma leve neblina pairava sobre ela e um ponto vermelho brilhava perto de seu nariz.

Julia Martin fumava um cigarro às escondidas. Gamache pigarreou ruidosamente e passou a mão ao longo de um arbusto. Instantaneamente, o ponto vermelho caiu no chão e desapareceu sob um pé elegante.

– Boa noite – disse ela, alegremente, embora Gamache duvidasse que ela soubesse quem estava lá.

– *Bonsoir*, madame – respondeu Gamache, curvando-se ligeiramente quando se aproximou.

Ela era esbelta e usava um vestido de noite simples e elegante. Cabelo, unhas e maquiagem estavam feitos, mesmo naquele local afastado. Ela balançou a mão fina na frente do próprio rosto, para dispersar o cheiro forte do tabaco.

– Insetos – disse ela. – Borrachudos. O único problema da costa leste.

– Não tem borrachudos no Oeste? – perguntou ele.

– Bem, não muitos em Vancouver. Algumas mutucas nos campos de golfe. De deixar a gente louca.

Nisso Gamache conseguia acreditar, tendo ele mesmo sido atormentado por aquelas moscas.

– Felizmente, a fumaça espanta os insetos – disse ele, sorrindo.

Ela hesitou, então riu. A mulher era amável, tinha uma risada fácil. Ela tocou o braço dele em um gesto familiar, embora não fossem íntimos. Mas não de uma maneira invasiva – era simplesmente um hábito. Ao observá-la nos últimos dias, ele notara que ela tocava a todos. E sorria para tudo.

– O senhor me pegou em flagrante, monsieur. Fumando escondido. De fato, bem patético.

– Sua família não aprova?

– Na minha idade, há muito tempo parei de me importar com o que os outros pensam.

– *C'est vrai?* Gostaria de fazer o mesmo.

– Bem, talvez eu me importe um pouquinho – confidenciou ela. – Faz um tempo desde a última vez que estive com minha família.

Ela olhou para o Manoir, e ele seguiu seu olhar. Lá dentro, seu irmão Thomas falava com a mãe, enquanto Sandra e Marianna os olhavam, sem se falar e alheias ao fato de que alguém as observava.

– Quando o convite chegou, eu quase não vim. É uma reunião anual, mas nunca participei. Vancouver é muito longe.

Ela ainda podia ver o convite no chão, virado para cima sobre o piso de madeira brilhante do magnífico hall de entrada, onde tinha caído como se de uma grande altura. Ela conhecia a sensação. Olhou para o papel branco grosso e a caligrafia tão familiar que lembrava uma teia de aranha. Foi uma batalha de vontades. Mas ela sabia quem venceria. Quem sempre vencia.

– Eu não quero desapontá-los – disse Julia Martin finalmente, em voz baixa.

– Tenho certeza de que não faria isso.

Ela se virou para ele, com os olhos arregalados.

– Sério?

Ele dissera aquilo por educação. Para ser sincero, não fazia ideia de como os membros da família se sentiam uns em relação aos outros.

Ela viu sua hesitação e riu novamente.

– Perdoe-me, *monsieur*. A cada dia que passo com minha família, consigo regredir uma década. Agora estou me sentindo uma adolescente desajeitada. Carente e fumando escondida no jardim. O senhor também?

– Fumando no jardim? Não, não há muitos anos. Eu só estava explorando o local.

– Cuidado. Nós não queremos perdê-lo – disse ela, com uma pitada de flerte.

– Eu sou sempre muito cauteloso, madame Martin – respondeu Gamache, cuidando para não encorajar o flerte.

Ele suspeitava que fosse algo natural nela, e inofensivo. Ele a observara por alguns dias, e ela usara a mesma inflexão com todos, homens e mulheres, família e estranhos, cães, esquilos, beija-flores. Ela arrulhava para todos.

Um movimento ao lado chamou a atenção dele. Gamache teve a impressão de ter visto um borrão branco e, por um instante, seu coração deu um salto. Teria aquela coisa de mármore ganhado vida? Estaria ela se movendo na direção deles, saindo da floresta? Ele se virou e viu uma figura no *terrasse* recuar para as sombras. E então reaparecer.

– Elliot – chamou Julia Martin –, que maravilha! Você trouxe meu conhaque com Bénédictine?

– *Oui*, madame.

O jovem garçom sorriu ao lhe entregar o que trouxera em uma bandeja de prata. Então ele se dirigiu a Gamache.

– E para o monsieur? O que posso trazer?

Ele parecia tão jovem, seu rosto tão gentil.

Ainda assim, Gamache sabia que o rapaz estivera à espreita no canto do hotel, observando-os. Por quê?

Então riu de si mesmo. Vendo coisas que não estavam lá, ouvindo palavras não ditas. Ele fora ao Manoir Bellechasse para se desligar disso, relaxar e não procurar a mancha no tapete, a faca no mato ou nas costas. Para parar de notar as inflexões malévolas que se escondiam em conversas educadas, disfarçadas de palavras aceitáveis. E os sentimentos vincados e dobrados para se transformarem em outras coisas, como um origami emocional. Feito para parecer bonito, mas disfarçando algo nem um pouco atraente.

Já era ruim o suficiente que ele tivesse adquirido o hábito de assistir a filmes antigos e se perguntar se os figurantes idosos ainda estariam vivos. E como teriam morrido. Porém, quando ele começou a olhar para as pessoas na rua e notar o crânio sob a pele, viu que era hora de descansar.

No entanto, ali estava ele, naquele hotel tranquilo, analisando o jovem garçom, Elliot, quase o acusando de espionagem.

– *Non, merci*. Madame Gamache pediu bebidas para nós dois no salão principal.

Elliot se retirou e Julia o observou.

– É um jovem bonito – comentou Gamache.

– O senhor acha? – indagou ela, seu rosto indistinto na escuridão, mas sua voz tomada de divertimento.

Depois de alguns segundos, ela falou novamente.

– Eu estava me lembrando de um trabalho semelhante que eu fazia na idade dele, mas nada tão grandioso como isto aqui. Foi um emprego de verão em um restaurante barato no Main, em Montreal. O senhor conhece o boulevard Saint-Laurent?

– Sim.

– Mas é claro que conhece. Perdão. Bom, era uma verdadeira espelunca. Ganhava salário mínimo, o dono ficava tentando me agarrar... Nojento.

Ela fez mais uma pausa.

– Eu amava. Foi meu primeiro emprego. Dizia aos meus pais que estava no iate clube tendo aulas de vela, mas, em vez disso, pegava o ônibus número 24 e ia para o leste. Um território inexplorado para quem era de família inglesa nos anos 1960. Muita ousadia da minha parte – disse ela, zombando de si mesma.

Mas Gamache conhecia aqueles tempos e sabia que ela tinha razão.

– Ainda me lembro do meu primeiro salário – continuou Julia. – Levei para casa para mostrar aos meus pais. Sabe o que minha mãe disse?

Gamache balançou a cabeça, mas então percebeu que ela não podia vê-lo no escuro.

– *Non*.

– Ela olhou para ele, me devolveu e disse que eu devia estar orgulhosa de mim mesma. E eu estava. Mas era claro que ela quis dizer outra coisa. Então eu fiz algo idiota. Perguntei o que ela queria dizer. Desde então, aprendi a não fazer perguntas a menos que esteja preparada para a resposta. Ela disse que eu era privilegiada e não precisava do dinheiro, mas outra pessoa precisava. Era como se eu tivesse roubado de alguma menina que realmente tinha necessidade do trabalho.

– Sinto muito – disse Gamache. – Tenho certeza de que ela não quis dizer isso.

– Quis, sim, e estava certa. Eu me demiti no dia seguinte, mas voltava de vez em quando e olhava pela janela, para a nova garota que servia as mesas. Isso me deixava feliz.

– A pobreza pode derrubar a pessoa – comentou Gamache, sem alterar o tom de voz. – Mas o privilégio também pode.

– Na verdade, eu invejava aquela garota – confessou Julia. – Bobo, eu sei. Romântico. Tenho certeza de que a vida dela era horrível. Mas talvez pelo menos ela fosse dona da própria vida.

Julia riu e tomou um gole de sua bebida.

– Delicioso. O senhor acha que é feito pelos monges na abadia?

– Os beneditinos? Realmente não sei.

Ela riu.

– Não é sempre que eu ouço essas palavras.

– Que palavras?

– "Não sei". Minha família sempre sabe tudo. Meu marido sempre sabia tudo.

Nos últimos dias, eles haviam trocado comentários educados sobre o tempo, o jardim, a comida no Manoir. Aquela era a primeira conversa real que ele tinha com um dos membros da família e a primeira vez que ela mencionava o marido.

– Eu vim para o Manoir alguns dias antes. Para...

Ela parecia não saber o que dizer, mas Gamache esperou. Ele tinha todo o tempo, e paciência, do mundo.

– Estou no meio de um divórcio. Não sei se o senhor sabia.

– Ouvi falar.

A maioria dos canadenses tinha ouvido. Julia Martin era casada com David Martin, cujo sucesso e queda espetaculares tinham sido narrados incansavelmente na mídia. Ele era um dos homens mais ricos do país, havia feito fortuna na área de seguros. A queda começara alguns anos antes. Tinha sido longa e excruciante, como deslizar em uma encosta lamacenta.

A cada instante, parecia que ele seria capaz de parar a descida, mas, em vez disso, continuava a juntar cada vez mais lama, lodo e velocidade. Até que, finalmente, mesmo seus inimigos acharam difícil assistir.

Ele perdeu tudo, inclusive a liberdade.

Mas a esposa permaneceu ao seu lado. Alta, elegante, distinta. Em vez de despertar inveja por seus óbvios privilégios, de alguma forma ela conseguiu cair nas graças do povo. Eles gostavam de seu ânimo e de seus comentários sensatos. Identificavam-se com sua dignidade e lealdade. E a adoraram pelo pedido de desculpas público que ela fez ao final, quando ficou claro que seu marido havia mentido para todos e arruinado as economias de dezenas de milhares de pessoas. E ela ainda se comprometeu a devolver o dinheiro.

Agora, David Martin vivia em uma penitenciária na Colúmbia Britânica, e Julia Martin tinha voltado para casa. Ela declarou à mídia que iria para Toronto e desapareceu. Mas ali estava ela, em Quebec. Na floresta.

– Eu vim para recuperar o fôlego antes da reunião de família. Gosto de ter um espaço e um tempo para mim mesma. Senti falta disso.

– *Je comprends* – disse ele, e era verdade. – Mas há algo que eu não entendo, madame.

– O quê?

Ela parecia um pouco cautelosa, como uma mulher acostumada a ouvir perguntas invasivas.

– Pobre Peter da pele apinhada de pus? – perguntou Gamache.

Ela riu.

– É uma brincadeira de quando a gente era criança.

Ele conseguia ver parte de seu rosto refletido sob a luz âmbar do Manoir. Os dois ficaram em silêncio, observando as pessoas se moverem de um cômodo para outro. Parecia que estavam assistindo a uma peça. O palco iluminado criando uma atmosfera, os diferentes cenários decorados e povoados. Os atores se movimentando de lá para cá.

Então ele olhou novamente para sua companheira e não pôde deixar de se perguntar: por que o resto da família dela estava lá, como um elenco todo no palco, e ela estava ali fora, sozinha, no escuro? Observando?

Eles estavam no salão principal, com seu teto de madeira e móveis magníficos. Marianna sentou-se ao piano, mas foi afastada por madame Finney.

– Pobre Marianna – disse Julia, rindo. – É sempre a mesma coisa. Maguila nunca pode tocar. Thomas é o músico da família, como meu pai. Ele era um pianista talentoso.

Gamache observou o idoso no sofá. Não conseguia imaginar aquelas mãos deformadas produzindo uma música agradável, mas provavelmente elas não eram tão deformadas na época.

Thomas sentou-se no banco do piano, levantou as mãos e lançou os acordes de Bach no ar da noite.

– Ele toca muito bem – comentou Julia. – Eu tinha me esquecido.

Gamache concordou. Pelas janelas, ele viu Reine-Marie sentar-se e um garçom colocar dois expressos e dois conhaques na frente dela. Ele queria voltar para dentro.

– Tem mais um para chegar, sabia?
– Sério?

Ela tentou manter o tom leve, mas Gamache teve a sensação de perceber algo mais.

Reine-Marie estava mexendo seu café e tinha se virado para olhar pela janela. Ele sabia que ela não podia vê-lo. Na luz, tudo o que ela via era o reflexo do salão.

Estou aqui, sussurrou ele em sua mente. *Bem aqui.*

Ela se virou e olhou diretamente para ele.

Foi coincidência, é claro. Mas a parte dele que não se preocupava com a razão sabia que ela o tinha ouvido.

– Meu irmão mais novo, Spot, chega amanhã. Provavelmente vai trazer a esposa, Claire.

Era a primeira vez que ele ouvia Julia Martin dizer qualquer coisa que não fosse gentil e agradável. As palavras eram neutras, factuais. Mas o tom dizia muito.

Estava cheio de medo.

Eles voltaram para o Manoir Bellechasse e, enquanto Gamache segurava a porta para Julia Martin entrar, ele avistou a caixa de mármore na floresta. Só dava para ver um canto dela, e então ele entendeu o que lhe lembrava.

Uma lápide.

TRÊS

Assim que Pierre Patenaude abriu a porta vaivém da cozinha, as risadas no ambiente cessaram. Ele não sabia identificar o que o chateava mais, o riso ou seu fim abrupto.

No meio do cômodo estava Elliot, uma das mãos na cintura esguia, a outra levantada ligeiramente, o dedo indicador esticado, uma expressão carente e um tanto azeda no rosto. Era uma imitação excepcionalmente precisa de um dos hóspedes.

– O que está acontecendo por aqui?

Pierre odiou o tom sério de desaprovação em sua voz. E odiou o olhar no rosto dos empregados. Medo. Exceto por Elliot. Ele parecia satisfeito.

A equipe nunca tivera medo dele antes, e não tinha nenhuma razão para ter naquele momento. Era por causa daquele Elliot. Desde que chegara, tinha virado os outros contra o maître. Ele podia sentir. Antes estava no centro da equipe do Manoir, era o líder, respeitado – agora, de repente, se sentia um estranho.

Como aquele rapaz conseguira fazer isso?

Mas Pierre sabia a resposta. Elliot trouxera à tona o pior que havia nele. Ele provocava o maître, insultava-o, quebrava as regras e o forçava a ser o disciplinador que não queria ser. Todos os outros jovens funcionários tinham se mostrado dispostos a ouvir e aprender, gratos pela estrutura e liderança do maître. Ele os ensinara a respeitar os hóspedes, a serem corteses e gentis, mesmo quando confrontados com grosserias. Explicava sempre que os hóspedes pagavam um bom dinheiro para serem mimados, mas também mais do que isso. Eles iam ao Manoir para serem cuidados.

Pierre às vezes se sentia como um médico no pronto-socorro. Vítimas da vida na cidade, as pessoas entravam por sua porta carregando um mundo nas costas. Abatidas por exigências de mais e tempo de menos; contas, e-mails e reuniões de mais, agradecimentos de menos e muita, muita pressão. Ele se lembrava do próprio pai voltando do escritório, exausto, desgastado.

Pierre sabia que não era um trabalho servil o que faziam no Manoir Bellechasse. Era algo nobre e essencial. Eles faziam as pessoas se recuperarem, embora algumas, ele sabia, saíssem ainda piores.

Nem todos levavam jeito para aquele trabalho.

Elliot não levava.

– Eu só estava me divertindo.

Elliot disse aquilo como se fosse razoável ficar zombando dos hóspedes no meio da cozinha lotada e atarefada, e o maître fosse o irracional. Pierre sentiu a raiva aumentando. Olhou em volta.

A ampla cozinha antiga era o local de encontro natural dos funcionários. Até os jardineiros estavam lá, comendo bolo e bebendo chá e café. E vendo-o ser humilhado por um garoto de 19 anos. *Ele é jovem*, disse Pierre para si mesmo. *Ele é jovem*. Mas ele já dissera aquela frase tantas vezes que ela perdera o sentido.

Ele sabia que deveria deixar passar.

– Você estava zombando dos hóspedes.

– Só de um. Ah, ela é ridícula. "*Excusez-moi,* mas acho que ele bebeu mais café do que eu." "*Excusez-moi,* mas este é o melhor lugar? Eu pedi o melhor lugar." "*Excusez-moi,* eu não quero ser difícil, mas fiz meu pedido antes deles. Onde está o meu talo de aipo?"

Risadas, rapidamente abafadas, encheram a cozinha quente.

Era uma boa imitação. Mesmo com raiva, o maître reconheceu a lamúria suave e indiferente de Sandra. Sempre pedindo um pouco mais. Elliot podia não ter as qualidades de um bom garçom, mas tinha uma habilidade incrível de enxergar os defeitos das pessoas. E ampliá-los. E zombar deles. Era um dom que nem todos achariam engraçado.

– Olha só quem eu encontrei – disse Julia alegremente quando eles entraram no salão principal.

Reine-Marie sorriu e se levantou para beijar o marido, segurando uma bojuda taça de conhaque. O restante das pessoas ergueu o olhar, sorriu e voltou para o que estava fazendo. Julia ficou parada na soleira da porta, hesitante, em seguida pegou uma revista e sentou-se em uma poltrona.

– Está se sentindo melhor? – sussurrou Reine-Marie.

– Muito – respondeu ele, com sinceridade, pegando a taça aquecida pelas mãos dela e acompanhando-a até um sofá.

– Bridge mais tarde? – perguntou Thomas, que parou de tocar piano e foi até os Gamaches.

– *Merveilleux. Bonne idée* – disse Reine-Marie.

Eles jogavam bridge na maioria das noites, com Thomas e sua esposa, Sandra. Era uma maneira agradável de terminar o dia.

– Encontrou alguma rosa? – perguntou Thomas a Julia, enquanto voltava para a esposa.

Sandra gargalhou, como se ele tivesse dito algo espirituoso e inteligente.

– Algumas rosas Eleanor, você quer dizer? – perguntou Marianna, do assento à janela, ao lado de Bean, com um olhar de grande divertimento. – São as suas favoritas, não são, Julia?

– Pensei que elas fossem mais do seu tipo.

Julia sorriu. Marianna sorriu de volta e imaginou uma das vigas de madeira caindo e esmagando a irmã mais velha. Não era nada divertido tê-la de volta, como Marianna esperava que fosse. Muito pelo contrário.

– Hora de dormir, Bean – disse Marianna, colocando o braço pesado em volta da criança atenta.

Gamache nunca tinha conhecido uma criança que fosse tão quieta naquela idade. Ainda assim, parecia contente. Quando passaram por Bean, o olhar de Gamache encontrou seus olhos azuis e brilhantes.

– O que você está lendo? – perguntou.

Bean parou e encarou o estranho. Embora estivessem juntos no Manoir havia três dias, eles não tinham se falado, até aquele instante.

– Nada.

Gamache notou as mãozinhas se fecharem com mais firmeza sobre o livro de capa dura e a blusa folgada amassar enquanto o livro era pressionado contra o corpo. Através dos dedinhos bronzeados, Gamache conseguiu ler apenas uma palavra.

Mitos.

— Vamos lá, molenga. Cama. Mamãe precisa ficar bêbada e não pode fazer isso antes de você estar na cama, você sabe disso.

Bean, ainda olhando para Gamache, de repente sorriu.

— Posso tomar um martíni hoje, por favor? — pediu Bean, saindo da sala.

— Você sabe que só vai ter permissão para beber quando tiver 12 anos. Vai ser uísque ou nada — ouviram Marianna dizer, enquanto subia as escadas.

— Não tenho lá muita certeza se ela está brincando — afirmou madame Finney.

Gamache sorriu para ela, mas o sorriso desapareceu ao ver o olhar severo no rosto da mulher.

— Por que você permite que ele o irrite, Pierre?

A chef Véronique estava colocando trufas artesanais e frutas cristalizadas cobertas de chocolate em pequenos pratos. Posicionava os doces em um padrão artístico instintivamente. Ela pegou um ramo de hortelã, sacudiu-o para secá-lo e cortou algumas folhas com as unhas. Distraída, escolheu algumas flores comestíveis de seu vaso e, em pouco tempo, chocolates formavam um desenho adorável no prato branco. Endireitando-se, ela olhou para o homem à sua frente.

Eles trabalhavam juntos havia anos. Décadas, pensando bem. Ela achava estranho pensar que tinha mais de 60 anos e sabia que aparentava a idade, mas, felizmente, ali, na floresta, aquilo não importava.

Poucas vezes vira Pierre tão chateado por causa de um dos funcionários jovens. Ela gostava de Elliot. Todos gostavam, ou pelo menos era o que parecia. Seria por isso que o maître estava tão chateado? Estaria ele com ciúme?

Ela o observou por um momento, seus dedos finos arrumando a bandeja.

Não, pensou. Não era ciúme. Era outra coisa.

— Ele simplesmente não me ouve — disse Pierre, deixando a bandeja de lado e se sentando de frente para a chef.

Estavam sozinhos na cozinha. A louça estava lavada e guardada, o chão e as outras superfícies, limpas. Havia um cheiro de café expresso, hortelã e frutas no ar.

– Ele veio aqui para aprender, e se recusa a escutar – continuou. – Eu simplesmente não entendo.

Pierre tirou a rolha do conhaque e o serviu.

– Ele é jovem. É a primeira vez dele longe de casa. E você só vai piorar as coisas ficando em cima dele. Deixa isso pra lá.

Pierre tomou um gole e assentiu. Era relaxante estar perto da chef Véronique, embora ele soubesse que a mulher assustava os funcionários novos. Ela era grande e corpulenta, com uma voz forte. E tinha facas. Muitas. E cutelos e panelas de ferro fundido.

Ao vê-la pela primeira vez, os empregados novos não teriam culpa se achassem que haviam feito uma curva errada na estrada de terra e acabado em um acampamento de madeireiros, e não no refinado Manoir Bellechasse. A chef Véronique parecia o cozinheiro de alguma *cantine*.

– Ele precisa saber quem é que manda – argumentou Pierre, com firmeza.

– Ele sabe. Só não gosta disso.

Dava para ver que o maître tivera um dia difícil. Ela pegou a maior trufa da bandeja e a ofereceu a ele.

Pierre comeu distraidamente.

– Eu aprendi francês muito tarde – comentou a Sra. Finney, examinando as cartas do filho.

Eles tinham ido para a biblioteca e passado para o francês, e agora a idosa circulava lentamente a mesa, espiando as cartas de cada um. De vez em quando, estendia um dedo e batia em determinada carta. No início, limitava sua ajuda ao filho e à esposa dele, mas, naquela noite, resolvera incluir os Gamaches em sua ronda. Era um jogo amigável, e ninguém parecia se importar, certamente não Armand Gamache, que bem que precisava de ajuda.

As paredes da sala eram repletas de livros, que dividiam espaço apenas com a enorme lareira de pedra e a parede com portas francesas, que agora davam para a escuridão. Estavam abertas, para deixar entrar qualquer resquício de brisa que a noite quente do Quebec tivesse a oferecer, o que não era muito. O que ela de fato oferecia era o trinado constante da natureza lá fora.

Tapetes orientais desgastados haviam sido dispostos pelo antigo piso de pinheiro, e cadeiras e sofás confortáveis, agrupados para conversas íntimas ou leituras privadas. Aqui e ali, arranjos de flores frescas adornavam o ambiente. O Manoir Bellechasse conseguia ser ao mesmo tempo rústico e refinado. Troncos ásperos do lado de fora e cristal fino do lado de dentro.

– A senhora mora no Quebec? – perguntou Reine-Marie, devagar.

– Eu nasci em Montreal, mas agora moro em Toronto. Mais perto dos meus amigos. A maioria deixou o Quebec anos atrás, mas eu fiquei. Naquela época, não precisávamos saber francês. Apenas o suficiente para falar com nossas empregadas domésticas.

O francês da Sra. Finney era fluente, mas com um sotaque bem forte.

– Mãe – repreendeu Thomas, o rosto avermelhado.

– Eu me lembro daqueles dias – comentou Reine-Marie. – Minha mãe fazia faxina.

A Sra. Finney e Reine-Marie conversaram sobre trabalho duro e família, sobre a Revolução Tranquila na década de 1960, quando os quebequenses finalmente se tornaram *maîtres chez nous*. Donos da própria casa.

– Minha mãe, porém, continuou a limpar as casas dos ingleses em Westmount – disse Reine-Marie, organizando suas cartas. – Um sem trunfo.

Madame Finney se aproximou para olhar, acenando em aprovação.

– Espero que os empregadores dela tenham sido mais gentis. Tenho vergonha de dizer que também tive que aprender isso. Foi quase tão difícil quanto o subjuntivo.

– Foi uma época notável – afirmou Gamache. – Emocionante para a maioria dos franco-canadenses, mas sei que para os ingleses foi terrível.

– Nós perdemos nossos filhos – disse a Sra. Finney, indo espiar a mão dele. – Eles partiram para encontrar emprego em uma língua que soubessem falar. Vocês podem ter se tornado patrões, mas nós viramos forasteiros, indesejáveis em nossa própria casa. Tem razão: foi terrível.

Ela bateu no 10 de paus na mão dele, sua carta mais alta. Seu tom não era emotivo nem triste, mas talvez tivesse um pouco de censura.

– Passo – disse Gamache.

Ele era dupla de Sandra, e Reine-Marie estava jogando com Thomas.

– Eu fui embora – disse Thomas, que parecia entender francês melhor do que falava, o que com certeza era mais útil do que seria o contrário. – Fiz universidade longe, voltei e me estabeleci em Toronto. O Quebec é difícil.

Ouvir Thomas era interessante, pensou Gamache. Se a pessoa não falasse francês, juraria que ele era bilíngue, tão perfeito era seu sotaque. Mas ao conteúdo faltava certo *je ne sais quoi*.

– Três sem trunfo – disse Thomas.

Sua mãe balançou a cabeça e fez um leve som de reprovação.

Thomas riu.

– Ah, a língua da minha mãe...

Gamache sorriu. Ele gostava do sujeito, e suspeitava que a maioria das pessoas também devia gostar.

– Algum de seus filhos ficou aqui? – perguntou Reine-Marie a madame Finney.

Os Gamaches pelo menos tinham Annie morando em Montreal, mas Reine-Marie sentia saudades de Daniel todos os dias e se perguntava como aquela mulher e tantas outras conseguiam viver longe dos filhos. Não admirava que eles nem sempre se sentissem confortáveis com os quebequenses, já que sentiam que perderam os filhos por causa de uma língua. E sem nem receberem um "obrigado". Na verdade, muitas vezes era exatamente o oposto. Restava uma suspeita persistente entre os quebequenses de que os ingleses estavam simplesmente esperando uma oportunidade para escravizá-los de novo.

– Um ficou. Meu outro filho.

– Spot. Ele e a esposa, Claire, vêm amanhã – declarou Thomas, mudando para inglês.

Gamache tirou os olhos de sua mão, que nem tinha nada de interessante mesmo, e olhou para o homem ao lado.

Como sua irmã Julia no início da noite, o tom de Thomas fora leve e alegre ao mencionar o irmão ausente. Mas havia algo mais nas entrelinhas.

Ele sentiu uma leve agitação na parte do cérebro que fora ao Manoir para se desligar.

Era a vez de Sandra apostar. Gamache olhou para a parceira, do outro lado da mesa.

Passe, passe, ele desejou. *Eu não tenho nada. Vamos ser massacrados.*

Ele sabia que bridge era um jogo de cartas e um exercício de telepatia.

– Spot – disse Sandra, bufando. – Típico. Vem no último minuto. Faz só o mínimo, sempre. Quatro sem trunfo.

Reine-Marie dobrou.

– Sandra – replicou Thomas com uma risada, mal escondendo a repreensão.

– Que foi? Todo mundo chegou dois dias antes para homenagear seu pai, e ele aparece no último minuto. Sujeito mais esquisito.

Fez-se silêncio. Os olhos de Sandra correram de sua mão para o prato de chocolates que o maître havia colocado na mesa deles.

Gamache olhou para madame Finney, mas ela parecia alheia à conversa, embora ele suspeitasse que ela não tinha perdido nenhuma palavra.

Seu olhar foi então para monsieur Finney, sentado em um sofá. Os olhos selvagens do homem vagavam pela sala e seu cabelo estava espetado em ângulos estranhos, fazendo com que sua cabeça parecesse um *sputnik* danificado, que havia caído muito rápido e com muita força na Terra. Para quem estava sendo homenageado, ele parecia estranhamente sozinho. O olhar de Finney pousou sobre uma enorme pintura original de Krieghoff, de uma cena rústica, pendurada sobre a lareira: camponeses do Quebec carregando uma carroça e, em uma das cabanas, uma mulher robusta rindo e levando uma cesta de comida para os homens.

Era uma cena calorosa e convidativa da vida familiar no vilarejo centenas de anos antes. E Finney parecia preferi-lo à sua família ali presente.

Marianna se levantou e foi até o grupo.

Thomas e Sandra apertaram suas cartas contra o peito. Ela pegou uma revista *Châtelaine*.

– De acordo com uma pesquisa – leu ela –, a maioria dos canadenses acha que banana é a melhor fruta para acompanhar fondue de chocolate.

Fez-se silêncio novamente.

Marianna imaginou a mãe se engasgando com a trufa que havia pegado.

– Mas isso é ridículo – contestou Sandra, também observando madame Finney comer. – Morango é melhor.

– Eu sempre gostei de pera e chocolate. Incomum, mas uma grande combinação, não acha? – perguntou Thomas a Reine-Marie, que não disse nada.

– Ah, então é aqui que vocês estão – surgiu a voz de Julia de repente. – Ninguém me avisou.

Ela atravessou com leveza as portas francesas do jardim.

– Sobre o que estão conversando?

Por alguma razão, ela olhou para Gamache.

– Passo – disse ele.

Ele já não sabia mais qual era o assunto.

– A Maguila acha que banana é melhor com chocolate derretido – afirmou Thomas, meneando a cabeça para Marianna.

A situação ficou um tanto hilária, e os Gamaches trocaram olhares divertidos mas confusos.

– Os monges não fazem mirtilos com chocolate? – perguntou Julia. – Tenho que comer alguns antes de irmos embora.

Nos minutos que se seguiram, o jogo foi esquecido enquanto debatiam sobre frutas e chocolate. Depois de algum tempo, Julia e Marianna se retiraram para seus cantos.

– Passo – declarou Thomas, sua mente de volta ao jogo.

Passe. Gamache olhou para Sandra e mandou a mensagem. *Por favor, passe.*

– Eu redobro – disse Sandra, e olhou para Thomas.

O que temos aqui, pensou Gamache, *é uma falha de comunicação.*

– Francamente, o que o senhor estava pensando? – perguntou Sandra, seus lábios cheios se franzindo quando ela viu as cartas de Gamache colocadas na mesa.

– *Oui*, Armand – concordou Reine-Marie, sorrindo. – Seis sem trunfo com essa mão? O que você estava pensando?

Gamache se levantou e se inclinou ligeiramente.

– Minha culpa, totalmente minha culpa.

Ele trocou olhares com a esposa, achando graça.

Ser péssimo no bridge tinha suas vantagens. Ele esticou as pernas, bebeu um gole do conhaque e caminhou pela sala. Estava ficando mais quente. Em geral, esfriava à noite no Quebec, mas não naquela noite. Ele podia sentir a umidade se aproximando e soltou um pouco o colarinho e a gravata.

– Que ousado – comentou Julia, se aproximando enquanto ele olhava novamente para o Krieghoff. – Está se despindo?

– Acho que já me humilhei o suficiente para uma noite – respondeu Gamache, indicando a mesa onde os três jogadores de bridge estavam entretidos.

Ele se inclinou e cheirou as rosas na lareira.

– Adoráveis, não? Tudo aqui é – disse ela com certa melancolia, como se já estivesse sentindo saudades do local.

Então ele se lembrou de Spot e pensou que talvez, para os Finneys, aquela fosse sua última noite realmente agradável.

– Paraíso perdido – murmurou ele.

– O quê?

– Nada, só um pensamento.

– O senhor estava se perguntando se é melhor reinar no inferno do que servir no céu? – indagou Julia, sorrindo.

Ele riu. Como a mãe, ela não deixava quase nada passar.

– Porque, sabe, eu tenho a resposta para isso – continuou Julia. – Esta é a rosa Eleanor – disse, com surpresa, apontando para uma flor em um tom cor-de-rosa muito forte, que se sobressaía no buquê. – Quais são as chances?

– Alguém mencionou isso mais cedo – lembrou Gamache.

– Thomas.

– Isso. Ele queria saber se a senhora tinha encontrado uma no jardim.

– É uma brincadeira entre a gente. A flor leva o nome de Eleanor Roosevelt, sabe?

– Eu não sabia.

– Hum – fez Julia, contemplando a rosa e assentindo. – Ela disse que ficou lisonjeada no início, até ler a descrição no catálogo. Rosa Eleanor: não é boa no leito, mas ótima na sala.

Eles riram, e Gamache admirou a rosa e a citação, embora se perguntasse por que era uma piada de família direcionada a Julia.

– Mais café?

Julia tomou um susto.

Pierre estava parado à porta segurando um bule prateado. Sua pergunta fora direcionada ao público em geral, mas ele estava olhando para Julia e corava ligeiramente.

– Aqui vamos nós – murmurou Marianna, do outro lado da sala.

Toda vez que o maître estava no mesmo ambiente que Julia, ele corava. Ela conhecia os sinais. Passara a vida toda com eles. Marianna era a garota bonitinha e divertida. Aquela para agarrar e dar uns beijos no carro. Mas era com Julia que todos queriam se casar, até o maître.

Marianna observou a irmã e sentiu o sangue correr para o rosto, mas por uma razão totalmente diferente. Ela viu Pierre servir o café e imaginou o enorme Krieghoff emoldurado deslizando pela parede e caindo bem na cabeça de Julia.

– Olha o que você fez comigo, parceiro – gemeu Sandra, enquanto Thomas fazia uma vaza após a outra.

Finalmente eles saíram da mesa e Thomas se juntou a Gamache, que estava olhando para as outras pinturas no cômodo.

– É um Brigite Normandin, não é? – perguntou Thomas.

– É. Fantástico. Muito ousado, muito moderno. Enaltece o Molinari e o Riopelle. E mesmo assim todos eles funcionam bem com o tradicional Krieghoff.

– O senhor entende de arte – disse Thomas, um pouco surpreso.

– Eu amo a história do Quebec – declarou Gamache, indicando a cena antiga.

– Mas isso não explica os outros, não é?

– Está me testando, monsieur? – perguntou Gamache, decidido a provocá-lo um pouco.

– Talvez – admitiu Thomas. – É raro encontrar um autodidata.

– Ainda mais em cativeiro – retrucou Gamache, e Thomas riu.

A pintura para a qual estavam olhando era suave, com linhas bege delicadamente sombreadas.

– Parece um deserto – declarou Gamache. – Desolado.

– Ah, mas isso é um equívoco – disse Thomas.

– Lá vai ele – falou Marianna.

– Aquela história da planta de novo, não – comentou Julia, voltando-se para Sandra. – Ele ainda conta isso?

– Uma vez por dia. Melhor manter distância.

– Bem, hora de dormir – decretou madame Finney.

O marido se levantou do sofá e o casal de idosos foi embora.

– As coisas não são o que parecem – disse Thomas, e Gamache olhou para ele, surpreso. – No deserto, quero dizer. Parece desolado, mas na verdade está cheio de vida. Você só não a vê. Ela se esconde, por medo de ser devorada. Há uma planta no deserto sul-africano chamada pedra-viva. O senhor tem ideia de como ela sobrevive?

– Vamos pensar... Fingindo ser uma pedra? – perguntou Julia.

Thomas lançou um olhar irritado para ela, mas então seu rosto retomou a expressão atraente e gentil.

– Vejo que você não se esqueceu da história.

– Eu não me esqueci de nada, Thomas – respondeu Julia, e sentou-se.

Gamache assimilou tudo aquilo. Os Finneys raramente falavam uns com os outros, mas, quando o faziam, suas palavras pareciam carregadas, pesadas, com um significado que lhe escapava.

Thomas hesitou, então se voltou para Gamache, que queria muito ir para a cama, embora desejasse ainda mais que a história chegasse ao fim.

– Ela finge ser uma pedra – disse Thomas, com os olhos fixos em Gamache.

O homem grande devolveu o olhar, percebendo de repente que havia um significado por trás do que era dito. Algo estava sendo comunicado a ele. Mas o quê?

– Para sobreviver, ela precisa se esconder. Fingir ser algo que não é – disse Thomas.

– É só uma planta – falou Marianna. – Ela não faz nada de propósito.

– Ela é ardilosa – comentou Julia. – Um instinto de sobrevivência.

– É só uma planta – repetiu Marianna. – Não seja boba.

Engenhosa, pensou Gamache. Não se atreve a mostrar o que realmente é, por medo de ser morta. O que Thomas havia acabado de dizer?

As coisas não são o que parecem. Ele estava começando a acreditar nisso.

QUATRO

— Eu gostei da noite — observou Reine-Marie, deslizando para debaixo dos lençóis limpos e macios, ao lado do marido.

— Eu também.

Ele tirou os óculos de leitura e apoiou o livro na cama. Era uma noite quente. O quartinho deles nos fundos tinha apenas uma janela voltada para o jardim da cozinha, então não havia nenhuma brisa, mas a janela estava aberta e as cortinas de algodão leve balançavam ligeiramente. Os abajures nas mesas de cabeceira forneciam focos de luz, mas o resto estava na escuridão. Cheirava à madeira das paredes de troncos e aos pinheiros da floresta, com uma pitada de doçura da horta abaixo.

— Daqui a quatro dias é nosso aniversário — disse Reine-Marie. — Primeiro de julho. Imagine, 35 anos juntos. Nós éramos mesmo tão jovens?

— Eu era. E inocente.

— Pobrezinho. Eu te assustei?

— Talvez um pouquinho. Mas já superei.

Reine-Marie se apoiou no travesseiro.

— Não posso dizer que estou ansiosa para conhecer os Finneys que ainda vão chegar amanhã.

— Spot e Claire. Spot deve ser um apelido.

— Assim espero.

Ele pegou o livro e tentou se concentrar, mas seus olhos estavam ficando pesados, piscando enquanto ele se esforçava para mantê-los abertos. Percebendo que não era uma luta que pudesse ou necessitasse vencer, acabou desistindo. Beijou Reine-Marie, enfiou a cabeça no travesseiro e adormeceu ao som do coro de criaturas do lado de fora e com o cheiro da esposa ao seu lado.

Pierre Patenaude estava na porta da cozinha. O local se encontrava limpo e organizado, tudo em seu devido lugar. Os copos enfileirados, a prataria em seus compartimentos, a porcelana branca cuidadosamente empilhada, com um lenço fino entre cada prato. Ele aprendera isso com a mãe. Ela lhe ensinara que ordem era liberdade. Viver no caos era viver em uma prisão. A ordem liberava a mente para outras coisas.

Com o pai, ele aprendera liderança. Nos raros dias em que não ia à escola, tinha permissão para ir ao escritório. O pai cheirava a colônia e tabaco e ficava com o filho no colo enquanto dava telefonemas. Mesmo quando criança, Pierre sabia que estava sendo preparado. Moldado, formado, polido e instruído.

Seu pai ficaria decepcionado com ele? Por ser apenas um maître? Ele achava que não. O pai só desejava uma coisa para o filho: que fosse feliz.

Ele apagou a luz, atravessou a sala de jantar vazia e foi até o jardim para olhar mais uma vez para o cubo de mármore.

Marianna foi se despindo. Uma peça após a outra, cantarolando. De vez em quando, ela olhava para a cama de solteiro ao lado dela. Bean estava dormindo, ou fingindo dormir.

– Bean? – sussurrou. – Bean, dê um beijo de boa-noite na mamãe.

A criança ficou em silêncio. Embora o quarto em si não estivesse. Relógios preenchiam quase todas as superfícies. Relógios de ponteiro e digitais, relógios elétricos e de corda. Todos prontos para despertar às sete da manhã. Todos se movendo em direção a essa hora, como faziam todas as manhãs havia meses. Parecia haver mais deles do que nunca.

Marianna se perguntou se tinha ido longe demais. Se deveria tomar alguma atitude. Certamente não era normal para uma criança de 10 anos fazer uma coisa dessas. O que tinha começado com um despertador um ano antes havia florescido e se espalhado como uma erva daninha, até o quarto de Bean em casa ficar sufocado de relógios. O tumulto de todas as manhãs era inacreditável. De seu quarto, ela ouvia os alarmes sendo desligados um a um, até que o último relógio fosse silenciado.

Certamente isso não era normal.

Mas muita coisa sobre Bean não era normal. Consultar um psicólogo agora, bem, seria um pouco como tentar correr mais depressa que uma onda gigante de esquisitices, pensou Marianna. Ela tirou a mão de Bean do livro e sorriu ao colocar o objeto no chão. Aquele era seu livro favorito quando criança. Ela se perguntou de qual história Bean mais gostava. Ulisses? Pandora? Hércules?

Inclinando-se para beijar Bean, Marianna notou o lustre e seu velho fio elétrico. Em sua mente, ela viu uma faísca saltar em um arco brilhante sobre a roupa de cama, fumegando no início, mas, em seguida, explodindo em chamas enquanto eles dormiam.

Ela deu um passo para trás, fechou os olhos e colocou o muro invisível ao redor de Bean.

Pronto, tudo seguro.

Apagou a luz e deitou-se na cama, sentindo o corpo pegajoso e flácido. Quanto mais perto ela ficava da mãe, mais pesado seu corpo lhe parecia, como se sua mãe tivesse uma atmosfera e gravidade próprias. No dia seguinte, Spot chegaria, e tudo iria começar. E terminar.

Ela tentou encontrar uma posição confortável, mas a noite estava abafada e as cobertas grudavam em seu corpo. Ela as chutou. Mas o que realmente estava entre ela e o sono não era o calor fétido, a criança ressonando a seu lado ou as roupas de cama.

Era uma banana.

Por que eles sempre a provocavam? E por que, aos 47 anos, ela ainda se importava?

Ela se virou, tentando encontrar um lugar mais fresco na cama, agora úmida.

Banana. E ouviu novamente as risadas. E viu os olhares zombeteiros.

Deixa pra lá, implorou a si mesma. Ela fechou os olhos e tentou ignorar a banana e o tique-taque reprovador dos relógios em sua cabeça.

JULIA MARTIN SENTOU-SE À PENTEADEIRA E tirou seu cordão de pérolas. Simples e elegante, fora um presente do pai pelo seu aniversário de 18 anos.

"Uma dama é sempre discreta, Julia", dissera ele. "Uma dama nunca se exibe. Ela sempre deixa os outros à vontade. Lembre-se disso."

E ela se lembrou. Soube que era verdade assim que o ouviu dizer aquilo. E todos os tropeços e trapalhadas que cometera, todas as incertezas e a solidão de sua adolescência haviam se afastado. À frente dela abriu-se um caminho bem claro. Restrito, sim, mas claro. Sentiu um alívio completo. Havia um propósito, uma direção em sua vida. Ela sabia quem era e o que tinha que fazer. Deixar os outros à vontade.

Enquanto se despia, ela repassou os acontecimentos do dia, fazendo uma lista de todas as pessoas que poderia ter magoado, todas as pessoas que poderiam não gostar dela por conta de qualquer coisa que dissera, por sua inflexão, seu jeito.

E pensou no simpático francês e em sua conversa no jardim. Ele a vira fumando. O que devia estar pensando sobre ela? Então ela flertou com o jovem garçom e aceitou uma bebida. Bebendo, fumando, flertando.

Deus, ele devia pensar que ela era superficial e fraca.

Decidiu agir melhor no dia seguinte.

Aninhou o fio de pérolas em sua caixa de veludo azul macio; em seguida tirou os brincos, desejando que também pudesse remover as orelhas. Mas ela sabia que era tarde demais.

A rosa Eleanor. Por que eles faziam isso? Depois de todos aqueles anos, quando ela estava tentando ser legal, por que falar da rosa de novo?

Deixa pra lá, implorou a si mesma. *Não importa. Foi uma piada. Só isso.*

Mas as palavras já tinham se aninhado dentro dela e se recusavam a ir embora.

No quarto ao lado, a Suíte do Lago, Sandra estava na varanda cercada pelas estrelas e se perguntando como eles poderiam conseguir a melhor mesa para o café da manhã. Estava cansada de ser servida por último, sempre tendo que insistir e, tinha certeza, recebendo sempre as menores porções.

E aquele Armand, o pior jogador de bridge que ela já vira. Por que ela tivera que fazer dupla com ele? Os funcionários bajulavam ele e a esposa, provavelmente porque eram franceses. Não era justo. Eles estavam hospedados naquele armário de vassouras nos fundos do Manoir, o quarto mais barato. Um lojista, certamente, com sua esposa faxineira. Não parecia certo ter que dividir o Manoir com eles. Ainda assim, ela tinha sido cortês. Não dava para exigir mais nada.

Sandra estava com fome. E com raiva. E cansada. E Spot chegaria no dia seguinte e tudo ficaria ainda pior.

Dentro de seu quarto esplêndido, Thomas olhou para as costas rígidas da esposa.

Ele se casara com uma mulher bonita e, a certa distância e de costas, ela continuava adorável.

Mas, de alguma forma, nos últimos tempos, sua cabeça parecia ter se expandido e o resto, encolhido, de modo que agora ele tinha a impressão de estar preso a um colete salva-vidas esvaziado. Alaranjado, mole, flácido e que não cumpria mais a sua função.

Enquanto Sandra estava de costas, ele tirou depressa as velhas abotoaduras que seu pai tinha lhe dado no seu aniversário de 18 anos.

"Meu próprio pai me deu isso, e agora é hora de passá-las para você", dissera o pai. Thomas pegara as abotoaduras e a desgastada bolsinha de veludo em que vieram e as enfiara no bolso, em um movimento displicente, na intenção de magoar o pai. E deu para ver que o objetivo havia sido alcançado.

O pai nunca mais lhe dera nada. Nada.

Rapidamente, ele tirou o paletó e a camisa antigos, aliviado por ninguém ter notado o leve desgaste nos punhos. Então Sandra entrou no cômodo e ele casualmente jogou a camisa e o paletó em uma cadeira próxima.

– Eu não gostei de você me contradizendo durante o jogo – disse ela.

– Eu fiz isso?

– É claro que fez. Na frente da sua família e daquele casal, o lojista e a esposa faxineira.

– Era a mãe dela quem limpava casas – retrucou Thomas.

– Está vendo? Você não consegue me deixar dizer nada sem me corrigir?

– Você quer continuar errada?

Era uma discussão antiga entre os dois.

– Está bem, o que foi que eu disse? – perguntou ele, finalmente.

– Você sabe muito bem o que disse. Você disse que peras combinavam mais com chocolate derretido.

– É por isso? Peras?

Ele fez a reclamação dela parecer idiota, mas Sandra sabia que não era. Ela sabia que era importante. Vital.

– Sim, peras. Eu disse morangos e você disse peras.

Na verdade, estava começando a soar idiota até para ela. Isso não era nada bom.

– Mas é isso que eu acho – disse ele.

– Fala sério, não vai querer me dizer que você tem alguma opinião.

Toda aquela conversa de chocolate derretido pingando de morangos frescos, ou mesmo peras, a estava deixando com água na boca preenchida com colágeno. Ela procurou os chocolatinhos que os hotéis colocavam nos travesseiros. No lado dela da cama, no dele, nos travesseiros, na mesinha. Correu para o banheiro. Nada. Olhando para a pia, se perguntou quantas calorias haveria na pasta de dente.

Nada. Nada para comer. Ela olhou para as cutículas, mas as estava guardando para uma emergência. Voltando para o quarto, olhou para as abotoaduras desgastadas do marido e imaginou como teriam ficado daquele jeito. Com certeza não por uso excessivo.

– Você me humilhou na frente de todo mundo – disse ela, transferindo a fome de comer para a fome de ferir.

Ele não se virou. Ela sabia que deveria esquecer o assunto, mas era tarde demais. Já havia cortado, mastigado e engolido o insulto. Era parte dela agora.

– Por que você sempre faz isso? E tudo por causa de uma pera? Por que você não pode apenas concordar comigo pelo menos uma vez?

Ela tinha comido brotos, frutas e um monte de folhas por dois meses e perdido 6 quilos por um único motivo. Para que a família dele comentasse quão bonita e magra ela estava, e então talvez Thomas notasse. Talvez ele acreditasse. Talvez a tocasse. Bastava tocá-la. Nem precisavam fazer amor. Bastava tocá-la.

Ela estava faminta por isso.

IRENE FINNEY OLHOU-SE NO ESPELHO E levantou a mão. Aproximou do rosto a toalha ensaboada e então parou.

Spot chegaria no dia seguinte. E aí eles estariam todos juntos. Os quatro filhos, os quatro cantos de seu mundo.

Irene Finney, como muitos idosos, sabia que o mundo era, de fato, plano. Tinha um começo e um fim. E ela tinha chegado à borda.

Só havia mais uma coisa a fazer. No dia seguinte.

Irene Finney olhou para seu reflexo. Levou a toalha ao rosto e o esfregou. No cômodo ao lado, Bert Finney agarrava os lençóis ouvindo os soluços sufocados da esposa enquanto tirava a maquiagem.

Armand Gamache acordou com o sol se derramando através das cortinas, batendo na roupa de cama com estampa de esquilos e em seu corpo suado. Os lençóis embolados formavam uma bola molhada na extremidade da cama. Ao lado dele, Reine-Marie despertou.

– Que horas são? – perguntou ela, sonolenta.

– Seis e meia.

– Da manhã?

Ela se apoiou no cotovelo. Ele fez que sim e sorriu.

– E já está quente desse jeito?

Ele assentiu de novo.

– Vai fazer um calor de matar – concluiu a esposa.

– Foi o que Pierre disse ontem. É uma onda de calor.

– Finalmente descobri por que chamam de onda – comentou Reine-Marie, traçando uma linha pelo braço molhado do marido. – Preciso de um banho.

– Tenho uma ideia melhor.

Poucos minutos depois, eles estavam no cais, chutando as sandálias e largando as toalhas feito ninhos na superfície de madeira quente. Gamache e Reine-Marie olharam para aquele mundo de dois sóis, dois céus, montanhas e florestas multiplicadas. O lago era um espelho. Um pássaro que cruzava o céu claro apareceu também na água tranquila. Era um mundo tão perfeito que se dividia em dois. Beija-flores zumbiam no jardim e borboletas-monarcas iam de flor em flor. Um par de libélulas fazia barulho ao redor do cais. Reine-Marie e Gamache eram as únicas pessoas no mundo.

– Você primeiro – disse ela.

Ela adorava ver aquilo. Assim como seus filhos, quando eram pequenos.

Ele sorriu, flexionou os joelhos e se impulsionou da doca para o ar. Pareceu pairar por um momento, os braços estendidos como se quisesse chegar à costa. Parecia mais um lançamento do que um mergulho. Então, é claro, veio o inevitável, uma vez que Armand Gamache não podia de fato voar. Ele atingiu a água com um respingo gigantesco. Estava gelada a ponto de tirar seu fôlego num primeiro momento, mas, quando ele reapareceu, sentia-se revigorado e alerta.

Reine-Marie o observou balançar a cabeça para livrar o cabelo esparso da água do lago, como fizera na primeira vez que visitaram o local e por anos desde então, até que não houvesse mais necessidade. Mas ainda assim ele fazia isso, e ainda assim ela assistia, e ainda sentia seu coração parar.

– Vem! – chamou ele.

Gamache a observou mergulhar, graciosa, embora suas pernas sempre se separassem e ela nunca dominasse a ponta dos pés, então sempre havia bolhas quando seus pés batiam na água. Ele esperou para vê-la emergir, de cara para o sol, o cabelo brilhando.

– Algum respingo? – perguntou ela, boiando enquanto as ondas se dirigiam para a costa.

– Você entrou como uma faca. Nem percebi que você mergulhou.

Dez minutos depois, subiam a escada de volta para o cais.

– Pronto. Hora do café da manhã – disse Reine-Marie.

Gamache lhe entregou uma toalha aquecida pelo sol.

– O que você vai comer?

Eles voltaram descrevendo um para o outro as quantidades impossíveis de comida que pretendiam ingerir. Ao chegar ao Manoir, ele parou e a puxou para o lado.

– Quero lhe mostrar uma coisa.

Ela sorriu.

– Eu já vi.

– Não isso.

Ele riu e depois parou. Eles não estavam mais sozinhos. Adiante, ao lado do Manoir, havia alguém curvado, cavando. O movimento parou e lentamente a figura se virou para eles.

Era uma jovem, coberta de terra.

– Ah, olá.

Ela parecia mais assustada do que eles. Tão assustada que falou em inglês, em vez de no tradicional francês do Manoir.

– Olá – respondeu Reine-Marie, com um sorriso tranquilizador, em inglês.

– *Désolée* – disse a outra, esfregando mais terra no rosto molhado de suor, transformando-a em lama instantaneamente, de modo que a jovem parecia um pouco uma escultura viva de argila. – Achei que todos ainda estivessem dormindo. É a melhor hora para trabalhar. Eu faço parte da equipe de jardinagem.

Ela tinha passado para o francês e falava com facilidade, apesar de um leve sotaque. Um cheiro de algo doce, químico e familiar veio ao encontro deles. Inseticida. A moça estava encharcada de inseticida. Os aromas de um verão no Quebec: repelente e grama recém-cortada.

Gamache e Reine-Marie notaram buracos no chão. Ela seguiu o olhar deles.

– Estou tentando transplantar tudo isso antes que fique muito quente – explicou, indicando algumas plantas murchas. – Por algum motivo, todas as flores neste canteiro estão morrendo.

– O que é isso? – indagou Reine-Marie, não mais olhando para os buracos.

– Isso é o que eu queria lhe mostrar – disse Gamache.

Ali, na lateral, ligeiramente escondido pela floresta, estava o enorme cubo de mármore. Pelo menos agora havia alguém ali para quem perguntar.

– Não faço a menor ideia – foi a resposta da moça à sua pergunta. – Um caminhão enorme o deixou aqui há alguns dias.

– O que é? – questionou Reine-Marie, tocando o objeto.

– É mármore – respondeu a moça, juntando-se ao casal enquanto os três olhavam.

– Bem, aqui estamos nós – disse Reine-Marie depois de alguns instantes –, no Manoir Bellechasse, cercados por bosques, lagos e jardins, e você e eu – ela pegou a mão do marido – olhando para a única coisa não natural em um raio de quilômetros.

Ele riu.

– Qual a probabilidade?

Eles cumprimentaram a moça com a cabeça e foram para o Manoir se trocar. Mas Gamache achou interessante que Reine-Marie tivesse a mesma reação ao cubo de mármore que ele tivera na noite anterior. Fosse o que fosse, não era natural.

O TERRASSE TINHA ALGUNS PONTOS DE sombra e ainda não estava escaldante, embora ao meio-dia as pedras fossem ficar que nem brasas. Reine-Marie e Gamache usavam chapéu de sol de abas largas.

Elliot trouxe o *café au lait* e o café da manhã. Reine-Marie derramou xarope de bordo em suas panquecas de mirtilo silvestre e Gamache abriu seus ovos beneditinos, observando a gema se misturar com o molho *hollandaise*. Àquela altura, o *terrasse* já estava se enchendo de Finneys.

– Não faz muita diferença – ouviram a voz de uma mulher atrás deles –, mas se pudéssemos ficar com aquela mesa debaixo da árvore seria ótimo.

– Acredito que já esteja ocupada, madame – disse Pierre.

– Ah, é mesmo? Bem, não faz mal.

Bert Finney já estava sentado, assim como Bean. Ambos liam o jornal. Ele lia os quadrinhos, enquanto Bean lia os obituários.

– Você está com uma cara preocupada, Bean – disse o velho, baixando os quadrinhos.

– Já notou que mais pessoas parecem estar morrendo do que nascendo? – comentou Bean, entregando a seção para Finney, que a pegou e assentiu solenemente.

– Isso significa que sobra mais para nós, que ainda estamos aqui.

Ele devolveu a seção.

– Eu não quero mais – argumentou Bean.

– Você vai querer – replicou Finney, voltando aos quadrinhos.

– Armand.

Reine-Marie colocou a mão macia no braço do marido. Ela baixou a voz para um sussurro quase inaudível:

– Bean é menino ou menina?

Gamache, que estava se perguntando a mesma coisa, olhou novamente. A criança usava o que pareciam ser óculos de farmácia e tinha cabelo loiro na altura dos ombros.

Ele balançou a cabeça.

– Bean me lembra Florence – disse ele. – Eu passeei com ela no boulevard Laurier da última vez que eles nos visitaram, e quase todos comentaram sobre nosso lindo neto.

– Ela estava usando o chapéu de sol?

– Estava.

– E eles comentaram sobre a semelhança?

– Comentaram, sim.

Gamache olhou para a esposa como se ela fosse um gênio, seus olhos castanhos arregalados de admiração.

– Quem diria – disse ela. – Mas Florence tem pouco mais de 1 ano. Quantos anos você diria que Bean tem?

– Difícil dizer. Nove, dez? Qualquer criança lendo o obituário parece mais velha.

– Obituários envelhecem. Vou ter que me lembrar disso.

– Mais geleia? – ofereceu Pierre, substituindo os recipientes vazios por novos potes de *confitures* caseiras de morangos silvestres, framboesas e mirtilos. – Posso lhes trazer alguma coisa?

– Bem, eu tenho uma pergunta – disse Gamache, e apontou com o croissant para o canto do Manoir. – Há um bloco de mármore ali, Pierre. Para que é?

– Ah, o senhor notou.

– Até astronautas notariam.

Pierre assentiu.

– Madame Dubois não disse nada quando fizeram o check-in?

Reine-Marie e Gamache se entreolharam e balançaram a cabeça.

– Bem – disse o maître, parecendo um pouco envergonhado. – Acredito que tenham que perguntar a ela. É uma surpresa.

– Uma surpresa boa? – perguntou Reine-Marie.

Pierre pensou.

– Não sabemos. Mas vamos descobrir em breve.

CINCO

Após o café da manhã, Gamache ligou para o filho em Paris e deixou uma mensagem com o número do Manoir. Celulares não funcionavam ali no meio da floresta.

O dia foi passando de forma agradável, a temperatura aumentando aos poucos, até enfim todos perceberem que estava de fato muito quente. Os funcionários levaram cadeiras e espreguiçadeiras para os gramados e jardins, em busca de alguma sombra para impedir que os hóspedes cozinhassem.

– Spot!

O grito cortou o ar úmido do meio-dia e interrompeu o descanso de Gamache.

– Spot!

– Estranho – comentou Reine-Marie, tirando os óculos escuros e olhando para o marido. – Eles o chamam com a mesma inflexão com que você gritaria "Incêndio!".

Gamache marcou a página do livro com o dedo e olhou na direção da voz. Ele estava curioso para ver como era o tal "Spot". Teria orelhas caídas? Pintas espalhadas pelo corpo, como insinuava o seu nome?

Thomas estava chamando "Spot!" e cruzava rapidamente o gramado em direção a um homem alto e bem-vestido, com cabelo grisalho. Gamache tirou os óculos escuros e observou com mais atenção.

– É o fim da nossa paz e sossego, eu imagino – disse Reine-Marie, com pesar. – O odioso Spot e sua ainda mais desagradável esposa Claire acabam de se materializar.

Gamache recolocou os óculos e semicerrou os olhos, sem acreditar no que estava vendo.

– O que foi? – perguntou Reine-Marie.

– Você nunca vai adivinhar.

Duas figuras altas vinham pelo gramado do Manoir Bellechasse. O muito distinto Thomas e seu irmão mais jovem, Spot.

Reine-Marie olhou também.

– Mas é...

– Acho que sim – disse Gamache.

– Então onde está...

Reine-Marie estava perplexa.

– Não sei – respondeu o marido. – Ah, lá vem ela.

Surgiu ali, então, uma figura amarrotada e de cabelo esvoaçante, com um chapéu de sol preso meio errado na cabeça.

– Clara? – sussurrou Reine-Marie para Gamache. – Meu Deus, Armand, Spot e Claire Finney são Peter e Clara Morrow. É um milagre.

Ela estava encantada. A praga que parecia iminente e irreversível era, na verdade, um casal de amigos.

Sandra cumprimentou Peter enquanto Thomas abraçava Clara. Ela ficava pequena entre aqueles braços e quase desaparecia, e quando se afastou estava ainda mais desgrenhada.

– Você está ótima – disse Sandra, olhando para Clara e feliz por ver que sua cintura e suas coxas estavam maiores.

A recém-chegada vestia um short listrado com uma blusa de bolinhas. *E se diz artista*, pensou Sandra, sentindo-se muito melhor.

– Eu estou bem. E você emagreceu. Meu Deus, Sandra, você tem que me dizer como fez isso. Eu adoraria perder uns 5 quilos.

– Você? – exclamou Sandra. – Nunca.

As duas caminharam de braços dados para onde os Gamaches não conseguiam mais ouvi-las.

– Peter – disse Thomas.

– Thomas – disse Peter.

Eles menearam a cabeça de maneira brusca um para o outro.

– Tudo ok?

– Sempre.

Eles falavam em código, sem precisar de pontuação.
– Vocês?
– Ótimos.

Os irmãos haviam reduzido a linguagem ao essencial. Em breve, usariam apenas consoantes. Por fim, silêncio.

Da sombra, Armand Gamache observava. Ele sabia que deveria ficar encantado ao ver seus velhos amigos, e estava. Entretanto, ao olhar para baixo, viu os pelos de seus braços se arrepiarem e sentiu uma onda de ar gélido.

Naquele dia de verão escaldante, naquele cenário intocado e tranquilo, as coisas não eram o que pareciam.

CLARA FOI ATÉ O MURO DE pedra do *terrasse* carregando uma cerveja e um sanduíche de tomate, cujas sementes caíam em sua nova blusa de algodão sem que ela percebesse. Tentou desaparecer na sombra, o que não era difícil, uma vez que a família de Peter não lhe dava muita atenção. Ela era a nora, a cunhada, nada mais. No início, fora irritante, mas agora ela via nisso uma grande vantagem.

Ela olhou para o jardim perene e pensou que, se estreitasse os olhos um pouquinho, poderia acreditar que estava de volta ao seu pequeno vilarejo em Three Pines. Na verdade, o lugar nem era tão distante. Logo do outro lado das montanhas. Mas parecia muito longe naquele momento.

Em casa, no verão, todas as manhãs ela se servia de uma xícara de café e ia descalça até o rio Bella Bella, atrás de casa, onde cheirava rosas, digitális e lírios enquanto passeava. Sentada em um banco, bebia seu café e admirava a correnteza suave do rio, hipnotizada pela água, que brilhava ao sol. Então entrava em seu estúdio e pintava até o meio da tarde. Depois, ela e Peter pegavam uma cerveja e caminhavam pelo jardim ou encontravam amigos no bistrô para uma taça de vinho. Era uma vida tranquila, sem intercorrências. E que os agradava.

Mas certa manhã, algumas semanas antes, ela fora verificar a caixa de correio, como de hábito, e lá encontrou o temido convite. A porta enferrujada da caixa rangeu ao ser aberta, e, enfiando a mão nela, Clara já sabia, antes mesmo de ver o que estava lá. Ela sentiu o velino pesado do envelope. Ficou tentada a simplesmente jogá-lo fora, na caixa de reciclagem azul, para que pudesse ser transformado em algo útil, como, por exemplo, papel higiênico. Mas não fez isso. Só olhou para a escrita de teia de aranha, os rabiscos sinistros que a fizeram sentir que havia formigas rastejando por toda a sua pele, até que não aguentou mais.

Rasgou o envelope, e dentro estava o convite para a reunião de família no Manoir Bellechasse, no final de junho. Um mês antes da data usual, e exatamente quando Three Pines estava arriando as bandeiras de Saint-Jean-Baptiste e preparando as celebrações anuais de primeiro de julho, o Dia do Canadá, na praça do vilarejo. Era o pior momento possível, e ela estava prestes a tentar se livrar do evento quando se lembrou de que deveria organizar os jogos das crianças naquele ano. Clara, que para se dar bem com as crianças fingia que elas eram filhotinhos, de repente entrou em conflito e decidiu deixar a decisão para Peter. Mas havia algo mais no convite. Outra coisa aconteceria enquanto todos estivessem lá. Quando Peter saiu do próprio estúdio naquela tarde, ela lhe entregou o envelope e observou seu belo rosto. Aquele rosto que ela amava, aquele homem que ela queria tanto proteger. E poderia, da maioria das coisas. Mas não da própria família. Eles atacavam por dentro, e ela não tinha como ajudá-lo. Ela analisou seu rosto, confuso no início, depois parecendo compreender.

Ia ser difícil. Mesmo assim, para sua surpresa, ele ligou para a mãe e aceitou o terrível convite.

Isso fora algumas semanas antes, e então, de repente, estava acontecendo.

Clara sentou-se sozinha perto do muro e observou os outros bebendo gim-tônica sob o sol ofuscante. Nenhum deles usava chapéu de sol, preferindo ter insolação e câncer de pele, desde que pudessem se exibir. Peter conversava com a mãe, a mão na testa para bloquear o sol, como se fizesse uma continência infinita.

Thomas parecia majestoso e elegante, enquanto Sandra se mostrava em alerta. Seus olhos corriam de um lado para outro, reivindicando porções, observando os garçons em movimento, monitorando quem conseguia o quê e quando – e como tudo se comparava ao que lhe era dado.

Do outro lado do *terrace*, também à sombra, Clara viu Bert Finney. Ele parecia estar observando a esposa, embora fosse difícil dizer. Ela desviou o olhar no instante em que ele também a encarou.

Bebericando sua bebida gelada, ela afastou do pescoço um punhado de fios grossos de cabelo molhados de suor. Então agitou o cabelo para cima e para baixo, fazendo uma pequena brisa. Só então percebeu que a mãe de Peter a observava, seu rosto com tons de rosa desbotado, enrugado e bonito, seus olhos de porcelana pensativos e gentis. Uma bela rosa inglesa convidando-o a se aproximar até que você percebe, tarde demais, que há uma vespa enterrada em suas profundezas, esperando para fazer o que as vespas fazem de melhor.

Menos de 24 horas, disse a si mesma. *Podemos ir embora depois do café da manhã.*

Um mosquito zumbiu ao redor de sua cabeça suada, e Clara tentou afastá-lo com os braços de maneira tão descontrolada que acabou jogando o resto de seu sanduíche no jardim perene. Uma resposta às orações das formigas – menos daquelas em cima das quais ele caiu.

– Claire não mudou nada – disse a mãe de Peter.

– Nem você, mãe.

Peter tentou manter a voz tão civilizada quanto a dela e sentiu que havia alcançado aquele equilíbrio perfeito entre cortesia e desdém. Tão sutil que era impossível rebater, tão óbvio que era impossível não perceber.

Do outro lado do escaldante *terrasse,* Julia sentiu os pés começarem a queimar dentro das sandálias finas sobre as pedras quentes.

– Oi, Peter – cumprimentou.

Ela se forçou a ignorar os pés fumegantes e atravessou o *terrasse* jogando um beijo para o irmão mais novo.

– Você está ótimo.

– Você também.

Pausa.

– Dia bonito – disse ele.

Julia procurou em seu cérebro, que se esvaziava depressa, alguma coisa inteligente para dizer, alguma coisa interessante e perspicaz. Alguma coisa para provar que estava feliz. Que sua vida não era a confusão que, ela sabia, ele achava que era. Silenciosamente, ela repetiu para si mesma: "Pobre Peter da pele apinhada de pus." Isso ajudou.

– Como vai David? – perguntou Peter.

– Ah, você sabe como ele é – respondeu Julia, de maneira casual. – Ele se adapta a qualquer coisa.

– Até à prisão? E aqui está você.

Ela analisou o rosto plácido e bonito do irmão. Aquilo teria sido um insulto? Ela passara tanto tempo longe da família que perdera a prática. Sentia-se como um paraquedista aposentado havia muito tempo que era lançado para fora de um avião.

Quatro dias antes, quando chegara, ela estava magoada e exausta. Seu último sorriso, seu último elogio vazio, sua última gota de delicadeza arrancada dela no desastre que havia sido o ano anterior, durante o julgamento de David. Sentindo-se traída, humilhada e exposta, ela voltara para casa com o intuito de se recuperar. Voltara para a mãe acolhedora, para os irmãos altos e bonitos de suas lembranças mágicas e místicas. Com certeza eles tomariam conta dela.

De alguma forma, ela se esquecera do motivo pelo qual os deixara. Mas ali, agora, já estava se lembrando de novo.

– Imagine – disse Thomas –, seu marido roubando todo aquele dinheiro e você sem nem saber. Deve ter sido horrível.

– Thomas – censurou a mãe, balançando a cabeça levemente.

Não em repreensão pelo insulto a Julia, mas por dizer aquilo na frente dos funcionários. Julia sentiu as pedras quentes fervendo embaixo de seus pés. Mas sorriu e não perdeu a pose.

– Seu pai... – começou a Sra. Finney, mas se interrompeu.

– Continue, mamãe – disse Julia, sentindo algo antigo e familiar se agitar dentro dela. Algo que estivera adormecido por décadas havia despertado. – Meu pai...

– Ora, você sabe como ele se sentia.

– E como é que ele se sentia?

– Francamente, Julia, esta é uma conversa imprópria.

A mãe se virou para ela com um sorriso terno e as mãos levemente trêmulas. Quanto tempo se passara desde que ela sentira as mãos da mãe?

– Desculpa – disse Julia.

– Pula, Bean, pula!

Clara viu a irmã mais nova de Peter saltar pelo gramado bem cuidado, os pés mal tocando o chão, e atrás dela corria Bean, com uma toalha de praia amarrada no pescoço, rindo. Mas não pulando. *Grande Bean*, pensou Clara.

– Ufa – bufou Marianna, entrando no *terrasse* instantes depois, o suor escorrendo como se ela tivesse passado por um irrigador de jardim. Ela pegou a ponta de um lenço e enxugou os olhos. – Bean pulou? – perguntou à família.

Somente Thomas reagiu, com um sorriso desdenhoso.

Com todo aquele sol e a umidade, Clara sentiu uma coceira na região do sutiã e deu uma puxada nele. Quando já era tarde demais, percebeu que a mãe de Peter a estava observando novamente, como se estivesse equipada com um radar especial.

– Como vai a sua arte?

A pergunta pegou Clara de surpresa. Ela presumiu que tivesse sido dirigida a Peter, e se preocupou em tentar tirar as sementes de tomate, agora cozidas, de seus seios.

– A minha? – indagou, olhando para Julia.

Era a irmã que ela menos conhecia, mas tinha ouvido as histórias que Peter contava, então rapidamente entrou no modo defensivo.

– Ah, você sabe. Sempre uma luta.

Era a resposta fácil, a que eles esperavam. Clara, a fracassada, que se dizia artista mas nunca vendia nada. Que fazia trabalhos ridículos como manequins com cabelos bufantes e árvores derretidas.

– Eu me lembro de ter ouvido sobre a sua última exposição. Bastante ousada.

Clara endireitou-se na cadeira. Ela sabia que muita gente perguntava qualquer coisa só por educação. Mas eram raras as pessoas que faziam mais de uma pergunta.

Talvez Julia estivesse sendo sincera.

– "Úteros guerreiros", não era isso? – perguntou Julia.

Clara procurou algum sinal de zombaria no rosto da cunhada, mas não achou nenhum. Então assentiu. Era verdade que, de um ponto de vista financeiro, a série de pinturas não poderia ser considerada um sucesso, mas, emocionalmente, fora um triunfo. Ela havia pensado até em dar uma das obras para a mãe de Peter como presente de Natal, mas depois concluí que seria muita ousadia.

– Nós não contamos a vocês?

Peter se aproximou, sorridente. Aquilo nunca era um bom sinal em uma reunião de família. Quanto mais diabólicos eles eram, mais sorriam. Clara tentou atrair o olhar do marido.

– Contaram o quê? – indagou Sandra, sentindo algo desagradável se aproximando.

– Sobre a arte de Clara.

– Eu gostaria de mais uma cerveja – pediu Clara.

Ninguém prestou atenção.

– O que tem a arte dela? – perguntou Thomas.

– Nada – respondeu Clara. – É só um monte de bobagem. Vocês me conhecem. Estou sempre experimentando.

– Ela foi procurada por uma galeria.

– Peter... – retrucou Clara. – Não precisamos falar sobre isso.

– Mas tenho certeza de que eles gostariam de ouvir – disse Peter.

Ele tirou a mão do bolso da calça, virando-o do avesso sem querer e estragando sua aparência perfeita.

– Clara é muito modesta. A Galerie Fortin, de Montreal, quer fazer uma exposição só dela. O próprio Denis Fortin foi a Three Pines para ver seu trabalho.

Silêncio.

Clara cravou as unhas na palma das mãos. Sentiu um mosquito picá-la atrás da orelha.

– Que maravilha – disse a mãe de Peter. – Isso é ótimo.

Surpresa, Clara se virou para a sogra. Mal podia acreditar no que tinha acabado de ouvir. Será que fora muito dura com ela todo aquele tempo? Teria julgado a mãe de Peter de maneira injusta?

– Em geral, eles são muito grossos.

O sorriso de Clara se desmanchou. Muito grossos?

– E não são feitos com maionese de verdade. Mas a chef Véronique se superou mais uma vez. Você já experimentou o sanduíche de pepino, Claire? Está realmente muito bom.

– É ótimo – concordou Clara, com um entusiasmo exagerado.

– Parabéns, Clara. Que boa notícia – disse uma voz masculina, jovial e vagamente familiar. – *Félicitations.*

Do lado oposto do gramado, um homem forte e de meia-idade usando um chapéu engraçado seguia casualmente na direção da família. Ao lado dele, uma mulher pequena e elegante, usando o mesmo chapéu de sol de abas largas.

– Reine-Marie? – perguntou Clara, sem conseguir acreditar nos próprios olhos. – Peter, aquela é Reine-Marie?

Boquiaberto, Peter encarou o casal que subia os degraus.

– Clara, que notícia maravilhosa! – disse Reine-Marie, abraçando a amiga.

Clara sentiu o cheiro de Joy, o perfume de Jean Patou, e foi tomada de alegria. Era como ser salva da tortura no último segundo. Ela se afastou do abraço e encarou Reine-Marie Gamache, só para ter certeza. E era verdade: lá estava a mulher, toda sorridente. Clara ainda sentia os olhares atrás de si, mas não tinha mais tanta importância. Não mais.

Armand lhe deu dois beijinhos no rosto e apertou seu braço carinhosamente.

– Estamos felizes por você. E Denis Fortin – continuou ele, olhando para os rostos de pedra no *terrasse* – é o maior negociante de arte em Montreal, como vocês provavelmente já sabem. Uma verdadeira conquista.

– Sério?

O tom da mãe de Peter era um misto de desdém e reprovação. Como se a conquista de Clara fosse inadequada. E com certeza aquela demonstração de emoção e euforia era imprópria. Era uma interrupção rude de uma questão particular da família. E, talvez ainda pior, uma evidência inconfundível de que Peter socializava com os hóspedes do armário de vassouras. Uma coisa era jogar bridge com eles quando se está preso em um hotel distante; era simplesmente uma demonstração de bons modos. Outra coisa bem diferente era escolher a companhia deles.

Gamache foi até Peter e apertou sua mão.

– Olá, velho amigo.

Gamache sorria, e Peter o encarou como se fosse algo extraordinário.

– Armand? Mas como é que você veio parar aqui?

– Bem, é um hotel, afinal de contas – respondeu Gamache, com uma risada. – Viemos comemorar nosso aniversário de casamento. Estamos hospedados.

– Ah, graças a Deus – disse Clara.

Peter fez menção de se aproximar mais do casal, mas ouviu alguém pigarrear atrás de si e parou.

– Talvez a gente possa conversar mais tarde – sugeriu Reine-Marie. – Você precisa de um tempo com sua família encantadora.

Ela deu outro abraço rápido em Clara. A amiga relutou, mas acabou deixando os Gamaches irem embora, e observou o casal cruzar o gramado em direção ao lago. Sentiu um gotejamento no pescoço. Ao enxugar o suor com a mão, ficou surpresa ao ver sangue nos dedos.

SEIS

Finalmente, depois de um almoço que durou uma eternidade, Clara conseguiu escapar, e queria procurar os Gamaches.

– Acho que mamãe iria preferir que ficássemos aqui – afirmou Peter, no *terrasse*.

– Vamos – insistiu ela, lançando-lhe um olhar conspiratório e erguendo a mão. – Coragem.

– Mas é uma reunião de família.

Peter queria muito ir com ela. Pegar a mão da esposa, atravessar correndo o gramado perfeito e encontrar seus amigos. Durante o almoço, enquanto o resto da família ou comia em silêncio ou discutia o mercado de ações, Peter e Clara haviam trocado sussurros empolgados sobre os Gamaches.

"Você devia ter visto a sua cara", dissera Peter, tentando manter a voz baixa. "Parecia a Dorothy conhecendo o Grande e Poderoso Mágico de Oz. Toda surpresa e agitada."

"Eu acho que você está passando tempo demais com Olivier e Gabri", replicara Clara, sorrindo. Ela nunca sorrira de verdade em uma reunião de família. Parecia estranho. "Além disso, você parecia o Homem de Lata, todo chocado. Eu nem acredito que os Gamaches estão aqui. Não podemos fugir e passar um tempo com eles de tarde?"

"Não vejo por que não", respondera Peter, se escondendo atrás de um pãozinho.

A perspectiva de passar algumas horas com os amigos em vez de ter que lidar com a família era um grande alívio.

Clara olhou para o relógio. Duas da tarde. Ainda faltavam 21 horas. Se ela fosse dormir às onze e acordasse às nove da manhã, teria (ela tentou calcular mentalmente) mais onze horas acordada com a família de Peter. Poderia suportar. E se passassem duas horas com os Gamaches, restariam apenas nove horas. Meu Deus, ela quase podia ver o fim daquela saga chegando. E aí eles estariam de volta a Three Pines até que outro convite chegasse, no ano seguinte.

Não pense nisso.

Mas Peter hesitava, como ela secretamente imaginava que ele faria. Mesmo durante o almoço já sabia que ele não conseguiria fugir. Ainda assim, era divertido fingir. Como brincar de faz de conta. Fingindo ser a corajosa desta vez.

Mas no fim, é claro, ele não poderia fazer isso. E Clara não poderia deixá-lo para trás. Assim, ela caminhou devagar de volta para dentro.

– Por que você contou à sua família sobre a minha exposição? – perguntou a Peter, se questionando se, na verdade, estava tentando arranjar uma briga com ele, puni-lo por fazê-los ficar.

– Achei que eles deveriam saber. Eles sempre fazem pouco caso do seu trabalho.

– E você não faz? – retrucou ela, zangada.

– Como você pode dizer uma coisa dessas?

Ele parecia magoado, e ela sabia que dissera aquilo para feri-lo. Esperou que ele a lembrasse de que a apoiara durante todos aqueles anos. Que lhes dera um teto e os alimentara. Mas ele ficou calado, o que a irritou ainda mais.

Quando ele se virou de frente para Clara, ela notou um pequeno ponto de chantilly, como uma espinha, no rosto do marido. Era tão estranho quanto ver um avião na cara dele, pois tudo nele era imaculado. Ele era sempre tão esplêndido, tão lindamente acabado... Suas roupas nunca amassavam, estavam sempre perfeitas, sem qualquer mancha ou defeito. O que era aquela coisa em *Star Trek*? O raio trator? Não, não. *Os escudos*. Os escudos de Peter pareciam sempre ativados, repelindo qualquer ataque por comida, bebida ou pessoas. Clara se perguntou se haveria agora uma vozinha escocesa em sua cabeça gritando *Capitão, os escudos estão baixados! Não consigo levantá-los*.

Mas o doce Peter não percebia o pequeno e fofo alienígena branco preso ao seu rosto.

Ela sabia que deveria dizer algo, ou pelo menos limpar aquilo, mas estava farta.

– Qual é o problema? – perguntou Peter, com uma expressão preocupada e um pouco receosa.

Ele não sabia lidar com confrontos.

– Você contou à sua família sobre a galeria só para irritá-los. Especialmente o Thomas. Não tinha nada a ver comigo. Você usou a minha arte como arma.

Capitão, ela está se distanciando!

– Como você pode dizer uma coisa dessas?

Mas ele soou inseguro, outra condição rara em Peter.

– Por favor, não fale sobre o meu trabalho com eles de novo. Na verdade, não diga nada pessoal. Eles não se importam, e isso me deixa magoada. Provavelmente não deveria, mas deixa. Faz isso por mim?

Ela percebeu que o bolso da calça dele ainda estava do avesso. Era uma das cenas mais desconcertantes que ela já vira.

– Desculpa – disse ele, depois de alguns segundos. – Mas não foi para o Thomas, você sabe. Não mais. Acho que já me acostumei ao jeito dele. Era para a Julia. Vê-la de novo me abalou.

– Ela parece gentil.

– Todos nós parecemos.

– Só mais vinte horas – disse Clara, olhando para o relógio antes de se aproximar e limpar o chantilly do rosto dele.

Enquanto caminhavam, os Gamaches ouviram alguém os chamando e pararam.

– Aí estão vocês – bufou madame Dubois, segurando uma cesta de hortaliças do jardim. – Deixei um recado na recepção. Seu filho ligou de Paris. Disse que estaria fora mais tarde, mas tentaria de novo.

– *Quel dommage* – disse Gamache. – Vamos tentar depois. *Merci*. Posso ajudar carregando isso?

Ele estendeu a mão para pegar a cesta e, depois de uma pequena hesitação, madame Dubois a entregou a ele, sentindo-se grata.

– Está ficando quente – comentou ela. – Acho a umidade muito cansativa.

Ela se virou e seguiu pelo caminho em um ritmo que surpreendeu os Gamaches.

– Madame Dubois – chamou Gamache, tentando alcançar a mulher de cerca de 120 anos. – Nós temos uma pergunta.

Ela parou e esperou por ele.

– Estávamos nos perguntando sobre o cubo de mármore.

– Que cubo de mármore?

– Como? – disse ele.

– O quê? – replicou madame Dubois.

– Aquele grande bloco de mármore lá embaixo, do outro lado do Manoir. Eu o vi ontem à noite, e hoje de manhã de novo. Sua jovem jardineira não sabe para que serve e Pierre nos disse para lhe perguntar.

– Ah, *oui*, aquele bloco de mármore – comentou ela, como se houvesse outros. – Bem, nós tivemos muita sorte. Nós...

Ela murmurou alguma coisa e seguiu em frente.

– Não ouvi o que a senhora disse – insistiu Gamache.

– Ah, sim.

Ela se comportava como se a estivessem torturando para obter a informação.

– É para uma estátua – concluiu, por fim.

– Uma estátua? Sério? – perguntou Reine-Marie. – De quê?

– Do marido de madame Finney.

Armand Gamache imaginou Bert Finney em mármore no meio de seus amados jardins do Manoir Bellechasse. Para sempre. Seu rosto deplorável gravado em pedra e observando a todos, ou Deus sabe fazendo o que mais, pela eternidade.

A expressão no rosto dos Gamaches deve ter alertado madame Dubois.

– Não esse, é claro. O primeiro. Charles Morrow. Eu o conheci. Era um bom homem.

Os Gamaches não tinham pensado muito no assunto, mas de repente entenderam muitas coisas. Como Spot Finney havia se tornado Peter Morrow. Sua mãe havia se casado novamente. Ela passara de Morrow para Finney, mas os outros sempre tiveram o sobrenome Finney. Eles estavam pensando em todos da família como Finneys, mas não eram. Eles eram Morrows.

Isso explicava, pelo menos em parte, como uma reunião para celebrar o pai parecia ignorar Bert Finney.

— Charles Morrow faleceu há alguns anos — prosseguiu Clementine Dubois. — Coração. A família vai fazer uma pequena cerimônia de inauguração no final da tarde, pouco antes da hora do coquetel. A estátua deve chegar daqui a mais ou menos uma hora. Vai ficar ótima no jardim.

Ela os olhou de maneira furtiva.

Pelo tamanho do pedestal de mármore, a estátua devia ser enorme. Mais alta do que algumas das árvores, embora felizmente as árvores crescessem e, Gamache imaginava, a estátua fosse continuar do mesmo tamanho.

— A senhora já viu a escultura? — indagou ele, tentando soar casual.

— Ah, sim. Um negócio enorme. Nu, é claro, com flores ao redor da cabeça e pequenas asas. Eles tiveram sorte de conseguir mármore de verdade.

Gamache arregalou os olhos e ergueu as sobrancelhas. Então percebeu o sorriso dela.

— Que maldosa — disse ele, rindo.

Ela também deu uma risadinha.

— O senhor acha que eu permitiria isso? Eu amo este lugar — argumentou madame Dubois, ao se aproximarem da porta vaivém e entrarem no interior frio do Manoir. — Mas a manutenção está ficando muito cara. Precisávamos de uma nova caldeira este ano, e o teto em breve vai precisar de reforma.

Os Gamaches olharam para o telhado de cobre, verde de oxidação. Só de olhar, Gamache se sentiu tonto. Ele jamais poderia trabalhar com telhados.

— Falei com um artesão abenaki sobre o trabalho. Sabia que foram os abenakis que construíram o Manoir?

— Não, não sabia — respondeu Gamache, que adorava a história do Quebec. — Achei que tivesse sido construído pelos barões ladrões.

— Foi pago por eles, mas construído pela população indígena e pelos quebequenses. Costumava ser um pavilhão de caça e pesca. Quando meu marido e eu compramos a propriedade, cinquenta anos atrás, estava completamente abandonado. O sótão estava cheio de cabeças de animais empalhadas. Parecia um abatedouro. Uma vergonha.

— A senhora foi sensata em aceitar a proposta dos Finneys — garantiu ele, com um sorriso. — E o dinheiro. Melhor ter Charles Morrow no jardim e reparos feitos do que perder tudo.

– Vamos torcer para que ele não esteja nu. Eu não vi a estátua.

Os Gamaches a observaram caminhar até a cozinha.

– Pelo menos os passarinhos vão ter mais um poleiro – observou Gamache.

– Pelo menos – concordou Reine-Marie.

Os Gamaches encontraram Peter e Clara no cais quando foram nadar.

– Agora nos contem o que anda acontecendo na vida de vocês, começando por Denis Fortin e suas pinturas – disse Reine-Marie, dando um tapinha na cadeira. – E não se esqueçam de nenhum detalhe.

Peter e Clara os atualizaram sobre os acontecimentos de Three Pines, e, depois de alguma insistência, Clara contou a história de como o importante galerista apareceu em sua modesta casa, de seu retorno com os sócios e a lancinante espera enquanto decidiam se Clara Morrow era, aos 48 anos, uma artista emergente. Alguém que queriam patrocinar. Pois todos no mundo da arte sabiam que, se Denis Fortin a aprovasse, o mundo artístico também aprovaria. E qualquer coisa seria possível.

Então veio a notícia quase inacreditável de que, depois de décadas tentando conseguir que alguém, qualquer um, notasse o seu trabalho, Clara teria uma exposição individual na Galeria Fortin no ano seguinte.

– E como está se sentindo em relação a isso? – perguntou Gamache a Peter, baixinho, tendo os dois homens deixado as mulheres para trás enquanto passeavam até o fim do cais.

– Maravilhoso.

Gamache assentiu, colocou as mãos para trás, olhou para a margem oposta e esperou. Ele conhecia Peter Morrow. Sabia que era um homem decente e gentil, que amava a esposa mais que tudo no mundo. Mas ele também sabia que o ego de Peter era quase tão grande quanto seu amor, que era enorme.

– O que foi? – indagou Peter, rindo, depois que o silêncio se prolongou por tempo demais.

– Você está acostumado a ser a parte bem-sucedida do casal – disse Gamache sem rodeios. Não fazia sentido fingir. – Seria natural se sentir um pouco... – ele procurou a palavra adequada, a palavra mais leve – ... homicida.

Peter riu mais uma vez e ficou surpreso ao ouvir sua risada amplificada pela margem distante.

– Você sabe como são os artistas. Eu tive certa dificuldade no início, como você deve imaginar, mas vendo Clara tão feliz, bem..

– Não sei se Reine-Marie ficaria satisfeita se eu me tornasse um bibliotecário como ela – comentou Gamache, olhando para a esposa, que conversava animadamente com Clara.

– Posso imaginar vocês dois trabalhando na Bibliothèque Nationale, em Montreal, remoendo ressentimentos entre os corredores. Especialmente se você fosse promovido.

– Isso não aconteceria. Eu não sei soletrar os nomes. Tenho que repetir o alfabeto inteiro toda vez que procuro um nome num catálogo. Isso deixa Reine-Marie louca. Mas quer sentimentos homicidas? Fique perto dos bibliotecários – confidenciou Gamache. – Todo aquele silêncio. Faz com que eles tenham ideias não muito puras.

Eles riram e, enquanto caminhavam em direção às mulheres, ouviram Reine-Marie descrever o resto do dia:

– Nadar, dormir, nadar, vinho branco, jantar, nadar, dormir.

Clara ficou impressionada.

– Bem, tivemos a semana inteira para aperfeiçoar nosso planejamento – admitiu Reine-Marie. – É um esforço, sabe? O que vocês dois vão fazer?

– Passear de barco, inaugurar, ficar bêbada, me humilhar, me desculpar, ficar de mau humor, comer, dormir – disse Clara. – Eu já tive vinte anos de reuniões para aperfeiçoar a coreografia. Embora a inauguração seja novidade.

– Vai ser uma estátua do seu pai? – perguntou Gamache a Peter.

– O patriarca. Melhor aqui do que no nosso jardim.

– Peter – repreendeu Clara, suavemente.

– Você ia querer isso? – perguntou Peter.

– Não, mas eu não conheci seu pai de verdade. Ele era bem bonito, como o filho.

– Eu não sou nada parecido com ele – retrucou Peter num tom muito diferente do usual, surpreendendo a todos.

– Você não gostava do seu pai? – indagou Gamache.

Era uma conclusão bem possível.

– Eu gostava dele tanto quanto ele gostava de mim. Não é assim que funciona normalmente? Você colhe o que planta? Ele sempre dizia isso. E ele não plantou nada nessa relação.

Fez-se silêncio.

– Depois que o pai de Peter morreu, a mãe dele se casou de novo – explicou Clara. – Com Bert Finney.

– Ele era empregado na empresa do meu pai – acrescentou Peter, jogando seixos no lago calmo.

Ele era um pouco mais do que um empregado, Clara sabia. Mas ela também sabia que não era o melhor momento para corrigir o marido.

– Vou ficar feliz quando tudo isso acabar. Minha mãe não quer que vejamos a estátua até a inauguração, então Thomas sugeriu que fôssemos todos passear de barco.

Ele indicou com a cabeça um barco a remo de madeira verde, amarrado ao cais. Era incomumente grande, com dois pares de buracos para os remos.

– É uma *verchère* – soltou Reine-Marie, pasma.

Fazia muitos anos que ela não via uma.

– Isso mesmo – disse Peter. – Costumávamos participar de uma regata local com sete em uma *verchère*. Thomas achou que seria uma boa maneira de passar o tempo. Um tipo de homenagem ao papai.

– Thomas chama você de Spot – comentou Gamache.

– Ele me chama assim desde criança.

Peter estendeu as mãos. Reine-Marie e Gamache se curvaram, como se prestes a beijar um anel. Mas, em vez de um anel, eles viram pintas. *Spots*.

– Tinta – disse Reine-Marie, endireitando-se. – Terebintina tira isso.

– Sério? – disse Peter com um assombro simulado, então sorriu. – Essas são novas. De hoje de manhã, no estúdio. Mas sempre tive as mãos, o rosto, as roupas e o cabelo cheios delas, a vida inteira. Quando eu era criança, Thomas notou e começou a me chamar de Spot.

– Nada passa despercebido pelo Thomas, imagino – observou Gamache.

– Ele é um pioneiro da reciclagem – concordou Peter. – Coleciona conversas e eventos, e aí os usa anos mais tarde, contra você. Reciclar, retaliar, repelir. Nada jamais é desperdiçado com o nosso Thomas.

– Então isso explica o apelido Spot – disse Reine-Marie. – Mas e sua irmã Marianna? Por que ela é Maguila?

– Ah, é por causa de um desenho animado que ela via quando era pequena. *Maguila, o Gorila*. Ela tinha fixação pelo desenho. Papai chegava em casa do trabalho no meio do programa e insistia para que fôssemos recebê-lo à porta, como uma grande família feliz, mas Marianna estava sempre no porão, vendo televisão. Ele tinha que gritar com ela. Toda noite ela subia aquelas escadas chorando.

– Então Thomas a chama de Maguila por causa do gorila?

Gamache estava começando a entender de fato aquele homem. Peter assentiu.

– E como vocês o chamavam?

– Thomas. Eu sempre fui o mais criativo da família.

Eles se sentaram, desfrutando a leve brisa no cais. Peter ouviu Clara contar de novo sobre a visita de Fortin a seu estúdio na primavera anterior, quando vira o retrato de sua amiga, Ruth Zardo, a velha poeta. Amargurada, aguerrida e brilhante. Por alguma razão que Peter não conseguia entender, Clara a pintara como a Madona. Não como uma virgem ingênua, é claro, mas uma mulher velha e esquecida, sozinha, assustada, vivendo seus últimos anos.

Era o trabalho mais bonito que Peter já vira, e ele já estivera diante de algumas obras-primas. Mas jamais vira nada mais extraordinário do que aquele retrato no pequeno ateliê de Clara, abarrotado de peças rejeitadas, revistas e cascas de laranja enroladas e ressequidas, logo ao lado do estúdio do marido, um ambiente impecável, profissional, em ordem.

Mas enquanto ele, mais uma vez, pegava um item comum e se aproximava tanto a ponto de torná-lo irreconhecível e, em seguida, pintava-o de forma abstrata e o chamava de *A Cortina*, ou *Folha de Grama*, ou *Transporte*, Clara havia se escondido em seu pequeno espaço e capturado o divino no rosto de sua vizinha enrugada, encolhida e traiçoeira. Mãos velhas e repletas de veias agarravam um roupão azul desbotado na altura do pescoço. Seu rosto era pura agonia e decepção, raiva e desespero. Exceto pelos olhos. Não era óbvio. Apenas um indício, uma sugestão.

Estava lá, no menor ponto de seu olho. Naquela tela enorme, Clara havia pintado um simples ponto, uma mancha. E dentro daquela mancha, ela havia colocado a esperança.

Era extraordinário.

Ele estava feliz por ela. De verdade.

Um grito invadiu suas reflexões, e num instante estavam todos de pé, virando-se para o Manoir. Armand Gamache deu alguns passos para a frente bem quando uma pequena figura saiu correndo do jardim.

Bean.

Eles observaram a criança correr pelo gramado aos berros, vindo na direção deles, mais histérica e em pânico a cada passo, a toalha de piscina voando às suas costas. E alguém vinha correndo logo atrás. Conforme se aproximavam, Gamache reconheceu a jovem jardineira.

Peter e Clara, Gamache e Reine-Marie correram para a grama e levantaram os braços para fazer Bean parar. Embora aquela pequena figura acelerada parecesse estranhamente decidida a evitá-los, Peter a alcançou.

– Me solta! – gritou Bean, lutando nos braços de Peter, como se ele fosse a ameaça.

Com um olhar assustado, Bean se virou para o Manoir. O gramado estava cheio de gente, os Morrows, os Finneys e alguns funcionários que vinham atrás da jardineira.

– De quem você está fugindo, Bean? – perguntou Gamache, se ajoelhando e tomando as mãos trêmulas da criança. – Olhe para mim – pediu ele, gentilmente mas com firmeza, e Bean o fez. – Alguém machucou você?

Gamache sabia que só conseguiria obter uma resposta honesta de Bean antes que os outros chegassem, e estavam quase lá. Mas seguiu olhando para a criança apavorada.

Bean estendeu o braço. Havia marcas vermelhas na pele.

– O que vocês fizeram com a criança?

Tarde demais. Gamache encarou a expressão acusadora de Irene Finney. Ele sabia que ela era uma mulher poderosa. Ele admirava, respeitava e confiava em mulheres fortes. Fora criado por uma e tinha se casado com outra. Mas sabia que força não era o mesmo que rispidez, e que uma mulher poderosa e uma valentona eram duas coisas diferentes. Qual tipo seria essa?

Ele olhou para a idosa severa, inflexível, exigindo uma resposta.

– Afaste-se de Bean – ordenou ela, mas Gamache continuou ajoelhado, ignorando-a.

– O que aconteceu? – perguntou ele calmamente à criança.

– Não foi minha culpa – ouviu atrás de si e se virou, vendo a jovem jardineira parada ali.

– Isso normalmente significa que foi – retrucou a Sra. Finney.

– Irene, deixe a moça falar. Como você se chama? – perguntou Bert Finney, suavemente.

– Colleen – disse a moça, afastando-se um pouco do velho de aparência estranha. – Foram as vespas.

– Eram abelhas – corrigiu Bean. – Eu estava cavalgando em volta do Olimpo quando elas me atacaram.

– Olimpo? – retrucou a Sra. Finney.

– O bloco de mármore – explicou Colleen. – E eram vespas, não abelhas. A criança não sabe a diferença.

Gamache se ajoelhou e estendeu a mão. Bean hesitou, mas depois estendeu o braço, e, enquanto a família discutia a diferença entre abelhas e vespas, ele examinou os três vergões. Estavam vermelhos e quentes. Olhando mais de perto, Gamache identificou os ferrões sob a pele, com pequenas bolsas de veneno presas a eles.

– Você pode conseguir um pouco de calamina? – pediu ele a um dos funcionários, que correu de volta ao hotel.

Segurando com firmeza o braço de Bean, Gamache removeu tudo com rapidez, ferrões e veneno, em seguida observou se havia qualquer sinal de uma reação alérgica, pronto para levar a pequena vítima ao Sherbrooke Hospital se fosse necessário. Ele olhou para Reine-Marie, que estava obviamente analisando a mesma coisa.

Uma vez pai, sempre pai.

O braço estava inflamado, mas não a ponto de ser letal.

Reine-Marie pegou a garrafa de líquido cor de pêssego e, beijando os vergões primeiro, passou a loção, depois se levantou. Ao redor deles, a família discutia se loção de calamina funcionava de fato.

– Acabou a confusão – declarou a Sra. Finney, por fim.

Olhando ao redor, ela notou o barco a remo e caminhou em direção ao cais.

– E aí? Quem vai se sentar onde? – perguntou.

Depois de muita discussão, Peter e Thomas começaram a ajudar os Morrows a entrar na *verchère*. Peter ficou dentro do barco e Thomas, no cais, e assim colocaram a Sra. Finney, Marianna e Julia em suas posições. Bean rastejou com cuidado para dentro do barco, sem ajuda.

– Minha vez – declarou Sandra, estendendo o braço.

Thomas a entregou a Peter.

Quando Clara deu um passo à frente e estendeu a mão, o marido hesitou.

– Com licença – disse Thomas, passando por Clara e entrando na *verchère*.

Assim que ele se sentou, todo o barco encarou Peter, que estava de pé, na frente do único assento livre.

– Sente-se antes que você jogue todo mundo na água – ordenou a Sra. Finney.

Peter se sentou.

Clara abaixou os braços. Na água, viu o reflexo do homem mais feio do mundo ao seu lado.

– Não cabe todo mundo no barco – disse Bert Finney, enquanto a *verchère* se afastava.

SETE

— Eu nem queria ir, sabe? – disse Clara, sem olhar para Reine-Marie. – Mas disse que iria porque parecia importante para Peter. Assim, provavelmente foi melhor.

Gamache foi até Bert Finney, que também olhava para o lago.

— O senhor quer se juntar a nós? – perguntou.

Finney o encarou. Era um olhar desconcertante, não apenas devido ao rosto ameaçador e aos olhos estranhos, mas também porque pessoas raramente o encaravam abertamente por tanto tempo. Gamache sustentou o olhar, e finalmente os lábios de Finney se separaram e seu conjunto de dentes amarelos e desarranjados formou o que poderia ter sido um sorriso.

— Não, *merci*. Acho que vou ficar por aqui – respondeu ele, caminhando até a ponta do cais. – Sete Morrows loucos em uma *verchère*. O que pode dar errado?

Gamache tirou o chapéu e sentiu toda a força do sol. Não conseguia se lembrar de um dia mais quente. Estava bem abafado, não havia brisa, nada se mexia, e o sol os atingia implacavelmente, ricocheteando no lago, ampliado por ele. A camisa grudava na pele por conta do suor. Ele ofereceu o chapéu ao velho.

Bert Finney se virou lentamente, como se tivesse medo de cair, e encostou no chapéu de sol colorido. Sua mão mais parecia um galho sem casca.

— É o seu chapéu. O senhor precisa dele.

— Prefiro pensar nele como meu elmo – disse Gamache, soltando o chapéu. – E o senhor precisa mais do que eu.

Finney riu e segurou o chapéu, acariciando-o um pouquinho.

– Um elmo de sol. Imagino quem seria o inimigo.

– O sol?

– É, acho que sim.

Ele não pareceu convencido, mas assentiu para Gamache, colocou o chapéu na cabeça grande e se virou para o lago.

Uma hora depois, Peter os encontrou no jardim, o rosto queimado de sol, como Clara teve o prazer de notar. Ela havia decidido levar na esportiva. Não demonstrar o que sentia.

Gamache entregou-lhe uma cerveja gelada, a condensação escorregando pela garrafa. Peter a encostou no rosto vermelho e a rolou sobre o peito.

– Se divertiu? – indagou Clara. – Está atualizado sobre os assuntos da família?

– Não foi tão ruim – respondeu Peter, tomando um gole da bebida. – Não afundamos.

– Você acha que não? – retrucou Clara, e saiu batendo os pés.

Peter encarou Gamache e então correu atrás dela, mas, quando se aproximou do Manoir, notou uma enorme cobertura de lona que parecia flutuar no ar.

A estátua havia chegado. Seu pai havia chegado. Peter desacelerou.

– Pelo amor de Deus, você não consegue nem se afastar da sua família por tempo suficiente para vir atrás de mim! – gritou Clara do outro lado do hotel, sem se importar com o fato de que assim parecia confirmar todas as suspeitas dos Morrows.

De que ela era instável, descontrolada e histérica. Louca. Mas eles também eram. Sete Morrows loucos.

– Pelo amor de Deus, Clara, desculpa. O que eu posso dizer? – indagou ele, quando a alcançou.

Clara ficou em silêncio.

– Hoje estou realmente estragando tudo – continuou Peter. – O que posso fazer para consertar a situação?

– Você está brincando? Eu não sou a sua mãe. Você tem 50 anos e quer que eu diga como consertar a situação? Foi você quem fez besteira, então descubra sozinho.

– Me desculpa, de verdade. Minha família é maluca. Eu provavelmente devia ter contado antes.

Peter sorriu de um jeito tão inocente que teria derretido o coração dela caso seu coração não tivesse se transformado em mármore. Houve um silêncio.

– É só isso? – questionou ela. – É essa a sua desculpa?
– Não sei o que fazer – admitiu ele. – Bem que eu queria.

Ele permaneceu lá parado, perdido. Como sempre ficava quando ela se irritava.

– Me desculpa, de verdade – repetiu ele. – Não tinha lugar no barco.
– E quando vai ter?
– Não entendi.
– Você poderia ter saído. Ter ficado comigo.

Ele a encarou como se ela tivesse afirmado que ele poderia ter criado asas e voado. Ela percebeu isso. Para Peter, o que ela estava pedindo era impossível. Mas ela acreditava que Peter Morrow era, sim, capaz de voar.

OITO

A CERIMÔNIA DE INAUGURAÇÃO FOI CURTA e distinta. Os Morrows se sentaram em um semicírculo voltado para a estátua coberta. Era fim de tarde, e as árvores lançavam longas sombras. Sandra bateu em uma abelha, jogando-a na direção de Julia, que a passou para Marianna.

Sentados sob o enorme carvalho ao lado do hotel, Gamache e Reine-Marie acompanhavam a cena de uma distância respeitosa. Os Morrows enxugavam os olhos secos e as sobrancelhas úmidas.

De pé ao lado da estátua, Clementine Dubois entregou uma corda a Irene Finney e sinalizou o movimento de um puxão.

Os Gamaches se inclinaram para a frente; já os Morrows, quase imperceptivelmente, para trás. Houve uma pausa, e Gamache se perguntou se a Sra. Finney estava hesitante em puxar a lona que cobria a estátua. Em revelar e libertar o primeiro marido.

A matriarca deu um puxão. Depois outro. Era como se Charles Morrow estivesse segurando a lona, sem querer aparecer.

Finalmente, com uma puxada mais forte, o tecido caiu. E lá estava Charles Morrow.

DURANTE TODO O JANTAR, A ESTÁTUA foi o assunto na cozinha. A chef Véronique tentou acalmar o pessoal e fazer com que todos prestassem atenção aos pedidos, mas estava difícil. Finalmente, em um momento mais tranquilo, enquanto mexia a redução do molho do cordeiro com Pierre a seu lado, arrumando a sobremesa, ela falou com ele:

– Como é a tal estátua? – sussurrou, sua voz grave e agradável.

– Não é o que se esperaria. Você ainda não viu?

– Não tive tempo. Achei que poderia sair de fininho e dar uma espiada mais tarde. É muito horrorosa? Os garotos parecem assustados.

Ela olhou para os jovens garçons e funcionários da cozinha, amontoados em pequenos grupos, alguns conversando em um tom animado, outros com olhos arregalados e falando baixo, como se compartilhando histórias de fantasmas ao redor da fogueira. *E assustando uns aos outros*, pensou Pierre.

– Bom, já chega – declarou ele, batendo palmas. – Todos de volta ao trabalho.

Mas o maître fez questão de soar tranquilizador, não duro.

– Eu juro que ela se mexeu – veio uma voz familiar de um dos grupos.

Pierre se virou e viu Elliot, cercado por outros funcionários. Eles riram.

– Não, estou falando sério – disse o garçom.

– Elliot, já chega – soltou Pierre. – Estátuas não se mexem, e você sabe muito bem disso.

– É claro que não – respondeu Elliot, mas seu tom era dissimulado e condescendente, como se o maître tivesse dito algo ligeiramente idiota.

– Pierre – sussurrou a chef Véronique atrás dele.

Ele conseguiu sorrir.

– Você não anda fumando os guardanapos de novo, não é, meu jovem? – provocou Pierre.

Os outros riram, e até Elliot chegou a dar um sorriso. Em pouco tempo, o esquadrão de garçons estava do outro lado da porta vaivém, servindo comida, molhos, pão e vinho.

– Muito bem – elogiou a chef.

– Maldito Elliot. Desculpa – disse o maître, lançando a ela um olhar contrito. – Mas ele está deliberadamente assustando os outros.

Ela ficou surpresa ao ver as mãos dele tremerem enquanto colocava açúcar em um recipiente de porcelana branca.

– Temos o suficiente? – perguntou ela, indicando o saco de açúcar vazio na mão dele.

– Sim. Estranho ter acabado. Você não acha que...?

– O quê? Elliot? Por que ele faria isso?

O maître deu de ombros.

– Quando alguma coisa estranha acontece, pode ter certeza de que ele está por trás.

A chef Véronique não discordou. Eles tinham visto muitos jovens chegarem e partirem ao longo dos anos. Treinaram centenas. Mas havia apenas um Elliot.

Ele se importa tanto com os novatos, pensou ela, enquanto observava Pierre. Como se fossem seus filhos. Então se perguntou, como já havia feito antes, se ele ficava triste por não ter um filho. Teria sido um bom pai. Ensinava e guiava muito bem todos aqueles jovens do Manoir. E, o mais importante, dava a eles um ambiente estável e um lar caloroso. No meio do nada, eles tinham tudo de que precisavam. Comida boa, uma cama quente e uma base firme. Pierre abrira mão de ter os próprios filhos em troca de uma casa na floresta e de cuidar de outras pessoas e de filhos de outros pais. Ambos tinham feito isso. Entretanto, depois de quase trinta anos, estaria Pierre finalmente sendo levado ao limite por um deles? A chef Véronique adorava a natureza, tinha muito tempo para estudá-la, e sabia que às vezes coisas que não eram naturais surgiam do útero, da floresta. Ela pensou em Elliot, e se perguntou se o jovem charmoso e bonito era tudo, ou talvez mais, do que aparentava ser.

– O QUE ACHOU DA ESTÁTUA? – perguntou Reine-Marie, enquanto eles tomavam seus expressos e conhaques depois do jantar, no gramado, a escuridão da noite quebrada apenas por um ou outro vaga-lume piscando aqui e ali.

Os Morrows ainda estavam no salão de jantar, comendo quase em silêncio, e os Gamaches tinham o resto do mundo para si. Ele pensou por um instante.

– Fiquei impressionado.

– Eu também – concordou ela, olhando para o local onde ficava a figura.

Mas a noite estava escura, e ela não podia ver o rosto magro e desolado de Charles Morrow. Um homem bonito transformado em pedra.

O vento aumentara bastante desde a inauguração. Em vez de refrescar, porém, a brisa arrastava consigo mais calor e umidade, com composições de Bach vindo das janelas abertas do salão principal.

Armand afrouxou a gravata.

– Pronto. Melhor assim. Você viu aquilo?

Ele apontou para o lago, embora não precisasse. Numa noite tão escura, era impossível não ver o relâmpago.

– Pierre acertou na mosca – disse Reine-Marie. – Vem mesmo tempestade por aí.

Seu marido estava mexendo os lábios, sussurrando números, contando a distância entre a luz e o som. Então, ao longe, houve um estrondo baixo. Um som que cresceu e explodiu, retumbando.

– Ainda está longe – comentou ele. – Pode até não chegar aqui. As tempestades ficam presas nos vales às vezes.

Mas ele não achava que a tempestade fosse poupá-los. Em breve, toda aquela tranquilidade e paz seriam interrompidas.

– Paraíso perdido – murmurou ele.

– A mente é o seu próprio lugar, monsieur – disse Reine-Marie. – Pode fazer do inferno um céu, e do céu, um inferno. Aqui é o paraíso. Sempre vai ser.

– Este lugar? O Manoir Bellechasse?

– Não. – Ela colocou os braços ao redor dele. – Este lugar.

– Por favor, leve isso para o salão principal. – Pierre entregou a um garçom uma bandeja de prata com café, um Drambuie e chocolates. – É para madame Martin.

– Eu troco com você, posso levar isso. – À porta, Elliot fez menção de pegar a bandeja. – Eu a vi ir ao jardim para fumar. Você pode levar a minha. É para a Sra. Morrow.

– A de cabelo rebelde? – perguntou o garçom, esperançoso.

– Não, a murcha – admitiu Elliot. – Sandra Morrow. – Ao ver a expressão do outro garçom, ele baixou a voz: – Escuta, eu sei aonde a Sra. Martin vai para fumar. Você vai ficar vagando por aí, tentando encontrá-la.

– Como você sabe aonde ela vai? – sussurrou o outro garçom.

– Sabendo.

– Fala sério, cara. Eu não vou levar isso para a Sra. Morrow. Ela vai me fazer voltar para pegar mais chocolates, ou chocolates diferentes, ou mais café. Nem vem.

O garçom segurou a bandeja e Elliot tentou pegá-la outra vez.

– O que está acontecendo? Por que vocês ainda estão aqui?

Eles pararam a discussão e perceberam que o maître estava ao lado deles. Pierre avaliou a cena, as quatro mãos segurando uma única bandeja de prata para Julia Martin. Ao fundo, a chefe Véronique parou de arrumar uma bandeja com *pâtisseries* em miniatura e ficou assistindo.

– Elliot, essa não é a sua bandeja? – perguntou o maître, indicando com a cabeça a que estava em cima do aparador.

– Qual é o problema? Estamos apenas negociando.

– Não, não estamos – disse o outro garçom, puxando a bandeja e derramando um pouco de café.

– Chega, agora chega! Vá pegar outra bandeja limpa e café – ordenou Pierre ao garçom –, e você, venha comigo.

Ele levou Elliot para um canto distante da cozinha. Não dava para evitar os olhares penetrantes, mas podiam fugir dos ouvidos curiosos.

– Qual era o motivo da discussão? Existe alguma coisa acontecendo entre você e madame Martin?

– Não, senhor.

– Então por que toda essa comoção?

– É que eu não suporto a Sra. Morrow, só isso.

Pierre hesitou. Ele conseguia entender. Também não gostava muito dela.

– Ainda assim, ela é nossa hóspede. Não podemos servir só àqueles de que gostamos.

Ele sorriu para o rapaz.

– Sim, senhor – aquiesceu Elliot, sem retribuir o sorriso.

– *Bon* – disse Pierre. – Eu levo isso.

Ele tirou a nova bandeja para Julia Martin das mãos do garçom surpreso e saiu da cozinha.

– O que o chefão queria? – indagou uma garçonete a Elliot, quando ele pegou sua bandeja e se preparou para levá-la para Sandra Morrow, que, sem dúvida, iria reclamar que estava atrasada e fria.

– Ele não quer que eu sirva Julia Martin – disse Elliot. – Ele é quem quer servi-la. Você percebeu como ele olha para a mulher? Acho que ele tem uma *quedinha* por ela – continuou, em um falsete infantil.

Os dois levaram suas bandejas pelas portas vaivém. Mas as palavras de Elliot alcançaram um público maior do que ele percebera. Véronique secou as mãos em um pano de prato e ficou olhando as portas irem e voltarem, até pararem totalmente.

– VAMOS PARA CASA AMANHÃ – comentou Clara para os Gamaches, quando eles entraram na biblioteca.

Ela poderia se deitar em breve, dormir oito horas, tomar café da manhã com a família do marido e finalmente voltar para Three Pines. Restavam só mais algumas horas com aquelas pessoas. Olhou para o relógio pela enésima vez. Só dez horas? Como era possível? *Meu Deus, os Morrows conseguem parar o tempo também?*

– Quando vocês vão embora? – perguntou.

– Vamos ficar mais alguns dias – afirmou Reine-Marie. – Estamos comemorando nosso aniversário de casamento.

– É verdade – comentou Clara, envergonhada por ter esquecido. – Parabéns. Quando é?

– Fazemos 35 anos no dia primeiro de julho. Dia do Canadá.

– Fácil de lembrar – observou Peter, sorrindo para Gamache.

– Foi amor à primeira vista? – indagou Clara, sentando-se ao lado de Reine-Marie.

– Da minha parte, sim.

– Mas não da sua? – perguntou Peter a Gamache.

– Ah, sim. Ela estava se referindo à família dela.

– Não! Você também teve problemas de família? Sogros? – perguntou Clara, ansiosa para ouvir os problemas de outras pessoas.

– Não exatamente. Eles foram maravilhosos – explicou Reine-Marie. – O problema era ele.

Ela indicou o marido com a cabeça, encostado na lareira, tentando fingir que era invisível.

– Você? O que aconteceu? – perguntou Clara.

– Bem, vocês precisam lembrar que eu era muito jovem – avisou ele. – E apaixonado. E não tinha muita experiência de vida.

– Isso vai ser interessante – disse Peter para Clara.

– Reine-Marie me convidou para ir à casa dela depois da missa de domingo, para almoçar e conhecer sua família. Eram 73 irmãos.

– Nove – corrigiu a esposa.

– Eu queria impressionar todo mundo, lógico, então passei a semana inteira pensando no que levar para a mãe dela. Nada muito grande, porque não queria me exibir. Mas nada muito pequeno, porque não queria parecer mão de vaca. Eu perdi o sono. Não conseguia comer. Isso se tornou a coisa mais importante da minha vida.

– O que você levou? – quis saber Clara.

– Um tapete de banheiro.

– Você está brincando – soltou Peter.

Gamache apenas assentiu, incapaz de falar, e os outros explodiram em risadas.

– Bem – conseguiu formular finalmente, enxugando as lágrimas –, sempre é útil.

– E nunca sai de moda. Mas você não acha que faltou um pouco de *je ne sais quoi*?

– Os presentes dele têm melhorado – admitiu Reine-Marie.

– Saboneteiras? – perguntou Clara.

– Um desentupidor de privadas? – perguntou Peter.

– Shhh – sussurrou Gamache. – É uma surpresa para as nossas bodas de ouro.

– E que surpresa – comentou Clara, rindo. – Mas é melhor a gente nem começar a falar de banheiros.

– Ah, não, por favor – disse Peter, tentando se recuperar.

– Ah, sim – disse Gamache, agarrando Peter pelo braço. – É a sua vez, meu filho.

– Ok – cedeu Peter, e tomou um gole de Drambuie. – Quando eu comecei na escola e estava arrumando todas as minhas meias, sapatos e calças, encontrei um bilhete preso ao meu blazer, com a letra do meu pai. Dizia: *Nunca use o primeiro vaso sanitário no banheiro público.*

Ali naquele cômodo estava um Peter adulto e grisalho, mas o que Gamache via era um garotinho sério, com manchas de tinta nas mãos, segurando o bilhete. E o memorizando, da mesma forma que alguém decoraria uma passagem da Bíblia. Ou um poema.

Respira ali o homem de alma partida?

Que tipo de homem era Charles Morrow para escrever aquilo para o filho? Gamache estava ansioso para perguntar a Peter sobre a estátua, mas ainda não tivera chance.

– Bom conselho – disse Reine-Marie, e todos se voltaram para ela. – Se você estiver com pressa, qual vai escolher? O primeiro vaso.

Ela não precisou dizer mais nada.

Peter, que nunca decodificara o que seu pai queria dizer mas que sabia, no fundo do coração, que devia ser vital, se pôs a refletir.

Seria um conselho tão banal? Seria apenas um aviso prático, no fim das contas? Quando criança, mesmo quando adolescente e, admitiu, até quando adulto, ele havia devaneado que era um código secreto. Endereçado só a ele. Confiado ao filho. Por seu pai. Um código que levaria a um tesouro.

Nunca use o primeiro vaso sanitário no banheiro público.

E ele não usara.

Gamache estava prestes a perguntar a opinião de Peter sobre a estátua quando Thomas entrou.

– Vocês estavam conversando sobre banheiros públicos? – questionou ele.

– Banheiros? – perguntou Marianna, entrando na sala com Sandra. – Bean vai ficar triste de ter ido dormir. É o tipo de conversa que uma criança de 10 anos adora.

– Olá – cumprimentou Julia, passando pela porta de tela que levava ao *terrasse*, com uma *demi-tasse* de expresso. – Lá fora estão caindo uns raios e trovões. Acho que vem aí uma tempestade.

– Não – retrucou Thomas, de forma sarcástica. – Peter estava falando sobre banheiros, Julia.

– Não exatamente – disse Peter bem depressa.

Julia olhou para ele.

– Masculinos ou femininos? – perguntou Marianna, com um interesse exagerado.

– Provavelmente masculinos – disse Thomas.

– Chega, já chega! – exigiu Julia.

Ela atirou a xícara de café no tapete, estilhaçando-a. A ação foi tão inesperada, tão violenta, que todos se sobressaltaram.

– Parem com isso – ordenou, a voz esganiçada. – Não aguento mais.

– Calma – disse Thomas.

– Que nem você? Você acha que eu não sei? – Ela começou a sorrir, ou pelo menos mostrou os dentes. – Thomas, o bem-sucedido, o filho talentoso – sibilou para o irmão. – E você – acrescentou, virando-se para Marianna. – Maguila, o Gorila. A problemática que pariu outra criança problemática. Bean. Bean? Que tipo de nome é esse? Você se acha muito esperta, né? Bem, eu sei. Eu sei de tudo. E você – prosseguiu ela, aproximando-se de Peter. – Você é o pior. "Me dá, me dá, me dá." Você destruiria tudo e qualquer coisa para conseguir o que quer, não é?

– Julia... – começou Peter.

Ele mal podia respirar.

– Você não mudou – continuou Julia. – É cruel e ganancioso. Vazio. Covarde e hipócrita. Vocês todos vieram aqui para puxar o saco da mamãe. Vocês odiavam o papai. E ele sabia disso. Mas eu sei de uma coisa que nenhum de vocês sabe.

Agora ela estava face a face com Peter, o rosto colado ao dele. Ele não se mexia, mantinha os olhos fixos na pintura acima da lareira. O Krieghoff. Linhas e cores ele compreendia. Já a histeria da irmã era incompreensível, aterrorizante.

– Eu sei o segredo do papai – sibilou Julia mais uma vez. – Tive que me afastar ao máximo de vocês para entender, mas finalmente descobri. E agora, estou de volta. E eu sei.

Ela deu um sorriso maldoso e olhou ao redor. Seus olhos finalmente pousaram nos Gamaches. Por um momento ela pareceu confusa, surpresa ao vê-los.

– Desculpa – gaguejou ela, o feitiço quebrado, a raiva se dissipando.

Ela observou a bagunça que havia feito.

– Desculpa – repetiu, agachando-se para recolher os cacos.

– Não, não faça isso – disse Reine-Marie, dando um passo à frente.

Julia se levantou, segurando um pedaço da xícara, uma pequena gota de sangue caindo do dedo.

– Desculpa.

Seus olhos se encheram de lágrimas, e covinhas surgiram em seu queixo. Toda a raiva se dissolvera. Ela se virou e saiu correndo pela porta de tela, deixando para trás a família, cujas cabeças poderiam ser penduradas nas velhas paredes de madeira. Tinham sido caçados, abatidos e expostos.

– Ela cortou o dedo – disse Reine-Marie. – Vou levar um curativo para ela.

– Não é nada sério – afirmou Sandra. – Ela vai ficar bem. Pode deixar.

– Eu vou com você – declarou Gamache, pegando a lanterna na mesa perto da porta.

Ele e Reine-Marie seguiram o ponto brilhante da lanterna, enquanto a luz tocava as pedras ásperas do *terrasse*, depois a grama. Seguiram a luz e os soluços, e encontraram Julia sentada no gramado, na entrada da floresta. Perto da estátua.

– Está tudo bem – disse Reine-Marie, ajoelhando-se e colocando o braço ao redor dela.

– Não. Está. Tudo. Bem.

– Deixe-me ver a sua mão.

Julia levantou a mão e Reine-Marie a examinou.

– A outra, por favor.

Ela encontrou o pequeno corte no dedo de Julia e enxugou o sangue com um lenço de papel.

– Parou de sangrar. Você vai ficar bem.

Julia riu, o rosto coberto de muco.

– Você acha?

– Todos nós ficamos nervosos e dizemos coisas que não queremos – disse Reine-Marie.

Gamache entregou seu lenço a Julia, que assoou o nariz.

– Eu *queria* dizer tudo aquilo.

– Então, coisas que não precisam ser ditas.

– Elas precisavam.

Julia estava se refazendo, se recuperando, voltando para sua personagem, vestindo a roupa de festa e a maquiagem.

– Eles nunca vão me perdoar – declarou ela, levantando-se e em seguida alisando o vestido e limpando o rosto. – Os Morrows não se esquecem de coisas assim. Foi um erro voltar. Uma tolice, realmente. – Ela soltou uma risadinha. – Acho que vou embora antes do café da manhã.

– Não – disse Reine-Marie. – Converse com eles. Se você for embora sem vê-los, a situação só vai piorar.

– E você acha que falar ajudaria? Você não conhece os Morrows. Eu já falei muito mais do que deveria.

Gamache ficara em silêncio, apenas ouvindo. E segurando a lanterna. À luz, ele só podia ver o rosto dela, anormalmente pálido, marcado e com sombras.

Ele sabia que nem tudo precisava ser trazido à luz. Nem toda verdade deveria ser dita. E sabia que ela estava certa. Tinha visto o rosto dos outros enquanto ela fugia. Ela falara demais. Ele não entendia, não conseguia ver o que era, mas sabia que alguma coisa sórdida acabara de vir à tona, acabara de ganhar vida.

NOVE

Gamache acordou algumas horas depois, com o som de algo enorme que parecia estar sendo rasgado próximo deles. Em seguida, um estrondo repentino.

Um trovão. Não exatamente em cima deles, mas perto.

Encharcado de suor, os lençóis emaranhados e molhados em torno de seus pés, ele se levantou e jogou um pouco de água fria no pescoço e no rosto, devagar, sentindo o gosto de sal, a barba por fazer e um alívio momentâneo do desagradável calor.

– Também não está conseguindo dormir?

– Acabei de acordar – disse ele, voltando para a cama.

Ele virou o travesseiro encharcado e deitou a cabeça no lado mais frio. Mas em pouco tempo ali também estava quente e úmido de suor. Gamache teve a sensação de que a qualquer minuto o ar iria se tornar líquido.

– Ah! – exclamou Reine-Marie.

– O quê?

– O relógio acabou de desligar.

Ela se esticou e ele ouviu um clique, no entanto nada aconteceu.

– Estamos sem luz também – declarou a esposa. – A chuva derrubou a eletricidade.

Gamache tentou voltar a dormir, mas uma imagem se intrometia em sua mente. A de Charles Morrow sozinho no jardim, iluminado pelos clarões dos raios. E depois, mais uma vez, nas trevas.

Ele esperava que a estátua fosse imperiosa, autoritária. Mas quando a cobertura de lona escorregou da escultura, a visão foi surpreendente.

A estátua era de um cinza profundo e ondulante e, em vez de ter a cabeça erguida, em uma pose orgulhosa, o homem se curvava levemente. Parecia sem equilíbrio, como se estivesse prestes a dar um passo à frente. Aquele Charles Morrow não era decidido e cheio de planos. Aquele homem curvado e cinzento parecia hesitante em seu pedestal.

O silêncio fora completo quando a lona caíra no chão e os Morrows olharam para o pai.

A Sra. Finney caminhara até a estátua. Um por um, os filhos a seguiram, circulando a peça como porcas ao redor de um parafuso, até que a matriarca se virou para os outros.

"Acho que está na hora de uma bebida."

E pronto.

Quando os Morrows entraram, Gamache e Reine-Marie se aproximaram da estátua e olharam para aquele rosto bonito. Nariz reto e imponente. Testa alta. Lábios cheios e ligeiramente franzidos. Não como se ele estivesse criticando, nem, pensou Gamache, em uma reflexão amarga, mas como se tivesse algo a dizer. Seus olhos, porém, eram a parte mais impressionante. Eles olhavam para a frente, e o que viram transformara o homem em pedra.

O que Charles Morrow vira? E por que o escultor o fizera daquela maneira? Como os Morrows se sentiram de fato? Gamache suspeitava que a última pergunta era a mais difícil de todas.

Uma luz brilhou por um instante dentro de seu quarto. Instintivamente, ele começou a contar. Um... dois...

Outro estrondo e outro retumbar.

– Anjos jogando boliche – comentou Reine-Marie. – Minha mãe me contou.

– Melhor do que a minha resposta. Achei que fosse uma tempestade.

– Mas que homem ignorante. Que tipo de tempestade? Decídua ou conífera?

– Isso não são árvores?

– Eu acho que você está confundindo com a árvore cumulus.

– Tenho uma ideia – disse ele, saindo da cama úmida.

Minutos depois, usando suas roupas leves de dormir, eles desceram, atravessaram a sala e foram para a varanda telada. Sentados nas cadeiras de balanço de vime, ficaram observando a tempestade se mover em direção ao

Manoir, vinda do lago. Reine-Marie pegou algumas cerejas roxas e grandes de uma fruteira e Gamache comeu um pêssego. Estavam prontos para o que quer que viesse. Ou assim pensavam.

O silêncio foi subitamente quebrado pelo vento, que aumentou, passando com força entre as árvores e fazendo o farfalhar das folhas parecerem aplausos agitados para o que estava por vir. Gamache ouvia o lago também. Ondas batiam contra o cais e a costa, formando uma espuma branca, enquanto a tempestade marchava em direção a eles. Gamache e Reine-Marie viram quando um relâmpago surgiu, se aproximando, abrindo caminho.

Era bem grande. O vento bateu na varanda, curvando as telas para dentro como se tentasse agarrá-las. O lago e as montanhas brilharam, visíveis por um instante. Ao seu lado, Gamache sentiu Reine-Marie tensa quando outra confluência de relâmpagos adentrou a floresta, do outro lado do lago.

– Um... d...

Uma enorme trovoada interrompeu sua contagem. A tempestade estava a menos de três quilômetros e continuava avançando na direção deles. Gamache se perguntou se o Manoir tinha um para-raios. Devia ter, pensou, caso contrário já teria sido atingido e queimado anos antes. Outro raio caiu na floresta, do outro lado da baía, e eles ouviram algo se partir quando uma velha árvore foi destruída.

– Talvez a gente devesse entrar – sugeriu Reine-Marie, mas, quando eles se levantaram, uma forte rajada de vento atingiu a tela da varanda e, com ele, um bocado de chuva.

Os dois entraram correndo, encharcados e um pouco abalados.

– Meu Deus, que susto! – soltou uma voz pequena e trêmula.

– Madame Dubois, *désolée* – disse Reine-Marie.

Qualquer outra palavra foi abafada por mais uma explosão de raios e trovões. Mas, naquele clarão de luz, os Gamaches viram figuras correndo pelo salão principal, feito espectros, como se a tempestade tivesse empurrado o Manoir para o mundo dos mortos.

Então pequenos pontos de luz começaram a aparecer na sala. A chuva torrencial batia furiosamente nas janelas e portas.

Os pontos de luz começaram a convergir sobre eles, e logo identificaram que Pierre, Elliot, Colleen e alguns outros haviam encontrado lanternas. Momentos depois, eles se afastaram, fechando as persianas e trancando portas e janelas. Não havia mais tempo para contar o intervalo entre relâmpagos e trovões. A tempestade estava presa entre as montanhas, incapaz de escapar, e se atirava contra o Manoir. Gamache e Reine-Marie ajudaram a equipe e em pouco tempo eles estavam completamente trancafiados no hotel de madeira.

– Vocês têm para-raios? – indagou Gamache a madame Dubois.

– Temos – respondeu ela, mas, àquela luz vacilante, parecia em dúvida.

Peter e Clara juntaram-se a eles e, depois de alguns minutos, Thomas e Sandra apareceram. Os outros hóspedes e funcionários estavam dormindo, ou amedrontados demais para sair da cama.

Por uma hora, talvez mais, os troncos maciços estremeceram, as janelas chacoalharam, o telhado de cobre foi martelado. Mas se manteve firme.

A tempestade então seguiu em frente, aterrorizando outras criaturas nas profundezas da floresta. E os Gamaches voltaram para a cama e abriam as janelas para a brisa fresca que a chuva deixara, como um pedido de desculpas.

De manhã, a energia voltou, embora o sol não surgisse. Estava nublado e chuviscava. Os Gamaches acordaram tarde e sentiram os aromas sedutores de lombo canadense, café e lama. O perfume do interior do Quebec após uma chuva pesada. Desceram ao encontro dos outros na sala de jantar, saudando a todos.

Depois de pedir *café au lait*, waffles com mirtilos e xarope de bordo e de dar uma passada no bufê, eles se prepararam para um dia de chuva e de descanso. Mas assim que seus waffles chegaram, ouviram um som distante, algo tão inesperado que Gamache precisou de um tempo para identificar.

Era um grito.

Ele se levantou rapidamente e atravessou a sala de jantar, enquanto os outros ainda se entreolhavam. Pierre o alcançou e Reine-Marie os seguiu, ela sem tirar os olhos do marido.

Gamache parou no corredor.

Outro grito ecoou.

– Lá em cima – disse Pierre.

Gamache assentiu e começou a subir a escada, dois degraus de cada vez. No patamar, eles ouviram novamente.

– O que tem mais para cima?

– O sótão. A gente sobe por uma escada escondida atrás de uma estante. Ali.

Eles seguiram Pierre até um ponto onde o corredor se alargava um pouco, onde haviam sido construídas algumas estantes. Uma delas estava totalmente aberta. Gamache olhou para cima. Havia uma escada antiga, escura e empoeirada.

– Fiquem aqui.

– Armand? – começou Reine-Marie, mas parou quando o marido levantou a mão.

Ele subiu as escadas, desaparecendo no sótão.

Uma lâmpada balançava de um lado para outro. A poeira flutuava diante da luz fraca e teias pendiam das vigas. O lugar cheirava a aranhas. Gamache forçou-se a parar e prestou atenção nos ruídos. Não escutou nada além das batidas de seu coração. Deu um passo e uma tábua rangeu. Atrás dele, outro grito. Então se virou e entrou em um cômodo escuro. Curvando-se, pronto para saltar para qualquer lado, ele olhou e sentiu uma pressão na garganta.

Centenas de olhos o encaravam. Então ele viu uma cabeça. E outra. Os olhos pertenciam a cabeças decapitadas. E assim que seu cérebro acelerado registrou isso, alguma coisa voou de um canto na direção dele e quase o derrubou no chão.

Bean soluçava e o agarrava, enfiando os dedinhos na coxa de Gamache, que os soltou e segurou a criança com firmeza.

– O que foi? Tem mais alguém aqui? Bean, você precisa me dizer.

– M-m-monstros – sussurrou a criança, os olhos arregalados de pavor.
– Temos que sair daqui. Por favor!

Gamache colocou Bean no colo, mas a criança gritou como se estivesse sendo escaldada e se contorceu em seus braços. Ele baixou Bean de volta para o chão, segurou sua mão pequena e, juntos, os dois correram até a escada e desceram. Uma multidão havia se reunido.

– O senhor de novo. O que fez com Bean desta vez? – inquiriu Marianna, agarrando Bean.

– Bean encontrou as cabeças? – perguntou madame Dubois.

Gamache assentiu. A velha se ajoelhou e colocou a mão enrugada naquelas costas minúsculas.

– Desculpa, Bean. Foi minha culpa. Aquelas cabeças são só decoração. Cabeças de animais. Alguém atirou neles anos atrás e mandou empalhar. Eu entendo que sejam assustadoras, mas elas não podem machucar você.

– É claro que elas não podem te machucar.

Outra mão enrugada pousou nas costas de Bean, e a criança se enrijeceu.

– Agora chega de lágrimas, Bean. Madame Dubois já explicou tudo. Como é que se diz?

– *Merci, madame Dubois* – disse a criança, a voz abafada.

– Não, Bean. Você deve se desculpar pela invasão. Você devia saber que não pode ir lá. Já tem idade suficiente para se comportar melhor.

– *Non, ce n'est pas nécessaire* – protestou madame Dubois, mas era nítido que ninguém iria a lugar algum enquanto a criança não se desculpasse por quase ter morrido de medo.

Depois de alguns segundos, Bean acabou se desculpando.

Tudo voltou ao normal, e em poucos minutos os Gamaches estavam em suas cadeiras de balanço de vime na varanda telada. Havia algo profundamente tranquilo num dia de verão chuvoso. Do lado de fora, a chuva era leve, estável e refrescante, depois de todo aquele calor e umidade terríveis. O lago estava calmo e pequenas rajadas de vento marcavam a superfície. Reine-Marie fazia palavras cruzadas enquanto Gamache olhava para fora, ouvindo a chuva tamborilar no telhado e pingar das árvores. Ao longe, ele ouviu o chamado do pardal-de-garganta-branca e de uma gralha. Ou seria um corvo? Gamache não era muito bom em identificar pássaros pelo seu canto, exceto pelo dos mergulhões. Só que aquele era diferente de qualquer outro que ele já ouvira.

Ele inclinou a cabeça para um lado e prestou mais atenção. Então se levantou.

Aquilo não era um pássaro. Era um lamento, um grito.

– É só Bean de novo – disse Sandra, chegando devagar à varanda.

– Deve estar querendo atenção – completou Thomas, do salão principal.

Ignorando-os, Gamache entrou e foi correndo até Bean.

– Não foi você? – perguntou Gamache, embora soubesse a resposta.

Bean o encarou.

Em seguida, outro grito ainda mais histérico os alcançou.

– Meu Deus, o que é isso? – questionou Pierre, aparecendo à porta da cozinha.

Ele olhou para Bean, depois para Gamache.

– Está vindo lá de fora – disse Reine-Marie.

Gamache e o maître correram para a chuva.

– Eu vou por aqui! – gritou Pierre, apontando para o alojamento dos funcionários.

– Não, espere – pediu Gamache.

Mais uma vez, ele levantou a mão e Pierre parou de repente. O homem estava acostumado a dar ordens e ser obedecido, notou o maître. Eles ficaram parados pelo que pareceu uma eternidade, a chuva escorrendo por seus rostos e encharcando as roupas leves.

Não houve mais gritos. Mas, depois de um momento, Gamache ouviu algo diferente.

– Por aqui.

Com suas longas pernas, ele avançou rapidamente pelo caminho de pedras e contornou o velho hotel, cujos arredores estavam alagados. Atrás dele, Pierre escorregava, espirrando água.

Colleen, a jardineira, estava de pé no gramado, as mãos no rosto. Ela gemia, e Gamache achou que a moça tivesse sido picada pelas vespas, mas, quando se aproximaram, ele notou os olhos dela. Fixos e horrorizados.

Seguindo o seu olhar, ele também viu. Algo que deveria ter percebido assim que contornou o Manoir.

A estátua de Charles Morrow tinha dado aquele passo hesitante. De alguma forma, o enorme homem de pedra havia deixado seu pedestal e caído. Agora ele estava cravado bem fundo no chão macio e encharcado, mas não tão fundo quando poderia, pois algo havia amortecido a sua queda. Abaixo dele estava sua filha, Julia.

DEZ

O MAÎTRE PAROU DE REPENTE.

– Meu Deus do céu! – exclamou.

Gamache olhou para Colleen, tão petrificada quanto Charles Morrow. Suas mãos cobriam o rosto, e seus olhos azuis esbugalhados espiavam por entre os dedos encharcados de chuva.

– Venha – disse Gamache gentilmente mas com firmeza, colocando-se na frente dela para bloquear a visão.

Os lábios da moça se mexeram, mas ela não conseguiu dizer nada. Ele se inclinou para mais perto dela.

– Socorro.

– Calma, estamos aqui – disse ele, olhando para Pierre.

– Colleen.

O maître colocou a mão no braço da moça, cujos olhos cintilavam e tentavam se reorientar.

– Socorro. Precisamos ajudá-la.

– Nós vamos fazer isso – garantiu Gamache, tentando tranquilizá-la.

Juntos, ele e o maître a guiaram pela chuva até a porta dos fundos, para dentro da cozinha.

– Leve a moça para dentro – instruiu Gamache a Pierre. – Depois, peça à chef Véronique que prepare uma xícara de chá quente com açúcar. Na verdade, peça a ela que faça alguns bules. Acho que vamos precisar. Earl Grey.

– *Je comprends* – respondeu Pierre. – O que eu digo?

Gamache hesitou.

– Diga que aconteceu uma morte, mas não diga quem morreu. Mantenha todos lá dentro. Você pode reunir os funcionários?

– Sem problema. Num dia como hoje, a maioria está dentro da construção principal realizando suas tarefas.

– Ótimo. Mantenha todos lá. E chame a polícia.

– *D'accord*. E a família?

– Eu conto para eles.

A porta se fechou e Armand Gamache ficou sozinho na chuva intensa.

Em seguida, ele se voltou para Julia Martin, ajoelhando-se, e a tocou. Estava fria e rígida, a boca e os olhos bem abertos em surpresa. Quase esperou que ela piscasse enquanto as gotas de chuva caíam sobre eles. Gamache piscou algumas vezes por solidariedade, então seu olhar avaliou o resto do corpo da mulher. As pernas estavam debaixo da estátua, mas seus braços estavam abertos, como se para abraçar o pai.

Ele ficou parado por um longo momento, a chuva pingando do nariz, do queixo e das mãos e escorrendo para dentro do colarinho. Gamache encarou o rosto surpreso de Julia Martin e pensou na expressão triste de Charles Morrow. Então, se virou ligeiramente e olhou para o cubo branco que o fizera lembrar-se de uma lápide quando o vira pela primeira vez. Como aquela estátua gigantesca teria caído?

Reine-Marie e Bean estavam brincando no corredor do Manoir quando Gamache voltou. Bastou um olhar para a expressão do marido, e ela soube tudo que precisava naquele instante.

– Bean, por que você não pega seu livro para lermos?

– Tá bom.

A criança saiu, mas não sem antes lançar a Gamache um olhar avaliador. Depois que Bean subiu as escadas, Gamache levou a esposa para a biblioteca e lhe contou tudo enquanto se dirigia ao telefone.

– Mas como? – perguntou ela.

– Ainda não sei. *Oui, bonjour*. Jean Guy?

– Está me ligando para pedir conselhos de novo, chefe? Algum dia o senhor vai ter que descobrir as coisas sozinho.

– Por mais angustiante que seja essa ideia, preciso da sua ajuda.

Jean Guy Beauvoir percebeu que aquela não era uma ligação social de seu chefe de tantos anos. Gamache quase podia ouvir a cadeira dele cair no chão quando ele tirou os pés da mesa.

– O que aconteceu? – perguntou Jean Guy, agora sério.

Gamache lhe contou sucintamente os detalhes.

– No Manoir Bellechasse? *Mais, c'est incroyable.* É o melhor *auberge* do Quebec!

Gamache sempre achava surpreendente que as pessoas, até mesmo os profissionais, achassem que lençóis caros e uma boa carta de vinhos fossem uma proteção contra a morte.

– Ela foi assassinada?

Eis a outra pergunta. As duas que despontaram da cena do crime e que começaram a inquietar Armand Gamache assim que ele vira o corpo de Julia Martin: como a estátua havia caído? E teria sido um assassinato?

– Não sei.

– Logo vamos descobrir. Já estou saindo.

Gamache consultou o relógio. Dez para as onze. Beauvoir e o resto da equipe deviam chegar de Montreal mais ou menos ao meio-dia e meia. O Manoir Bellechasse localizava-se bem ao sul de Montreal, em uma área conhecida como Eastern Townships, perto da fronteira americana. Tão perto que algumas das montanhas que ele contemplara naquela manhã enevoada ficavam em Vermont.

– Armand? Acho que ouvi um carro.

Deve ser a Sûreté local, pensou ele, grato pela ajuda do maître.

– *Merci*.

Ele sorriu para Reine-Marie e foi em direção ao corredor, mas ela o interrompeu.

– E a família?

Ela parecia preocupada, e por um bom motivo. A ideia de que a Sra. Finney descobrisse sobre a morte da filha por um garçom, ou, pior, talvez vagando do lado de fora, era terrível.

– Vou só dar algumas instruções aos policiais e volto logo em seguida.

– Vou dar uma olhada para ver se eles estão bem.

Ele a observou se afastar, seus passos resolutos, entrando em uma sala repleta de pessoas cujas vidas estavam prestes a mudar para sempre. Ela poderia ter ficado na biblioteca, e ninguém a criticaria, mas Reine-Marie Gamache preferiu sentar-se em uma sala que logo seria tomada pela dor. Não era uma escolha que muitos fariam.

Gamache saiu do hotel rapidamente e se apresentou aos oficiais, que ficaram surpresos por encontrar o renomado investigador da Sûreté no meio da floresta. Ele lhes deu orientações e fez sinal para que um deles o seguisse quando entrou para dar a notícia aos Morrows.

– ACONTECEU UMA COISA. TENHO MÁS notícias.

Armand Gamache sabia que nunca era um ato de bondade prolongar uma notícia ruim.

Mas ele sabia algo mais.

Se fosse assassinato, alguém dentro daquela sala provavelmente o cometera. Ele nunca deixava que isso superasse a sua compaixão, mas também não permitia que a compaixão tirasse seu foco. Ele observava todos atentamente enquanto falava.

– Madame – começou Gamache, virando-se para a Sra. Finney, que estava sentada em uma poltrona, o *Montreal Gazette* do dia dobrado em seu colo.

Ele a viu se enrijecer. Os olhos dela dispararam rapidamente pela sala. Ele podia ler sua mente ágil. Quem estava lá, e quem estava ausente?

– Houve uma morte – anunciou ele, com suavidade.

Gamache não tinha ilusões quanto ao que suas palavras causariam àquela mulher. Eram como estátuas, pesadas e esmagadoras.

– Julia – disse, em uma expiração.

A filha ausente. A que não estava lá.

– Sim.

Os lábios dela se separaram e seus olhos vasculharam os dele, tentando encontrar alguma saída, alguma porta dos fundos, algum sinal de que aquilo podia não ser verdade. Mas ele não piscou. Seus olhos castanhos permaneceram firmes, calmos e seguros.

– O quê?

Thomas Morrow estava de pé. A palavra não foi berrada. Foi expelida para Gamache através da sala.

"O quê". Logo alguém iria perguntar como, quando e onde. E, por fim, a pergunta-chave: Por quê?

– Julia? – perguntou Peter Morrow, levantando-se. Ao lado dele, Clara pegara sua mão. – Morta?

– Eu preciso vê-la.

A Sra. Finney se levantou, a *Gazette* caindo no chão. Era o equivalente a um grito. O Sr. Finney pôs-se de pé, vacilante. Estendeu a mão para ela, mas em um instante a puxou de volta.

– Irene – disse ele.

Novamente, ele mexeu a mão, e Gamache desejou, com todas as suas forças, que Bert Finney conseguisse estendê-la por completo. Porém, mais uma vez, a mão do velho parou no meio do caminho e finalmente caiu na lateral do corpo, sobre a calça cinza.

– Como o senhor sabe? – disparou Marianna, agora também de pé. – O senhor não é médico, é? Talvez ela não esteja morta.

Ela se aproximou de Gamache, o rosto vermelho e os punhos cerrados.

– Marianna.

A voz ainda era autoritária e fez com que a mulher parasse no meio do caminho.

– Mas, mamãe...

– Ele está dizendo a verdade – declarou a Sra. Finney, e se virou de novo para o homem grande e seguro à sua frente. – O que aconteceu?

– Como ela pode ter morrido? – perguntou Peter.

Gamache podia ver que o choque estava diminuindo. Eles estavam começando a se dar conta de que uma mulher em seus 50 e tantos anos, aparentemente saudável, em geral não morre de repente.

– Foi um aneurisma? – perguntou Marianna.

– Foi um acidente? – perguntou Thomas. – Ela caiu das escadas?

– A estátua caiu – disse Gamache, observando-os atentamente. – Em cima dela.

Os Morrows fizeram o que faziam de melhor. Ficaram em silêncio.

– Papai? – perguntou Thomas, finalmente.

– Eu sinto muito. – Gamache olhou para a Sra. Finney, que estava paralisada. – A polícia está com ela agora. Ela não está sozinha.

– Eu preciso vê-la.

– A polícia não vai deixar ninguém se aproximar. Ainda não – explicou ele.

– Eu não me importo. Eles vão me deixar passar.

Gamache parou na frente dela e sustentou seu olhar.

– Não, madame. Temo que nem a senhora possa ir.

Ela o olhou com ódio. Era um olhar que ele recebia com bastante frequência e que compreendia. E sabia que ia piorar.

Gamache os deixou com sua dor, levando Reine-Marie junto, mas fazendo um sinal para que o policial da Sûreté o acompanhasse.

O INSPETOR JEAN GUY BEAUVOIR SAIU do carro e olhou para o céu. Um cinza infinito. Ainda choveria por um bom tempo. Ele olhou para os próprios sapatos. Couro. A calça de marca. A camisa. Linho casual. Perfeito. A droga de um assassinato no meio do nada. Na chuva. Na lama. Ele deu um tapa na própria bochecha. E insetos. Achatados na palma de sua mão estavam os restos de um mosquito e um pouco de sangue.

Perfeito. Droga.

A agente Isabelle Lacoste abriu um guarda-chuva e lhe ofereceu outro. Ele recusou. Já era ruim o suficiente estar ali, não precisava também ficar parecendo a Mary Poppins.

O inspetor-chefe Armand Gamache saiu do *auberge* e acenou. Beauvoir acenou de volta e deu um tapa na testa. Gamache esperava que fosse um inseto. Ao lado de Beauvoir, a agente Lacoste andava sob um guarda-chuva. Com seus 20 e tantos anos, ela já era casada e mãe de dois filhos. Como a maioria dos quebequenses, era morena e miúda, com um ar confortável de confiança. Vestia uma blusa e calça comprida, compondo um visual adequado e *soignée*, mesmo de galocha.

– *Salut, patron* – cumprimentou ela. – Como conseguiu encontrar o corpo?

– Estou hospedado aqui. – Ele se colocou no meio dos dois policiais. – A vítima é hóspede do Manoir.

– Espero que ela ganhe um desconto – disse Beauvoir.

Eles deram a volta no hotel e Gamache apresentou os recém-chegados aos oficiais da Sûreté local.

– Alguém saiu? – perguntou ele.

Ao seu lado, Beauvoir estava olhando para a cena, ansioso para chegar lá.

– Uma mulher mais velha – respondeu uma agente jovem.

– Falava inglês? – perguntou Gamache.

– Não, senhor. Francês. Nos ofereceu chá.

– Alta, com uma voz grave?

– Sim, essa mesma. Ela me pareceu um pouco familiar, na realidade – comentou um dos homens. – Acho que já a vi em Sherbrooke.

Gamache assentiu. Sherbrooke era a cidade mais próxima, onde ficava a base do destacamento.

– É a chef daqui, Véronique Langlois. Ela parecia interessada na cena? – indagou Gamache, olhando para o local que os agentes haviam cercado com fita amarela.

– Quem não pareceria? – indagou a jovem, rindo.

– Tem razão – comentou ele em voz baixa, lançando-lhe um olhar sombrio e amável. – Tem uma mulher ali que horas atrás estava viva. Pode ter sido um acidente, pode ter sido assassinato, mas, qualquer que seja o caso, este não é o momento nem o lugar para rir. Ainda não.

– Desculpa.

– Você é muito jovem para ter se tornado dura e indiferente. Assim como eu. – Ele sorriu. – Não é vergonha ser sensível. Na verdade, é nossa maior vantagem.

– Sim, senhor.

A jovem agente ficou envergonhada. Ela era naturalmente sensível, mas achava que deveria esconder isso, que certa atitude displicente impressionaria o famoso chefe da Divisão de Homicídios. Mas estava enganada.

Gamache virou-se para a cena. Quase conseguia sentir Beauvoir vibrando ao lado dele. O inspetor Beauvoir era como um cão de caça, inteligente, intenso, o segundo em comando que acreditava firmemente no triunfo dos fatos sobre os sentimentos. Ele não deixava passar quase nada. Exceto, talvez, coisas que não podiam ser vistas.

A agente Lacoste também observou a cena. Mas, diferentemente de Beauvoir, ela ficava mais quieta. Era a caçadora da equipe. Furtiva, calma, observadora.

E Gamache? Ele sabia que não era nem um nem outro. Armand Gamache era o explorador. Ele ia na frente de todos, adentrava territórios desconhecidos. Era atraído pelos extremos. Por locais que os velhos marinheiros conheciam e advertiam: "Aqui há dragões."

Era ali que o inspetor-chefe Gamache poderia ser encontrado.

Ele explorava o desconhecido e encontrava os monstros escondidos no fundo de todas as pessoas sensatas, gentis e risonhas. Ele ia aonde elas mesmas tinham medo de ir. Armand Gamache seguia trilhas escorregadias, nas profundezas da psique do indivíduo, e ali, encolhido e, por pouco, humano, ele encontrava o assassino.

Sua equipe tinha resultados quase perfeitos. E eles conseguiram isso separando fatos de fantasias e pensamentos ilusórios. Conseguiram isso coletando pistas e evidências. E emoções.

Armand Gamache sabia algo que a maioria dos outros investigadores da famosa Sûreté du Québec jamais entendera por completo. Assassinatos eram profundamente humanos. Um indivíduo foi morto e um indivíduo matou. E o que alimentou o impulso final não foi um capricho, não foi um acontecimento. Foi uma emoção. Alguma coisa outrora saudável e humana se tornou odiosa e inflamada e, por fim, foi enterrada. Mas não para descansar. Ficou ali, muitas vezes durante décadas, alimentando a si mesma, crescendo e corroendo, sinistra e cheia de mágoas. Até que finalmente se libertou de qualquer amarra humana. Nem a consciência, nem o medo, nem as convenções sociais foram capazes de reprimi-la. Quando isso aconteceu, o caos se instaurou. E alguém se tornou um assassino.

E Armand Gamache e sua equipe passavam seus dias encontrando assassinos.

Mas seria aquele acontecimento no Manoir Bellechasse um assassinato?

Gamache não sabia. Mas sabia que algo insólito acontecera ali.

— Levem isso para eles, *s'il vous plaît* – pediu a chef Véronique, sua mão grande e avermelhada tremendo ligeiramente quando ela apontou para as bandejas. – E tragam os bules que estão lá. Eles vão querer chá fresco.

Ela sabia que era mentira. A família jamais poderia ter de novo o que de fato queria. Mas chá era tudo que ela podia lhes oferecer. Assim, ela o preparou. Muitas e muitas vezes.

Elliot tentava não fazer contato visual com ninguém. Tentava fingir que não ouvia nada, o que era de fato possível, devido às fungadas e resfolegadas que vinham de Colleen.

– Não foi minha culpa – repetiu ela, pela centésima vez.

– É claro que não – disse Clementine Dubois, abraçando-a e rearrumando o cobertor de lã que colocara sobre a jardineira para lhe deixar mais confortável. – Ninguém está culpando você.

– Havia formigas em todos os lugares – soltou Colleen, em meio a soluços, fungando, mas deixando para trás um fino rastro de muco no ombro do vestido floral de madame Dubois.

– Você e você – ordenou a chef Véronique, apontando para Elliot e Louise, mas não de uma maneira indelicada.

O chá ficaria forte demais se esperassem por muito mais tempo. Ela sabia que os garçons eram jovens e não tinham experiência com a morte. Ao contrário dela. Enviá-los para servir os Morrows já era ruim o suficiente quando estava tudo bem, e a situação estava longe de ser das melhores. Uma sala cheia de tristeza era ainda pior do que uma cheia de raiva. Com a raiva, a pessoa se acostumava, convivia e aprendia a absorver ou ignorar. Ou a se afastar. Mas não havia como se esconder da dor do luto. Cedo ou tarde, ele sempre a encontrava. Era o que as pessoas mais temiam. Não a perda, não a dor. Mas o que acontecia quando se assimilava essas coisas. O luto.

Os funcionários estavam em poltronas, recostados em balcões, apoiados em paredes, tomando café forte ou chá, reconfortando uns aos outros. Seus murmúrios preenchiam o ar com suposições, teorias e especulações agitadas. O maître havia levado Colleen para dentro, onde lhe ofereceram alento e roupas secas; em seguida, ele fora conversar com o restante do pessoal. Assim que a família foi informada, ele deu a notícia aos funcionários.

Madame Martin morrera. Esmagada pela estátua.

Todos ofegaram, alguns exclamaram, mas apenas um gritou. Pierre examinou a sala, mas não identificou quem era. Porém o som realmente o surpreendeu.

O INSPETOR BEAUVOIR FINALMENTE OLHOU PARA dentro do buraco. Só que não era apenas um buraco. Ele estava preenchido com um ser humano. Uma mulher de olhos arregalados, surpresa e morta, com uma estátua cravada no peito.

– Meu Deus.

Ele balançou a cabeça e deu um tapa no braço, matando um borrachudo. Pela visão periférica, viu a agente Lacoste se inclinando e colocando suas luvas de látex.

Aquele era o novo escritório deles.

Nos minutos que se seguiram, mais veículos e membros da equipe chegaram, e o trabalho na cena do crime entrou em ritmo acelerado. Armand Gamache absorvia tudo, enquanto Beauvoir liderava a análise forense.

– O que o senhor acha, chefe? – perguntou Lacoste, removendo as luvas e se juntando a ele, sob seu guarda-chuva. – Ela foi assassinada?

Gamache balançou a cabeça. Estava perplexo. Naquele instante, a jovem oficial da Sûreté que ele havia colocado no salão principal com os Morrows apareceu, animada.

– Boas notícias, senhor – disse ela. – Achei que o senhor gostaria de saber o mais depressa possível. Acho que temos um suspeito.

– Muito bem. Quem?

– A família ficou quieta no começo, mas depois de um tempo dois deles começaram a sussurrar. Não aquele cara que é artista, mas o outro irmão e a irmã. Eles parecem bastante confiantes de que, se foi assassinato, ela só poderia ter sido morta por uma entre duas pessoas.

– Sério? – perguntou Beauvoir.

Talvez eles pudessem voltar à civilização mais cedo do que pensara.

– *Oui*. – Ela consultou seu bloco de anotações. – O lojista e sua esposa faxineira. Seus nomes são Armand e Reine-Marie não sei de quê. Eles são hóspedes.

Beauvoir deu um sorriso largo, e Lacoste se virou por alguns instantes.

– Minhas suspeitas se confirmaram – afirmou Beauvoir. – O senhor vai se entregar sem causar tumulto?

– Vou sentir a sua falta – disse a agente Lacoste.

Gamache sorriu um pouco e sacudiu ligeiramente a cabeça.

Sete Morrows loucos.

Seis.

ONZE

— Peter — sussurrou Clara.

Ela viu quando ele pegou o bloco de anotações do Manoir e um lápis e, em seguida, com a cabeça baixa, se perdeu, enquanto o lápis desenhava linhas dentro de linhas ordenadas. Era hipnotizante e reconfortante, tanto quanto seu terceiro martíni. Era bom, mas só porque entorpecia. Até Clara se sentia atraída. Qualquer coisa para escapar daquela sala cheia de uma tristeza silenciosa e solene.

Do outro lado do salão principal, a cabeça grisalha de Thomas também estava abaixada por cima do piano. As notas começaram lentas, hesitantes, mas, depois de um tempo, Clara as reconheceu. Não era Bach, ao menos uma vez. Era Beethoven: "Für Elise". Uma melodia ágil e animada. E relativamente fácil de executar. Ela mesma conseguia tocar as primeiras notas.

Mas Thomas Morrow a tocava como um lamento. Cada nota era caçada, como se a melodia estivesse se escondendo. Enchia a sala de uma dor que finalmente trouxe lágrimas aos olhos de Clara. A tentativa de escondê-las fez com que seus olhos ardessem, mas lá estavam elas, bem visíveis.

Sandra chorava enquanto comia, enfiando na boca um biscoito atrás do outro. Já Marianna estava sentava ao lado de Bean, um braço coberto com um xale em volta do ombro da criança enquanto Bean lia. Os dois estavam em silêncio, embora, alguns minutos antes, Thomas, Sandra e Marianna estivessem juntos, sussurrando. Clara tinha se aproximado para oferecer suas condolências, mas eles interromperam a conversa na hora e a olharam com suspeita. Então ela se afastou.

Não cabe todo mundo no barco, pensou. Mas aquele estava afundando. Até Clara podia ver isso. Era um barco a vapor na era dos jatos. Era dinheiro antigo em uma meritocracia. Os alarmes estavam soando. Mas mesmo Peter, seu adorável e atencioso marido, agarrava-se aos destroços.

Clara sabia de algo que os Morrows não sabiam. Ainda não. Eles haviam perdido mais do que uma irmã e uma filha naquela manhã. A polícia estava na porta, e os Morrows estavam prestes a perder qualquer ilusão que os mantinha à tona. Então eles seriam como todos os outros.

A mãe de Peter estava sentada ereta no sofá, imóvel. Olhando para o nada.

Será que eu deveria dizer alguma coisa?, perguntou-se Clara. *Fazer alguma coisa?* Ela avaliou a situação. Com certeza devia haver uma maneira de reconfortar aquela mulher que tinha acabado de perder a filha.

Como? Como?

A porta se abriu e Armand Gamache apareceu. A música parou, e até Peter olhou para ele. Atrás de Gamache estavam o inspetor Beauvoir, a agente Lacoste e a jovem oficial da Sûreté.

– Seu filho da mãe! – exclamou Thomas, colocando-se de pé tão abruptamente que o banco do piano caiu.

Ele partiu em direção a Gamache.

– Thomas – chamou a mãe, autoritária.

Ele parou. A Sra. Finney se levantou e deu alguns passos até o centro da sala.

– O senhor prendeu esse homem? – perguntou ela a Beauvoir, indicando Gamache.

– Gostaria de lhes apresentar o inspetor-chefe Gamache, da Divisão de Homicídios da Sûreté du Québec – anunciou Beauvoir.

Com exceção de Peter e Clara, os Morrows olharam para a porta aberta, esperando que o policial aparecesse. Lentamente, excruciantemente, seus olhares caíram sobre o homem alto à sua frente. O lojista.

– Ele? – perguntou Marianna.

– Isso é uma piada? – indagou Sandra, cuspindo migalhas de biscoito sobre o carpete a cada palavra.

– *Bonjour* – disse Gamache, curvando-se solenemente. – Temo que ele esteja se referindo a mim, sim.

– O senhor é policial? – perguntou Thomas, tentando entender como o principal suspeito havia se transformado no inspetor-chefe. – Por que não contou?

– Não pensei que tivesse importância. Éramos hóspedes no mesmo hotel, nada mais. Até esta manhã. – Ele se virou para a Sra. Finney. – A senhora ainda gostaria de ver sua filha? Eu não podia permitir isso antes porque tínhamos que proteger o local. Mas devo avisá-la...

– Não há necessidade de avisar nada, inspetor-chefe. Sei que não vai ser uma visão agradável. Me leve até Julia.

Ela caminhou com determinação, passando por ele, e Clara ficou impressionada com sua resiliência, apesar do luto. Aceitar Gamache como inspetor-chefe enquanto Thomas e Marianna ainda o encaravam boquiabertos e desconfiados. E ela fora a primeira de todos a aceitar que Julia realmente havia morrido. *Depressa demais, talvez?*, pensou Clara.

Gamache observou a Sra. Finney se mover em direção à porta. Mas ele não se deixaria enganar de novo. Mais cedo naquela manhã, nos segundos que precederam sua revelação sobre Julia, ele havia percebido o seu olhar de águia, como rondara a sala para ver quem estava lá e quem não estava. Qual filho amado agora estava perdido. Ele tinha visto o que ela escondia.

– Vou ter que pedir ao resto de vocês que fique aqui – disse Gamache, embora ninguém mais tivesse feito qualquer movimento.

Exceto Bert Finney.

Ele parou a certa distância de Gamache, o olhar se concentrando em uma lâmpada e uma estante.

– Serei obrigado a insistir – afirmou o velho.

Gamache hesitou. O rosto dele era medonho, pálido, quase desumano. Mas a atitude era nobre. Ele assentiu.

Eles deixaram a jovem oficial com os familiares e Gamache se perguntou quem recebera a tarefa mais macabra.

QUANDO SE APROXIMARAM DO CÍRCULO de fita amarela, eles foram novamente acompanhados pelas notas de "Für Elise". A chuva tinha quase parado, mas uma névoa perdurava. Tudo tinha tons de verde-acinzentado e, entre as notas, eles podiam ouvir a chuva pingando das folhas.

Gamache havia ordenado à equipe na cena do crime que se retirasse até que a Sra. Finney tivesse visto a filha. Naquele momento, eles se encontravam em um semicírculo próximo à floresta, observando a idosa pequena e rosada caminhar em direção ao buraco que se formara no chão.

Quando a Sra. Finney se aproximou, viu apenas a fita da polícia flutuando vistosamente. Amarelo. A cor favorita de Julia. Ela era a mais feminina, a filha que adorava se arrumar, adorava faz de conta e se maquiar, adorava sapatos e chapéus. Adorava atenção.

Ela viu, então, o semicírculo de homens e mulheres na floresta, observando. E acima deles o céu, inchado e marcado.

Pobre Julia.

Ao se aproximar, Irene Finney desacelerou. Ela não era do tipo que entendia o vácuo, que já havia pensado naquilo. Mas percebeu, tarde demais, que deveria ter feito isso. Naquele instante, ela soube que o vácuo não era vazio. Mesmo ali, ainda longe, ela conseguia ouvir o sussurro. O vácuo queria saber uma coisa.

Em que você acredita?

Era isso que preenchia o vácuo. A pergunta e a resposta.

Irene Finney parou, ainda sem se sentir pronta para enfrentar o que a aguardava. Ela esperou Bert. Sem olhar para ele, mas sentindo sua presença ali, ela deu outro passo. Mais um e ela a veria.

A Sra. Finney hesitou, e então fez o movimento.

O que ela viu pulou seus olhos e se alojou bem no peito. Num instante, ela foi lançada para a frente, para além da dor, para um deserto onde nenhuma angústia, nenhuma perda, nenhuma paixão existia.

Ela soltou um suspiro profundo. Depois outro.

Usou aquele ar para sussurrar a única oração da qual conseguia se lembrar:

Agora que me deito para adormecer
Peço ao Senhor para minha alma proteger

Ela viu as mãos de Julia estendidas. Viu seus dedos rechonchudos e molhados segurando seu polegar enquanto tomava banho na pia da antiga cozinha, no primeiro apartamento deles. Dela e de Charles. Charles, o que você fez?

Se eu morrer antes de acordar,
Rezo ao Senhor para minha alma levar

Ela ofereceu a prece ao vácuo, mas era tarde demais. Tinha levado Julia, e agora a levava também. Ela olhou para os rostos no semicírculo, mas eles haviam mudado. Eram planos, como se fossem reproduções. Não eram reais. A floresta, a grama, o inspetor-chefe ao lado dela, até Bert. Todos se foram. Ninguém mais era real.
Em que você acredita?
Em nada.

GAMACHE OS LEVOU PARA DENTRO, PERMANECENDO em silêncio, respeitando a necessidade dela de ficar sozinha com os próprios pensamentos. Então retornou e viu que o guindaste havia chegado.

– Ali está a legista – observou Lacoste, acenando para uma mulher de 30 e poucos anos que usava calça comprida, uma blusa de verão bem leve e galochas.

– Dra. Harris – cumprimentou Gamache, acenando, depois se virou para ver a remoção da estátua.

Beauvoir dirigia as operações, ao mesmo tempo que lutava com os borrachudos. A coisa só acabou sendo confusa para o operador do guindaste, que confundiu seus movimentos com orientações e quase derrubou a estátua em Julia Martin de novo, duas vezes.

– Malditos insetos – rosnou Beauvoir, olhando para o resto da equipe, que trabalhava normalmente, de forma metódica. – Ninguém mais está incomodado? Meu Deus.

Ele bateu na lateral da cabeça, tentando esmagar um mosquito. Errou.

– *Bonjour.*

Gamache baixou a cabeça, cumprimentando a legista, Sharon Harris, que deu um pequeno sorriso. Ela sabia que o inspetor-chefe preferia decoro no local de um assassinato, especialmente na presença do cadáver. Era raro. A maioria das cenas de crime era repleta de comentários espertinhos e muitas vezes sem noção, feitos por gente assustada com o que via e que acreditava que sarcasmo e comentários rudes afastavam os monstros. O que não era verdade.

O inspetor-chefe Gamache escolhera para sua equipe pessoas que podiam até sentir medo, mas tinham coragem de superá-lo.

Ao lado dele, ela observou a estátua e a mulher e sentiu um leve aroma de água de rosas e sândalo. O cheiro dele. Olhou para o inspetor-chefe por um momento, para seu rosto forte de perfil. Tranquilo, mas atento.

Havia nele uma delicadeza do velho mundo que a fazia sentir que estava na companhia do avô, embora ele fosse apenas 20 anos mais velho que ela, se tanto. Quando a estátua já se encontrava quase em cima do caminhão-plataforma, a Dra. Harris colocou as luvas e se aproximou.

Ela já tinha visto coisas piores. Bem piores. Mortes horríveis, que nunca poderiam ser vingadas porque não havia culpados, exceto o destino. Aquela poderia ser uma, pensou, enquanto olhava para o corpo esmagado, depois de volta para a estátua. Em seguida, para o pedestal.

Ajoelhada, ela examinou os ferimentos.

– Eu diria que ela está morta há doze horas, talvez mais. A chuva dificulta o cálculo, é claro.

– Por quê? – indagou Lacoste.

– Não há insetos. A quantidade e o tipo de inseto nos ajudam a saber há quanto tempo uma pessoa está morta. Mas com a chuva forte, os insetos não aparecem. Eles são como gatos. Odeiam chuva. Agora, depois da chuva...

Ela olhou para Beauvoir, que fazia uma dança louca e batia em si mesmo.

– Aqui – ela apontou para uma ferida –, está vendo?

Lacoste se aproximou. Ela estava certa. Sem insetos, embora alguns começassem a chegar.

– Agora, isto aqui é interessante – comentou a Dra. Harris. – Veja.

Em seu dedo havia uma mancha marrom. Lacoste se inclinou para mais perto.

– Terra? – perguntou ela.

– Terra.

Perplexa, Lacoste ergueu as sobrancelhas, mas não disse nada. Depois de alguns minutos, se levantou e foi até o inspetor-chefe.

– Posso lhe dizer como ela morreu.

– Uma estátua? – perguntou Gamache.

– Provavelmente – concordou a legista, virando-se para olhar para a estátua ainda içada e depois para o pedestal.

– Essa é a pergunta mais interessante – disse Gamache, lendo sua mente.

– Tivemos uma grande tempestade ontem à noite – disse a Dra. Harris. – Talvez isso a tenha derrubado.

– Eles estão me deixando louco! – ouviram Beauvoir exclamar.

O inspetor se juntou a eles, o rosto manchado com pequenos pontos de borrachudos esmagados. Ele olhou para Gamache, todo elegante e confortável.

– Eles não picam vocês?

– Não. Está tudo na sua cabeça, inspetor.

Isso era verdade, Beauvoir sabia. Porque tinha acabado de inalar um enxame de borrachudos e sabia, com certeza, que alguns tinham entrado pelo seu nariz. Um zumbido repentino no ouvido o avisava que ou ele estava tendo um derrame, ou um mosquito tinha acabado de voar lá para dentro.

Por favor, que isso seja um acidente. Me deixe ir para casa, para o meu churrasco, minha cerveja gelada, meu canal de esportes. Meu ar-condicionado.

Ele enfiou o dedo mindinho no ouvido, mas o zumbido só aumentou.

Charles Morrow foi colocado no caminhão sujo. Ficou de lado, com os braços para fora, o rosto triste e manchado com sua própria carne e sangue.

Sob o olhar de todos, Gamache foi sozinho até a borda do buraco. O único movimento que se viu foi o de sua mão direita, que ele fechou lentamente.

Então ele acenou para a equipe e houve uma súbita onda de atividade, com provas sendo coletadas. Jean Guy Beauvoir assumiu o comando enquanto Gamache se dirigia até o enorme caminhão.

– Foi você quem o colocou no pedestal? – perguntou ele ao operador do guindaste.

– Eu não, *patron*. Quando o trabalho foi feito? – indagou o rapaz, prendendo e cobrindo Charles Morrow para a viagem ao complexo da Sûreté em Sherbrooke.

– Ontem, no início da tarde.

– Meu dia de folga. Eu estava pescando no lago Memphramagog. Posso mostrar as fotos e os peixes que pesquei. Eu tenho uma licença.

– Acredito em você – tranquilizou Gamache. – Mais alguém de sua empresa pode ter feito o trabalho?

– Vou perguntar.

Um minuto depois, ele estava de volta.

– Liguei para a central. Falei com o chefe. Ele mesmo colocou a estátua. Trabalhamos muito com o Manoir, então, quando madame Dubois ligou, o chefe decidiu que precisava de um toque especial. Ninguém faz isso melhor do que ele.

As palavras foram carregadas com mais do que um pouco de sarcasmo. Ficou claro que aquele homem não se importaria se o chefe tivesse feito alguma besteira. E se ele pudesse ajudar a puxar seu tapete, melhor ainda.

– Você pode me dar o nome e o contato dele?

O operador alegremente entregou um cartão com o nome do proprietário sublinhado.

– Por favor, peça a ele para me encontrar no destacamento da Sûreté em Sherbrooke em uma hora.

– Chefe?

A Dra. Harris se aproximou assim que o motorista voltou para o caminhão e foi embora.

– A tempestade pode mesmo ter feito isso? – perguntou ele, lembrando-se dos raios e dos anjos furiosos jogando boliche, ou chorando, ou empurrando estátuas.

– Derrubar a estátua? Talvez. Mas não foi o que aconteceu.

Gamache virou os olhos castanhos surpresos para a legista.

– Como você tem tanta certeza?

Ela ergueu o dedo. Ao lado dele, a agente Lacoste sorriu. Não era só "um" dedo, era "o" dedo. Gamache ergueu as sobrancelhas e fez uma careta. Então abaixou as sobrancelhas e se aproximou, olhando para a mancha marrom.

– Isso estava embaixo do corpo dela. Você vai ver mais quando o corpo for movido.

– Parece terra – comentou Gamache.

– E é – disse a Dra. Harris. – Terra, não lama. Significa que a tempestade não a matou. Ela estava no chão antes de a tempestade começar. Está seco debaixo dela.

Gamache ficou em silêncio, absorvendo a informação.

– Você está dizendo que a estátua caiu e a esmagou antes da tempestade?

– É um fato, inspetor-chefe. O chão está seco. Eu não tenho ideia de como essa coisa caiu, mas não foi a tempestade.

Todos viram o caminhão passar por eles, devagar, um oficial da Sûreté no banco do passageiro e o operador do guindaste dirigindo. Eles desapareceram numa curva na estrada de terra, dentro da floresta.

– Quando a tempestade começou?

Ele estava perguntando tanto a si mesmo quanto a ela. A legista ficou em silêncio, fingindo pensar. Tinha ido para a cama às nove, com seus biscoitos, uma Coca Diet e um exemplar da *Cosmopolitan*, embora preferisse não divulgar essa informação. Acordou de madrugada, com a casa tremendo e sem eletricidade.

– Vamos ligar para o serviço de meteorologia. Se eles não souberem, o maître vai saber – disse ele, caminhando de volta para o buraco.

Ao olhar para dentro, ele viu o que deveria ter notado de primeira. Ela ainda usava as roupas da noite anterior.

Sem capa de chuva. Sem chapéu. Sem guarda-chuva.

Sem chuva.

Ela já estava morta antes da tempestade.

– Algum outro ferimento no corpo?

– Parece que não. Vou fazer a autópsia esta tarde e depois aviso. Mais alguma outra coisa antes de a levarmos embora?

– Inspetor? – chamou Gamache, e Beauvoir se juntou a ele, limpando as mãos na calça encharcada.

– Não, terminamos. Terra.

Ele olhou para as próprias mãos e falou isso da mesma forma que um cirurgião diria "germes". Terra, grama, lama e insetos não eram algo natural na vida de Beauvoir, um homem cujos elementos eram perfume e uma bela seda mista.

– Isso me lembra – acrescentou Gamache – que havia um ninho de abelhas ou vespas nas proximidades. Cuidado.

Lacoste continuou a olhar para a mulher morta. Ela estava se colocando no lugar de Julia. Virando-se. Vendo a estátua fazer o impossível, o impensável. Vendo-a cair em sua direção. E a agente Lacoste colocou as mãos para o alto, na frente do corpo, as palmas abertas, os cotovelos perto do corpo, pronta para repelir o ataque. Afastando-se.

Era instintivo.

Mas Julia Martin tinha aberto os braços.

O chefe passou por ela e ficou na frente do pedestal. Deslizou a mão sobre o mármore molhado. A superfície estava imaculada. Mas não era possível. Uma estátua de várias toneladas deixaria arranhões, riscos, tufos de grama. Mas a superfície não estava marcada.

Era como se a estátua nunca tivesse estado lá. Gamache sabia que estava dando asas à imaginação. Mas precisaria de imaginação se quisesse pegar o assassino. E havia um assassino. Armand Gamache não tinha dúvidas. Apesar de toda a sua fabulação, ele sabia que estátuas não saíam sozinhas de seus pedestais. Se mágica ou a tempestade não eram as responsáveis, outra coisa era. Alguém.

De alguma forma, alguém conseguira fazer com que uma estátua enorme, de toneladas, caísse. E aterrissasse em cima de Julia Martin.

Ela fora assassinada. Ele não sabia por quem, muito menos como.

Mas ia descobrir.

DOZE

Armand Gamache nunca entrara na cozinha do Manoir, mas não ficou surpreso ao descobrir que era grande, com pisos e balcões de madeira escura polida e eletrodomésticos de aço inoxidável. Como o resto do hotel, era uma mistura do muito velho com o muito novo. Cheirava a manjericão e coentro, pão fresco e pó de café forte.

Quando ele entrou, pessoas se levantaram, ingredientes pararam de ser cortados e o burburinho de conversa cessou.

Gamache foi imediatamente até Colleen, que estava sentada ao lado da proprietária, madame Dubois.

– Você está bem? – perguntou ele.

Ela assentiu, o rosto inchado e manchado, mas aparentemente composta.

– Que bom. Foi uma coisa horrível de se ver. Eu também fiquei abalado.

Ela sorriu, agradecida por ele ter falado alto o suficiente para todos ouvirem.

Gamache virou-se para todos.

– Eu sou o inspetor-chefe Armand Gamache, chefe da Sûreté du Québec.

– *Voyons* – ele ouviu um sussurro alto –, eu disse que era ele.

A expressão "Caramba" também foi ouvida pelos quatro cantos.

– Como vocês sabem, houve uma morte aqui. A estátua do jardim caiu e atingiu madame Martin.

Rostos jovens, atentos e empolgados o encaravam.

Ele falou com uma autoridade natural, tentando tranquilizar os ouvintes, embora estivesse lhes dando uma notícia assustadora.

– Acreditamos que madame Martin foi assassinada.

Houve um silêncio aturdido. Ele via aquela transição em quase todos os dias de sua vida profissional. Sempre se sentia como um barqueiro, levando pessoas de uma costa para a outra. Do terreno acidentado, embora familiar, do luto e do choque, para um submundo visitado por poucos. Para uma costa onde pessoas matavam de propósito.

Todos já tinham visto aquilo de uma distância segura, na televisão, nos jornais. Todos sabiam que esse outro mundo existia. Agora estavam dentro dele.

Gamache percebeu quando os rostos jovens se fecharam ligeiramente, quando o medo e a suspeita se infiltraram naquela cozinha onde, poucos minutos antes, eles pensavam estar seguros. E agora aqueles jovens sabiam de algo que provavelmente nem seus pais compreendiam por completo.

Nenhum lugar era seguro.

– Ela foi morta ontem à noite, pouco antes da tempestade. Algum de vocês viu madame Martin depois do café da noite? Isso teria sido em torno das dez e meia.

Houve uma movimentação à sua esquerda. Ele viu Colleen e madame Dubois sentadas à mesa. O jovem garçom Elliot estava ao lado delas e, atrás dele, outra pessoa. Pela idade e pelo uniforme, só poderia ser a famosa chef Véronique.

Um deles tinha se movido. Não era um crime, mas, enquanto todos os outros estavam atordoados demais para se mexer, um não estava. Quem?

– Todos vocês serão entrevistados, é claro, e eu quero deixar algo bem claro. Vocês precisam ser honestos. Se viram alguma coisa, qualquer coisa, precisam nos contar.

O silêncio continuou.

– Todos os dias eu procuro assassinos, e na maioria das vezes os encontramos. É o que fazemos, minha equipe e eu. É nosso trabalho. O trabalho de vocês é nos contar tudo o que sabem, mesmo que achem que não é importante.

– O senhor está enganado – disse Elliot, dando um passo à frente.

– Elliot – avisou o maître, também se movendo, mas Gamache o impediu com um gesto e virou-se para o jovem.

– Nosso trabalho é servir mesas, fazer camas e servir bebidas. Sorrir para pessoas que nos insultam, que nos tratam como móveis. Nosso trabalho não é ajudá-lo a encontrar um assassino, e eu não estou sendo pago o suficiente para continuar servindo essas pessoas. Afinal – ele apelou para o resto do pessoal –, um deles a matou. Vocês querem ficar e servir essas pessoas? Já quiseram fazer isso em algum momento, mesmo antes?

– Elliot – disse o maître novamente –, agora chega! Eu sei que você está chateado, meu filho, todos nós estamos...

– Não me chame de filho – retrucou Elliot. – Você é patético. Essas pessoas não vão te agradecer. Elas nunca agradecem. Nem sabem quem você é. Elas vêm aqui há anos, e alguma já perguntou pelo menos o seu sobrenome? Você acha que, se fosse embora e alguém assumisse o seu lugar, eles sequer notariam? Você não é nada para eles. E agora vai arriscar a sua vida para continuar alimentando essa gente com sanduíches de pepino? E vai nos obrigar a fazer o mesmo?

Seu rosto estava bem vermelho, como se estivesse queimado.

– É o nosso trabalho – repetiu o maître.

– O nosso trabalho é só obedecer e morrer, é isso? – indagou Elliot, fazendo uma continência zombeteira.

– Pierre Patenaude é um homem notável – declarou a chef Véronique, falando com Elliot, mas sendo ouvida por todos. – Seria bom que você aprendesse com ele, Elliot. E a primeira lição poderia ser saber quem está do seu lado. E quem não está.

– Você está certo – disse o maître para Elliot. – Vou ficar para alimentá-los com sanduíches de pepino, ou com o que quer que eles queiram que a chef Véronique prepare. E farei isso satisfeito. Às vezes, as pessoas são rudes, insensíveis e ofensivas. Isso é problema delas, não meu. Todos que vêm aqui são tratados com respeito. Não porque fizeram por merecer, mas porque é o nosso trabalho. E eu faço bem o meu trabalho. Eles são nossos hóspedes, é verdade. Mas não são nossos superiores. Mais uma explosão como essa e você não vai ter que se preocupar em ficar aqui. – Ele se virou para o resto dos funcionários. – Se algum de vocês quiser ir embora, vou entender. Mas eu vou ficar.

– Eu também – concordou a chef Véronique.

Gamache notou os olhares furtivos de Colleen para Elliot e, em seguida, para o maître.

– Eles podem se demitir, *patron* – disse Gamache, que achou aquela discussão interessante –, mas não podem ir embora. Vocês precisam ficar no Manoir pelo menos pelos próximos dias. – Ele deu um tempo para que assimilassem suas palavras, em seguida sorriu de forma encorajadora. – Já que são obrigados a ficar, é melhor que sejam pagos.

Algumas pessoas assentiram. A chef Véronique foi para a tábua de corte e entregou punhados de ervas para alguns funcionários da cozinha, e logo o ar estava tomado pelo cheiro de alecrim. Um pequeno murmúrio de conversa começou. Alguns dos homens empurraram Elliot, brincando. Mas o jovem não estava pronto para deixar a raiva de lado.

O inspetor-chefe Gamache saiu da cozinha refletindo sobre a cena que acabara de testemunhar. Ele sabia que por trás da raiva havia medo. Aquele jovem garçom estava com muito medo de alguma coisa.

– Então foi mesmo um assassinato, Armand – comentou Reine-Marie, balançando a cabeça em descrença.

Estavam sozinhos na biblioteca, e ele tinha lhe atualizado sobre o caso.

– Mas como alguém pode ter empurrado aquela estátua com as próprias mãos?

– A família quer saber a mesma coisa – disse Beauvoir, entrando na sala com Lacoste. – Acabei de revelar a eles que acreditamos ser assassinato.

– E...? – indagou Gamache.

– Você sabe como é. Uma hora eles acreditam, de repente, não – respondeu Beauvoir. – Não posso dizer que os culpo. Eu disse a eles que podiam sair do salão principal, mas não da propriedade. E é claro que o local do crime em si está fora dos limites. Peter e Clara Morrow pediram para vê-lo – informou ao inspetor-chefe.

– Ótimo. Quero falar com eles também. Me diga o que você sabe.

A agente Lacoste sentou-se na poltrona em frente a Reine-Marie, enquanto os dois homens se sentaram juntos no sofá de couro, as cabeças quase se tocando, Beauvoir se inclinando sobre seu bloco de anotações e Gamache se inclinando sobre ele. Para Reine-Marie, eles pareciam um pouco matriocas russas, encaixados. O grande e poderoso Armand pairando, quase protetor, sobre o menor e mais jovem Beauvoir.

Ela havia falado com o filho enquanto Armand estava supervisionando o local do crime. Daniel estava ansioso para conversar com o pai sobre o nome que haviam escolhido para o filho. Assim como ela, ele sabia o que

Honoré significava para o pai. E, embora não quisesse magoá-lo, Daniel estava decidido. Mas como Armand se sentiria sobre outro Honoré Gamache? Que fosse seu próprio neto?

– Onde os Morrows falaram que cada um estava ontem à noite? – perguntou Gamache.

Beauvoir consultou seu bloco de anotações.

– A família esteve reunida durante todo o jantar, dividindo uma mesa. Depois, eles se separaram. Peter e Clara vieram aqui para beber. Disseram que vocês estavam com eles.

– Na maior parte do tempo – afirmou Reine-Marie. – Estávamos no *terrasse*. Mas podíamos vê-los pela janela.

Beauvoir assentiu. Ele gostava dos fatos bem explicados.

– Monsieur e madame Finney ficaram à mesa para o café – prosseguiu com o relato a agente Isabelle Lacoste. – Thomas e Sandra Morrow foram para o salão principal. Thomas tocou piano e Marianna subiu com...

– Bean – completou Reine-Marie.

– Bean? – perguntou Beauvoir. – Que Bean?

– Bean Morrow, imagino.

Reine-Marie sorriu.

– Bean é o nome da criança – explicou ela.

– Uma criança com um nome que significa "feijão"?

– Pois é.

Jean Guy Beauvoir só desejava que tudo aquilo terminasse. Ele já suspeitava que quase todos os canadenses anglófonos eram loucos. E agora havia uma criança chamada Bean para provar isso. Quem daria para alguém o nome de Feijão?

– E Julia? – perguntou Gamache. – O que eles disseram sobre seu paradeiro ontem à noite?

– Thomas e Sandra Morrow dizem que ela foi passear no jardim – informou Lacoste.

– Ela entrou na biblioteca pela porta de tela do jardim – lembrou Reine-Marie. – Estávamos todos aqui na hora. Thomas e Sandra tinham aparecido. Assim como Marianna. Os Finneys tinham acabado de ir para a cama.

– Eles foram para a cama antes ou depois de Julia chegar? – perguntou Gamache à esposa.

Eles olharam um para o outro, em seguida menearam a cabeça.

– Não me lembro – respondeu Reine-Marie. – Isso importa?

– Movimentos pouco antes de um assassinato sempre importam.

– Mas você não pode estar pensando que eles mataram Julia – disse Reine-Marie, logo se arrependendo de questionar o marido na frente de sua equipe.

Mas ele pareceu não se importar.

– Coisas mais estranhas já aconteceram – declarou ele, e ela sabia que era verdade.

– Qual foi a sua impressão de Julia Martin, senhor? – indagou Lacoste.

– Ela era elegante, sofisticada. Fazia comentários autodepreciativos e era encantadora, e sabia disso. Você concorda? – perguntou ele, virando-se para a esposa, que assentiu. – Era muito educada. Um contraste com o resto da família. Quase educada demais. Era muito agradável, gentil, e acho que era essa a impressão que ela queria causar.

– Como a maioria das pessoas, não? – questionou Lacoste.

– A maioria das pessoas quer causar uma boa impressão, é verdade – disse Gamache. – Somos ensinados a ser educados. Mas com Julia Martin parecia mais do que um desejo. Parecia uma necessidade.

– Essa também foi a minha impressão – concordou Reine-Marie. – Mas eu senti que havia algo manipulador nela. Ela lhe contou aquela história, sobre o primeiro emprego dela.

Gamache contou a Beauvoir e Lacoste sobre o primeiro emprego de Julia e a reação de sua mãe.

– Que coisa terrível de se dizer a uma filha – comentou Lacoste. – Fazendo a pessoa sentir que não tem um papel na vida, exceto ser dócil e grata.

– Foi uma coisa terrível de se dizer, sim – concordou Reine-Marie. – Incapacitante, se ela permitisse. Mas por que ela ainda está contando isso quarenta anos depois?

– Alguma teoria? – perguntou Gamache.

– Bem, acho interessante que ela tenha contado a você, não a nós. Mas eu não sou homem.

– Que comentário interessante – observou Gamache. – O que quer dizer com isso?

– Eu acho que, como muitas mulheres, ela se comportava de forma diferente com os homens. E os homens parecem mais dispostos a serem empáticos diante de uma mulher carente, até mesmo você. Julia era vulnerável. Mas ela se aproveitava desse traço, eu acho. Provavelmente fez isso a vida toda. E acho que o maior problema dela não era a baixa autoestima, embora eu acredite que também fosse uma questão. O maior problema era que ela sempre encontrava homens para salvá-la. Nunca teve que salvar a si mesma. Ela nunca soube que era capaz.

– Pelo que percebi, ela estava prestes a descobrir – disse a agente Lacoste, entendendo exatamente a que Reine-Marie Gamache se referia. – Julia tinha deixado o marido e estava começando uma vida nova.

– É, tá bom – interveio Beauvoir. – Com milhões de dólares. Não é exatamente um teste de autossuficiência. Ela é a mesma Julia Martin que foi casada com aquele homem do seguro, o cara que está na prisão lá no Oeste?

– A própria – confirmou Gamache.

– E qual foi a primeira coisa que ela fez? – indagou Reine-Marie. – Veio para cá. Para a família. Mais uma vez, ela queria que os outros consertassem a vida dela.

– Teria sido por isso? – perguntou Gamache, quase para si mesmo. – Ou será que ela estava querendo outra coisa deles?

– Como o quê? – quis saber Beauvoir.

– Não sei. Talvez eu esteja enganado em relação a ela, mas tenho a sensação de que havia algo mais por trás de sua presença aqui. Ela devia saber que a família não era do tipo encorajadora. Não acho que ela tenha vindo para isso.

– Vingança? – perguntou Reine-Marie. – Se lembra da noite passada?

Ela relatou ao inspetor Beauvoir e à agente Lacoste a cena entre Julia e os irmãos.

– Então você acha que ela veio para desabafar? – indagou Beauvoir. – Depois de mandar o marido criminoso se ferrar, era hora de fazer a mesma coisa com a mãe e o resto?

– Não sei – admitiu Reine-Marie. – O problema foi que a explosão dela não parecia nada planejada, parecia algo inesperado.

– Eu me pergunto se foi mesmo – disse Gamache. Ele não tinha pensado nisso antes, mas agora a dúvida lhe ocorria. – Seria possível que um deles tivesse provocado aquela explosão? Afinal, quem nos conhece melhor do que nossa família?

– Do que o senhor está falando? – perguntou Lacoste.

– Banheiros – disse Gamache.

– Banheiros? – indagou Beauvoir.

Ele estava se sentindo um pouco intimidado pelo ambiente, mas se era sobre isso que pessoas ricas e oficiais do alto escalão da Sûreté falavam nas férias... bem, ele se encaixaria tranquilamente.

A porta se abriu e Clementine Dubois entrou, seguida pelo maître e dois funcionários, que carregavam bandejas.

– Achei que vocês poderiam precisar de um lanche – disse a proprietária. – Levei comida e bebidas para a família também.

– Como eles estão? – perguntou Gamache.

– Muito chateados. Estão exigindo vê-lo.

Gamache olhou para uma bandeja de sopas frias e espumosas, com delicadas folhas de hortelã e casca de limão enrolada boiando. Outra bandeja continha travessas de sanduíches abertos, rosbife, salmão defumado, tomate e queijo brie. A última bandeja tinha garrafas de cerveja de gengibre, cerveja de espruce, refrigerante e um balde com um vinho branco suave no gelo.

– *Merci*. – Ele aceitou uma cerveja de gengibre e virou-se para o maître. – Quando foi que a tempestade começou ontem à noite? Você sabe?

– Bem, eu tinha feito a minha última ronda no hotel e tinha acabado de ir me deitar. Acordei com uma enorme explosão, que praticamente me arrancou da cama. Olhei para o rádio-relógio e estava marcando uma e pouco. Então a energia acabou.

– Você viu alguém antes de ir para a cama? – indagou Beauvoir, que tinha escolhido uma sopa e um sanduíche de rosbife e estava prestes a desabar em uma grande poltrona de couro.

O maître balançou a cabeça.

– Ninguém estava acordado.

Gamache sabia que não era verdade. Alguém estava acordado.

– Eu também acordei com a tempestade – disse madame Dubois. – Eu me levantei para ter certeza de que tudo estava devidamente fechado e para ver as persianas. Pierre e alguns funcionários já estavam correndo pelo hotel. Vocês dois estavam lá. Vocês ajudaram.

– Um pouco. Todas as janelas e portas foram fechadas?

– Elas estavam fechadas antes de eu ir para a cama – afirmou Pierre. – Eu sempre verifico na última ronda.

– Mas com a tempestade algumas se abriram. – Gamache lembrou-se do barulho. – Elas estavam trancadas?

– Não – admitiu madame Dubois. – Nós nunca trancamos. Pierre tem tentado me convencer há alguns anos que deveríamos, mas fico um pouco hesitante.

– Teimosa – disse o maître.

– Talvez um pouco. Mas nunca tivemos nenhum problema e estamos no meio do nada. Quem vai invadir? Um urso?

– O mundo de hoje é outro – comentou Pierre.

– Agora eu acredito em você.

– Não teria mudado nada – observou Gamache. – Julia Martin ainda estaria morta, não importa quantas portas estivessem trancadas.

– Porque quem fez isso já estava aqui dentro – concluiu madame Dubois. – O que aconteceu aqui ontem à noite é proibido.

Foi um comentário tão extraordinário que realmente impediu o voraz Beauvoir de dar outra mordida na baguete com rosbife.

– Aqui é proibido matar? – perguntou ele.

– Sim. Quando meu marido e eu compramos o Bellechasse, fizemos um acordo com a floresta. Qualquer morte que não fosse natural seria proibida. Ratos são pegos vivos e depois, soltos. Pássaros são alimentados no inverno e até os esquilos são bem-vindos. É proibido caçar e pescar. O pacto que fizemos foi que tudo que pisasse nesta terra estaria em segurança.

– Uma promessa extravagante – disse Gamache.

– Talvez. – Ela conseguiu dar um pequeno sorriso. – Mas nós queríamos assim. Nada morreria deliberadamente em nossas mãos, ou nas mãos de quem se hospedasse aqui. Temos um sótão cheio de lembranças do que acontece quando criaturas se voltam umas contra as outras. Elas assustaram aquela pobre criança e deviam assustar a todos nós. Mas nós nos acostumamos, toleramos que vidas sejam tiradas. Mas não é permitido aqui. Vocês têm que descobrir quem fez isso. Porque de uma coisa eu sei: se a pessoa é capaz de matar uma vez, é capaz de matar de novo.

Ela balançou a cabeça rapidamente e saiu, seguida em silêncio por Pierre. Gamache viu a porta se fechar. Ele sabia que era verdade.

TREZE

– Sra. Morrow, gostaria de almoçar?
 – Não, Claire, obrigada.
A idosa estava sentada no sofá, ao lado do marido, e pela posição, parecia mais que sua coluna tinha derretido. Clara estendeu um pratinho com um pouco de salmão cozido, maionese, pepinos finos como papel e cebola no vinagre. Ela sabia que aquele era um dos pratos favoritos da mãe de Peter, pois a mulher sempre pedia que Clara o preparasse quando ia à casa deles e tudo o que tinham para oferecer era um sanduíche simples. Dois artistas com recursos limitados raramente serviam salmão.

Normalmente, quando a Sra. Morrow a chamava de Claire, Clara ficava lívida. Durante a primeira década, ela havia presumido que a mãe de Peter simplesmente não ouvia bem e genuinamente pensava que seu nome fosse Claire. Em algum momento da segunda década de seu casamento, Clara percebeu que a sogra sabia perfeitamente qual era o seu nome. E qual era a sua profissão, embora continuasse a perguntar sobre seu trabalho em alguma loja de sapatos mítica. É claro que também era possível que Peter tivesse dito à mãe que Clara trabalhava em uma loja de sapatos. Ela sabia que qualquer coisa era possível com os Morrows. Ainda mais se significasse ocultar a verdade uns dos outros.

– Uma bebida, talvez? – ofereceu ela.
– Meu marido vai cuidar de mim, obrigada.

Clara foi dispensada. Ela olhou para o relógio. Passava do meio-dia. Será que poderiam ir embora logo? Ela se odiou por pensar isso, mas odiava ainda mais ter que ficar ali. E outro pensamento que ela odiava ainda mais:

a morte de Julia fora muito inconveniente. Mais do que isso, fora um pé no saco. Pronto. Ela disse o que pensava.

Ela queria ir para casa. Estar cercada das próprias coisas, dos próprios amigos. Trabalhar em sua exposição. Em paz.

Estava se sentindo péssima.

Ao olhar para trás, viu Bert Finney de olhos fechados. Dormindo.

O sujeito está dormindo. Todos estão tentando lidar com essa tragédia, e ele, cochilando. Ela abriu a boca para convidar Peter para ir ao *terrasse*. Queria muito um pouco de ar fresco, talvez fazer uma pequena caminhada através da névoa. Qualquer coisa para fugir daquela atmosfera sufocante.

Mas Peter estava ausente de novo. Mergulhado em seu próprio mundo. Focado apenas no movimento de seu lápis. A arte sempre fora um porto seguro para ele durante a infância e a adolescência. O único lugar onde nada acontecia, a menos que ele fizesse acontecer. Linhas apareciam e desapareciam de acordo apenas com a sua vontade.

Mas e quando o bote salva-vidas se torna uma prisão? E quando o feitiço se vira contra o feiticeiro? Teria o seu amado, gentil e ferido Peter fugido para longe demais?

Como se chamava aquilo? Ela tentou se lembrar de conversas com sua amiga Myrna Landers, em Three Pines. A psicóloga às vezes falava sobre isso. Pessoas que ficavam delirando, desconectadas.

Loucas.

Não, ela afastou a palavra de sua mente. Peter estava magoado, ferido e era brilhante por ter encontrado um mecanismo de defesa que o acalmava e ao mesmo tempo era uma fonte de renda. Ele era um dos artistas mais respeitados do Canadá. Respeitado por todos, exceto pela própria família.

A Sra. Morrow era muito rica, mas jamais comprara um quadro do próprio filho, mesmo quando eles estavam praticamente passando fome. Ela se ofereceu para lhes dar dinheiro, mas Peter tinha evitado aquela alternativa problemática.

Clara observou Marianna Morrow ir até o piano. Thomas o tinha abandonado e agora estava lendo um jornal. Marianna sentou-se, colocou o xale sobre os ombros e as mãos sobre as teclas.

Isso vai ser bom, pensou Clara, esperando as batidas e estrondos. Qualquer coisa para quebrar aquele silêncio pesado. Mas as mãos de Marianna pairavam sobre o instrumento, mexendo-se ligeiramente, como se ela estivesse tocando piano no ar. *Pelo amor de Deus*, gritou a mente de Clara. *Eles não podem fazer nada de verdade?*

Dando uma olhada no cômodo, ela viu Bean.

– O que você está lendo? – perguntou ela, juntando-se àquela pequena figura séria sentada sozinha no assento da janela.

Bean mostrou o livro para Clara. *Mitos que toda criança precisa conhecer.*

– Que maravilha. Encontrou na biblioteca?

– Não, mamãe me deu. Era dela. Olha.

Bean mostrou a Clara a primeira página, em que se lia: *Para Marianna, em seu aniversário, de seus pais.*

Clara sentiu lágrimas subirem aos olhos novamente. Bean olhou para ela.

– Desculpa – disse Clara, esfregando o olho com uma almofada. – Estou sendo boba.

Mas Clara sabia por que estava chorando. Não era por Julia, nem pela Sra. Morrow. Ela chorava por todos os Morrows, mas principalmente por pais que davam presentes e escreviam "De" e "Para". Pais que nunca perderam filhos porque nunca os tiveram de verdade.

– Você está bem? – perguntou Bean.

Isso porque Clara tinha ido até lá com a intenção de confortar Bean.

– Só é muito triste – disse Clara. – Sinto muito sobre a sua tia. Mas e você? Você está bem?

Bean abriu a boca e música surgiu dali. Ou assim lhe pareceu por um instante.

Clara se virou para o piano. As mãos de Marianna agora estavam nas teclas, e faziam algo notável. Encontravam as notas. Na ordem certa. A música era surpreendente. Fluida, emocionante e natural.

Era lindo, mas também típico. Ela deveria saber. O irmão sem talento era um pintor brilhante. A irmã atrapalhada era uma pianista virtuosa. E Thomas? Ela sempre presumiu que ele fosse o que seu exterior demonstrava de fato, um executivo bem-sucedido em Toronto. Mas aquela família era alimentada por mentiras. Qual seria sua verdadeira face?

Clara notou o inspetor-chefe Gamache parado na porta, olhando para Marianna.

A música parou.

– Vou pedir a todos que fiquem no Manoir por pelo menos mais um dia, talvez mais tempo.

– Claro – afirmou Thomas.

– Obrigado – disse o inspetor-chefe. – Estamos coletando provas agora, e hoje ainda, em algum momento, um dos meus agentes vai entrevistar cada um de vocês. Até lá, sintam-se livres para circular pela área. Gostaria de falar com você. Pode vir comigo?

Ele gesticulou para Peter, que se levantou.

– Gostaríamos de ir primeiro – declarou Sandra, com os olhos voando ansiosamente de Peter para Gamache e depois de volta para o primeiro.

– Por quê?

Isso pareceu surpreendê-la.

– Eu preciso de um motivo?

– Ajudaria. Se houver alguma necessidade urgente, então pedirei ao inspetor para entrevistá-la primeiro. Existe alguma?

Sandra, desalentada e pressionada pelo excesso de necessidades urgentes a vida toda, ficou em silêncio.

– Nós não queremos falar com o inspetor – disse Thomas. – Queremos falar com o senhor.

– Por mais lisonjeiro que isso seja, será o inspetor Beauvoir a entrevistá-los. A menos que prefiram a agente Lacoste.

– Então por que ele vai ser entrevistado pelo senhor? – inquiriu Thomas, indicando Peter com a cabeça.

– Isso não é uma competição.

Thomas Morrow encarou Gamache com um olhar de superioridade. Um olhar praticado e aperfeiçoado em secretárias que tinham trocado o respeito próprio por um salário e estagiários jovens demais para reconhecer que o chefe era um valentão.

De saída, já da porta telada, Gamache olhou para os Morrows, que o encaravam como se fossem todos parte de um quadro vivo. Um quadro de onde sairia um assassino. E Gamache estaria esperando por ele.

A AGENTE ISABELLE LACOSTE ORGANIZOU os policiais do destacamento da Sûreté local e distribuiu tarefas. Uma equipe deveria vasculhar os quartos dos funcionários e as outras construções da propriedade, outra, o Manoir, e sua equipe cuidaria dos quartos de hóspedes.

Ela os avisou para terem cuidado. Estavam procurando evidências, mas também um assassino. Era possível que ele estivesse escondido na área. Improvável, mas possível. A agente Lacoste era uma mulher cautelosa, por natureza e por treinamento. E assim conduzia a busca, sempre com a expectativa de que o monstro estivesse realmente debaixo da cama ou esperando no guarda-roupa.

– MARIANNA MORROW?

O inspetor Beauvoir entrou no salão principal, sentindo-se um pouco como um assistente de dentista. *Hora da sua obturação.* E todos lhe lançaram o mesmo olhar de pacientes odontológicos. Para os escolhidos, medo; para os que deveriam esperar, irritação.

– E a gente? – perguntou Sandra, levantando-se. – Disseram que a gente poderia ir primeiro.

– *Oui?* – disse Beauvoir. Ninguém lhe tinha dito nada, e ele achou que sabia por quê. – Bem, acho que vou falar com mademoiselle Morrow primeiro para que ela possa voltar para... – argumentou Beauvoir, olhando para a criança loira no banco da janela, lendo. – A criança.

Ele conduziu Marianna para a biblioteca e a fez sentar-se em uma cadeira dura que ele havia trazido. Não era propriamente uma tortura, mas ele não gostava que seus suspeitos se sentissem muito confortáveis. Além disso, queria a cadeira de couro grande para si mesmo.

– Mademoiselle Morrow – começou.

– Veja só! O senhor tem sanduíches. Os nossos acabaram.

Ela se levantou e, sem perguntar, pegou um grande sanduíche de tomate e presunto com xarope de bordo.

– Sinto muito pela sua irmã – disse ele, no momento calculadamente perfeito em que a boca gananciosa de Marianna estava cheia demais para responder.

Você obviamente não sente, ele esperava insinuar. Mas ao vê-la enfiar a comida na boca, ele percebeu que seu insulto fora muito sutil. Ele não gostava daquela mulher. De todos os Morrows, mesmo aqueles impacientes, aquela era a de quem ele menos gostava. Sandra, ele entendia. Ele também detestava esperar. Não gostava de ver os outros sendo servidos primeiro, especialmente quando chegava antes deles. Não gostava quando furavam a fila no mercado, ou ultrapassavam seu carro na estrada.

Ele esperava que as pessoas jogassem limpo. Regras significavam ordem. Sem elas, as pessoas estariam se matando. Começava com furar a fila, com estacionar em espaços reservados para pessoas com deficiência, fumar nos elevadores. E acabava em assassinato.

De fato, ele tinha que admitir que a ideia era um pouco exagerada, mas todas aquelas coisas seguiam a mesma linha de raciocínio. Se investigassem a fundo, identificariam que assassinos sempre quebravam as regras, porque se achavam melhores do que o resto. Ele não gostava de quem não seguia regras. Menos ainda quando vinham envoltos em xales roxo, verde e escarlate, com crianças chamadas Bean.

– Eu não a conhecia bem, entende? – disse Marianna, engolindo e pegando uma cerveja de espruce da bandeja. – Posso?

Mas ela abriu a garrafa antes que ele conseguisse dizer qualquer coisa.

– Obrigada. Eca! – Ela quase cuspiu. – Meu Deus. Será que eu sou a primeira pessoa a beber isto? Será que o fabricante experimentou? Tem gosto de árvore.

Ela abriu e fechou a boca, como um gato tentando tirar algo da língua.

– Isso é nojento. Quer um gole?

Ela inclinou a cerveja na direção dele, que semicerrou os olhos e ficou surpreso ao ver um sorriso naquele rosto desagradável.

Coitada, pensou ele. Tão feia em uma família tão bonita. Embora não fosse fã dos Morrows, ele conseguia pelo menos reconhecer que eram bonitos. Até a mulher morta – mesmo esmagada, tinha retido alguma beleza. Aquela, por outro lado, não tinha nenhuma.

– Não?

Ela tomou outro gole e estremeceu mais uma vez, mas não desistiu da bebida.

– Quão bem a senhorita a conhecia?

– Ela era dez anos mais velha do que eu e saiu de casa antes de eu completar 12. Não tínhamos muito em comum. Ela gostava de meninos, eu gostava de desenhos animados.

– A mademoiselle não parece sentir muito por ela estar morta. Nem parece triste.

– Eu fui criada em uma família de hipócritas, inspetor. Prometi a mim mesma que não seria como eles. Que não esconderia meus sentimentos.

– Muito fácil quando não há nenhum para esconder.

Isso a calou. Ele ganhou aquela rodada, mas estava perdendo a entrevista. Nunca era um bom sinal quando o investigador falava mais que o investigado.

– Por que mostrar todos os seus sentimentos?

O rosto sorridente da moça ficou sério. Agora, ela parecia triste e feia.

– Eu cresci na Disney. Parecia bom por fora. Era esse o objetivo. Mas dentro, tudo era mecânico. Você nunca sabe o que é real. Sempre um excesso de gentileza, um excesso de sorrisos. Eu cresci com medo de sorrisos. A gente nunca ouvia uma palavra atravessada, mas também nunca um elogio. Você nunca sabia como as pessoas se sentiam de verdade. Nós guardávamos as coisas para nós mesmos. Ainda guardamos. Menos eu. Eu sou sincera sobre a maioria das coisas.

Interessante a importância que uma palavra podia ter.

– O que quer dizer com "maioria"?

– Bem, seria uma bobagem contar tudo à minha família.

De repente, ela pareceu tímida, quase como se estivesse flertando. Era revoltante.

– O que a senhorita não contou a eles?

– Pequenas coisas. Como o que eu faço para viver.

– O que a senhorita faz?

– Sou arquiteta.

Beauvoir imaginava o tipo de casas que ela projetava. Daquelas que impressionavam, espalhafatosas, reluzentes e grandes. Casas berrantes, onde ninguém poderia realmente viver.

– O que mais a senhorita não diz a eles?

Ela fez uma pausa e olhou em volta; em seguida, inclinou-se para a frente.

– Bean.

– O que tem?

A caneta de Beauvoir pairava sobre seu bloco de anotações.

– Eu não contei a eles.

– O quê? Quem é o pai?

Ele havia quebrado a regra principal do interrogatório. Respondera à própria pergunta. Ela balançou a cabeça e sorriu.

– É claro que eu não disse isso a eles. Não existe resposta para isso – disse ela, de forma enigmática. – Eu não contei a eles o que Bean é.

Beauvoir se sentiu esfriar.

– E o que Bean é?

– Exatamente. Nem o senhor sabe. Mas, infelizmente, Bean está quase entrando na puberdade e logo ficará óbvio.

Beauvoir levou um momento para compreender o que ela queria dizer. Ele deixou a caneta cair e ela rolou da mesa para o carpete.

– A senhorita não disse à sua família se Bean é um menino ou uma menina?

Marianna Morrow assentiu e tomou um longo gole de sua cerveja de espruce.

– Na verdade, o gosto não é tão ruim. Acho que a gente se acostuma a qualquer coisa.

Beauvoir duvidava. Fazia quinze anos que ele trabalhava com o inspetor-chefe investigando assassinatos e nunca se acostumava com a insanidade dos canadenses anglófonos. Parecia algo sem propósito, um poço sem fundo. Que tipo de criatura mantém o sexo do filho ou filha em segredo?

– É a minha pequena homenagem à minha educação, inspetor. Bean é minha prole e meu segredo. Não consigo explicar para o senhor como é bom, em uma família de sabichões, saber de algo que eles não fazem ideia.

Malditos anglos, pensou Beauvoir. Se ele tentasse uma coisa dessas, sua mãe o espancaria com o rolo de macarrão.

– Eles não podem simplesmente perguntar à criança?

Ela deu uma gargalhada altíssima, lançando manchas de tomate na mesa de pinheiro à frente dele.

– Está brincando? Um Morrow fazer uma pergunta? Admitir sua ignorância?

Ela se inclinou para a frente, como que para contar um segredo. Sem pensar direito, Beauvoir se aproximou para ouvir.

– Essa é a parte mais brilhante – concluiu Marianna. – A arrogância deles é a minha melhor arma.

Então Beauvoir se afastou, sentindo repulsa. Como é que uma mulher, uma mãe, podia fazer uma coisa dessas? Sua mãe morreria por ele, mataria por ele. Era natural. Aquela coisa diante dele era bizarra.

– E o que pretende fazer quando não for mais segredo, mademoiselle? Quando Bean atingir a puberdade, ou acabar contando algum dia?

Ele jamais perguntaria qual era o sexo de Bean. Não daria a ela a satisfação de admitir que se importava.

– Bem, eu sempre terei o nome de Bean para torturá-la.

– Quem?

– Minha mãe.

Beauvoir mal podia olhar para aquela mulher, que tinha dado à luz uma arma biológica que apontara para a própria mãe. Ele estava começando a pensar que a Morrow errada fora assassinada.

– Por que alguém iria querer matar a sua irmã?

– Quando o senhor diz alguém, está se referindo a um de nós, não é?

Não era uma pergunta de verdade, e desta vez Beauvoir optou por ficar calado.

– Não olhe para mim. Eu não a conhecia o suficiente para isso. Ela estava afastada fazia uns trinta anos ou mais. Mas posso lhe dizer uma coisa, inspetor. Mesmo longe, ela ainda era uma Morrow. Os Morrows mentem, os Morrows guardam segredos. É o nosso jeitinho. Não confie neles, inspetor. Não confie em nada que disserem.

Foi a primeira coisa que ela disse na qual ele não teve problemas em acreditar.

– Julia teve uma briga com papai – revelou Peter. – Não sei dizer do que se tratava.

– Você não ficou curioso? – perguntou Gamache.

Os dois homens altos tinham percorrido o gramado molhado do Bellechasse e parado na beira do lago. Eles observavam a água acinzentada e a névoa que obscurecia a margem distante. Havia pássaros voando por ali, procurando insetos, e de vez em quando um mergulhão cantava do outro lado.

Peter deu um sorriso tenso.

– A curiosidade não era recompensada em nossa casa. Era considerada algo rude. Era rude fazer perguntas, rir muito alto ou por muito tempo, chorar, contradizer. Então, não, eu não fiquei curioso.

– Ela saiu de casa quando tinha 20 e poucos anos. Thomas devia ser poucos anos mais velho e você tinha...?

– Dezoito – disse Peter.

– Que resposta precisa.

– Eu sou um homem preciso, como você sabe – afirmou Peter, desta vez com um sorriso genuíno.

Ele estava começando a respirar de novo, a voltar a ser ele mesmo. Ao olhar para baixo, ficou surpreso ao ver migalhas na camisa. Deu uma limpada com as mãos. Em seguida, pegou um punhado de pedrinhas.

– Julia teria amado hoje – comentou, lançando as pedras no lago.

– Por que você diz isso? – perguntou Gamache.

– É um dia típico de Vancouver. Ela me dizia que eram dias melancólicos. Dizia que combinava com ela.

– Ela era melancólica?

Peter observou sua pedra bater quatro vezes na água antes de afundar.

– Era. Mas eu sempre penso nela com 21 anos. Não a vi muito depois que ela saiu de casa.

– Por que não?

Gamache observava o amigo atentamente. Havia uma desvantagem concreta em investigar um amigo em um caso de assassinato. Mas havia vantagens também. Como, por exemplo, saber quando ele estava escondendo algo.

– A gente não é uma família unida. Às vezes eu me pergunto o que vai acontecer depois que mamãe se for. É ela que a gente vem ver, os outros simplesmente estão por aí.

– Talvez isso una vocês.

– Talvez. Pode acabar sendo positivo. Mas acho que não. Eu não escolhi ver Julia, mas ela também não escolheu nos ver. Ela estava feliz em Vancouver com David e se esqueceu de nós. E, sinceramente, meses, anos se passariam antes que eu me lembrasse dela.

– O que faria você se lembrar?

– Como assim?

– O que a traria à sua mente? Você disse que anos poderiam se passar, mas o que faria com que ela voltasse à sua cabeça?

– Não muita coisa.

– Você sabe que eu não estou só batendo um papo. Essas perguntas são importantes, mesmo que não pareçam.

Gamache falou de uma forma severa, e era verdade – Peter tinha se esquecido de que estava falando com o chefe da Divisão de Homicídios da Sûreté du Québec.

– Desculpa. Por que eu pensaria nela? – Ele refletiu, então sentiu um beliscão quando percebeu qual era a resposta. – Porque ela ligava ou escrevia. Recebíamos cartões-postais de vários lugares. Ela e David viajavam muito.

– Ela procurava vocês, então – concluiu Gamache.

– Só quando queria alguma coisa. Minha irmã pode ter parecido legal e gentil para você, mas era muito astuciosa. Quase sempre conseguia o que queria.

– E o que ela poderia querer? Certamente não era dinheiro.

– Não, isso ela já tinha muito. Acho que ela só queria machucar. Fazer com que nos sentíssemos culpados. Era o joguinho dela. Enviar cartões, ligar de vez em quando, mas sempre se certificando de que soubéssemos que era ela quem tinha feito o primeiro movimento. Nós devíamos a ela. Era sutil, mas nós, os Morrows, somos mestres em sutileza.

Não tanto quanto você imagina, pensou Gamache.

– Somos uma família gananciosa, Gamache. Gananciosa e até cruel. Eu sei disso. Por que acha que moro com a Clara em Three Pines? Para ficar o mais longe possível. É uma oportunidade e tanto. E Julia? Você quer saber sobre Julia? – Ele lançou uma pedra o mais longe que conseguia nas águas escuras. – Ela era a mais cruel, a mais gananciosa de todos nós.

SANDRA APAGOU O CIGARRO E SORRIU, alisando a calça. Estava justa, mas ela sabia que o ar do campo fazia as coisas encolherem.

Ela voltou para o Manoir. Na sala de jantar vazia, lá no final, estava a bandeja de sobremesas.

Mas um movimento chamou sua atenção.

Bean.

O que aquela criança estava fazendo? Roubando as melhores sobremesas, provavelmente.

Seus olhares se cruzaram e Sandra notou algo branco e brilhante na mão da criança. Ela se aproximou.

Era um biscoito. Um biscoito de marshmallow coberto de chocolate, com a parte do chocolate mordida, deixando apenas o creme e o biscoito, e uma expressão culpada no rosto da criança.

– Bean, o que você estava fazendo?

– Nada.

– Isso significa alguma coisa. Fale.

Só então um objeto caiu e quicou no chão entre elas. Sandra olhou para cima. Pontilhados no teto de catedral, entre as vigas – e às vezes nelas mesmas –, havia diversos biscoitos. Bean lambera o marshmallow e depois jogara os biscoitos no teto, prendendo-os lá.

Era uma constelação de biscoitos.

Devia haver um pacote e meio lá em cima.

Sandra lançou um olhar severo para a criança estranha. Então, quando abriu a boca para dar uma bronca, outra coisa saiu. Uma risada. Um pequeno arroto de diversão, depois outro. A reação pegou Bean de surpresa. Mas não tanto quanto a Sandra, que esperava repreender e, em vez disso, riu.

– Quer um?

Bean ofereceu a caixa e Sandra pegou um biscoito.

– Você faz assim – disse Bean, chupando o cone de chocolate do topo. – Depois lambe. – Bean lambeu o biscoito. – E aí joga para o alto.

Bean jogou o biscoito umedecido em direção ao teto. Prendendo a respiração, Sandra observou para ver se colava. E deu certo.

– Tenta. Eu te ajudo.

Paciente, Bean explicou tudo bem direitinho, como alguém que nasceu para ensinar, e mostrou para Sandra exatamente como colar os biscoitos no teto. Sandra logo descobriu que tinha talento, e em pouco tempo o teto da sala de jantar estava coberto, uma forma de isolamento inimaginável para os barões ladrões ou os abenakis. Ou para madame Dubois.

Sandra saiu do cômodo sorrindo, já sem nem lembrar por que havia entrado. Ela nunca quisera ter filhos – davam muito trabalho. Mas às vezes, na companhia de uma criança extraordinária, uma criança gentil, ela sentia esse grande anseio. Era inconcebível que Marianna – gorda, idiota e preguiçosa – tivesse conseguido ter um bebê. O que tranquilizava Sandra era que

Bean era uma criança esquisita, mas às vezes ela se esquecia de odiar Bean. E coisas terríveis aconteciam.

– Onde você estava? – perguntou Marianna, quando Sandra voltou. – A polícia quer falar com você.

– Eu estava dando uma volta. Ouvi Peter conversando com o inspetor-chefe e ele disse uma coisa estranhíssima. – Ela notou a presença da sogra e levantou a voz ligeiramente. – Ele disse que achava que, se sua mãe morresse, seria bom.

– Ele não disse isso – declarou Marianna, nitidamente encantada. – Sério?

– E mais. Ele disse que Julia era gananciosa e cruel. Imagina isso! Ela mal se foi e ele já está falando mal dela, e para um estranho. Mas talvez eu tenha ouvido mal.

– O que foi? – perguntou a Sra. Finney do outro lado da sala, seu rosto rosado e macio virado para elas.

– Tenho certeza de que ele não quis dizer isso. Esquece que eu disse qualquer coisa.

– Ele disse que Julia era gananciosa e cruel?

A Sra. Finney viu novamente a mão branca da filha estendida. Tão típico de Charles, causar um estrago daqueles. Especialmente a Julia. Mas ele causara danos a toda a família.

E agora Peter dava continuidade ao trabalho do pai.

– Não aceito isso! Julia era a mais gentil, a mais sensível de todos os meus filhos. Com certeza, a mais amorosa.

– Desculpa – disse Sandra, e estava começando a ser sincera.

– Quem iria querer matar sua irmã?

Diante de Beauvoir estava Thomas Morrow, um homem posudo, mesmo em meio à natureza. Ele alisou a calça de linho e sorriu encantadoramente.

– Ela era ótima. Ninguém iria querê-la morta.

– Por que não?

– O senhor não deveria estar perguntando por quê? – indagou ele, perplexo.

– Por quê?

– Como assim? – perguntou Thomas, agora perdido. – Olha, isso é ridículo. Minha irmã morreu, mas ela não pode ter sido assassinada.

– Por que não?

Outra vez. Beauvoir adorava irritar as testemunhas.

– Olha, ela passou a maior parte da vida em Vancouver. Se ela irritou alguém o suficiente para matá-la, a pessoa estaria lá, não aqui, e com certeza não no meio do nada.

– O senhor está aqui.

– O que quer dizer com isso?

– Eu sei tudo sobre o que aconteceu ontem à noite. Neste exato cômodo. Aquela deve ser a mancha de café, inclusive.

Ele caminhou e olhou para baixo. Tinha encontrado a mancha antes, mas gostava do drama de uma descoberta "repentina".

– Ela estava fora de si, estava chateada.

– O que a chateou?

– Ela passou o dia todo agitada. Com a inauguração da estátua do papai. Os dois tiveram uma briga. Foi comovente para todos nós ver aquela estátua, mas provavelmente foi pior para ela. Ela estava passando por um momento difícil. Tinha acabado de enfrentar um divórcio público e bem confuso. Era casada com David Martin, sabia?

Seus olhos azuis deslizaram para Beauvoir, para ter certeza de que ele tinha entendido. Beauvoir já sabia sobre David Martin, estava mais interessado no jeito de Morrow. Ele tinha falado com um prazer e um orgulho maliciosos. Prazer porque sua irmã se dera mal e casara com um criminoso, e orgulho porque o criminoso era um dos homens mais ricos do Canadá, mesmo depois de devolver todo aquele dinheiro.

– Quem iria querer sua irmã morta?

– Ninguém. Era uma reunião de família, um momento feliz. Ninguém a queria morta.

Beauvoir virou a cabeça lentamente, olhou para o dia enevoado e ficou em silêncio, mas mesmo um Morrow entenderia a mensagem que o inspetor queria passar. Lá fora, um buraco no chão tornava mentira as palavras de Thomas Morrow.

Não confie em nada do que disserem, foram as palavras de Marianna Morrow. E Beauvoir não confiou.

– Julia tinha filhos? – indagou Gamache, enquanto ele e Peter saíam da floresta e voltavam lentamente ao Manoir.

– Não. Nem sei se eles tentaram. Não somos uma boa família para crianças – comentou Peter. – Nós devoramos nossa cria.

Gamache deixou o comentário se juntar à névoa ao redor deles.

– O que você achou da estátua do seu pai?

Peter não pareceu incomodado com a mudança de assunto.

– Não pensei nada a respeito. Não tive nenhuma reação.

– Não é possível. No mínimo, como artista, você deve ter tido alguma opinião.

– Bem, como artista, sim. Consigo ver o mérito. Obviamente, a pessoa que fez a estátua tem alguma técnica. Não ficou ruim. Mas a pessoa não conheceu meu pai.

Gamache continuou andando, as mãos grandes entrelaçadas nas costas, o olhar alternando-se entre seus pés encharcados e o crescente Manoir.

– Meu pai nunca ficou daquele jeito. Nunca parecia triste, ou o que quer que estivesse naquele rosto. Ele só fechava a cara. E nunca, nunca se curvava. Ele era enorme e... – Peter gesticulava com os braços, como se esboçando o mundo. – Enorme. Ele matou Julia.

– A estátua dele matou Julia.

– Não, estou falando de antes de ela ir embora. Ele a matou. Ele esmagou o espírito dela. Ele esmagou todos nós. É isso que você estava querendo me ouvir dizer, não é? Por que você acha que não temos filhos, nenhum de nós? Olha quem eram os nossos exemplos. Você teria?

– Bom, um de vocês tem. Bean está lá.

Peter estalou a língua nos dentes.

Mais uma vez, Gamache não disse nada.

– Bean não pula.

Gamache parou, curioso com aquela improvável sequência de palavras dita pelo amigo.

Bean não pula.

– O quê? – perguntou ele.

– Bean não pula – repetiu Peter.

Aquilo não fazia sentido algum.

– O que isso quer dizer? – questionou Gamache, sentindo-se, de repente, muito ignorante.

– Bean não consegue sair do chão.

Armand Gamache sentiu o suor quase nos ossos.

– Os pés de Bean nunca saem do chão, pelo menos não ao mesmo tempo. A criança não consegue, ou não quer, pular.

Bean não consegue pular, pensou Armand Gamache. Que família gera uma criança tão presa à terra? Atolada. Como Bean demonstrava animação? Alegria? Mas, pensando na criança e na família, ele soube a resposta. Até agora, em dez anos, isso não tinha sido um problema.

Armand Gamache decidiu ligar para o filho assim que voltasse ao Manoir.

QUATORZE

– Daniel?
– Oi, pai, *enfin*. Estava começando a pensar que você era fruto da minha imaginação.

Gamache riu.

– Sua mãe e eu estamos no Manoir Bellechasse, não é exatamente um centro de telecomunicações.

Enquanto falava, ele olhou pelas portas francesas da biblioteca, para a grama verde-menta do lado de fora e o lago coberto de névoa. Uma nuvem baixa se agarrava suavemente à floresta. Ele ouvia pássaros e insetos, e às vezes um respingo, quando uma truta ou um robalo pulavam para se alimentar. E ouvia o barulho de uma sirene e uma buzina irritante.

Paris.

A Cidade Luz se misturando à natureza. *Em que mundo vivemos?*, pensou.

– São nove da noite aqui. Que horas são aí? – perguntou Daniel.
– Quase três. Florence já está na cama?
– Tenho vergonha de admitir, mas estamos todos na cama. Ah, Paris... – Daniel soltou uma risada fácil, profunda. – Mas estou feliz por finalmente conseguirmos nos falar. Espera, me deixa só ir para outro quarto.

Gamache podia vê-lo em seu pequeno apartamento em Saint-Germain-des-Prés. Ir para outro quarto não garantiria privacidade para ele nem paz para sua esposa e a filha.

– Armand?

Reine-Marie apareceu à porta da biblioteca. Ela havia feito as malas e um funcionário as estava levando para o carro. Eles tinham falado sobre aquilo, e Armand lhe pedira para partir.

"Vou embora, claro, se é o que você prefere", dissera ela.

Mas ela analisou o rosto do marido. Nunca o tinha visto em ação antes, embora ele falasse sobre o trabalho o tempo todo e, muitas vezes, pedisse a sua opinião. Ao contrário da maioria de seus colegas, Gamache não escondia nada da esposa. Ele não achava que conseguiria manter tanto de sua vida afastado dela sem que isso de alguma forma os separasse. E ela era mais importante do que qualquer carreira.

"Vou me preocupar menos se você não estiver aqui", explicara ele à esposa.

"Eu entendo."

E era verdade. Ela se sentiria da mesma maneira se estivesse no lugar do marido.

"Mas você se importaria se eu não fosse para muito longe?", perguntara Reine-Marie.

"Quer montar uma barraca na beira da propriedade?"

"Você sabe das coisas. Mas eu estava pensando em Three Pines."

"Boa ideia. Vou ligar para o Gabri e reservar um quarto na pousada para você."

"Não, você vai descobrir quem matou a Julia e eu vou ligar para a pousada."

E agora ela estava pronta para ir. Pronta, mas não satisfeita. Sentira uma dor no peito enquanto o observara organizar os primeiros passos da investigação. Sua equipe tão respeitosa, os policiais do destacamento local tão reverentes e até mesmo com medo dele, antes que Gamache os deixasse à vontade. Mas não à vontade demais. Ela vira o marido assumir com naturalidade o comando da situação. Ela sabia, e ele também, que alguém precisava estar no comando. E ele era, por temperamento mais do que pela posição, o líder natural.

Ela nunca havia testemunhado aquilo antes e viu, surpresa, um homem que conhecia intimamente expor um lado novo de si mesmo. Ele chefiava com facilidade porque impunha respeito. Menos para os Morrows, que pareciam pensar que ele os enganara. Eles pareciam mais chateados com isso do que com a morte de Julia.

Mas Armand sempre dizia que as pessoas reagem de formas diferentes à morte, e era tolice julgar qualquer um, ainda mais julgar as ações daquelas pessoas diante de uma morte súbita e violenta. Um assassinato. Não agiam como elas mesmas.

Ainda assim, Reine-Marie se questionava se a atitude das pessoas diante de uma crise não revelava de fato o seu verdadeiro eu. Era fácil ser decente quando tudo ia bem. Outra coisa era ser decente quando o caos se instaurava.

Seu marido enfrentava o caos deliberadamente todos os dias e mantinha a decência. Ela duvidava que o mesmo pudesse ser dito sobre os Morrows.

Ela o havia interrompido. Quando viu que ele estava ao telefone, fez menção de sair da biblioteca. Então ouviu o nome "Roslyn".

Ele estava falando com Daniel, perguntando pela nora. Reine-Marie tentara conversar com Armand sobre o filho, mas nunca parecia o momento certo, e agora era tarde demais. De pé no vão da porta, ela ouviu, o coração batendo forte.

– Eu sei que mamãe te contou sobre os nomes que escolhemos. Geneviève se for menina...

– Um nome lindo – comentou Gamache.

– Também achamos. Mas achamos que o nome se for menino também é lindo. Honoré.

Gamache havia prometido a si mesmo que não haveria nenhum silêncio desconfortável quando o nome fosse dito. E fez-se um silêncio desconfortável.

Respira ali o homem de alma partida
que nunca para si mesmo disse:
Isso é meu, minha terra nativa!

Ditas, como sempre, em uma voz grave e calma em sua mente, as palavras do antigo poema preencheram o vazio. Gamache fechou um pouco a mão livre, como se estivesse se segurando em alguma coisa.

Dentro dele, o coração jamais arde,
Quando para casa seus passos intermitentes
Seguiam após vagar por alheias vertentes

Daniel estava em Paris, bem longe dali, mas ele sentia que o filho corria o risco de cometer um erro muito grave, que poderia levá-lo a cometer outros.

– Não acho que seja a melhor escolha.
– Por quê?

Daniel soou curioso, não na defensiva.

– Você conhece a história – continuou o pai.
– Você me contou, mas é passado, pai. E Honoré Gamache é um bom nome, para um bom homem. Você sabe disso melhor do que ninguém.
– É verdade.

Gamache sentiu uma pontada de ansiedade. Daniel não estava recuando.

– Mas, melhor do que ninguém, eu também sei o que pode acontecer num mundo nem sempre gentil.
– Você nos ensinou que nós fazemos o nosso próprio mundo. Como era aquela citação de Milton que você sempre repetia?

A mente é o seu próprio lugar, e em si mesma
Pode fazer do inferno um céu, do céu um inferno

– É no que você acredita, pai, e eu também. Você se lembra daqueles passeios no parque? Você nos levava, Annie e eu, e recitava poesia durante todo o percurso. Esse era um dos seus favoritos. E dos meus.

Gamache sentiu uma pressão na garganta ao se lembrar das caminhadas, dos dedinhos gorduchos no que parecia uma mão enorme. Mais sendo segurada do que segurando.

– Um dia, em breve, vai ser a minha vez. Vou levar Florence e Honoré ao Parc Mont Royal e tagarelar poesia por todo o caminho.
– Tagarelar? Você não quer dizer recitar em uma voz forte e musical?
– Claro. *Respira ali o homem de alma partida*. Lembra dessa?
– Lembro.
– Todas as que você me ensinou, eu vou ensinar aos meus filhos, inclusive Milton, inclusive a que diz que a mente é o seu próprio lugar e nós fazemos nossa própria realidade, nosso próprio mundo. Não se preocupe – continuou Daniel, em um tom sensato e paciente. – Honoré vai saber que o mundo começa na cabeça dele e será criado segundo suas regras. E ele vai aprender, assim como eu, que tem um belo nome.

– Não, Daniel, você está cometendo um erro.

Pronto, ele disse a única coisa que prometera a si mesmo não dizer. Ainda assim, Daniel tinha que enxergar a realidade, tinha que ser impedido de cometer aquele erro bem-intencionado porém trágico.

Em sua visão periférica, Gamache viu um movimento. Reine-Marie tinha dado um passo para dentro da biblioteca. Ele olhou para ela. A expressão corporal estava serena, mas seus olhos demonstravam surpresa e ansiedade. Ainda assim, aquilo tinha que ser feito. Às vezes, ser pai significava não ceder e fazer algo mesmo que acabasse não agradando. Arriscar ser censurado. Daniel não podia chamar o filho de Honoré.

– Eu esperava que você se sentisse diferente, pai.

– Mas por que eu faria isso? Nada mudou.

– A situação mudou. Aquilo foi há anos. Décadas. Você precisa esquecer.

– Eu vi coisas. Eu vi o que os caprichos dos pais podem fazer com um filho. Já vi crianças tão feridas que...

Nem conseguem pular, ele quase disse. *Os pés nunca saem do chão*. Não dão saltos de alegria, não pulam corda, não mergulham do cais, não se penduram nos braços do pai ou da mãe.

– Você está me acusando de machucar meu filho? – O tom de Daniel não era mais sensato e paciente. – Você está realmente insinuando que eu machucaria o meu filho? Ele nem nasceu ainda e você já está me acusando? Você ainda acha que sou um caso perdido, né?

– Daniel, calma. Eu nunca achei você um caso perdido, você sabe disso.

Do outro lado da sala, ele conseguia ouvir Reine-Marie suspirar.

– Você está certo. Está sempre certo. Você sempre vence porque sabe de coisas que eu não sei, viu coisas que eu não vi. E você parece achar que eu sou tão cheio de caprichos que daria ao meu filho um nome que vai acabar com a vida dele.

– A vida pode ser difícil o suficiente sem que a criança tenha um nome que acabe suscitando bullying.

– Sim, o nome pode levar a isso, mas também pode motivar o orgulho, a autoestima...

– Ele vai encontrar a própria autoestima, não importa o nome que você escolha. Não o coloque em desvantagem.

– Você considera Honoré um defeito de nascença?

A voz de Daniel era perigosamente distante.

– Eu não disse isso. – Gamache tentou recuar, mas sabia que tinha ido longe demais. – Olha, é melhor a gente falar sobre isso pessoalmente. Desculpa se dei a impressão de que você machucaria seu filho deliberadamente. Eu sei que não. Você é um pai maravilhoso.

– Que bom que você pensa assim.

– Qualquer criança teria sorte de ser sua filha. Mas você perguntou como eu me sinto, e posso estar errado, mas acho que seria injusto chamar seu filho de Honoré.

– Obrigado por ligar – disse Daniel, e desligou.

Gamache ficou com o telefone no ouvido, atordoado. Como era possível a coisa ter se tornado um desastre tão completo?

– Foi ruim? – perguntou Reine-Marie.

– Bem ruim – respondeu o marido, colocando o telefone no gancho. – Mas vamos nos resolver.

Gamache não estava preocupado. Ele e Daniel discutiam às vezes, assim como ele e a filha, Annie. Desentendimentos eram naturais, dizia a si mesmo. Mas aquilo era diferente. Ele havia machucado o filho, de uma forma que ele próprio conhecia bem. Ele questionara a habilidade de Daniel como pai.

– Que bom, você voltou.

Beauvoir entrou na sala, quase esbarrando em um técnico com uma caixa enorme.

– A agente Lacoste está terminando a busca nos quartos de hóspedes. Eles vasculharam a propriedade inteira, e nada. Eu também entrevistei Thomas, Marianna e Sandra. Eles não são exatamente uma família de comercial de margarina.

Vários equipamentos chegavam, e a biblioteca antiga foi sendo transformada em uma sala de investigação moderna. Mesas foram esvaziadas, computadores ligados, quadros negros e papel colocados em cavaletes, prontos para os fatos do inspetor Beauvoir, para listas de testemunhas e gráficos. Para listas de evidências e pistas.

– Temos um problema, chefe – declarou uma das técnicas, ajoelhada ao lado de um computador.

– Já vou aí. Você conseguiu resolver a questão da pousada?

– Tudo certo – respondeu Reine-Marie.

– Inspetor, pode nos acompanhar? Vamos até Three Pines com madame Gamache e depois seguiremos para o destacamento de Sherbrooke. Vamos nos encontrar com o operador do guindaste lá daqui a uma hora.

– Com prazer – disse Beauvoir, ajustando um cavalete e procurando canetas permanentes em uma caixa.

– Qual é o problema? – perguntou Gamache, aproximando-se da técnica.

– Este lugar. As instalações elétricas são muito antigas, senhor. Acho que não vamos conseguir ligar isto – disse ela, segurando a tomada de um computador.

– Vou falar com o maître – anunciou Beauvoir, indo para a sala de jantar.

Maldito interior. No meio do nada. Ele estava indo muito bem até o momento. Tentando ignorar os mosquitos, os borrachudos e os mosquitinhos-do-mangue. Pelo menos em Montreal você sabe o que esperar. Carros. Caminhões. Jovens fumando crack. Coisas grandes. Ali, no meio do mato, tudo ficava escondido, tudo se escondia. Insetinhos minúsculos prontos para sugar seu sangue, aranhas, cobras e animais na floresta, fiação podre atrás de paredes feitas de troncos de árvores, meu Deus! Era como tentar conduzir uma investigação moderna de assassinato na caverna de Fred Flintstone.

– *Bonjour*? – chamou ele.

Ninguém respondeu.

– Tem alguém aí?

Ele enfiou a cabeça na sala de jantar. Vazia.

– Olá? – insistiu.

Seria hora da sesta? Talvez estivessem lá fora, caçando o jantar. Ele abriu uma porta e entrou na cozinha.

– Olá. Posso ajudar? – disse uma voz grave e musical vinda de uma câmara fria.

Então uma mulher surgiu, carregando um assado. Ela usava um avental branco amarrado na cintura grossa. Era simples, prático, sem nada escrito. Ela marchou em direção a ele, com um olhar inquisidor. Tinha pelo menos 1,80 metro, calculou Beauvoir. Estava longe de ser jovem e longe de ser magra. Seu cabelo era encaracolado, preto com mechas grisalhas, curto e sem graça. As mãos eram enormes, brutas.

– Como posso ajudar o senhor?

Beauvoir a encarou.

– Algum problema? – perguntou a voz grave, enquanto o assado era jogado na tábua de corte.

Beauvoir sentiu um arrepio. Ele tentou parar de encará-la, mas não conseguiu. Em vez de sentir o coração acelerado, ele o sentiu mais lento. Acalmando-se. Algo aconteceu, e toda a tensão, todo o excesso de energia, toda a insistência desapareceram.

Ele relaxou.

– Eu conheço o senhor? – perguntou ela.

– Desculpa. – Ele deu um passo à frente. – Sou o inspetor Beauvoir. Jean Guy Beauvoir, da Sûreté.

– Ah, claro. Eu devia ter adivinhado.

– Por quê? A senhora me conhece? – perguntou ele, esperançoso.

– Não, mas sei que madame Martin foi assassinada.

Ele ficou desapontado. Queria que ela o conhecesse. Para explicar a familiaridade que ele sentiu de repente. Era perturbadora.

Beauvoir encarou mais uma vez a mulher que tinha despertado nele aquela sensação. Ela devia ter quase 60 anos, era forte e larga como um carvalho, se movia como um caminhoneiro e falava como se tivesse engolido uma tuba.

– Quem é a senhora? – ele conseguiu dizer.

– Sou a chef aqui. Véronique Langlois.

Véronique Langlois. Era um nome bonito, mas não lhe dizia nada. Ele tinha certeza de que a conhecia.

– Como posso ajudá-lo? – perguntou a chef.

Como ela pode me ajudar? Pense, homem, pense.

– O maître. Estou procurando por ele.

– Deve estar ali.

Ela apontou para as portas duplas da cozinha, e Beauvoir agradeceu e saiu, atordoado.

Pelas portas francesas, ele viu o maître falando com um dos garçons no *terrasse* deserto, do lado de fora.

– Você acha que este trabalho é muito difícil? Tente plantar árvores, ou trabalhar em uma mina, ou passar o verão inteiro cortando gramados de um cemitério.

– Olha, eu não me importo com o que você fazia na minha idade. Não me interessa. Só sei que Julia Martin está morta e alguém aqui fez isso.

– Você sabe de alguma coisa sobre a morte dela, Elliot?

Ele ficou em silêncio.

– Não fica de bobeira, garoto. Se você sabe de alguma coisa...

– Você acha que eu diria a você? Ela era uma pessoa decente e alguém a matou. É só o que eu sei.

– Você está mentindo. Você passou um tempo com ela, não foi?

– Tempo? Quando? Quanto tempo livre você nos dá? Eu trabalho doze horas por dia, quando é que eu teria tempo para passar com alguém?

– Você vai passar a vida toda reclamando?

– Depende. Você vai passar a vida toda servindo?

Elliot se virou e foi embora, pisando firme. Beauvoir se segurou, curioso para ver o que o maître faria quando pensasse que ninguém o estava observando.

Pierre Patenaude acompanhou Elliot com o olhar, grato por ninguém ter ouvido aquela conversa. Percebia que fora um erro contar a Elliot sobre seus trabalhos de verão, mas era tarde demais. Então ele se lembrou do que seu pai havia dito certa vez na sala de reuniões, cercado por um grupo de homens sérios: "Todo mundo merece uma segunda chance. Mas não uma terceira."

Ele tinha demitido um homem naquela ocasião. Pierre tinha visto. Fora horrível.

Aquela havia sido a terceira chance de Elliot. Ele teria que demitir o rapaz. Assim que a investigação terminasse e a polícia fosse embora. Não adiantava fazer isso antes, já que Elliot era obrigado a ficar ali. O maître não tinha demitido muitas pessoas, mas toda vez que o fizera, pensara naquele dia na sala de reuniões, e em seu pai. E no que o pai fizera depois.

Anos após a demissão, seu pai investira discretamente centenas de milhares de dólares para ajudar o homem que ele tinha demitido a abrir sua própria empresa.

No fim das contas, ele lhe dera uma terceira chance. Mas o maître suspeitava que seu pai era mais bondoso do que ele.

Assim que se virou, Pierre tomou um susto ao ver um homem olhando através das portas. Então acenou enquanto o inspetor se aproximava.

– Arranjei acomodações para o senhor e a outra agente. Nós os colocamos no edifício principal, não muito longe do inspetor-chefe.

Beauvoir matou um mosquito. Outros surgiram.

– *Merci, patron*. Um rapaz difícil esse aí – disse Beauvoir, indicando Elliot ao longe.

– O senhor estava ouvindo? Sinto muito. Ele só está chateado.

Beauvoir achou que fora um feito e tanto do maître não ter dado um soco no garoto, mas agora ele se perguntava se Pierre Patenaude não era apenas um fraco, que deixava que outros, até garotos, passassem por cima dele. Beauvoir não gostava de fraqueza. Assassinos eram indivíduos fracos.

GAMACHE E BEAUVOIR DEIXARAM O MAÎTRE e a equipe técnica resolvendo os problemas elétricos e foram para Three Pines com Reine-Marie. Beauvoir sentou-se no banco de trás. Atrás do papai e da mamãe. Ele gostava daquela ideia. Desde o encontro com a chef, se sentia estranhamente relaxado.

– Você conhece a chef do Manoir? – indagou ele casualmente.

– Acho que não cheguei a conhecê-la – respondeu Reine-Marie. – É uma mulher?

– Sim – confirmou Beauvoir. – Véronique Langlois.

Só de dizer o nome dela ele já ficou mais calmo. Era uma sensação estranhíssima.

Reine-Marie balançou a cabeça.

– Armand?

– Eu a vi pela primeira vez hoje de manhã.

– Estranho não a termos conhecido – observou Reine-Marie. – Sempre pensei que os chefs adorassem receber cumprimentos. Talvez a tenhamos conhecido, e nos esquecemos.

– Acredite, ela não é uma pessoa de quem se esquece facilmente – comentou Gamache, lembrando-se da mulher alta e confiante. – A agente Lacoste já terá entrevistado os funcionários quando voltarmos. Vai poder nos dizer mais sobre ela. É até engraçado, eu tive a sensação de que a conhecia.

– Eu também. – Beauvoir inclinou-se e ficou entre os dois assentos da frente. – O senhor alguma vez já sentiu um cheiro na rua e, de repente, se viu em outro lugar? Como se o cheiro o transportasse?

Com qualquer outro ser humano além do inspetor-chefe, ele se sentiria um bobo dizendo aquilo.

– Já, sim. Mas é mais do que isso – disse Gamache. – Vem um sentimento. De repente, eu fico melancólico, ou relaxado, ou calmo. Sem nenhum motivo, só por conta do cheiro.

– *Oui, c'est ça*. Uma emoção mesmo. Foi isso o que eu senti quando entrei na cozinha.

– Você acha que foi só o cheiro da cozinha? – indagou Reine-Marie.

Beauvoir pensou.

– Não, só tive esse sentimento assim que vi a chef. Era ela. É frustrante, não consigo expressar direito. Mas eu sei que a conheço.

– E como você se sentiu? – perguntou madame Gamache.

– Eu me senti seguro.

Ele também havia sentido um desejo quase avassalador de rir. Uma espécie de alegria borbulhara em seu peito.

Ele ficou pensando nisso enquanto o Volvo seguia espirrando água pelas estradas lamacentas em direção ao vilarejo de Three Pines.

QUINZE

O Volvo parou no topo da colina e os três passageiros saíram e caminharam até a beira, olhando para baixo, para o pequeno vilarejo. Ficava em um vale aprazível, cercado de colinas e montanhas cobertas pela mata.

Gamache nunca tinha visto Three Pines no verão. As folhas dos bordos, das macieiras e dos carvalhos lançavam uma leve sombra nas casas antigas ao redor da praça, o que na verdade as tornava ainda mais mágicas, como se o fato de esconderem metade de sua beleza só lhes deixasse ainda mais encantadoras. Three Pines se revelava lentamente, e apenas para pessoas pacientes, que topassem se sentar em uma das poltronas desbotadas no bistrô, bebendo Cinzano ou *café au lait* e assistindo às mudanças pelas quais aquele lugar iluminado era capaz de passar.

À sua direita, despontava a torre branca da capela, e o rio Bella Bella descia do lago do moinho e depois serpenteava atrás das casas e imóveis comerciais.

Em um semicírculo do outro lado da praça, encontravam-se as lojas, em um pequeno abraço de tijolos. A loja de livros novos e usados de Myrna; o Bistrô do Olivier, com seus ousados guarda-chuvas azuis e brancos protegendo a variedade de cadeiras e mesas na calçada; a *boulangerie* de Sarah. Dessa última, saía naquele instante uma senhora idosa, carregando uma bolsa e mancando. Seguida por um pato.

– Ruth – comentou Gamache.

Rosa, a patinha, não deixava dúvidas. Eles observaram a velha e amarga poeta entrar na mercearia. Rosa esperou do lado de fora.

– Se nos apressarmos, podemos escapar dela – afirmou Beauvoir, virando-se para o carro.

– Mas eu não quero escapar dela – disse Reine-Marie. – Eu liguei para ela do Manoir. Vamos tomar chá juntas.

Beauvoir olhou para madame Gamache, como que pela última vez. Ela estava prestes a ser devorada por Ruth Zardo, que triturava pessoas boas e as transformava em poesia.

Alguns moradores caminhavam com seus cachorros e faziam pequenas tarefas, ou, mais precisamente, aproveitavam o tempo para passear. Alguns podiam ser vistos com seus chapéus, luvas de jardinagem e botas de borracha, ajoelhados nos jardins úmidos, cortando rosas para fazer buquês. Cada casa tinha um canteiro de plantas perenes. Nada projetado, nenhuma espécie nova, nenhuma das últimas novidades da horticultura. Nada que não pudesse ter sido encontrado por soldados voltando da Grande Guerra para casa. Three Pines mudava, mas lentamente.

De volta ao carro, eles dirigiram devagar pela Rue du Moulin e pararam na pousada de Gabri. O homem grande e desgrenhado de 30 e poucos anos estava parado na entrada, como se esperasse por eles.

– *Salut, mes amis.*

Ele desceu a escada de madeira e pegou a mala de Reine-Marie das mãos de Gamache, depois de dar a todos, até a Beauvoir, um abraço carinhoso e dois beijinhos.

– Bem-vindos de volta.

– *Merci, patron.*

Gamache sorriu, feliz de estar mais uma vez no vilarejo.

– Olivier e eu lamentamos muito sobre a irmã de Peter – declarou Gabri, enquanto conduzia Reine-Marie a seu quarto na pousada, um cômodo convidativo, com um estrado de madeira escura e roupa de cama de um branco luxuoso. – Como eles estão?

– Foi um choque – respondeu Gamache –, mas estão seguindo.

O que mais ele poderia dizer?

– Terrível – comentou Gabri, balançando a cabeça. – Clara ligou e me pediu para fazer uma mala para eles. Ela me pareceu um pouco estressada. Você sabe fazer a dança dos tamancos? – perguntou ele a Reine-Marie, imitando a dança antiga, quase um cruzamento entre sapateado e dança celta.

Era uma pergunta um tanto estranha a se fazer, e ela o encarou.

— Nunca tentei — respondeu ela.

— Bem, minha querida, prepare-se para uma experiência e tanto. Em dois dias, vamos ter as comemorações do Dia do Canadá na praça e estamos montando uma demonstração dessa dança. Eu coloquei seu nome na lista para participar.

— Por favor, me leve de volta para o lugar com o assassino — sussurrou Reine-Marie no ouvido do marido, ao se despedir dele no carro alguns minutos depois, sentindo seu leve cheiro de água de rosas e sândalo.

Enquanto ele se afastava, ela acenou, ainda envolta em seu perfume, um mundo de conforto, gentileza, calma e sem dança dos tamancos.

O INSPETOR-CHEFE ARMAND GAMACHE ENTROU NA sede da Sûreté em Sherbrooke e se apresentou.

— Gostaria que nos levasse à sua sala de investigação.

O agente atrás da mesa se levantou de imediato.

— Sim, senhor. A estátua está ali.

Eles seguiram o agente até os fundos, para uma grande garagem. Charles Morrow estava virado para uma parede, como se estivesse no bar pedindo outra bebida gigantesca. Havia outro policial sentado em uma cadeira na frente da estátua, protegendo-a.

— Achei melhor ter certeza de que ninguém mexeria nela. Eu sei que vocês tiraram amostras de sangue e do solo, e nós as enviamos para o laboratório, mas eu também colhi um pouco mais, por garantia.

— Bem minucioso — disse Gamache.

Os três atravessaram a garagem, seus passos ecoando no chão de concreto. Gamache teve a impressão de que Charles Morrow estava esperando por eles.

O inspetor-chefe fez um sinal com a cabeça para o agente que guardava a estátua e o dispensou. Em seguida, tocou o tronco da estátua de pedra. Manteve a mão ali, sem ter certeza do que esperava sentir. Uma pulsação distante, talvez.

E Gamache realmente sentiu algo inesperado. Ele moveu a mão para outra posição, desta vez o braço de Morrow, e a esfregou para cima e para baixo.

– Jean Guy, olha isso.

Beauvoir se aproximou.

– O quê?

– Sinta.

Beauvoir colocou a mão onde a do chefe estivera. Esperava sentir a pedra fria ao toque, mas estava quente, como se Charles Morrow, o avarento, tivesse sugado o calor do chefe.

Mas ele também sentiu outra coisa. Franzindo as sobrancelhas, moveu a mão para o torso de Morrow e o alisou. Então se inclinou ainda mais, de forma que seu nariz quase tocasse a estátua.

– Mas isso não é pedra – disse ele, finalmente.

– Também acho que não – concordou Gamache, recuando.

Charles Morrow era cinza. Um cinza escuro em alguns lugares, mais claro em outros. E sua superfície era ligeiramente ondulada. No início, Gamache pensou que era algum efeito criado pelo escultor, mas, ao tocar a estátua e olhar mais de perto, percebeu que não era bem isso. As ondas, assim como a pele flácida, eram parte do material com o qual Charles Morrow tinha sido esculpido. Era como se fosse um homem de verdade, um gigante. E o gigante estava petrificado.

– O que é isso? Do que é feito?

– Não sei – respondeu Gamache.

Ele estava dizendo essa frase repetidamente naquele caso. Olhou para o rosto de Charles Morrow. Então deu outro passo para trás.

Na cabeça, ainda havia um pouco de terra e grama. Parecia um homem morto que alguém havia desenterrado. Mas, sob a camada de terra, o rosto guardava uma expressão determinada, decidida. Viva. Os braços, erguidos na altura da cintura, a palma das mãos para cima, davam a sensação de que ele havia perdido alguma coisa. Vestígios de sangue, agora seco, coloriam a cabeça e as mãos. Seu passo leve parecia hesitante.

Se as partes fossem observadas separadamente, ele aparentava ser um homem mal-humorado, impaciente, ganancioso e, sem dúvida, carente.

Mas, como um todo, Gamache tinha uma impressão totalmente diferente. A soma das partes tinha um quê de saudade, de tristeza, de resignação misturada com determinação. Era a mesma sensação que ele tivera em relação a Charles Morrow no instante em que a cobertura de lona fora retirada, durante a inauguração. E agora Gamache tinha a sensação de estar de volta a um jardim familiar, em Paris.

Enquanto a maioria dos visitantes ia ao Louvre, ao Jardim de Tuileries, à Torre Eiffel, Armand Gamache fora a um tranquilo jardim particular, atrás de um pequeno museu.

E lá ele prestou seus respeitos a homens que fazia muito tempo haviam partido.

Pois ali era o *musée* de Auguste Rodin. E Armand Gamache fora visitar os burgueses de Calais.

– A estátua te lembra alguma coisa?

– Filmes de terror. Ele parece prestes a ganhar vida – comentou Beauvoir.

Gamache sorriu. Havia algo de sobrenatural naquela estátua. E, na verdade, ela havia mesmo matado uma pessoa.

– Você conhece *Les Bourgeois de Calais*? *Os burgueses de Calais*?

Beauvoir fingiu pensar.

– *Non*.

Ele teve a sensação de que estava prestes a conhecer. Pelo menos o chefe não tinha citado nenhuma poesia. Ainda.

– Ele me lembra esses homens – explicou Gamache, dando mais um passo para trás. – Foram esculpidos por Auguste Rodin. Ficam no Musée Rodin, em Paris, mas também há um do lado de fora do Musée de Beaux Arts, em Montreal, se você tiver interesse em ver.

Beauvoir encarou aquilo como uma piada.

– Rodin viveu cerca de cem anos atrás, mas a história é muito mais antiga, de 1347.

Ele conseguiu a atenção de Beauvoir. Com sua voz grave e reflexiva, era como se o chefe recitasse um grande conto, e Beauvoir podia ver os eventos se desenrolarem.

O porto de Calais quase setecentos anos antes. Movimentado, rico, um ponto estratégico. Em meio à Guerra dos Cem Anos, entre os franceses e os ingleses, embora, é claro, eles não a chamassem assim à época. Apenas de "guerra". Calais era um importante porto francês e encontrava-se sob o cerco do poderoso exército de Eduardo III, da Inglaterra. Esperando ser libertados por Felipe VI, da França, os habitantes da cidade seguiam suas vidas, despreocupados. Mas aquela situação se estendeu – dias viraram semanas, depois meses, e a esperança começou a ser intensamente testada. Com o tempo, a fome foi chegando, invadindo as casas. Ainda assim, eles mantiveram a confiança de que o socorro viria. Que certamente não seriam esquecidos, abandonados.

Por fim, Eduardo III propôs um acordo. Ele pouparia Calais se seis de seus cidadãos mais proeminentes se rendessem. Para serem executados. Ele ordenou que esses homens se apresentassem ao portão, sem roupas finas ou adereços, com cordas em volta do pescoço e segurando a chave da cidade.

Jean Guy Beauvoir empalideceu, imaginando o que ele faria naquela situação. Daria um passo à frente? Recuaria e desviaria o olhar? Ele imaginou o horror da cidade, e a escolha. Ouvindo o chefe, ele sentiu o coração acelerar no peito. Aquilo era muito pior do que qualquer filme de terror. Era realidade.

– O que aconteceu? – sussurrou Beauvoir.

– Um homem, Eustache de Saint-Pierre, um dos mais ricos de Calais, se voluntariou. Outros cinco se juntaram a ele. Eles tiraram todas as roupas, até as de baixo, colocaram laços de corda em volta do próprio pescoço e cruzaram os portões.

– *Bon Dieu* – murmurou Beauvoir.

Meu Deus, concordou Gamache, olhando novamente para Charles Morrow.

– Rodin fez uma escultura daquele momento, quando eles estavam no portão, se rendendo.

Beauvoir tentou imaginar como seria. Ele tinha visto muita arte francesa, comemorando a queda da Bastilha, as guerras, as vitórias. Anjos, mulheres comemorando, homens fortes e determinados. Mas se aquela estátua fazia o chefe se lembrar daqueles homens, não devia se parecer com nada que ele já tinha visto.

– Não é uma estátua comum, é? – perguntou Beauvoir, e pensou que seria uma boa ideia descobrir onde em Montreal ficava o Musée des Beaux Arts.

– Não, é diferente de qualquer outra estátua de guerra. Os homens não são heroicos. Eles estão resignados, com medo mesmo.

Beauvoir conseguia imaginar.

– Mas isso não os torna ainda mais heroicos? – perguntou ele.

– Acho que sim – respondeu Gamache.

Ele se virou para Charles Morrow, que usava roupas e não trazia correntes, cordas ou amarras. Pelo menos, não visíveis. Mas Armand Gamache sabia que Charles Morrow estava tão condenado quanto aqueles homens. Amarrado, acorrentado, preso a alguma coisa.

O que Charles Morrow estava vendo com aqueles olhos tristes?

O DONO DA EMPRESA DE GUINDASTES estava esperando por eles na recepção. Ele era pequeno e atarracado – parecia um pedestal. Seu cabelo grisalho era curto e arrepiado. Uma marca vermelha cortava sua testa, onde um capacete estivera, naquele dia e em todos os seus dias de trabalho nos últimos trinta anos.

— Não foi minha culpa, como os senhores já sabem – afirmou ele, estendendo a mão quadrada para cumprimentá-los.

— Eu sei – disse Gamache, apertando a mão do homem e apresentando a si mesmo e a Beauvoir. – Achamos que foi assassinato.

— *Tabernacle!* – soltou o homem, e limpou a testa suada. – É mesmo? Esperem até os rapazes ouvirem isso.

— Seu funcionário contou o que aconteceu? – perguntou Beauvoir, enquanto levavam o homem para a garagem.

— Ele é um incompetente. Disse que o bloco se moveu e a estátua caiu. Eu disse a ele que isso era impossível. A base era sólida. Eles despejaram uma fundação de concreto com tubos sona a quase dois metros de profundidade, abaixo do nível de geada, para que não se mexesse. Entendem o que estou dizendo?

— Continue – pediu Gamache.

— Você tem que cavar pelo menos 1,80 metro abaixo da linha de geada por aqui quando faz uma construção. Se não fizer isso, o que você construir vai se deslocar quando o chão descongelar na primavera, está entendendo?

Gamache entendeu o que o funcionário quis dizer sobre seu chefe. O homem era do tipo que falava muito mas não chegava a lugar nenhum.

— Madame Dubois sempre exige que tudo seja feito com perfeição. Eu gosto disso. Sou do mesmo jeito. E quando o assunto é construção, ela sabe das coisas.

Aquele fora seu maior elogio.

– Então o que o senhor fez? – perguntou Beauvoir.

– Calma, gente, *voyons*. Estou chegando lá. Ela nos pediu para colocar tubos sona para que a estátua não caísse, e nós obedecemos. Isso foi há cerca de um mês. A coisa ainda nem passou por um inverno. Não poderia ter se mexido.

– Ok, o senhor colocou os eixos – disse Beauvoir –, e depois?

Boa parte de uma investigação de assassinato era perguntar "e depois, o que aconteceu?" infinitamente, pensou Beauvoir. E ouvir as respostas, é claro.

– Nós despejamos o concreto, e esperamos uma semana. Ele endureceu. Então colocamos aquela maldita base, e ontem eu coloquei a estátua. Uma coisa enorme. Tive que levantar aquele troço com muito cuidado.

Os dois inspetores receberam uma explicação de quinze minutos sobre as dificuldades de tal trabalho. Beauvoir relembrou o jogo de beisebol da noite anterior, pensou se sua esposa ficaria brava novamente por ele estar longe de casa, teve uma pequena discussão imaginária com o zelador de seu prédio.

Gamache ouviu com atenção.

– Quem estava lá quando o senhor colocou a estátua?

– Madame Dubois e aquele outro sujeito.

– Pierre Patenaude? – perguntou Gamache. – O maître?

– Não sei quem ele é. Uns 40 e poucos anos, cabelo escuro, com uma roupa exagerada. Devia estar morrendo de calor.

– Mais alguém?

– Muita gente veio ver. Tinha uns jovens trabalhando nos jardins que ficaram assistindo. A parte mais difícil é colocar na posição certa. Você não vai querer que a estátua fique olhando para o lado errado.

O homem riu e em seguida se lançou em outro monólogo de cinco minutos sobre o posicionamento de uma estátua. Beauvoir devaneou sobre Pierre Cardin e um passeio de compras em Paris. Mas isso o fez pensar nos homens de Calais, o que o fez pensar em Charles Morrow, o que o trouxe de volta àquela chatice interminável.

– ... coloquei em cima a lona que madame Dubois me deu e fui embora.

– Como a estátua poderia ter se soltado do pedestal?

Gamache perguntou aquilo de forma casual, mas todos no recinto sabiam que era a pergunta mais importante naquele momento. O operador desviou o olhar para a estátua, então, de volta para os investigadores.

– A única maneira que imagino seria com uma máquina.

Assim que disse aquilo, ele não pareceu culpado e insatisfeito com a própria resposta.

– Mas eu não fiz nada – emendou.

– Sabemos que não – afirmou Gamache. – Mas quem fez? Se não foi com uma máquina, então como?

– Talvez tenha sido – supôs o operador. – Podia ter um guindaste lá. Não o meu, mas um de outra pessoa. Talvez.

– É uma possibilidade – alegou Gamache –, mas suspeito que Julia Martin teria percebido.

Todos assentiram.

– O que o senhor achou da estátua? – quis saber Gamache.

Beauvoir olhou para ele com espanto. Quem se importa com a opinião do operador do guindaste? Desse jeito, era melhor perguntar ao pedestal.

O operador também parecia espantado, mas pensou sobre a pergunta.

– Não ia querer aquilo no meu jardim. Meio triste, sabe? Prefiro coisas felizes.

– Como duendes? – sugeriu Beauvoir.

– Claro, duendes ou fadas – concordou o operador do guindaste. – As pessoas pensam que são a mesma coisa, mas não são.

Meu Deus, não uma palestra sobre duendes e fadas.

Gamache lançou um olhar de advertência a Beauvoir.

– E, claro, o passarinho ajudou.

Passarinho?

Gamache e Beauvoir se entreolharam.

– Que passarinho, *monsieur*? – perguntou Gamache.

– O que está no ombro dele.

No ombro dele?

O operador do guindaste percebeu que os investigadores ficaram confusos.

– Sim, lá em cima.

Ele foi até a estátua, parou diante dela e apontou.

– Não estou vendo nada – disse Beauvoir a Gamache, que também balançou a cabeça.

– Vocês têm que chegar bem perto para ver – explicou o homem, olhando ao redor.

Ele avistou uma escada e a pegou. Beauvoir subiu.

– Ele tem razão. Tem um pássaro desenhado aqui – avisou.

Gamache suspirou silenciosamente. Esperava que o operador do guindaste estivesse alucinando. Mas não. Tinha que haver um pássaro, e não poderia estar no pé de Morrow. Beauvoir desceu e Gamache olhou para a escada, sabendo que tinha que ver por si mesmo.

– Quer uma mãozinha? – ofereceu Beauvoir, com um sorriso malicioso e a tranquilidade de um homem que não estava diante da própria fobia.

– *Non, merci.*

Gamache tentou sorrir, mas sabia que provavelmente parecia um louco. Com os olhos atentos, as mãos tremendo ligeiramente e os lábios ainda tentando formar a sombra de um sorriso, ele começou a subir a escada. Dois, três, quatro degraus. Nem era tão alto, mas qualquer altura já fazia diferença. *Talvez eu seja que nem Bean e tenha medo de sair do chão*, pensou ele, surpreso.

Ele ficou cara a cara com Charles Morrow, olhando para aquele rosto sombrio. Então baixou os olhos e lá, gravado no ombro esquerdo, viu um pássaro minúsculo. Mas havia algo estranho ali.

Cada célula de Gamache implorava para ele descer. Ele sentia ondas de ansiedade tomando conta de seu corpo, e pensou que poderia despencar, soltar-se da escada. Cair em cima de Beauvoir. Esmagá-lo, como Morrow esmagara Julia.

– Tudo bem aí em cima? – questionou Beauvoir, agora ligeiramente ansioso.

Gamache forçou-se a se concentrar no pássaro. Então sentiu que havia chegado a seu limite.

Sem se importar mais em manter a compostura, Gamache desceu a escada depressa, pulando os dois últimos degraus e aterrissando de forma deselegante aos pés do operador do guindaste.

– Que tipo de pássaro é, o senhor sabe? – perguntou ele.

– Claro que não. É um maldito passarinho. Não é um gaio, isso é tudo que eu sei.

– Isso importa? – indagou Beauvoir, que sabia que o chefe nunca fazia uma pergunta sem motivo.

– Ele não tem pés.

– Talvez o cara tenha esquecido – sugeriu o operador.

– Ou talvez seja a assinatura dele – conjecturou Beauvoir. – Do mesmo jeito que alguns artistas nunca fazem olhos.

– Que nem nos desenhos da Annie, a órfã – disse o operador do guindaste. – Talvez esse cara nunca faça pés.

Os três baixaram os olhos. Charles Morrow tinha pés.

Eles tiraram a escada dali e foram juntos até a porta.

– Por que o senhor acha que colocaram um passarinho lá? – perguntou o operador do guindaste.

– Não sei – respondeu Gamache. – Vamos ter que perguntar ao artista.

– Boa sorte – disse o operador, fazendo uma careta.

– O que você quer dizer com isso? – questionou Beauvoir.

O outro parecia desconfortável. *O que poderia fazer um homem cem por cento disposto a admitir um afeto por duendes e fadas se sentir desconfortável?*, perguntou-se Beauvoir.

O operador do guindaste parou e olhou para eles. O cara mais novo o encarava, como um furão. Ansioso para dar o bote. Mas o mais velho – que estava ficando careca, tinha um bigode grisalho e olhos espertos e gentis – estava quieto. E parecia disposto a ouvir, atento. Ele ajeitou os ombros e falou diretamente com Gamache.

– Madame Dubois me deu o endereço ontem de manhã para pegar a estátua. Lá para os lados de Saint-Felicien-du-Lac. Cheguei lá bem cedo. Eu sou assim. Fui para a cafeteria...

Lá vamos nós, pensou Beauvoir, e jogou o peso do corpo de um pé para outro.

O operador do guindaste fez uma pausa e depois recomeçou.

– Então eu fui ao ateliê para pegar o cara, quero dizer, a estátua. Madame Dubois disse que era o ateliê de um artista, mas não era.

Ele parou de novo.

– Prossiga – pediu Gamache, calmamente.

– Era um cemitério.

DEZESSEIS

Véronique Langlois estava fazendo uma das reduções de molho para o jantar. Eram quase cinco horas, os preparativos estavam atrasados e destinados a se atrasar ainda mais se a jovem agente da Sûreté continuasse a fazer perguntas.

A agente Isabelle Lacoste estava sentada confortavelmente à mesa de pinheiro polida, na cozinha quente, sem nenhuma vontade de se levantar. A cozinha tinha aromas maravilhosos, porém, mais do que qualquer coisa, cheirava a calma. *Estranho*, pensou, *para um lugar tão agitado*. Assistentes em aventais brancos engomados picavam ervas e limpavam legumes recém-colhidos da horta ou deixados pelo produtor orgânico local, monsieur Pagé. Eles assavam, amassavam, recheavam e mexiam. Era como um livro do Dr. Seuss.

E a agente Lacoste fazia o trabalho dela. Sondava.

Até o momento, ela havia entrevistado todos os funcionários externos, que agora tinham voltado a aparar amplos trechos do gramado e arrancar ervas daninhas dos canteiros de flores. O lugar estava cheio deles. Todos jovens, ansiosos para ajudar.

Pierre Patenaude, a quem ela estava entrevistando no momento, tinha acabado de explicar que as equipes mudavam quase todos os anos, por isso era necessário treinar a maioria dos funcionários.

– Vocês têm problemas em reter funcionários? – indagou ela.

– *Mais, non* – negou madame Dubois.

A agente Lacoste já a havia entrevistado e lhe dissera que ela podia sair, mas a senhora continuou sentada.

– A maioria desses jovens volta para a faculdade – explicou a proprietária do hotel. – Além disso, nós queremos novos funcionários.

– Por quê? Assim vocês têm muito mais trabalho.

– É verdade – concordou o maître.

– Aqui, prove isto.

A chef Véronique enfiou uma colher de pau debaixo do nariz de Pierre, que encostou de leve os lábios no utensílio, como se o beijasse. Ele já fizera aquilo muitas vezes antes, percebeu Lacoste. Era um hábito.

– Perfeito – declarou o maître.

– *Voyons*, você sempre diz isso – comentou a chef, rindo.

– Porque é sempre perfeito. Você não consegue fazer nada que não seja perfeito.

– Não é verdade.

Dava para ver que a chef estava satisfeita. Mas havia mais alguma coisa ali? Algo no instante em que a colher tocou os lábios dele? Até a própria agente Lacoste sentiu. Uma intimidade.

Mas cozinhar era um ato de intimidade. Um ato de arte e criação. Não algo que ela mesma apreciasse, mas Lacoste sabia quão sensual podia ser. E se sentiu como se tivesse testemunhado um momento muito privado, muito íntimo.

Ela olhou para a chef com novos olhos.

Mais alta do que seus jovens assistentes, tinha o torso envolto por um avental grosso e era quase desastrada em seus movimentos, como se seu corpo lhe tivesse sido emprestado. Ela usava sapatos de borracha, uma saia simples e uma blusa quase austera. O cabelo grisalho havia sido cortado com menos atenção do que as cenouras. Ela não usava maquiagem e parecia ter pelo menos 60 anos, talvez mais. E sua voz era forte e grave como uma buzina.

Ainda assim, havia algo inquestionavelmente atraente nela. Isabelle Lacoste podia sentir. Não que ela quisesse dormir com a chef, ou mesmo lamber sua colher. Mas também não queria sair daquela cozinha, daquele pequeno mundo que a chef criara. Talvez por se mostrar tão completamente alheia ao próprio corpo, ao rosto, aos maneirismos desajeitados, havia algo revigorante naquela mulher.

Madame Dubois era o oposto. Robusta, serena, refinada e lindamente arrumada, mesmo no interior do Quebec. Mas ambas eram mulheres autênticas.

E a chef Véronique Langlois tinha outra coisa, pensou Lacoste, observando-a corrigir a técnica de uma de suas assistentes, de forma gentil mas assertiva. Havia nela calma e ordem. Ela parecia em paz.

Os jovens eram atraídos por ela, assim como Pierre Patenaude e até a proprietária, madame Dubois.

– Foi um compromisso que meu falecido marido assumiu – explicou madame Dubois. – Quando jovem, ele viajou pelo Canadá e se sustentou trabalhando em hotéis. É o único trabalho que jovens inexperientes conseguem. E ele não falava inglês. Mas quando voltou para o Quebec, já falava muito bem. Sempre com um sotaque carregado, que conservou pelo resto de sua vida. Ele sempre foi grato aos donos dos hotéis pela paciência em ensiná-lo seu trabalho e o idioma. Seu sonho a partir de então foi abrir seu próprio *auberge* e fazer pelos jovens o que fizeram por ele.

Esse era outro ingrediente do Manoir, pensou Lacoste. Estava cheio de suspeitos, cheio de Morrows, bufando e em silêncio. Porém, mais do que isso, também era repleto de alívio. Era como um suspiro com uma estrutura. Os hóspedes relaxavam, os jovens encontravam um lar inesperado em um trabalho que poderia ser uma verdadeira agonia. O Manoir Bellechasse podia ter sido construído de madeira, mas sua argamassa era a gratidão. Um poderoso isolante contra elementos hostis. Ele estava cheio de jovens indo para lá e para cá, aprendendo francês, aprendendo a fazer perfeitamente a cama e reduções, aprendendo a consertar canoas. Crescendo e voltando para Prince Edward Island, Alberta e o resto do Canadá com um amor pelo Quebec, quando não pelo subjuntivo.

– Então todos os seus funcionários têm o inglês como língua-mãe? – perguntou a agente Lacoste.

Ela havia percebido que os que entrevistara tinham, embora alguns parecessem confiantes o suficiente para conduzir a entrevista em francês.

– Quase todos – disse Pierre. – Diane, ali perto da pia, é de Newfoundland, e Elliot, um de nossos garçons, é da Colúmbia Britânica. A maioria é de Ontário, é claro. É mais perto. Temos até alguns britânicos e alguns americanos. Muitos deles são irmãs e irmãos de jovens que trabalharam aqui antes.

A chef Véronique serviu chá gelado em copos altos, oferecendo o primeiro a Patenaude, sua mão roçando na dele sem necessidade e, aparentemente, de forma despercebida pelo maître. Mas não pela agente Lacoste.

– Estamos recebendo filhos e filhas agora – afirmou madame Dubois, habilmente cortando uma boca-de-leão caída da taça de flores sobre a mesa.

– Os pais confiam que cuidaremos de seus filhos – disse o maître.

Então ele parou, lembrando-se dos acontecimentos do dia. Pensando em Colleen, de New Brunswick, de pé, na chuva, suas mãos grandes e molhadas cobrindo o rosto. Pierre sabia que o grito dela o assombraria para sempre. Uma de suas funcionárias, uma das jovens, aterrorizada. Ele se sentiu responsável, embora jamais pudesse prever algo daquela natureza.

Ela parecia controlada agora, com o grupo de meninas que procurava cuidar dela e reconfortá-la. Aquele momento de horror tinha finalmente dado à jovem jardineira o que ela desejava. Companhia. Aceitação. Pena que tivesse vindo a um custo tão alto, mas a paz muitas vezes custa caro.

– Há quanto tempo o senhor está aqui? – perguntou a agente Lacoste a Pierre.

– Há 20 anos.

– Sem arredondar – replicou Lacoste. – Preciso do tempo exato.

O maître pensou.

– Eu vim direto da escola. Começou como um trabalho de verão, mas eu nunca mais fui embora.

Ele sorriu. Lacoste se deu conta de que era algo que ainda não tinha visto. Ele sempre parecia tão sério. É verdade que só o conhecia fazia algumas horas, e depois que uma hóspede fora brutalmente assassinada em seu hotel. Não houvera muitas oportunidades para momentos hilários. Mas ele sorriu naquele instante.

Era um sorriso encantador, fácil. Ele não era o que ela chamaria de um homem atraente, ou alguém que você indicaria em uma festa ou notaria em uma sala. Era magro, de estatura mediana, agradável, até mesmo refinado. E se portava bem, como se tivesse nascido para ser maître, ou multimilionário.

Havia certa tranquilidade nele. Era um homem adulto, ela constatou. Não uma criança com roupas de adulto, como tantas pessoas que ela conhecia. Aquele homem era maduro. Era relaxante estar perto dele.

Ele administrava o Manoir da mesma forma que o inspetor-chefe

Gamache tocava a Divisão de Homicídios. Ordem, calma e afeto em relação ao Manoir Bellechasse irradiavam dos três adultos que o dirigiam, e impressionavam os jovens adultos que trabalhavam lá. Eles aprendiam mais do que outro idioma com aquelas pessoas. Assim como ela aprendia mais do que investigação de homicídios com o inspetor-chefe Gamache.

– Há quanto tempo o senhor está aqui? – perguntou ela, de novo.

– Há 24 anos.

O número o surpreendeu.

– Mais ou menos na mesma época em que a chef chegou – comentou Lacoste.

– Verdade?

– Vocês se conheciam antes de virem para cá? – perguntou ela ao maître.

– Quem? Eu e madame Dubois?

– Não, o senhor e a chef Véronique.

– A chef Véronique?

Ele parecia intrigado e, de repente, a agente Lacoste entendeu. Ela olhou de soslaio para a chef, grande, poderosa, cortando carne em cubos com suas mãos rápidas e experientes.

Seu coração se apertou quando ela se colocou no lugar daquela mulher. Quanto tempo devia fazer que ela se sentia assim? Teria ela vivido quase um quarto de século naquele hotel de madeira à beira do lago Massawippi com um homem que não retribuía seus sentimentos? O que isso poderia fazer a uma pessoa? E o que acontecia com um amor que se espalhara ao longo do tempo, e em um lugar tão isolado? Será que se transformava em outra coisa?

Alguma coisa capaz de matar?

– Como você está se sentindo?

Clara colocou os braços em volta do marido, e ele se abaixou e a beijou. Estavam se vestindo para o jantar, e era a primeira chance que tinham de conversar.

– É inacreditável – disse Peter, desabando em uma cadeira, exausto.

Beauvoir tinha lhe entregado a mala feita por Gabri, mas estava cheia de cuecas, meias, uísque e batatas fritas. Sem roupas de verdade.

– Aparentemente pedimos para um humorista fazer nossas malas – comentou Peter, enquanto os dois comiam batatas fritas e bebiam uísque, sentados com suas roupas íntimas limpas.

Mas a sensação até que era boa.

Clara tinha encontrado uma barra de Caramilk que Gabri tinha jogado na mala e a estava comendo naquele instante, descobrindo que combinava muito bem com uísque.

– Peter, o que você acha que Julia estava querendo dizer ontem à noite, quando disse que tinha descoberto o segredo do seu pai?

– Ela só estava esbravejando. Tentando causar um transtorno. Não quis dizer nada.

– Sei lá...

– Sinceramente, Clara, esquece isso.

Peter levantou-se e vasculhou a própria mala. Tirou a camisa e a calça que tinha usado na noite anterior. Infelizmente, eles tinham amassado as roupas usadas e as jogado ali dentro, pensando que não iam precisar delas novamente.

– Graças a Deus Armand Gamache está aqui – disse Clara, olhando seu vestido de linho azul, o seu melhor.

Estava todo amassado.

– É, uma sorte.

– O que foi?

Ele se virou para ela, o cabelo despenteado, a roupa desgrenhada.

– Alguém matou Julia. E Gamache vai descobrir.

– Tomara.

Eles se encararam, não de forma tensa ou hostil, mas cada um esperando o outro se explicar.

– Ah, entendi – disse Clara.

Armand Gamache descobriria quem matou a irmã de Peter. Como ela não tinha pensado nisso antes? Ela havia ficado muito envolvida em toda a confusão do assassinato de Julia, chocada com aquele acontecimento tão terrível. Esquecera-se de pensar em qualquer coisa além da motivação para o crime. Esquecera-se de pensar no autor.

– Desculpa.

Normalmente tão cheio de compostura e imaculado, seu marido estava caindo aos pedaços. Suas vísceras pareciam querer sair.

Ela olhou para Peter, tentando encontrar a gravata no fundo da mala.
– Achei – disse ele, levantando a peça.
Parecia uma forca.

A ALGUMAS PORTAS DE DISTÂNCIA, MARIANNA Morrow olhava para o próprio reflexo. No dia anterior, ela era um espírito livre, uma mulher criativa, espirituosa e que desafiava as barreiras da idade. Amelia Earhart e Isadora Duncan em uma só pessoa, antes de seu fim derradeiro, é claro. Marianna jogou seu cachecol mais uma vez em volta do pescoço e deu um pequeno puxão. Só para ver qual era a sensação de ser estrangulada.

Agora ela via outra pessoa enrolada e presa lá dentro. Alguém cansado. Alguém exaurido. Alguém velho. Não tão velho quanto Julia, mas Julia havia parado de envelhecer. Maldita Julia. Sempre à frente de seu tempo. A que se casou bem, a que era rica e magra. A que escapou. E agora, aquela que nunca envelheceria.

Maldita Julia.

Outra pessoa estava de fato presa ali, com Amelia e Isadora. Alguém que espiava através das camadas de um material muito frágil.

Marianna prendeu um lenço na cabeça e imaginou o enorme lustre de ferro na sala de jantar caindo em cima de todos eles. Exceto de Bean, é claro.

– VOCÊ PRECISA USAR ISSO? – perguntou Thomas à esposa.

O visual dela estava ótimo, mas não era essa a questão. Nunca era a questão.

– Por que não? – perguntou ela, olhando-se no espelho. – É sombrio, mas de bom gosto.

– Não me parece adequado.

Ele conseguiu transmitir a sensação de que não era o vestido que estava errado. Nem necessariamente Sandra. Mas sua criação. Não era culpa dela. De verdade. Querida.

Eram as pausas. Nunca as palavras, mas as hesitações. Sandra havia passado os primeiros anos ignorando aquilo, concordando com Thomas que ela era sensível demais. Então passou alguns anos tentando mudar, ser magra, sofisticada, elegante.

Então ela entrou na terapia e passou alguns anos lutando contra isso.

Então se rendeu. E começou a descontar nos outros.

Thomas voltou a lutar com a abotoadura. Seus dedos grandes se atrapalhavam com o fecho de prata minúsculo, que parecia ter encolhido. Ele podia sentir a tensão aumentando, o estresse começando nos dedos dos pés, subindo pelas pernas, atravessando as entranhas e explodindo no peito.

Por que a abotoadura não entrava? Qual era o problema?

Ele precisava delas naquela noite. Eram seu crucifixo, seu talismã, seu pé de coelho, sua estaca e martelo, seu alho.

Elas o protegiam, lembravam aos outros quem ele era.

O filho mais velho, o filho predileto.

Finalmente, ele conseguiu enfiar a abotoadura e prendê-la, observando-a brilhar no desgastado punho da camisa. Os dois atravessaram o corredor, Thomas irritado e Sandra se iluminando, lembrando-se dos biscoitos no teto da sala de jantar, como estrelas.

– Eu não acho que você precise fazer isso, minha querida – disse Bert Finney, pairando atrás da esposa. – Hoje não. Todo mundo vai entender.

Ela estava usando um vestido solto, brincos e o colar de pérolas. Só faltava uma coisa.

Seu rosto.

– De verdade.

Ele estendeu a mão e quase tocou o pulso dela, mas parou bem a tempo. Seus olhares se cruzaram no espelho do banheiro. Ali, tudo estava nítido: seu nariz inchado, cheio de sulcos e veias, o cabelo ralo e despenteado, a boca cheia de dentes, como se ele os tivesse mastigado mas ainda não engolira. Para variar, no entanto, seus olhos, quase líquidos, estavam firmes. E parados sobre ela.

– Eu preciso – disse ela. – Por Julia.

Ela mergulhou a almofada redonda na base. Levantando a mão, hesitou por um momento, olhando para seu reflexo, em seguida começou a aplicar a máscara.

Irene Finney finalmente sabia no que acreditava. Ela acreditava que Julia era a mais gentil, mais amorosa, mais generosa de seus filhos. Ela acreditava que Julia também a amava, e que voltara só para ficar com ela. Ela acreditava que, se Julia não tivesse morrido, elas teriam passado o resto da vida juntas. Mãe e filha amorosas.

Finalmente, um filho que não a decepcionaria e nem desapareceria.

Com cada golpe selvagem da maquiagem, Irene Finney preenchia o vazio não com uma filha amada e depois perdida, mas primeiro perdida e depois amada.

BEAN MORROW ERA A ÚNICA PESSOA sentada à mesa. Esperando. Mas não se sentia só. Levara consigo Hércules, Ulisses, Zeus e Hera. E Pegasus.

Com a sala de jantar do Manoir Bellechasse só para si e os pés firmes no chão, Bean montou no garanhão poderoso. Juntos, eles galoparam pela grama do Bellechasse e, assim que a grama se transformou em lago, Pegasus decolou. Juntos, circularam o hotel e foram para o outro lado do lago, sobrevoando as montanhas. Bean rodava, subia e balançava no alto, no silêncio iluminado pelo sol.

DEZESSETE

Uma mesa foi montada no canto da biblioteca, perto das janelas, e os três policiais sentaram-se ali para comer. Eles não se vestiram para o jantar, embora o inspetor-chefe Gamache sempre usasse terno e gravata durante as investigações, e os estivesse usando naquele momento.

À medida que os vários pratos chegavam, eles discutiam suas descobertas.

– Agora acreditamos que Julia Martin foi assassinada ontem à noite, pouco antes da tempestade. Isso seria em algum momento entre meia-noite e uma da manhã, certo? – perguntou Gamache, tomando sua sopa fria de pepino e framboesa. Havia um pouco de endro, uma pitada de limão e algo doce. Mel, ele percebeu.

– *Oui*. Pierre Patenaude me mostrou sua estação meteorológica. Entre suas leituras e uma ligação para a Environment Canada, podemos dizer que a chuva começou mais ou menos nesse horário – confirmou a agente Lacoste, enquanto provava sua *vichyssoise*.

– *Bon. Alors*, o que as pessoas estavam fazendo naquele momento?

Seus olhos castanhos profundos passaram de Lacoste para Beauvoir.

– Peter e Clara Morrow foram para a cama logo depois que o senhor saiu do cômodo – disse Beauvoir, consultando o bloco de anotações ao seu lado. – Monsieur e madame Finney já tinham subido. A camareira os viu e desejou boa noite. A propósito, ninguém viu Peter e Clara. Thomas e Sandra Morrow ficaram na biblioteca com a irmã, Marianna, discutindo a inauguração da estátua por cerca de vinte minutos e então foram para a cama também.

– Todos eles? – indagou Gamache.

– Thomas e Sandra Morrow subiram direto, mas Marianna ficou por mais alguns minutos. Tomou outra bebida, ouviu música. O maître a serviu e esperou até que ela tivesse ido para a cama. Isso foi cerca de meia-noite e dez.

– Ótimo – disse o inspetor-chefe.

Eles estavam montando o esqueleto do caso, o contorno, os fatos, quem fizera o que e quando. Ou pelo menos o que diziam ter feito. Mas era preciso mais, muito mais. Eles precisavam de carne e osso.

– Precisamos descobrir mais sobre Julia Martin – declarou Gamache. – Sua vida em Vancouver, como ela conheceu David Martin. Quais eram os interesses dela. Tudo.

– Martin trabalhava no setor de seguros – informou Beauvoir. – Aposto que toda a vida dela estava segurada.

Gamache olhou para ele com interesse.

– Acho que você tem razão. É muito fácil descobrir.

Beauvoir ergueu as sobrancelhas, em seguida olhou para algo atrás dele. Os grandes sofás confortáveis e as cadeiras de couro tinham sido rearrumados, e agora algumas mesas estavam juntas no centro da biblioteca. Três cadeiras haviam sido colocadas em volta das mesas e, na frente de cada uma, bem arrumadinhos, encontravam-se um bloco de anotações e uma caneta.

Aquela fora a solução encontrada pela agente Lacoste para o problema do computador. Estavam sem acesso a nenhum computador. Não tinham nem telefone. Em vez disso, cada um tinha uma caneta e um bloco de papel.

– Vou começar a treinar os pombos para levarem as mensagens. Não, espere, não será preciso – disse Beauvoir. – Deve haver uma parada do correio a cavalo nas proximidades.

– Quando eu tinha a sua idade, meu jovem... – começou Gamache.

– Não comece com a história do sinal de fumaça de novo – interrompeu Beauvoir.

– Você vai entender – afirmou Gamache, abrindo um sorriso. – Eu quero voltar à noite passada. A família se reuniu aqui. – Gamache se levantou e caminhou para perto da lareira. – Antes de Julia entrar, estávamos conversando.

Gamache repetiu a cena em sua cabeça e agora via todos eles. Via Thomas fazendo uma declaração aparentemente inócua para a irmã sobre a conversa deles. E Marianna perguntando algo, e Thomas respondendo.

– Ele disse a Julia que estávamos falando sobre banheiros masculinos – disse Gamache.

– Vocês estavam? – indagou Lacoste.

– Faz diferença? – perguntou Beauvoir. – Masculino, feminino, é tudo a mesma coisa.

– Pessoas são presas por pensarem assim – observou Lacoste.

– Parecia importar para eles – afirmou Gamache. – Nós não tínhamos especificado. Apenas banheiros públicos.

A sala ficou em silêncio por um instante.

– Banheiros masculinos? – questionou Lacoste, e franziu as sobrancelhas, refletindo. – E isso fez Julia explodir? Não entendo. Para mim, soa completamente inofensivo.

Gamache assentiu.

– Eu concordo, mas não era. Precisamos descobrir por que Julia reagiu assim.

– Faremos isso – garantiu Lacoste, enquanto se sentavam novamente.

– Talvez você queira gravar isso em pedra para não esquecer – comentou Beauvoir. – Embora eu ache que vi alguns papiros por aí.

– Você entrevistou os funcionários – disse Gamache a Lacoste. – Era uma noite quente, será que alguns deles poderiam ter escapado para nadar?

– E visto alguma coisa? Eu perguntei e ninguém admitiu nada.

Gamache assentiu. Era isso o que mais o preocupava. Que um dos jovens tivesse visto algo e estivesse com medo de mais para admitir, ou não quisesse "dedurar". Ou fizesse algo tolo com a informação. Ele os tinha avisado, mas sabia que o cérebro dos jovens não retinha muitos conselhos ou avisos.

– Você encontrou o ninho das vespas perto do local do assassinato? – perguntou Gamache.

– Não. Nada – respondeu Lacoste –, mas eu avisei a todos. Até agora, não houve nenhum problema. Talvez tenham se afogado na tempestade. Mas eu encontrei algo interessante quando estava vasculhando os quartos dos hóspedes. No quarto de Julia Martin.

Ela se levantou e pegou um maço de cartas amarrado com uma fita desgastada, de veludo amarelo.

– Nós coletamos as impressões digitais, não se preocupe – disse ela, quando o chefe hesitou em tocar nas cartas. – Estavam na gaveta perto da cama. E eu também encontrei isto.

De um envelope, ela tirou duas folhas enrugadas do bloco de anotações do Manoir Bellechasse.

– Estão sujas – constatou Gamache, segurando-as. – Elas também estavam na gaveta?

– Não, na lareira. Ela havia amassado os papéis e jogado lá.

– Numa noite quente, sem lareiras acesas? Por que não jogar simplesmente na cesta de lixo? Tinha alguma no quarto?

– Sim, ela até já havia jogado um daqueles plásticos de lavanderia lá.

Gamache alisou os dois papéis e leu o que estava escrito enquanto tomava um gole de vinho tinto.

Gostei da nossa conversa. Agradeço muito. Ajudou.

Depois o outro.

Você é muito gentil. Sei que não vai contar a ninguém o que eu disse. Me causaria problemas!

Tudo estava escrito em letras maiúsculas cuidadosas.

– Enviei uma cópia para análise de caligrafia, mas como estão em letra de forma, dificulta as coisas, é claro – disse Lacoste.

O inspetor-chefe colocou seu guardanapo de linho sobre os achados enquanto os pratos principais eram trazidos. Lagosta para ele, filé mignon para Beauvoir e um belo linguado de Dover para Lacoste.

– Vocês diriam que a mesma pessoa escreveu os dois? – perguntou Gamache.

Beauvoir e Lacoste deram mais uma olhada nos bilhetes, mas a resposta parecia óbvia.

– *Oui* – afirmou Beauvoir, colocando na boca a primeira garfada de carne.

Ele imaginou a chef Véronique manuseando a carne, batendo o molho *béarnaise*. Sabendo que era para ele.

– Estava tudo maravilhoso – disse Gamache para o garçom, enquanto os pratos eram retirados alguns minutos depois e uma bandeja de queijo chegava. – Queria saber onde a chef Véronique estudou.

Beauvoir sentou-se mais para a frente.

– Ela não estudou, pelo menos não formalmente – disse a agente Lacoste, sorrindo para o garçom que ela havia interrogado apenas algumas horas antes. – Eu falei com ela essa tarde. Ela tem 61 anos. Pegou receitas da mãe e viajou um pouco.

– Nunca se casou? – perguntou Gamache.

– Não. Ela veio para cá quando tinha 30 e tantos anos. Passou quase metade da vida aqui. Mas preciso comentar outra coisa. Uma sensação que eu tive.

– Continue – disse Gamache.

Ele confiava nas percepções da agente Lacoste. Beauvoir, não. Não confiava nem nas próprias.

– Sabe quando acontece em comunidades fechadas, como internatos, conventos ou quartéis, onde as pessoas vivem e trabalham próximas umas das outras?

Gamache se recostou na cadeira, assentindo.

– Esses jovens podem estar aqui há semanas, talvez alguns meses, mas os mais velhos estão aqui há anos, décadas. Sozinhos. Apenas os três, ano após ano.

– Está dizendo que eles sofrem de síndrome do isolamento? – retrucou Beauvoir, não gostando do rumo que a conversa estava tomando.

Gamache olhou para ele, mas não disse nada.

– Estou dizendo que coisas estranhas acontecem com indivíduos que vivem às margens de um lago, juntos, durante tantos anos. Isto aqui é uma cabana de madeira no meio do nada. Não importa o tamanho ou a beleza. Continua sendo bem isolada.

Coisas estranhas são feitas sob o sol da meia-noite,
Pelos homens que labutam por ouro

Eles olharam para Gamache. Raramente quando o chefe recitava poesia as palavras elucidavam alguma situação para Beauvoir.

– Labutam? – repetiu Lacoste, que geralmente amava ouvir o chefe declamar.

– Eu estava concordando com você. – Gamache sorriu. – Assim como Robert Service. Coisas estranhas são feitas nas margens de lagos isolados. Coisas estranhas foram feitas aqui ontem à noite.

– *Pelos homens que labutam por ouro?* – perguntou Beauvoir.

– Quase sempre – respondeu Gamache, fazendo um sinal com a cabeça para Lacoste prosseguir.

– Acho que Véronique Langlois desenvolveu sentimentos por alguém. Sentimentos fortes.

Gamache aproximou-se outra vez.

O que matava as pessoas não era uma bala, uma lâmina, um soco na cara. O que matava as pessoas eram sentimentos. Guardados por muito tempo. Algumas vezes no frio, congelados. Às vezes, enterrados. E às vezes, nas margens de um lago, isolados. Deixados ali para envelhecer e se tornarem esdrúxulos.

– Sério? – disse Beauvoir, também inclinando-se para a frente.

– A diferença de idade é grande. Não riam.

Nenhum dos homens parecia propenso a rir.

– Acho que ela está apaixonada pelo maître – declarou Lacoste.

Clara achava que os Morrows tinham uma capacidade olímpica de evitar situações desagradáveis, ao mesmo tempo que eram eles próprios bastante desagradáveis. Mas ela nunca teria acreditado que eles seriam capazes de ignorar o assassinato da própria irmã e filha.

Até o momento, porém, eles tinham conversado durante a sopa sem fazer nenhuma menção a Julia. Embora Clara tivesse que admitir que não estava ansiosa para levantar o assunto.

"Mais pão? Que pena sobre a Julia." Como dizer isso?

– Mais vinho?

Thomas ofereceu a garrafa. Clara recusou, mas Peter aceitou. Do outro lado da mesa, a Sra. Morrow endireitou seu garfo de peixe. Ela participava da conversa, mas sem interesse, apenas corrigindo qualquer coisa que pudesse ter sido mal interpretada, uma pronúncia errada ou um erro deslavado.

Finalmente, Clara não suportou mais.

– Como vocês estão se sentindo? – perguntou.

As palavras fizeram a conversa cessar, e todos os rostos se viraram para ela, exceto Bert Finney e Bean. Ambos estavam olhando pela janela.

– Você está falando comigo? – indagou a sogra de Clara.

Clara tinha certeza de que acabara de levar um soco, se não pelo tom de voz, pelo olhar que recebera.

– Foi um dia horrível – afirmou Clara, imaginando de onde surgira aquele instinto suicida.

Talvez os Morrows estivessem certos. Talvez falar sobre o assunto piorasse as coisas. De repente, ela se sentiu uma sádica, chicoteando aquela pequena idosa enlutada. Forçando-a a confrontar a terrível morte de sua filha. Forçando-a a falar sobre isso enquanto comia *vichyssoise*.

Quem estava sendo a inapropriada agora?

Mas era tarde demais. A pergunta já havia sido feita. Ela olhou para a mãe de Peter, que a encarou como se visse o assassino de sua filha. Clara baixou o olhar.

– Eu estava me lembrando de Julia – disse a Sra. Morrow. – De como ela era linda. Gentil e amorosa. Obrigada por perguntar, Claire. Queria que um dos meus filhos tivesse pensado em me fazer essa pergunta. Mas eles parecem preferir falar sobre política americana e a última exposição da National Gallery. Vocês se importam com essas coisas mais do que com sua irmã?

De idiota, Clara passou a se sentir uma heroína, em seguida, de novo idiota. Ela olhou para Peter, do outro lado da mesa. O cabelo do marido estava espetado nas laterais, e ele tinha deixado cair um pinguinho de sopa na camisa.

– Mas Julia sempre foi a mais sensível entre vocês. Pelo que soube, você disse ao inspetor-chefe que Julia era gananciosa e cruel.

Seus olhos de porcelana focaram em Peter. Ninguém se mexia naquele instante. Até os garçons pareciam ter medo de se aproximar.

– Eu não disse isso – gaguejou ele, o rosto ficando vermelho. – Quem lhe disse isso?

– E você disse a ele que minha própria morte poderia ser uma coisa boa.

Houve um ofegar audível, e Clara percebeu que todos tinham inspirado, em choque, inclusive ela mesma. Finalmente, ela estava no barco. Que momento ótimo.

A Sra. Morrow mexeu na haste de sua taça de vinho.

– Você disse isso, Peter?

– Não, mãe. Eu nunca diria uma coisa dessas.

– Porque sei quando você está mentindo. Eu sempre sei.

Não era uma tarefa difícil, Clara sabia, uma vez que, diante da mãe, todos eles sempre mentiam. Ela lhes ensinara isso. A mãe sabia onde ficavam os botões de controle de cada um deles. Como não saberia? Ela mesma os colocara ali.

Peter estava mentindo. Clara sabia, a mãe dele sabia. O maître sabia. O esquilo para o qual Bert Finney olhava provavelmente sabia.

– Eu nunca diria uma coisa dessas – repetiu Peter.

A mãe o olhou de cara feia.

– Você nunca me decepcionou, sabe? Eu sempre soube que você não seria nada. Até Claire é mais bem-sucedida que você. Uma exposição individual com Denis Fortin. Você já fez uma?

– Sra. Morrow – disse Clara. Já bastava daquilo. – Isso não é justo. Seu filho é um bom homem, um artista talentoso, um marido amoroso. Ele tem muitos amigos e uma bela casa. E uma esposa que o ama. E meu nome é Clara. – Ela encarou a idosa do outro lado da mesa. – Não Claire.

– E meu nome é Sra. Finney. Você me chamou de Sra. Morrow por quinze anos, muito depois do meu casamento. Você sabe quão ultrajante isso é?

Clara se calou, atordoada. Ela estava certa. Nunca lhe ocorrera que a mãe de Peter agora era Sra. Finney. Ela sempre fora a Sra. Morrow.

Como a situação chegara àquele ponto? Ela estava gritando com a mãe de Peter quando sua intenção era consolá-la.

– Eu sinto muito – disse ela. – A senhora tem razão.

Então ela viu algo quase tão horrível quanto o que a jovem jardineira devia ter testemunhado naquela manhã. Mas, em vez de uma mulher de meia-idade destruída, Clara viu uma idosa destruída. Diante dela, diante de todos eles, a mãe de Peter colocou a cabeça nas mãos e começou a chorar.

Foi aí que o teto desabou.

Ou, pelo menos, algo despencou em cima de Marianna, que imediatamente gritou e pulou.

Era um biscoito.

O céu era feito de marshmallow e estava caindo.

D<small>URANTE O CAFÉ, O INSPETOR-CHEFE</small> G<small>AMACHE</small> colocou seus óculos meia-lua e leu o amontoado de cartas, entregando cada uma delas para

Beauvoir quando terminava. Depois de alguns minutos, ele baixou os óculos e olhou pela janela.

Estava começando a conhecer Julia Martin. Saber de sua vida, sua história. Ele sentiu nas mãos o papel de carta elegante e grosso.

Eram quase nove da noite e ainda estava claro. Eles tinham acabado de passar pelo solstício de verão. O dia mais longo do ano. A névoa estava desaparecendo, embora ainda pairasse levemente sobre o lago calmo. As nuvens se quebravam, e uma pitada de vermelho e roxo pincelavam o céu. Ia ser um pôr do sol magnífico.

– O que você acha? – perguntou ele, batendo com os óculos na pilha de cartas.

– É a coleção de cartas de amor mais estranha que eu já vi – comentou Beauvoir. – Por que ela guardava isso?

A agente Lacoste pegou as cartas e a fita de veludo.

– Eram importantes para ela, por alguma razão. Mais do que importantes, eram cruciais. Tanto que Julia as carregava com ela. Mas...

Ela parecia perdida, sem saber exatamente como completar aquele pensamento, e Gamache entendia como ela se sentia. As cartas abarcavam um período de mais de trinta anos e pareciam simplesmente uma coleção de agradecimentos por festas, danças ou presentes. Várias pessoas dizendo a Julia Martin que ela era gentil.

Nenhuma carta de amor de verdade. O pai dela escreveu para agradecer por uma gravata. Havia um bilhete antigo do marido, de antes de se casarem, convidando-a para jantar com ele. Era agradável, elogioso. Todas as mensagens eram. Afetuosas, gratas, educadas. Mas nada além disso.

– Por que ela guardava isso? – murmurou Gamache, quase para si mesmo.

Então ele pegou os bilhetes mais recentes, os amassados que haviam sido encontrados na lareira.

– E por que ela jogou estes fora?

Enquanto ele os lia novamente, algo lhe chamou a atenção.

– Vocês notam alguma coisa diferente nesta mensagem? – perguntou ele, apontando para uma.

Você é muito gentil. Sei que não vai contar a ninguém o que eu disse. Me causaria problemas!

Beauvoir e Lacoste a analisaram, mas não viram nada.

– Não nas palavras, mas na pontuação – disse Gamache. – O ponto de exclamação.

Eles olharam para Gamache sem entender, e ele sorriu. Sabia que havia algo ali. Algo importante. Como tantas vezes acontecia, a mensagem não estava nas palavras, mas em como elas eram colocadas.

– Encontrei outra coisa na minha busca – disse a agente Lacoste, levantando-se da mesa. – Queria mostrar a vocês antes que os Morrows terminassem de jantar.

Os três subiram a escada para os quartos de hóspedes e Isabelle Lacoste os levou à Suíte do Jardim. Ela bateu, esperou um momento e abriu a porta.

Gamache e Beauvoir deram um passo à frente e pararam.

– Vocês já tinham visto algo assim? – perguntou a agente Lacoste.

Gamache balançou a cabeça. Em trinta anos como investigador, ele certamente tinha visto coisas mais perturbadoras, coisas mais assustadoras, coisas mais grotescas. Mas nunca tinha visto nada como aquilo.

– Por que uma criança teria tantos relógios? – indagou Beauvoir, inspecionando o quarto de Marianna e Bean Morrow.

Havia relógios em todas as superfícies.

– Como você sabe que eles são de Bean? – indagou Gamache.

– Porque a criança é esquisita. O senhor também não seria se seu nome fosse Bean e ninguém soubesse se você é menino ou menina?

Os outros dois olharam para Beauvoir. Ele ainda não havia lhes contado essa parte.

– Como assim? – perguntou Lacoste.

– Marianna Morrow não revelou o gênero de Bean para ninguém da família.

– Nem para a mãe?

– Muito menos para a mãe. Não é uma esquisitice?

Gamache pegou um relógio do Mickey Mouse e assentiu. *O que os pais fazem com os filhos...*, pensou, dando uma olhada no cômodo e ouvindo o tique-taque, tique-taque, tique-taque. Ele examinou o Mickey, depois pegou alguns outros relógios.

Por que Bean havia colocado todos eles para despertar às sete da manhã?

DEZOITO

Peter Morrow estava sozinho ao lado da área demarcada pela fita amarela. No chão, um vazio do tamanho de Julia.

Em vida, ela separara a família, e agora fazia o mesmo na morte. Egoísta, gananciosa e, sim, cruel. Cada palavra fora pensada.

Sua mãe tinha chorado por ela. Só tinha coisas boas a dizer sobre Julia. Ela se tornara a Julia perfeita, a bela Julia, a gentil e amorosa Julia. Bem, quem havia ficado e cuidado da mãe? Quem a visitava e a levava para jantar? Quem ligava para ela e enviava cartões e presentes?

Ele olhou para o buraco e tentou sentir alguma coisa. Tentou se lembrar de Julia quando ela era nova. Sua irmã mais velha. Nascida entre os meninos, como se tivesse nascido entre duas guerras. Pisada e maltratada quando os meninos tentavam atacar um ao outro. Eles a esmagavam e a pisoteavam. Literalmente.

E agora o pai deles tinha feito o mesmo.

Durante toda a vida, eles foram quatro. Thomas, Julia, Peter, Marianna. Quatro rodas, quatro paredes, quatro estações, quatro elementos, quatro cantos da Terra.

Mas agora eram três. Por mais estranho que o mundo deles tivesse sido, pelo menos fazia algum sentido para eles. O que acontece quando um dos cantos é removido?

O caos se instaura. E a primeira trombeta daquele inferno fora ouvida naquela noite. O choro de sua mãe.

– Peter?

Ele ficou parado, não ousando se virar, mostrar o rosto.

– Tudo bem eu estar aqui? – perguntou Peter.

– Desde que você não se aproxime, sim, mas você sabe disso – respondeu Gamache.

Os dois olharam para a cena, embora ambos estivessem na verdade olhando para o pedestal de mármore maciço. Gamache tinha ido ao jardim para tomar um ar fresco, para gastar as calorias do jantar e tentar colocar ordem na pilha de evidências que estavam coletando. Mas o que ele queria mesmo era ir até ali de novo e olhar bem para o bloco branco. O objeto que, no início, achou que fosse uma lápide. E que agora era.

Mas o que o incomodava era por que o bloco não estava danificado. Não mostrava nenhum sinal de que a estátua estivera sobre ele e certamente nenhum sinal de que havia escorregado. Nenhum arranhão, nenhuma mácula. Estava perfeito. E isso era impossível.

– Minha mãe lia histórias para nós quando éramos pequenos – contou Peter. – Meu pai tocava piano, nós nos enfiávamos no sofá e mamãe lia. Nosso favorito sempre foi um livro sobre mitos. Ainda me lembro da maioria deles. Zeus, Ulisses. Thomas amava essa história. Sempre pedia que mamãe a lesse. Ouvimos inúmeras vezes sobre os comedores de lótus e as sereias.

– E Cila e Caríbdis – completou Gamache. – Eu também amava essa história. Essa escolha terrível que Ulisses teve que fazer, apontar seu barco para o redemoinho ou para o monstro de seis cabeças.

– Escolheu o monstro, que matou seis de seus homens. Eles morreram, e Ulisses continuou a viagem.

– O que você teria feito? – questionou Gamache.

Ele conhecia bem o mito. A volta de Ulisses da Guerra de Troia, sua longa e perigosa jornada tentando chegar em casa. Chegando àquele terrível estreito. De um lado, um redemoinho que sugava todos os navios e almas. E do outro, Cila. Um monstro de seis cabeças. De um lado, morte certa para todos no navio, e do outro, morte certa para seis de seus homens.

Qual caminho seguir?

Então Peter sentiu as lágrimas. Pela pequena Julia, esmagada pelos irmãos, esmagada pela mãe, esmagada pelo marido. E finalmente, quando voltou para casa, esmagada pelo único homem em quem confiava. O Ulisses dela. O pai.

Entretanto, ele estava chorando mais por si mesmo. Tinha perdido uma irmã, mas pior, muito pior, sentia que tinha acabado de perder a mãe. Uma mãe que decidira que a irmã morta era perfeita e ele era um monstro.

– Vamos caminhar – disse Gamache, e os dois deram as costas para a depressão na terra e o inclemente cubo branco ao lado dela.

Gamache cruzou as mãos nas costas e eles começaram a andar pelo gramado, em silêncio, indo na direção do lago. O sol estava se pondo, enchendo o céu de cores exuberantes e espetaculares. Roxos, rosas e dourados; parecia mudar a cada instante.

Os homens pararam, admirando a cena.

– Uma imagem adorável, essa da sua família reunida em torno de sua mãe enquanto ela lia.

– Você está enganado – disse Peter. – Nós não ficávamos reunidos em torno dela. Ficávamos no sofá, nós quatro. Ela se sentava do outro lado da sala, na poltrona dela.

De repente, aquela imagem tão natural e até comovente, que por fim lhe permitira ver os Morrows como uma família, desapareceu. Como o poente, transformou-se em outra coisa. Algo mais sombrio.

Quatro crianças pequenas, sozinhas, olhando através do estreito para a mãe, toda cerimoniosa, lendo sobre escolhas terríveis. E morte.

– Você disse que Ulisses era o favorito de Thomas. Qual era o seu?

Peter estava pensando no quadrado de mármore branco, bem ali onde Julia morreu. Quatro cantos, quatro paredes.

– A caixa de Pandora – respondeu ele.

Gamache virou de costas para o pôr do sol e olhou para Peter.

– Tem alguma coisa te incomodando?

– Você quer dizer além do assassinato da minha irmã?

– Exatamente. Você pode me dizer.

– É mesmo? Bem, alguém contou à minha mãe o que eu disse a você essa tarde. Sim, fique surpreso, mas você pode imaginar como eu me senti? Você exige que eu diga a verdade, eu digo, e sou praticamente expulso da família por isso. Aposto que sempre foi fácil para você. Tão seguro de si mesmo. Sempre se encaixando. Bem, tente ser um artista em uma família de intelectuais. Tente ser completamente desafinado em uma família de músicos. Tente ser insultado durante todo o caminho até a escola, não por outras crianças, mas pelo seu próprio irmão, gritando "Spot, Spot".

Peter sentiu as últimas amarras se esvaindo. Ele queria avisar Gamache, dizer-lhe para correr, para fugir dele, para se esconder na floresta até que aquela revolta tivesse passado. Até que aqueles fugitivos angustiados, malcheirosos e armados tivessem queimado e quebrado tudo o que vissem pela frente e passado para outro alvo. Mas era tarde demais, e ele sabia que o homem à sua frente jamais fugiria.

Os Morrows corriam e se escondiam atrás de sorrisos cínicos e sarcasmo. Já aquele homem ficava onde estava e se mantinha firme.

– E seu pai? – perguntou Gamache, como se Peter não tivesse cuspido no seu rosto durante aquele desabafo. – O que ele lhe dizia?

– Meu pai? Você já sabe o que ele dizia. Nunca use o primeiro vaso sanitário no banheiro público. Quem diz isso a uma criança de 10 anos? Sabe a outra lição que eles nos ensinaram? Cuidado com a terceira geração.

– O que isso quer dizer?

– A primeira geração ganha o dinheiro, a segunda o valoriza, tendo testemunhado todo o sacrifício para consegui-lo, e a terceira o desperdiça. Nós somos a terceira geração. Nós quatro. Nosso pai nos odiava, achava que roubaríamos seu dinheiro, arruinaríamos a família. Ele tinha tanto medo de nos mimar que nunca nos deu nada, exceto conselhos idiotas. Palavras. E só.

Era esse o fardo que Gamache tinha visto gravado naquele rosto de pedra? Não sacrifício, mas medo? Charles Morrow temia que os próprios filhos o traíssem? Teria ele criado exatamente aquilo de que tinha tanto medo? Filhos infelizes, indiferentes e ingratos? Filhos capazes de roubar do pai e matar uns aos outros?

– Quem você acha que matou sua irmã?

Peter levou um minuto para conseguir falar de novo, para mudar de direção.

– Acho que foi Bert.

– Por que ele mataria Julia?

– Por dinheiro, sempre por dinheiro. Tenho certeza de que minha mãe é a beneficiária do seguro da Julia. Ele se casou com minha mãe por dinheiro, e agora vai ter mais do que conseguiria sonhar.

Eles continuaram a caminhada até o cais desgastado pelo tempo, onde viam-se duas cadeiras reclinadas. Já estava quase escuro, e Peter estava exausto. Os passos dos dois homens ecoavam nas ripas de madeira, e a água batia suavemente contra o deque.

Quando se aproximaram, uma das cadeiras se moveu, e eles pararam.

A cadeira de madeira cresceu diante de seus olhos, delineada contra o que ainda restava de luz.

– Monsieur Gamache? – disse a cadeira.

– *Oui.*

Gamache deu um passo à frente, embora Peter tivesse estendido a mão para impedi-lo.

– Armand Gamache? Esse é o seu nome, certo?

– *Oui.*

– Eu conheci seu pai – declarou Bert Finney. – Ele se chamava Honoré. Honoré Gamache.

DEZENOVE

Depois de soltar a bomba, Bert Finney simplesmente foi embora, forçando passagem entre os dois homens sem dizer mais nada.

– O que ele quis dizer com isso? – indagou Peter. – Ele conheceu o seu pai?

– Eles teriam mais ou menos a mesma idade – afirmou Gamache, a mente se acelerando.

Ele a recolheu do cais, assim como seu coração, e os empurrou de volta para o corpo.

– Seu pai alguma vez o mencionou? Bert Finney? – perguntou Peter, como se Gamache não soubesse a quem ele se referia.

– Meu pai morreu quando eu era criança.

– Assassinado? – perguntou Peter.

Gamache virou-se para ele.

– Assassinado? Por que essa pergunta?

Peter, que se aproximara de Gamache em um esforço para se esconder, deu um passo para trás.

– Bem, você está na Divisão de Homicídios, então pensei que talvez... – A voz de Peter foi enfraquecendo.

Houve um silêncio, exceto pelo bater suave da água.

– Ele devia ser jovem – disse Peter, finalmente.

– Tinha 48 anos.

E cinco meses e quatorze dias.

Peter assentiu e, embora desejasse ir embora, ficou com Gamache enquanto este olhava para o lago.

E sete horas. E 23 minutos.

E uma vez que toda a luz se foi, os dois homens voltaram para o Manoir, em silêncio.

O ALARME DE GAMACHE DISPAROU ÀS cinco e meia da manhã. Depois de um banho refrescante, ele se vestiu, pegou seu bloco de anotações e saiu. O sol de verão estava começando a nascer e vagar pelas janelas com cortinas de renda. Nada se mexia, exceto um mergulhão do outro lado do lago.

Quando desceu as escadas largas, ele ouviu um barulho na cozinha. Ao enfiar a cabeça pela porta, viu uma mulher e Elliot, o garçom, ambos trabalhando. O rapaz estava arrumando os pratos e ela colocava pão no forno. Havia um cheiro forte de café.

– *Bonjour, monsieur l'inspecteur* – disse a garota em francês, com um forte sotaque inglês.

Ela deve ser novata, pensou Gamache.

– O senhor acordou cedo – completou a jovem.

– E você também. Já está na labuta. Será que posso tomar um café? – pediu ele em francês, tomando o cuidado de pronunciar bem as palavras, e lentamente.

– *Avec plaisir.*

A garota lhe serviu um suco de laranja e ele o pegou.

– *Merci* – disse ele, e foi embora.

– Monsieur Gamache – ele ouviu atrás de si, enquanto saía pela porta vaivém. – Acredito que o senhor queira isto.

Gamache parou e Elliot caminhou até ele carregando uma cafeteira, creme e cubos de açúcar em uma bandeja com um par de xícaras. Ele também havia colocado alguns croissants quentes em uma cesta com conservas.

– Ela é de Saskatchewan. Acabou de chegar. Muito gentil, mas o senhor sabe como é...

Um homem do mundo, Elliot deu de ombros. Ele parecia ter recuperado sua equanimidade, ou pelo menos seu charme, e tinha se resignado a continuar trabalhando, apesar do episódio com o maître. Gamache se perguntou, porém, quanto era aceitação genuína e quanto era fingimento.

Um beija-flor passou e parou em uma dedaleira.

– *Merci*.

O inspetor-chefe sorriu e estendeu a mão para pegar a bandeja.

– *S'il vous plaît* – disse Elliot. – Pode deixar que eu levo. Onde o senhor gostaria de se sentar? – perguntou ele, olhando para o *terrasse* deserto.

– Bem, na verdade, eu estava indo para o cais.

Os dois atravessaram o gramado, seus pés tocando o leve orvalho da manhã. O mundo estava acordando, faminto. Esquilos corriam e faziam barulho sob as árvores, pássaros saltavam e cantavam e insetos zumbiam silenciosamente ao fundo. Elliot colocou a bandeja no braço da segunda cadeira, serviu uma delicada xícara de café e virou-se para sair.

– Queria perguntar uma coisa a você.

Teriam suas costas esbeltas ficado tensas sob o paletó branco? Elliot hesitou por um momento, em seguida, voltou, um sorriso de expectativa no rosto bonito.

– O que você achava de madame Martin?

– Achar? Tudo que eu faço aqui é servir mesas e limpar. Eu não acho nada.

Ele manteve o sorriso, mas Gamache já tinha a resposta para sua pergunta anterior. Raiva fervia sob aquele exterior charmoso.

– Não se faça de bobo, rapaz.

A voz de Gamache era neutra, mas tinha um tom de advertência.

– Ela era uma hóspede, eu sou um empregado. Ela era educada.

– Vocês conversavam?

Desta vez, Elliot realmente hesitou e enrubesceu um pouco. Com o tempo, Gamache sabia que ele não iria mais corar. Ficaria confiante, em vez de arrogante. Passaria do ponto de se sentir envergonhado. E ficaria bem menos bonito.

– Ela era educada – repetiu ele, então pareceu notar quão bobo aquilo soara. – Ela quis saber se eu gostava de trabalhar aqui, o que eu planejava fazer depois do verão. Esse tipo de coisa. A maioria dos hóspedes nem nota a equipe, e somos ensinados a ser discretos. Mas madame Martin notava.

Haveria um mundo invisível?, perguntou-se Gamache. Um lugar onde pessoas menosprezadas se encontravam, onde se reconheciam? Porque uma coisa que ele sabia sobre Julia Martin era que ela também era invisível. Do tipo que os outros interrompem durante a conversa, passam na frente nas filas do mercado, não escolhem para um serviço, mesmo que estejam com a mão levantada e acenando.

Julia Martin podia ser tudo isso, mas aquele rapaz era qualquer coisa, menos invisível. Não, se eles tinham algo em comum, não era isso. Então, ele se lembrou.

– Você e madame Martin tinham algo em comum – disse ele.

Elliot ficou parado, em silêncio.

– Vocês dois são da Colúmbia Britânica.

– Ah, é? Nós não falamos sobre isso.

Ele estava mentindo. Fazia isso bem, uma habilidade que vinha com a prática, mas, em vez de se desviarem, seus olhos encontraram os de Gamache e sustentaram aquele olhar por um longo tempo, com veemência.

– Obrigado pelo café – disse o inspetor-chefe, quebrando o momento.

Elliot ficou atônito, depois sorriu e se afastou. Gamache o observou retirar-se e pensou no que Elliot tinha dito. Madame Martin notava. E achou que provavelmente era verdade.

Teria sido isso o que a matara? Não algo enterrado no passado, mas algo novo e forte? E mortal. Alguma coisa que ela vira ou ouvira ali, no Manoir?

Gamache se acomodou em seu assento no cais, deu um gole no café e olhou para o lago e as montanhas ao redor. Aninhou a delicada xícara em suas mãos grandes e deixou a mente vagar. Em vez de se forçar a se concentrar no caso, ele tentou abrir a cabeça, esvaziá-la. E ver o que poderia surgir.

O que surgiu foi um pássaro, um pássaro sem pés. Depois, Ulisses e o redemoinho, e Cila, o monstro. O pedestal branco.

Ele viu Bean, os pés fincados na terra e a criança presa entre as cabeças empalhadas no sótão. Elas poderiam ser os próprios Morrows, mais troféus do que filhos. Somente as cabeças, empalhadas e observando.

Mas, principalmente, ele viu Charles Morrow, pairando sobre aquele caso. Duro, sobrecarregado, preso.

– Incomodo?

Gamache se virou na cadeira. Bert Finney estava parado na costa, ao pé do cais. Gamache lutou para se levantar da cadeira e pegou a bandeja, indicando o assento ao seu lado. Monsieur Finney cambaleou para a frente, comprido e descoordenado, braços e pernas desengonçados, como se fosse uma primeira tentativa de um apresentador de teatro de marionetes. E ainda assim, ele permaneceu de pé, reto. Parecia um esforço.

– Por favor.

Gamache apontou para a cadeira.

– Prefiro ficar em pé.

O velho era mais baixo que o inspetor-chefe, embora não muito, e Gamache achou que ele provavelmente fora mais alto antes que a idade e a gravidade o pegassem. Bert Finney endireitou ainda mais a postura e ficou frente a frente com Gamache. Seus olhos estavam menos obstinados naquela manhã, e seu nariz, menos vermelho. *Ou talvez eu tenha me acostumado*, pensou Gamache. Assim como as pessoas se acostumam a tinta lascada ou a um amassado em um carro. Pela primeira vez, Gamache notou que havia um par de binóculos pendurados feito uma âncora no pescoço ossudo de Finney.

– Temo que eu o tenha chocado na noite passada. Não era minha intenção.

Finney olhou diretamente para Gamache.

– O senhor me surpreendeu, é verdade.

– Peço desculpas.

As palavras foram ditas com tamanha seriedade, tamanha simplicidade, que deixaram Gamache estupefato por um momento.

– Faz tempo que não ouço as pessoas falarem sobre o meu pai. O senhor o conheceu pessoalmente? – perguntou, indicando novamente a cadeira e, desta vez, Finney se sentou. – Café?

– Por favor. Puro.

Gamache serviu uma xícara para monsieur Finney e encheu mais um pouco a sua. Em seguida, pegou a cesta com croissants e a colocou sobre o braço de sua cadeira, oferecendo um para seu convidado inesperado.

– Eu o conheci no final da guerra.

– O senhor era prisioneiro?

A boca de Finney se contorceu em algo que Gamache pensou ser um sorriso. O homem olhou para o lago por um momento, depois, fechou os olhos. Gamache esperou.

– Não, inspetor-chefe, eu nunca fui prisioneiro. Não permitiria isso.

– Algumas pessoas não têm escolha, monsieur.

– O senhor acha que não?

– Como o senhor conheceu meu pai?

– Eu tinha acabado de voltar para Montreal, e seu pai estava fazendo palestras. Eu ouvi uma delas. Muito passional. Conversei com ele depois e acabamos ficando próximos. Fiquei muito triste ao saber que ele tinha morrido. Foi um acidente de carro, certo?

– Com a minha mãe.

Armand Gamache treinara sua voz para soar neutra, como se apenas desse uma notícia. Apenas fatos. Aquilo fazia muito tempo. Mais de quarenta anos. Seu pai já estava morto há mais tempo do que ele tinha vivido. Sua mãe também.

Mas a mão direita de Gamache se levantou ligeiramente da madeira quente e se fechou voltada para cima, como se segurasse levemente uma outra, uma mão maior.

– Terrível – comentou Finney.

Eles ficaram ali em silêncio, cada um perdido nos próprios pensamentos. A névoa estava se dissipando lentamente e, de vez em quando, um pássaro deslizava pela superfície do lago, faminto atrás de insetos. Gamache se surpreendeu ao perceber como era agradável estar sozinho com aquele homem tranquilo. Um homem que conhecera seu pai, e ainda não tinha dito o que a maioria das pessoas dizia. Um homem, percebeu Gamache, que teria quase que exatamente a idade de seu pai, se ele tivesse sobrevivido.

– Parece um mundo particular, não é? – disse Finney. – Eu amo esta hora do dia. É tão agradável para se sentar e pensar.

– Ou não – comentou Gamache, e os dois homens sorriram. – O senhor veio aqui ontem à noite também. É porque tem muito em que pensar?

– Sim. Eu vim aqui fazer minhas contas. É um lugar natural para isso.

Para Gamache, não parecia um lugar nem um pouco natural para fazer contas. E Bert Finney não parecia ter um caderno ou livro. O que Peter dissera na noite anterior? O velho contador se casara com sua mãe pelo dinheiro, e havia matado Julia por dinheiro também. E agora aquele homem idoso estava sentado em um cais, em um lago remoto, fazendo contas. A ganância não diminuía com a idade, Gamache sabia. Podia até crescer, alimentada pelo medo de não ter o suficiente, de coisas que não haviam sido feitas. De morrer na pobreza. Embora talvez não fosse dinheiro o que ele estivesse contando. Poderiam ser pássaros.

– O senhor é um observador de pássaros?

– Sim, sou – respondeu Finney, levantando a mão para tocar nos binóculos. – Eu tenho uma lista e tanto. Pardais, é claro, e cardeais. Bulbuls-de-crista-preta e tagarelas-de-peito-branco. Nomes maravilhosos. Eu já vi a maioria dos pássaros daqui antes, mas nunca se sabe o que se pode encontrar.

Eles tomaram café e comeram os croissants, afastando as moscas. Libélulas passavam pertinho da água ao redor do cais, graciosas e brilhantes, o sol batendo em suas asas e corpos luminosos.

– O senhor conhece um pássaro sem pés?

– Sem pés?

Em vez de rir, Finney refletiu com cuidado sobre a pergunta.

– Por que um pássaro não teria pés?

– Por quê, de fato? – disse Gamache, mas optou por não elaborar a questão – Quem o senhor acha que matou sua enteada?

– Além de Charles?

Gamache permaneceu em silêncio.

– É uma família difícil, inspetor-chefe. Muito complicada.

– O senhor os chamou de "sete Morrows loucos em uma *verchère*".

– Chamei?

– O que quis dizer? Ou estava apenas com raiva de ter sido deixado para trás?

Como Gamache esperava, aquilo despertou o homem, que até aquele momento parecia cem por cento tranquilo. Ele virou a cadeira e olhou para Gamache. Mas não incomodado. Parecia estar se divertindo.

– Eu me lembro de que disse a Clara que não cabia todo mundo no barco – comentou Finney. – O que eu não disse é que nem todos queriam estar nele.

– É uma família, monsieur Finney, e o senhor foi excluído. Isso não dói?

– Dor é sua filha morrer esmagada. Dor é perder o pai, a mãe. Dor é um monte de coisa. Mas não é ser forçado a ficar em uma praia, especialmente nesta costa.

– A paisagem não importa – discordou Gamache, calmamente. – O interior, sim. Seu corpo pode estar em lugares lindíssimos, mas, se seu espírito estiver esmagado, não importa. Ser excluído, evitado, não é algo sem importância.

– Concordo plenamente.

Finney se reclinou novamente na cadeira. Do outro lado do lago, alguns pardais-de-garganta-branca se comunicavam. Passava um pouquinho das sete horas.

Os despertadores de Bean já deviam ter tocado.

– O senhor sabia que Henry David Thoreau e Ralph Waldo Emerson eram amigos?

– Não – respondeu Gamache, olhando para a frente, mas ouvindo com atenção.

– Eles eram. Thoreau certa vez foi preso por protestar contra alguma lei do governo que ele acreditava ter violado a liberdade. Emerson foi visitá-lo na cadeia e perguntou: "Henry, como você veio parar aqui?" Sabe o que Thoreau respondeu?

– Não.

– Ele disse: "Ralph, como você foi parar aí fora?"

Depois de um momento, Finney fez um barulho abafado. Gamache virou-se para olhar. Era uma risada. Uma risada leve, quase inaudível.

– O senhor os chamou de loucos. O que quis dizer?

– Bem, essa é apenas a minha percepção, mas eu já vi homens enlouquecerem e pensei bastante sobre isso. O que chamamos de loucura?

Gamache estava começando a compreender que Finney falava por meio de perguntas retóricas.

– Não vai responder?

Gamache sorriu para si mesmo.

– Quer que eu responda? Loucura é perder o contato com a realidade, criar e viver em seu próprio mundo.

– Verdade, embora às vezes isso seja a coisa mais sã a se fazer. A única forma de sobreviver. Pessoas que sofrem abusos, especialmente crianças, fazem isso.

Gamache se perguntou como Bert Finney sabia.

– Elas perdem a cabeça – declarou Finney. – Nem sempre é uma coisa ruim. Mas há outra expressão que usamos para descrever a loucura.

Um movimento à sua esquerda chamou a atenção de Gamache, uma agitação. Ao olhar, ele viu Bean correndo pelo gramado. *Fugindo?*, perguntou-se. Mas depois de um momento percebeu que a criança não estava fugindo, nem correndo.

– Dizemos que perderam o juízo – disse Finney.

Bean estava galopando, como um cavalo, uma enorme toalha de piscina batendo nas costas.

– Os Morrows são loucos – prosseguiu Finney, alheio à criança, ou acostumado a ela – porque perderam o juízo. Eles vivem em seus respectivos mundos e não prestam atenção em nenhuma outra informação ao seu redor.

– Peter Morrow é um artista, e um artista talentoso – disse Gamache. – Não se pode ser um artista tão bom sem estar em contato com seu juízo.

– Ele é talentoso – concordou Finney –, mas quão melhor ele seria se parasse de pensar e começasse apenas a ser? Começasse a ouvir, cheirar, sentir?

Finney bebericou seu café, agora frio. Gamache sabia que deveria se levantar, mas demorou-se ali, desfrutando da companhia.

– Eu me lembro da primeira vez que matei intencionalmente.

A declaração foi tão inesperada que Gamache olhou para o velho, para entender o que o motivara a dizer aquilo. Bert Finney apontou o dedo retorcido para um ponto. Flutuando por ali havia um barco com um pescador, sozinho naquela calma do início da manhã, lançando seu anzol.

Zum. Plop. E o tique-taque distante, como os relógios de Bean, enquanto a linha era lentamente rebobinada.

– Eu tinha uns 10 anos, e meu irmão e eu saímos para atirar em esquilos. Ele pegou o rifle do meu pai e eu usei o dele. Eu o tinha visto atirar muitas vezes, mas nunca havia tido autorização para fazer isso eu mesmo. Nós fugimos e entramos na floresta. Era uma manhã como esta, em que, enquanto os pais dormem, as crianças vão fazer besteira. Nós nos esquivamos por entre as árvores e nos jogamos no chão, fingindo estar lutando contra o inimigo. Guerra de trincheiras.

Gamache observou o idoso torcer o tronco, imitando os movimentos de quase oitenta anos antes.

– Então meu irmão me mandou ficar em silêncio e apontou. Dois esquilos estavam brincando na base de uma árvore. Meu irmão indicou o meu rifle. E eu levantei a arma, apontei e disparei.

Zum. Plop. Tic, tic tic.

– Eu acertei.

Bert Finney virou-se para Gamache, seus olhos agora indo para todas as direções. Era difícil imaginar aquele homem sendo capaz de atirar em qualquer coisa.

– Meu irmão aplaudiu e eu corri, todo animado. Muito orgulhoso. Mal podia esperar para contar ao meu pai. Mas o bicho não estava morto. Dava para ver que estava gravemente ferido. O esquilo chorava e arranhava o ar, depois parou e só choramingou. Então eu ouvi um som e olhei. O outro esquilo estava assistindo.

– O que você fez? – perguntou Gamache.

– Eu atirei de novo. E o matei.

– Foi a última vez que você matou?

– Por muito tempo, sim. Meu pai ficou decepcionado por eu não caçar com ele depois disso. Eu nunca contei por quê. Talvez devesse ter contado.

Eles observaram o homem no barco; o homem, Gamache imaginou, da cabana do outro lado do lago.

– Mas depois acabei matando de novo – disse Finney.

Bean passou por eles galopando, em seguida desapareceu na floresta.

– *Oh! Eu me desvencilhei das cruéis amarras da terra* – disse Finney, vendo a última ponta da toalha desaparecer na floresta.

– São amarras cruéis? – perguntou Gamache.

– Para alguns – disse Finney, ainda olhando para o local onde Bean estivera.

A vara do pescador subitamente se arqueou e o barco balançou ligeiramente, enquanto o homem, surpreso, inclinava-se para trás em seu assento e começava a puxar a linha, que protestava com um barulho agudo.

Gamache e Finney ficaram olhando, desejando que o peixe agitasse a cabeça do jeito certo. Que desalojasse o anzol que rasgava sua boca.

– Quão bem o senhor conhecia Charles Morrow?

– Ele era meu melhor amigo.

Finney tirou os olhos da cena no lago com certa relutância.

– Estudamos juntos na escola – continuou ele. – Perdi o contato com algumas pessoas, mas não com Charles. Ele era um bom amigo. A amizade era algo importante para ele.

– Como ele era?

– Enérgico. Sabia o que queria, e geralmente conseguia.

– E o que ele queria?

– Dinheiro, poder, prestígio. O de sempre. – Finney foi atraído de volta para o pescador e sua vara arqueada. – Ele trabalhou duro e construiu uma empresa forte. Na verdade, para ser justo, ele assumiu a empresa da família. Era uma empresa de investimentos pequena mas respeitada. Mas Charles a transformou em outra coisa. Abriram escritórios em todo o Canadá. Ele era um homem determinado.

– Como ela se chamava?

– Morrow Securities. Lembro que um dia ele chegou ao trabalho rindo porque Peter tinha perguntado onde estava sua arma. Ele era pequeno, pensava que o pai era segurança. E ficou decepcionado quando descobriu que não era.

– O senhor trabalhou para ele?

– A vida toda. No fim, ele vendeu a empresa.

– Por que não a passou para os filhos?

Pela primeira vez, Bert Finney pareceu desconfortável.

O pescador estava inclinado sobre a lateral do barco, uma rede na mão, mergulhando-a na água.

– Acredito que ele queria fazer isso, mas não achava que nenhum deles seria adequado para o papel. Peter tinha excesso de imaginação, isso o teria matado, dizia Charles, embora acreditasse que Peter estaria disposto a tentar. Ele amava a lealdade daquele garoto e sua vontade de ajudar. Era um menino muito bom, Charles sempre dizia. Julia já tinha ido embora para a Colúmbia Britânica, e ficou noiva de David Martin. Charles não gostava muito do marido da pobre Julia, então ela não era uma opção. E Marianna? Bem, ele pensou que ela até poderia fazer isso um dia. Ele sempre disse que ela tinha a melhor cabeça entre eles. Talvez não o melhor cérebro. Mas a melhor cabeça. Mas ela estava ocupada se divertindo.

– E Thomas?

– Ah, Thomas. Charles o considerava inteligente e astucioso, duas características importantes.

– Mas...?

– Mas ele achava que faltava alguma coisa nele.

– O quê?

– Compaixão.

Gamache refletiu sobre o assunto.

– Não me parece a primeira qualidade que se procuraria em um executivo.

– Mas procuraria em um filho. Charles não queria ter Thomas tão perto.

Gamache assentiu. Ele finalmente conseguira tirar aquilo de Finney, mas será que Finney queria que ele perguntasse, que forçasse a situação? Teria sido por isso que Finney se sentara ali? Para guiar o inspetor-chefe em direção ao enteado?

– Quando foi que Charles Morrow morreu?

– Dezoito anos atrás. Eu estava com ele. Quando conseguimos chegar ao hospital, ele já estava morto. Ataque cardíaco.

– E o senhor se casou com a esposa dele.

Gamache queria que sua observação soasse neutra. Não como uma acusação. E não era. Apenas um comentário simples. Só que ele também sabia que uma mente culpada era um filtro adverso e ouvia coisas não intencionais.

– Sim. Eu a amei durante toda a minha vida.

Os dois homens olharam para o lago. Algo se contorcia na rede do pescador. O animal era grande e brilhante. Enquanto observavam, ele cuidadosamente tirou o gancho da boca do peixe e o segurou no alto, pela cauda.

Gamache sorriu. O homem da cabana do outro lado do lago ia soltar o peixe. Com um brilho prateado repentino, ele caiu e atingiu a lateral do barco.

O pescador o tinha matado.

VINTE

Armand Gamache saiu do cais, deixando Bert Finney sentado na cadeira. No gramado, o inspetor-chefe virou-se, procurando sinais da criança que galopava. Mas estava tudo vazio e tranquilo por ali.

Seu relógio marcava sete e meia. Teria Bean voltado para dentro do Manoir?

Fora por esse motivo que ele se levantara tão cedo, para ver por que Bean acordava àquela hora. E agora havia conseguido perder a criança de vista por conta de uma conversa com Finney. Teria sido a escolha certa?

Gamache se afastou do hotel e tomou a trilha que entrava e saía da floresta, ao longo das margens do lago Massawippi. Estava esquentando, e ele sabia, mesmo sem a previsão do maître, que o dia seria quente. Não aquele calor sufocante com a umidade de antes da tempestade, mas, ainda assim, quente. O sol já ofuscava a visão do lago, cegando-o se ele olhasse muito perto e por muito tempo.

– *Dream on* – cantou uma voz fina pela floresta.

Gamache virou-se e olhou para dentro, tentando ajustar os olhos à escuridão relativa da floresta vicejante.

– *Dream on*.

A voz esganiçada chegava a um tom quase estridente. Ele saiu da trilha, pisando em raízes e rochas instáveis, quase torcendo o tornozelo algumas vezes. Mas continuou, serpenteando pelas árvores vivas e passando por cima das mortas até chegar a uma clareira. Um cenário surpreendente.

Um grande círculo havia sido aberto no meio da floresta espessa, e ali foram plantados madressilvas e trevos. Ele se perguntou como poderia não ter deparado com aquilo antes, mesmo que apenas seguindo o cheiro – doce, quase enjoativo. Mas também poderia ter usado a audição.

A clareira zumbia. Ao olhar com mais atenção, percebeu que as flores minúsculas, brilhantes e delicadas balançavam. A clareira estava viva e repleta de abelhas, que entravam, saíam e contornavam os arbustos cheios de flores.

– *Dream on* – cantou a voz do outro lado dos arbustos oscilantes.

Gamache optou pela discrição, contornando a clareira. No caminho, viu meia dúzia de caixas de madeira no meio do círculo.

Colmeias. Eram abelhas em plena refeição matinal. O Manoir Bellechasse tinha suas próprias colmeias.

Do outro lado, ele virou as costas para os milhares de abelhas e olhou mais uma vez para a floresta. Lá, avistou uma mancha colorida voando entre troncos. E então ela parou.

Gamache moveu-se com certa dificuldade através da floresta, até ficar a poucos metros de Bean. A criança estava parada com os pés separados, como se estivesse plantada. Os joelhos ligeiramente dobrados, a cabeça inclinada para trás, as mãos agarradas na frente, parecendo segurar algo.

E sorrindo. Não, não apenas sorrindo, mas radiante.

– *Dream on, dream on* – cantou Bean, uma canção sem música.

Mas sua voz estava repleta de algo muito melhor do que música: alegria.

Bean era o primeiro Morrow que ele via com um olhar de alegria, de prazer, de êxtase.

Gamache reconheceu isso porque ele mesmo sentia essas coisas, todos os dias. Mas não esperava encontrá-las ali, no meio da floresta, em um Morrow. E, por certo, não naquela criança, marginalizada, excluída, ridicularizada. Nomeada em homenagem a uma planta, assexuada e enraizada. Bean parecia alguém destinado ao desastre. Um cachorrinho ao lado de uma rodovia. Mas aquela criança que não conseguia pular era capaz de algo muito mais importante. Bean podia se transportar para outros lugares.

Gamache ficou ali por bastante tempo, hipnotizado, observando a criança. Notou fios brancos finos caindo das orelhas de Bean e desaparecendo em um bolso. Um iPod, talvez? Algo estava conduzindo o show que ele estava ouvindo. Ele ouviu Louis Armstrong cantando "St. James Infirmary Blues", depois "Let It Be", dos Beatles, embora soasse mais como "Letter B". E mais tarde alguma música sem palavras que fez Bean galopar e cantarolar, em um turbilhão de energia. De vez em quando, Bean recuava furiosamente e então se arqueava para a frente.

Depois de algum tempo, ele foi embora, satisfeito por Bean estar em segurança. Mais do que isso. Por incrível que parecesse, a criança estava bem.

A AGENTE ISABELLE LACOSTE ENCONTRAVA-SE AO lado da fita amarela da polícia, olhando para o lugar onde Julia Martin estivera viva pela última vez, e onde morrera. Folhas de grama começavam a renascer onde no dia anterior também haviam sido esmagadas. Pena que as pessoas não pudessem fazer o mesmo, serem revitalizadas depois de uma chuva e um pouco de sol. Voltar à vida. Mas algumas feridas eram muito profundas.

A visão do corpo assombrava Lacoste. Ela estava na Divisão de Homicídios havia vários anos e tinha visto corpos em estados muito piores. O que a perturbara, porém, não era o olhar no rosto da vítima, ou mesmo a estátua embutida em seu peito. Eram os braços de Julia Martin. Arremessados para fora, abertos.

Ela conhecia aquela pose. Ela a via toda vez que visitava a mãe. Lá, nos degraus de sua modesta casa no extremo leste de Montreal, estaria sua mãe. Arrumada, sempre limpa e respeitável. Parada lá dentro, esperando, ela abria a porta da casa assim que chegavam. Ia para a varanda e os observava estacionar. Então, quando Isabelle saía, o rosto de sua mãe se iluminava com um sorriso. E seus braços se abriam, dando-lhe as boas-vindas. Parecia involuntário, como se a mãe estivesse expondo o coração para a filha. E Isabelle Lacoste ia na direção dela, ganhando velocidade até que finalmente estivesse envolvida naqueles braços. Segura. Em casa.

E Lacoste fazia o mesmo quando seus próprios filhos corriam até a porta de entrada, para seus braços abertos.

Fora esse gesto que Julia Martin fizera momentos antes de morrer. Teria ela dado boas-vindas ao que estava por vir? Por que abrira os braços enquanto a estátua maciça vinha para cima dela?

A agente Lacoste fechou os olhos e tentou sentir a mulher. Não o terror de seus últimos momentos, mas seu espírito, sua alma. Durante cada investigação, Lacoste ia devagar ao local do assassinato e ficava lá, sozinha. Ela queria dizer algo aos mortos. E naquele instante, silenciosamente, assegurou a Julia Martin que eles descobririam quem tinha tirado sua vida. Armand Gamache e sua equipe não descansariam até que ela descansasse.

Até o momento, eles tinham um histórico quase perfeito, e ela só precisara se desculpar com alguns espíritos. Será que Julia seria um deles? Ela odiava levar pensamentos negativos para esses momentos, mas aquele caso perturbava a agente Lacoste. Os Morrows a perturbavam. Mais do que isso, a estátua viva a perturbava.

Ao abrir os olhos, ela viu o chefe andando pelo gramado e o ouviu cantarolando com sua voz de barítono.

– *Let it be, letter B.*

Jean Guy Beauvoir tinha dormido bem. Depois de ligar para a Colúmbia Britânica e obter algumas respostas interessantes, ele fez o que sabia que não deveria. Em vez de ir para a cama, ou para a biblioteca, para fazer mais anotações (em blocos), pelo amor de Deus, tinha ido para a cozinha.

Alguns dos jovens funcionários estavam sentados para comer, e o restante fazia a limpeza. Beauvoir chegara assim que Pierre Patenaude entrou, todo apressado. A atenção da chef Véronique, momentaneamente em Beauvoir, mudara de foco. Assim como o humor de Beauvoir. Ele se sentira leve ao experimentar novamente aquele estranho desejo de rir, ou pelo menos sorrir, na companhia dela. Era uma alegria no coração que ele raramente sentia. Mas aquilo mudou no momento em que a atenção dela se desviou para o maître. E o inspetor se surpreendeu com a raiva que sentiu. Uma dor. Ela parecera feliz em vê-lo, porém mais feliz em ver o maître.

E por que ela não deveria se sentir feliz?, dissera a si mesmo. *É natural.*

Mas o pensamento racional resvalou no ressentimento que se formou quando ele viu a chef Véronique sorrir para Pierre.

Que tipo de homem passa a vida servindo aos outros?, perguntara a si. *Um homem fraco.* Beauvoir odiava a fraqueza. Desconfiava dela. Ele sabia que os assassinos eram fracos. E olhou para o maître com um novo olhar.

– *Bonjour*, inspetor – cumprimentara o maître, limpando as mãos em um pano de prato. – Como posso ajudar?

– Eu estava querendo uma xícara de café e, quem sabe, uma pequena sobremesa.

Ele se virou e olhou para a chef Véronique enquanto falava. Sentiu seu rosto queimar um pouco.

– *Bon, parfait* – dissera ela. – Eu estava agora mesmo preparando *poire Hélène* para monsieur Patenaude. O senhor gostaria também?

O coração de Beauvoir se acelerou e se contraiu ao mesmo tempo, causando-lhe uma dor tão aguda que ele teve vontade de pressionar o punho no peito.

– Posso ajudar? – perguntara ele.

– Nunca se ajuda um chef em sua própria cozinha – comentara Pierre, com uma risada. – Aqui está o seu café.

Beauvoir aceitou com relutância. Não fora assim que ele imaginara aquele encontro. A chef Véronique estaria sozinha ali. Lavando a louça. Ele pegaria um pano de prato e secaria enquanto ela lavava, assim como ele tinha visto o inspetor-chefe fazer centenas de vezes depois do jantar, em sua casa. Ao contrário do que acontecia em sua própria casa. Ele e a esposa comiam na frente da TV, depois ela pegava os pratos e os enfiava na máquina de lavar louça.

Ele secaria os pratos e então a chef Véronique o convidaria para se sentar. Serviria café para os dois, e eles comeriam mousse de chocolate e conversariam sobre o dia que tiveram.

Ele certamente não tinha imaginado sentar-se com o maître e cinco jovens com a cara cheia de espinhas.

A chef Véronique tinha cortado para cada um deles uma fatia de *poire Hélène*. Beauvoir a observara colocar framboesas quase roxas e *coulis* em cada prato. Um era maior do que o outro. Tinha mais frutas, mais creme. Uma fatia de torta de pera mais grossa sobre uma base de chocolate.

Ela colocara os pratos na frente deles. O maior diante do maître.

Jean Guy Beauvoir se sentira congelar. Naquela cozinha abafada, em uma noite quente de verão.

Agora, naquela manhã quente e brilhante, ele se sentia de ressaca, como se tivesse estado bêbado de emoção. Bêbado e enjoado. Mas, ainda assim, quando desceu a escada, sentiu-se atraído mais uma vez para a porta da cozinha. Ficou parado do lado de fora por um instante, tentando se fazer dar meia-volta, ir para a sala de jantar, ou para a biblioteca, ou para o carro, ou ir para casa e fazer amor com a esposa.

A porta de repente se abriu, batendo bem na cara de Beauvoir.

Ele caiu para trás, engolindo com grande esforço os palavrões que surgiram em sua mente, no caso de ter sido Véronique a responsável. Por alguma razão, ele não conseguia xingar perto dela. Ele fechou os olhos por conta da dor, levou a mão depressa ao nariz e sentiu algo escorrendo entre os dedos.

– Meu Deus, desculpa.

Era o maître.

Beauvoir abriu os olhos e a boca ao mesmo tempo.

– *Chalice*, olhe só isso.

Ele olhou para a mão, coberta de sangue. De repente, sentiu-se um pouco tonto.

– Deixa eu te ajudar – disse o maître, pegando o braço de Beauvoir, que o afastou.

– *Tabernacle*! Me deixe em paz! – gritou ele, a voz anasalada, derramando xingamentos e sangue.

– Não foi culpa dele.

Beauvoir congelou, desejando que aquilo não estivesse acontecendo.

– O senhor não devia ficar parado bem na frente de uma porta de cozinha na hora da refeição. Monsieur Patenaude estava simplesmente fazendo o trabalho dele.

A voz de buzina era inconfundível, assim como o tom. Uma mulher saindo em defesa de alguém com quem ela se importava. Mais preocupada com o ataque ao maître do que com o policial sangrando. Aquilo doeu muito mais do que levar uma portada na cara. Ao se virar, Beauvoir viu a figura imponente da chef Véronique atrás dele, feixes de papel na mão carnuda. Seu tom tinha sido sério, de censura, como o de seus professores na escola católica quando ele fazia algo bem idiota.

Chalice, ele havia dito *chalice*? E *tabernacle*? Agora ele estava ainda mais enjoado.

– *Désolé* – disse ele, limpando o sangue que escorria pelo queixo. – Desculpa.

– O que aconteceu?

Beauvoir viu Gamache entrar no cômodo. Na mesma hora, se sentiu aliviado, como sempre acontecia quando Gamache estava no ambiente.

– A culpa foi minha – afirmou Pierre. – Abri a porta e bati nele.

– O que está acontecendo? – perguntou madame Dubois, a preocupação estampada no rosto.

– Você está bem? – indagou Gamache, olhando nos olhos de Beauvoir.

O homem mais jovem assentiu. Gamache deu seu lenço ao inspetor e pediu mais toalhas. Depois de um momento, ele examinou o estrago, seus dedos grandes e seguros cutucando o nariz, a testa e o queixo de Beauvoir.

– Certo, nada de mais. Seu nariz não está quebrado, só machucado.

Beauvoir disparou um olhar de ódio para o maître. De alguma maneira, o homem tinha feito aquilo de propósito. De alguma maneira. O inspetor tinha certeza.

Ele saiu e se limpou, esperando ver no espelho uma figura atlética heroica ou um boxeador ferido no ringue. O que ele viu foi um idiota. Um maldito idiota ensanguentado. Depois que trocou de roupa, encontrou os outros para o café da manhã, na sala de jantar. Os Morrows estavam em um canto, a polícia em outro.

– Está melhor? – perguntou Gamache.

– Não foi nada – disse Beauvoir, percebendo a expressão divertida de Lacoste e se perguntando se todo mundo sabia.

O *café au lait* chegou e eles fizeram seus pedidos.

– O que você descobriu? – indagou Gamache a Lacoste.

– O senhor estava se perguntando, chefe, por que Julia Martin explodiu com a menção de um banheiro público. Perguntei a Marianna Morrow ontem à noite. Parece que Julia teve uma grande briga com o pai sobre isso.

– Sobre um banheiro?

– Aham. Foi por isso que ela partiu para a Colúmbia Britânica. Parece que alguém escreveu na parede do banheiro masculino do Ritz que Julia Morrow era boa no oral. Até colocaram o telefone embaixo. O número da casa da família.

Beauvoir fez uma careta. Ele conseguia imaginar como mamãe e papai Morrow teriam reagido a isso. A homens ligando toda hora perguntando quanto ela cobrava por um boquete.

– Aparentemente, Charles Morrow viu a inscrição. Quem fez isso sabia exatamente onde colocar a mensagem. O senhor conhece o Oyster Bar?

Gamache assentiu. O lugar já havia fechado, mas tinha sido o bar de hotel favorito de gerações de anglófonos de Montreal. Ficava no porão do Ritz.

– Bem, *Julia Morrow é boa no boquete* foi escrito no banheiro masculino do Oyster Bar. De acordo com Marianna, o pai dela viu e ouviu um monte de amigos rindo daquilo. Ele ficou furioso.

– Quem escreveu isso lá? – perguntou Gamache.

– Não sei – disse Lacoste.

Não lhe ocorrera perguntar a Marianna.

Os cafés da manhã chegaram. Ovos mexidos com espinafre e queijo brie para o inspetor-chefe. Sobre os ovos, havia algumas fatias de bacon curadas com xarope de bordo, e uma pequena salada de frutas enfeitava o prato. Lacoste havia pedido ovos beneditinos, e Beauvoir tinha o maior prato do cardápio. Uma travessa cheia de crepes, ovos, salsichas e bacon foi colocada diante dele.

Um garçom deixou uma cesta de croissants junto com uma bandeja de *confitures* caseiras de morangos silvestres, mirtilos e mel.

– Alguém estava com raiva dela – disse Lacoste, o molho *hollandaise* pingando de seu garfo. – Garotas que não cedem são, muitas vezes, rotuladas de vagabundas por rapazes decepcionados.

– É uma coisa péssima de se fazer a uma moça – comentou Gamache, pensando na delicada Julia. – Quantos anos ela tinha na época? Vinte?

– Vinte e dois – informou Lacoste.

– Será que Thomas poderia ter escrito isso? – matutou Gamache.

– Por que ele? – questionou Beauvoir.

– Precisaria ser alguém que soubesse o número de telefone, conhecesse os hábitos de Charles Morrow e conhecesse Julia. E teria que ser alguém cruel.

– De acordo com Marianna, eles são todos cruéis – afirmou Beauvoir.

– Pode ter sido Thomas – disse Lacoste.

Ela pegou um croissant ainda quente do forno, abriu-o e espalhou o mel dourado sobre ele.

– Mas isso foi há 35 anos – continuou. – Não podemos julgar o homem pelo que fez quando era um menino.

– Verdade, mas Thomas mentiu e disse a Julia que estávamos falando sobre banheiros masculinos quando não estávamos – disse Gamache. – Estávamos falando sobre banheiros em geral. Ele queria que ela reagisse. Ele queria machucá-la, agora eu percebo isso. E conseguiu. Ele continua sendo cruel.

– Talvez seja uma piada para ele. As famílias têm muitas piadas – comentou Beauvoir.

– Piadas são engraçadas – retrucou Gamache. – Isso foi para machucar.

– É uma forma de agressão – disse Lacoste.

Ao seu lado, Beauvoir gemeu. Ela se virou para ele.

– Você acha que só um soco na cara de uma mulher é agressão? – questionou.

– Olha, eu sei tudo sobre abuso verbal e emocional, e eu entendo – disse ele, com sinceridade. – Mas qual é o limite? O cara brincou com a irmã sobre um evento de anos atrás, e isso vira agressão?

– Algumas famílias têm memória longa – disse Gamache –, especialmente para desrespeitos.

Ele mergulhou uma colher no mel e derramou em um croissant quente. Sorriu ao provar.

Tinha gosto de verão.

– De acordo com Marianna, o pai não estava tão preocupado se Julia fazia ou não boquetes, mas com o fato de que todos acreditaram – disse Lacoste.

– E Julia foi embora por causa disso? – indagou Gamache. – Não é uma coisa trivial, eu sei, mas teria sido de fato suficiente para enviá-la para o outro lado do continente?

– Ela estava magoada – comentou Lacoste. – Eu preferiria levar um soco.

Beauvoir sentiu o nariz latejando. E sabia que ela estava certa.

Gamache meneou a cabeça, tentando imaginar a cena. Julia, que provavelmente nunca tinha dado um passo em falso durante a vida inteira, de repente fora humilhada na frente de toda a sociedade anglófona de Montreal. A comunidade podia não ser muito grande, nem tão poderosa quanto fingia ser, mas era onde os Morrows viviam. E, de repente, Julia Morrow recebera o título de vadia. Fora humilhada.

Mas o pior estava por vir. Em vez de defendê-la, Charles Morrow, rígido, íntegro e tão inflexível quanto agora, também a atacara, ou pelo menos não fora capaz de defendê-la. Ela o amava, e ele se afastara, deixando-a para ser devorada pelas hienas.

Julia Morrow partiu. Para o mais longe possível de sua família. Para a Colúmbia Britânica. Casou-se com David Martin, um homem que seu pai desaprovava. Divorciou-se. Então voltou para casa. E foi assassinada.

– Falei com Peter ontem à noite – contou Gamache.

O inspetor-chefe revelou a eles como fora a conversa.

– Então ele acha que Bert Finney matou Julia – disse Lacoste –, e pelo seguro?

– Ok, vamos dizer que ele tenha feito isso – disse Beauvoir, depois de engolir um pedaço de linguiça pingando xarope de bordo. – Gente, ele deve ter uns 150 anos. O peso do homem é menor do que a idade dele. Como ele conseguiria empurrar aquela estátua enorme do pedestal? Daqui a pouco vocês vão dizer que foi a criança que fez isso.

Gamache pegou um garfo cheio de ovos mexidos com brie e olhou pela janela. Beauvoir tinha razão. Por outro lado, a probabilidade de que Peter ou Thomas tivessem feito aquilo também não era muito grande. Eles estavam diante de um assassinato impossível. Ninguém poderia ter movido Charles Morrow, quanto mais empurrá-lo alguns centímetros ou mais até ele cair. E, se fizessem isso, teria levado tempo e feito barulho. Julia não teria ficado lá e deixado tudo acontecer. Mas Charles Morrow, como o resto da família, permanecera em silêncio.

Além disso, a estátua raspando pelo mármore não apenas teria feito barulho, mas teria deixado arranhões e marcas. Entretanto, a superfície estava intocada.

Impossível. A coisa toda era impossível. E ainda assim, tinha acontecido.

Mas outro pensamento surgiu, e Gamache analisou a família. Bean não poderia ter feito aquilo. Finney não poderia ter feito aquilo. Nem madame Finney ou Marianna, nem mesmo os outros irmãos. Não sozinhos.

Mas juntos?

– Peter está enganado sobre o seguro de vida de Julia – disse Beauvoir.

Ele esperou todo o café da manhã para lhes contar suas novidades. Encharcando o último pedaço de crepe com o xarope de bordo, continuou:

– Madame Finney não é beneficiária do seguro da filha.

– E quem é? – perguntou Lacoste.

– Ninguém. Ela não tinha seguro.

Arrá, pensou Beauvoir, amando a expressão dos outros dois. Ele tivera a noite inteira para absorver aquela notícia inesperada. A esposa do executivo da área de seguros mais rico do Canadá, sem seguro?

– Você precisa conversar com David Martin – disse Gamache, depois de um momento de reflexão.

– Eu liguei para o advogado dele em Vancouver. Espero conseguir falar com ele ao meio-dia.

– Honoré Gamache?

O nome atravessou a sala tranquila e caiu sobre a mesa em que eles estavam. Tanto Beauvoir quanto Lacoste levantaram a cabeça depressa, depois se viraram para onde os Morrows estavam sentados. Madame Finney estava olhando para eles, um sorriso em seu rosto macio e bonito.

– Então Honoré Gamache era o pai dele? Eu sabia que o nome me era familiar.

– Mãe, shhhh – disse Peter, inclinando-se sobre a mesa.

– O quê? Eu não estou dizendo nada. – A voz dela continuou a atravessar a sala de jantar. – Além disso, não sou eu quem deveria ter vergonha.

Beauvoir olhou para o chefe.

Armand Gamache tinha um sorriso curioso no rosto. Ele parecia quase aliviado.

VINTE E UM

Clara havia saído da mesa. Já ouvira o suficiente. Tentara sentir empatia pela mãe de Peter, tentara ter compaixão e ser paciente. Mas, de verdade, *que se dane ela, que se danem todos*, pensou, enquanto atravessava o gramado marchando.

Ela conseguia sentir o coração acelerado e as mãos trêmulas, como sempre ficavam quando estava com raiva. E claro que seu cérebro não funcionava – ele havia fugido com o coração dela, os dois covardes deixando-a indefesa e falante. Provando para os Morrows, mais uma vez, que ela era uma idiota malcriada. Porque sair cedo da mesa do café da manhã era uma postura rude, mas aparentemente insultar os outros não era.

Os Morrows pareciam acreditar que havia um código especial que lhes permitia dizer o que quisessem sobre os outros, ao alcance de seus ouvidos, sem que isso fosse uma grosseria.

"Não é o bebê mais feio que você já viu?"

"Ela seria mais bonita se não fizesse careta o tempo todo."

"Você não deveria usar branco quando está gorda."

Aquele último comentário tinha sido sobre ela, no dia de seu casamento, enquanto ela entrava com o pai, sorrindo de felicidade.

Os Morrows nunca falhavam em escolher o garfo certo e as palavras erradas. Seus comentários eram sempre casuais. E, quando alguém os confrontava a respeito, mostravam-se magoados, ofendidos, perplexos.

Quantas vezes Clara pedira desculpas por ter sido insultada?

E o que a Sra. Morrow acabara de dizer sobre o pai de Gamache fora um dos maiores insultos que Clara já ouvira.

– Está tudo bem, Jean Guy – disse Gamache, alguns minutos mais tarde, enquanto eles dirigiam pela estrada de terra acidentada em direção ao cemitério local, para encontrar o homem que havia feito Charles Morrow. – Estou acostumado a essas coisas. Bert Finney me contou que conheceu meu pai no final da guerra. Imagino que tenha dito algo para a esposa.

– Ele não precisava.

– Meu pai não é nenhum segredo, como você sabe.

O inspetor-chefe se virou para Beauvoir, que encarava a estrada, não ousando olhar para Gamache.

– Desculpa. É que eu sei o que as pessoas pensam.

– Isso foi há muito tempo, e eu conheço a verdade.

Ainda assim, Beauvoir continuou olhando para a frente, ouvindo o homem ao lado, mas também ouvindo a voz encorpada de madame Finney e a palavra que ficou em sua cabeça, que ficou na cabeça de todos. Que parecia colada para sempre ao nome de Honoré Gamache.

Covarde.

– Clara, você está bem?

Peter caminhava rapidamente pelo gramado.

– Imagino que você tenha colocado a sua mãe na linha – disse Clara, encarando o marido.

O cabelo dele apontava em todas as direções, como se ele tivesse passado as mãos nos fios muitas e muitas vezes. Sua camisa estava para fora da calça e havia migalhas de croissant agarradas na calça. Ele ficou em silêncio.

– Pelo amor de Deus, Peter, quando é que você vai ter coragem para enfrentar a sua mãe?

– O quê? Ela não estava falando sobre você – argumentou ele, ainda tentando alcançá-la.

– Não, ela estava difamando um amigo seu. Gamache ouviu tudo que ela disse. Ela fez questão disso.

– *Você* não disse nada.

– Tem razão.

Clara lembrou-se da toalha de mesa presa em sua cintura e do puxão que ela deu na porcelana do café da manhã quando se levantou.

Todos os olhares se voltaram para ela. *Faça isso*, eles pareciam dizer. *Humilhe a si mesma mais uma vez.*

E, claro, ela fizera isso mesmo. Sempre fazia. Ela se armava com os mantras "Mais um dia, só mais um dia" e "Não importa, isso não importa". Ela meditava e visualizava uma luz branca protetora. Mas nada funcionava diante do ataque violento dos Morrows, deixando-a paralisada, tremendo frente a todos eles. Enfurecida, chocada e sem palavras.

E acontecera novamente naquela manhã, quando a Sra. Morrow explicou tudo para a família.

– Vocês nunca ouviram a história?

– Que história? – perguntara Thomas, entusiasmado.

Até Peter parecia ansioso para ouvir. Tirava o foco de cima dele.

– Conta – pediu Peter, jogando Gamache na boca do lobo, para que assim ele mesmo pudesse escapar.

– Irene – avisou Bert Finney. – É uma história muito antiga.

– Mas é importante, Bert. As crianças precisam saber.

Ela se voltou para eles, e Clara, pobre Clara, também ficou curiosa.

Irene Finney olhou para os ouvintes. Ela havia passado a maior parte da noite rezando, pedindo, implorando para pegar no sono. Pelo esquecimento. Por algumas horas longe de sua perda.

E de manhã, quando acordou, o rosto rosado áspero no travesseiro, ela perdeu a filha outra vez. Julia. Que agora se fora, mas que levara consigo uma decepção. Não haveria mais aniversários esquecidos, não mais domingos vazios esperando por telefonemas que nunca vinham. Pelo menos Julia jamais voltaria a magoá-la. Julia estava segura. Segura para se amar. Era isso o que o vazio havia escarrado. Uma filha morta. Mas uma filha amada. Finalmente. Alguém seguro para se amar. Morta, é verdade. Mas não se pode ter tudo.

Então Bert voltou de sua caminhada matinal com aquele maravilhoso presente. Algo diferente em que pensar.

Honoré Gamache. De alguma maneira, o vazio também o escarrara. E a seu filho.

– Foi logo antes da guerra. Todos nós sabíamos que Hitler tinha que ser detido. O Canadá se juntaria à Grã-Bretanha, isso era fato. Mas aí o tal Gamache começou a fazer discursos contra a guerra. Disse que o Canadá devia ficar fora disso. Disse que nenhum bem jamais viria da violência. Ele era muito articulado. Culto.

Ela parecia surpresa, como se uma beluga tivesse se formado em uma universidade de elite.

– Perigoso. – Ela apelou para o marido. – Estou errada?

– Ele acreditava no que estava dizendo – respondeu Finney.

– Isso só o torna mais perigoso. Ele convenceu muitos outros. Em pouco tempo havia protestos nas ruas contra a participação na guerra.

– O que aconteceu? – perguntou Sandra.

Ela olhou para cima. O teto estava vazio. Fora limpo pelos funcionários do Manoir, sem que qualquer comentário tivesse sido feito. Não sobrara um único biscoito. Sandra não pôde deixar de se sentir triste por Bean e todo aquele trabalho.

Mas Bean não demonstrava incômodo algum. Estava, inclusive, prestando atenção na história.

– O Canadá demorou a entrar na guerra.

– Só uma semana – acrescentou Finney.

– Tempo longo o suficiente. Foi humilhante. A Grã-Bretanha lá, a Alemanha brutalizando a Europa. Foi um erro.

– Foi um erro – concordou Finney. – Infelizmente.

– Foi culpa do Gamache. E mesmo quando a guerra foi declarada, ele convenceu muitos quebequenses a serem objetores de consciência. "De consciência." – Ela carregou a palavra de ódio. – Não havia nenhuma consciência envolvida, apenas covardia.

Sua voz se levantou, transformando a frase em uma arma, e a última palavra, em uma baioneta. E do outro lado da sala estava o alvo humano.

– Ele foi para a Europa – disse Finney.

– Com a Cruz Vermelha. Nunca na linha de frente. Ele nunca arriscou a própria vida.

– Havia muitos heróis no Corpo de Ambulâncias – retrucou Finney. – Homens corajosos.

– Mas não Honoré Gamache – discordou Irene Finney.

Clara esperou que Bert a contradissesse. Ela olhou para Peter, o rosto mal barbeado sujo de geleia, os olhos baixos. Já os olhos de Thomas, Sandra e Marianna brilhavam. Como hienas caindo sobre a presa. E Bean? A criança ficou sentada na pequena cadeira, os pés firmemente plantados, agarrando *Mitos que toda criança precisa conhecer.*

Clara levantou-se, levando consigo a toalha. Peter pareceu envergonhado. Causar uma cena era muito pior do que causar dor. As mãos dela tremiam quando ela agarrou o pano e o puxou para soltá-lo. Seus olhos estavam lacrimejando, com fúria. Mas ela podia ver a satisfação nos olhos da Sra. Morrow.

Enquanto Clara saía cambaleando da sala, passando pelo próprio Gamache e atravessando as portas de tela, as palavras a seguiram para dentro da imensidão.

– Honoré Gamache era um covarde.

– Monsieur Pelletier?
– *Oui* – respondeu alguém nas vigas.
– Meu nome é Armand Gamache. Sou da Sûreté du Québec. Homicídios.

Beauvoir desejou poder ver o rosto do escultor. Aquela era a sua parte predileta de qualquer investigação, exceto pela prisão. Ele amava ver a cara das pessoas quando recebiam a visita de dois agentes da Divisão de Homicídios. Da famosa Sûreté.

Mas ele não teve tal prazer. Pelletier era apenas uma voz vinda do alto.

– Isso deve ser sobre aquela estátua – ecoou a voz desencarnada.

Outra decepção. Beauvoir adorava repassar os detalhes horríveis e ver as pessoas empalidecerem.

– Sim. O senhor pode descer até aqui, por favor?
– Estou muito ocupado. Nova encomenda.
– Aí em cima? – perguntou Gamache, esticando o pescoço para localizar o rosto no meio das vigas de madeira.
– Não aqui, lógico. Estou prendendo cordas para amarrar na obra, para ela não cair.

Gamache e Beauvoir se entreolharam. Então estátuas caíam. Poderia ser tão simples assim?

Com um sobressalto, Beauvoir viu um homem esquelético descer pela parede mais distante do velho celeiro como uma aranha. Somente após ele pousar, suavemente, é que Beauvoir percebeu que havia uma escada de cordas improvisada ali. Ele se virou para Gamache, que também assistia à cena, de olhos arregalados diante da ideia de qualquer um subir ou descer por aquela parede.

Yves Pelletier era um fiapo de gente. Usava um calção branco bem largo e uma camiseta imunda que mal escondia os ossos do tórax e das costelas. Os braços, porém, eram enormes. Ele parecia o Popeye.

– Yves Pelletier – disse ele, com sotaque regional, estendendo a mão.

Era como sacudir um martelo. O sujeito parecia de metal. Todo fino, duro e brilhando de suor. O celeiro estava abafado, quente. Não havia brisa e a poeira flutuava sob os raios de sol que entravam pelas ripas de madeira.

O cheiro era de feno velho, concreto e suor.

Beauvoir enrijeceu o corpo e tentou parecer mais viril em seus sapatos de couro macio e sua camisa de linho fina.

Eu tenho uma arma, disse a si mesmo. *Eu tenho uma arma e ele, não.*

Ameaças vinham em diferentes formatos. Ele olhou para o inspetor-chefe, que parecia totalmente à vontade.

– O que aconteceu com o senhor? – perguntou o escultor a Beauvoir, indicando seu rosto.

Se Gamache não estivesse lá, ele teria descrito um prédio em chamas cheio de órfãos, ou o carro desgovernado que ele havia parado segundos antes de atropelar uma mulher grávida, ou o assassino que havia desarmado com as próprias mãos.

Ele decidiu ficar quieto e deixar o homem imaginar seu ato de heroísmo.

– Parece que levou uma porta na cara, meu filho – disse Pelletier, levando-os para o quintal.

Não era exatamente um cemitério, mas ficava bem ao lado de um.

– Clientes – comentou Pelletier, rindo e apontando para as lápides do outro lado da cerca de madeira.

Ele enrolou um cigarro, lambeu o papel para selá-lo e o enfiou entre os dentes amarelados.

– Não dá para viver fazendo essa merda – admitiu. – Bem que eu queria, mas ser artista não paga as contas.

Ele deu uma longa tragada, tossiu e cuspiu.

Esse sujeito parece tudo menos um artista, pensou Beauvoir.

– As pessoas me contratam para aquilo ali.

Pelletier indicou os monumentos e as lápides, e eles atravessaram o portão. Em alguns pontos, viam uma ou outra escultura de anjo, figuras velhas, com as asas gastas.

Gamache parou e assimilou o cenário.

Era silencioso, tranquilo. Mas também parecia vivo. De vez em quando, alguém surgia de trás de uma árvore. Só que as pessoas não estavam se movendo de verdade – eram estátuas. Presas no lugar, mas, de certa forma, vibrando.

Gamache olhou para o guia. O homem estava tirando um fio de tabaco da língua.

– O senhor fez esses aqui?

– Menos os anjos. Eu não faço anjos. Tentei, mas nunca deram certo. As asas sempre ficavam grandes demais. As pessoas reclamavam que batiam a cabeça.

Beauvoir riu daquilo, e o escultor o acompanhou. Gamache sorriu.

As estátuas eram de diferentes tamanhos, com diferentes expressões. Algumas pareciam calmas e alegres, outras pareciam estar brincando, umas pareciam aflitas e algumas, amargas. Não cem por cento, mas havia um traço disso, uma rigidez.

– Do que elas são feitas? – perguntou Beauvoir.

A maioria era preta, lisa e brilhante.

– Mármore. Extraído não muito longe daqui.

– Mas Charles Morrow não foi feito disso – afirmou Gamache.

– Não, ele foi feito de outra coisa. Eu ia usar mármore, mas depois de ouvir as pessoas falarem sobre ele, mudei de opinião.

– Com quem o senhor conversou?

– A senhora e os filhos dele, mas falei mais com aquele que chegou a vir aqui e que era muito feio. Se algum dia eu fizesse uma escultura dele, o povo ia reclamar. – Ele riu. – Mas, sabe como é, eu até faria, para mim mesmo.

– Bert Finney? – questionou Gamache, para ter certeza.

Pelletier assentiu e jogou a guimba do cigarro na grama. Beauvoir pisou nela.

– Eu sabia que vocês provavelmente viriam, então peguei o meu bloco de notas. Querem ver?

– *S'il vous plaît* – disse Beauvoir, um entusiasta de anotações.

Eles voltaram para o celeiro, que parecia sombrio comparado ao vibrante cemitério. Enquanto Beauvoir lia, Gamache e o escultor se sentaram em um cocho baixo de madeira.

– Como é que o senhor cria uma escultura?

– Bem, é difícil se eu nunca tiver visto a pessoa. Várias daquelas pessoas ali eu realmente conheci. – Ele indicou casualmente o cemitério. – Num lugar pequeno, a gente conhece todo mundo. Mas o tal Morrow eu nunca tinha visto. Então, como eu disse, falei com a família dele, olhei algumas fotos. Aquele cara feio trouxe um monte de coisas. Bem interessantes. Então eu deixo... fermentar, entende? Até eu entender o morto. Até que um dia eu acordo e tenho o jeito dele na cabeça. Aí eu começo.

– O que o senhor "entendeu" sobre Charles Morrow?

Pelletier cutucou os dedos calejados e pensou.

– Sabe aquelas estátuas ali, as do cemitério?

Gamache assentiu.

– Elas não são todas do mesmo tamanho. Algumas pessoas compram grandes, outras, menores. Às vezes depende do orçamento, mas, principalmente, depende da culpa.

Ele sorriu. Charles Morrow era imenso.

– Eu tive a impressão de que ninguém sentia falta dele. Que a estátua era mais para eles do que para o cara. Uma espécie de substituto para o luto.

Era aquilo. Tão simples. As palavras flutuaram no ar e se juntaram à poeira sob os raios de sol.

O que poderia ser pior do que aquilo? Morrer e não fazer falta.

Seria isso verdade em relação a Charles Morrow?, perguntou-se Gamache.

– A família usou palavras como "proeminente" e "respeitado", até me mandaram uma lista de conselhos dos quais ele era membro. Eu quase achei que iam me mandar o extrato do banco dele. Mas não tinha afeto. Fiquei com pena do cara. Tentei perguntar que tipo de homem ele era, sabe? Como pai, marido, essas coisas.

– E o que eles disseram?

– Eles pareceram ofendidos com a pergunta, como se não fosse da minha conta. Como eu disse, é muito difícil esculpir alguém que a gente não conheceu. Eu quase recusei o serviço, mas o dinheiro era muito bom. Mas então o sujeito feio apareceu. Quase não falava francês, e eu não falo muito inglês. Mas nós nos entendemos bem. Isso foi quase dois anos atrás. Pensei bastante e resolvi esculpir o cara.

– Mas quem o senhor esculpiu, monsieur? Charles Morrow ou Bert Finney?

Yves Pelletier riu.

– Eu também posso ter esculpido a mim mesmo.

Gamache sorriu.

– Imagino que haja um pouco do senhor em todas as suas obras.

– Verdade, mas talvez mais naquela. Foi difícil, deu trabalho. Charles Morrow era um estranho para a própria família. Eles conheciam o exterior dele, mas não o interior. Já o homem feio conhecia o cara por dentro. Pelo menos eu achei que sim. Ele me contou sobre um homem que amava música, que queria ser jogador de hóquei, que jogou no time da escola, mas que concordou em assumir os negócios da família. "Seduzido pelo dinheiro e pela posição." Palavras do homem feio, não minhas. Um baita ego. Que tirano! Minhas palavras, não dele. – Ele sorriu para Gamache. – Felizmente, ser escultor me ajuda a regular o ego.

– O senhor devia experimentar ser policial.

– O senhor já foi esculpido?

Gamache deu uma risada.

– Nunca.

– Se um dia quiser, me procure.

– Não sei se existe mármore suficiente naquela pedreira – disse Gamache. – Do que Charles Morrow foi feito, afinal de contas?

– Bem, essa é uma pergunta interessante. Eu precisava de alguma coisa especial, e dinheiro não era problema, então procurei e, no ano passado, finalmente encontrei uma coisa que eu sabia que existia, mas que nunca tinha visto de perto.

Do outro lado do celeiro, o inspetor Beauvoir abaixou as anotações e prestou atenção.

– Era madeira – revelou o escultor.

De todas as coisas que Gamache achou que poderia ouvir, aquela não era uma delas.

– Madeira?

Pelletier assentiu. Gamache lembrou-se do toque na escultura, tentando evitar a lama, a grama e o sangue. Sentiu novamente a dura superfície cinzenta, ondulada. Parecia pele flácida. Mas dura, como pedra.

– Madeira – repetiu Gamache, olhando para o escultor. – Madeira fossilizada.

– Diretamente da Colúmbia Britânica. Petrificada.

A agente Lacoste desligou a ligação com a legista, fez suas anotações e depois abriu a caixa-forte com as provas. Não havia muita coisa. Tirou dali o maço de cartas, amarradas com fita amarela, e os dois bilhetes amarrotados em papel timbrado do Manoir Bellechasse. Desamassando-os, decidiu começar por ali.

Primeiro, encontrou madame Dubois na recepção, ligando para hóspedes e cancelando reservas. Depois de um ou dois minutos, a senhora colocou o fone no gancho.

– Estou tentando não dizer a verdade – explicou ela.

– O que a senhora está dizendo?

– Que houve um incêndio.

Vendo a surpresa da agente Lacoste, madame Dubois meneou a cabeça em concordância.

– Eu poderia ter inventado algo melhor se tivesse pensado no assunto. Felizmente, foi um incêndio pequeno, mas inconveniente.

– Que sorte. – Ela olhou para o cartão de tarifas sobre o balcão e ergueu as sobrancelhas. – Eu adoraria voltar aqui um dia, com meu marido. Talvez para comemorar nossas bodas de ouro.

– Estarei esperando.

Podia ser que ela de fato estivesse, pensou a agente Lacoste.

– Encontramos isto na lareira do quarto de Julia Martin. – Ela entregou as folhas de papel a madame Dubois. – Quem a senhora acha que escreveu?

Os bilhetes foram posicionados entre as duas mulheres.

Gostei da nossa conversa. Agradeço muito. Ajudou.

Você é muito gentil. Sei que não vai contar a ninguém o que eu disse. Me causaria problemas!

– Talvez alguém da família?

– Talvez – disse Lacoste.

Ela havia pensado sobre o que o chefe dissera. Sobre o ponto de exclamação. Passara uma boa parte da manhã pensando naquilo. Então, entendera.

– As palavras certamente poderiam ter sido escritas por praticamente qualquer um – admitiu Lacoste para madame Dubois. – Mas não isto aqui.

Ela apontou para o ponto de exclamação. A proprietária do hotel olhou para as anotações de forma educada, mas não muito convencida de nada.

– A senhora consegue ver algum dos Morrows escrevendo com um ponto de exclamação?

A pergunta surpreendeu madame Dubois e ela refletiu sobre isso, em seguida balançou a cabeça. Isso só deixava uma opção.

– Algum dos funcionários – concluiu ela, com relutância.

– Possivelmente. Mas quem?

– Vou chamar a camareira designada para o quarto dela.

Madame Dubois usou um walkie-talkie e avisou que uma moça chamada Beth estava a caminho.

– Eles são jovens, e a maioria nunca trabalhou em funções como essas. Leva um tempo para entenderem o que é apropriado, especialmente se os próprios hóspedes não deixam isso claro. Nós dizemos à equipe para não ficar muito íntima dos hóspedes, mesmo que o movimento venha deles. Especialmente nesses casos.

Depois de certa espera, uma moça loira, enérgica e confiante (embora momentaneamente preocupada) apareceu.

– *Désolée* – disse ela, em um francês com um leve sotaque –, mas madame Morrow da Suíte do Lago parou para conversar comigo. Acho que ela vai querer falar com a senhora também.

A proprietária demonstrou desânimo.

– Outra reclamação?

Beth assentiu.

– O quarto da cunhada foi limpo antes do dela, e ela queria saber por quê. Expliquei que depende de por qual lado do hotel nós começamos. Ela também acha que está quente demais.

– Espero que você tenha dito a ela que esse departamento é do Sr. Patenaude.

Beth sorriu.

– Vou fazer isso na próxima vez.

– *Bon*. Beth, essa é a agente Lacoste, ela está investigando a morte de Julia Martin. Ela tem algumas perguntas para você.

A moça pareceu desconcertada.

– Eu não fiz nada.

Não fui eu, pensou Lacoste. O grito dos jovens. E dos imaturos. Ainda assim, ela sentia pena da moça. Não tinha mais que 20 anos e já estava sendo entrevistada como suspeita de um assassinato. No futuro, seria uma excelente história para contar, mas não naquele dia.

– Eu não acho que foi você – disse Lacoste, em inglês. A garota relaxou um pouco, tranquilizada pelas palavras e o idioma. – Mas gostaria que você visse isso.

Beth olhou para os bilhetes, depois de volta para a agente, intrigada.

– Não estou entendendo o que a senhora quer.

– Foi você quem escreveu esses bilhetes?

Ela ficou atônita.

– Não. Por que eu faria isso?

– Você verificou a lareira do quarto da Sra. Martin?

– Mais ou menos. Alguns hóspedes acendem a lareira até no verão. É romântico. Então criei o hábito de dar só uma olhada geral, me certificar de que não preciso reacender o fogo. A dela não estava acesa. A de nenhum deles, eu acho.

– Você teria percebido se alguma coisa tive sido colocada lá?

– Depende. Eu teria percebido se fosse um carro, ou um sofá.

Lacoste sorriu diante daquele humor inesperado. De repente, a garota a fez lembrar-se de si mesma aos 20 anos. Tentando achar seu caminho. Buscando o equilíbrio entre ser impertinente e subserviente.

– E algo assim, mas amassado? – perguntou Lacoste, apontando para as folhas de papel.

Beth as observou com cuidado, refletindo.

– Talvez.

– E o que você teria feito se tivesse visto?

– Teria limpado.

Ela sentiu que Beth estava dizendo a verdade. Não achava que o Manoir tivesse funcionários preguiçosos. A pergunta era: Beth teria percebido os papéis, ou eles poderiam ter ficado lá por dias, até semanas, tendo sido colocados ali por antigos hóspedes?

Mas ela não achava que eram antigos.

Por que Julia jogara a maior parte do lixo na lixeira, mas colocara aquelas mensagens na lareira? Era certo desleixo, e a agente Lacoste suspeitava que os Morrows se consideravam acima disso. Eles podiam matar, mas nunca desarrumar. E Julia Martin era extremamente educada.

Então, se ela não colocara as folhas de papel lá, alguém fizera isso. Mas quem?

E por quê?

GAMACHE, BEAUVOIR E PELLETIER ESTAVAM SENTADOS à sombra de uma enorme árvore, gratos pelo alívio de poucos graus que ela fornecia naquele calor intenso. Beauvoir deu um tapa no pescoço e sua mão saiu dali com uma mancha de sangue e uma minúscula perna preta. Ele sabia que estava coberto de cadáveres de insetos. Era para os outros insetos entenderem o recado, pensou. Mas provavelmente havia uma razão pela qual os borrachudos não controlavam o mundo. Atormentavam o planeta, isso sim, mas nada além.

Ele deu um tapa no braço.

Uma roseira plantada ao lado de uma lápide parecia necessitada de água, as folhas caídas e amareladas. Pelletier seguiu o olhar de Gamache.

– Imaginei que isso ia acontecer em breve. Tentei avisar a família quando plantaram.

– Rosas não crescem bem aqui? – indagou Gamache.

– Não agora. Nada vai crescer agora. São 25 anos.

Beauvoir se perguntou se décadas cheirando pó de cimento não teriam causado algum dano ao cérebro daquele homem.

– Como assim? – perguntou Gamache.

– Esta árvore. É uma nogueira-preta – disse o escultor, arrastando sua mão de martelo pela casca sulcada. – Ela tem 25 anos de idade.

– E daí? – perguntou Beauvoir, na esperança de entender aonde o homem queria chegar.

– Bem, nada cresce em torno de uma nogueira-preta quando ela fica tão velha assim.

Gamache também tocou na árvore.

– Por que não?

– Sei lá. Alguma coisa venenosa pinga das folhas, da casca, ou de algum lugar. Até ela fazer 25 anos, ok. Depois disso, mata tudo.

Gamache tirou a mão do tronco acinzentado e voltou seu olhar para o cemitério, o sol passando entre as folhas da árvore assassina.

– O senhor gravou um pássaro no ombro da estátua.

– Sim.

– *Pourquoi?*

– O senhor não gostou?

– Achei charmoso e muito discreto. Quase como se não fosse para ser descoberto.

– Por que eu faria isso, inspetor-chefe?

– Não consigo imaginar, monsieur Pelletier, a menos que alguém tivesse feito esse pedido ao senhor.

Os dois homens se olharam, o ar de repente crepitando entre eles como uma pequena tempestade de verão.

– Ninguém me pediu – disse o escultor, finalmente. – Eu tinha lido tudo aquilo ali – ele apontou para o dossiê amarrotado nas mãos de Beauvoir – e encontrei um desenho do pássaro. Era muito simples, muito bonito. Então gravei o desenho no Morrow, de um jeito discreto, como o senhor disse, como um brinde.

Ele olhou para as mãos inquietas.

– Eu fiquei um tanto afeiçoado ao tal Charles Morrow. Queria que ele tivesse alguma companhia, para que ele ficasse menos sozinho. Alguma coisa que tivesse mantido perto dele quando era vivo.

– O pássaro sem pés? – perguntou Beauvoir.

– O desenho está aí dentro.

Novamente, ele apontou para a pasta de papel marrom.

Beauvoir entregou a pasta a Gamache, mas afirmou:

– Eu não vi nada parecido aí.

Gamache fechou a pasta. Ele acreditava em Beauvoir.

Como tudo na vida, as coisas que mais desejamos são as que não podemos ter e, de repente, o inspetor-chefe Gamache quis muito ter aquele desenho do pássaro.

Beauvoir olhou o relógio: quase meio-dia. Ele tinha que estar de volta para a ligação de David Martin. E para almoçar.

Ele tocou no rosto devagar e esperou que ela o perdoasse por ter xingado. Ela parecera tão chocada. As pessoas deviam xingar de vez em quando nas cozinhas, não? Pelo menos, a esposa dele fazia isso.

– Olhando para a sua escultura de Charles Morrow, eu pensei em Rodin – disse Gamache. – Consegue adivinhar qual obra?

– Não *Victor Hugo*, isso com certeza. A *Porta do inferno*, talvez?

Mas o escultor estava claramente brincando. Ele pensou bem e, depois de um tempo, disse baixinho:

– *Os burgueses*?

Gamache assentiu.

– *Merci, patron.* – O homenzinho fez uma pequena reverência para Gamache. – Mas se ele é como Rodin, o resto da família é como Giacometti.

Gamache conhecia o artista suíço de figuras longas, magras, quase fibrosas, mas não conseguiu entender o que Pelletier quis dizer.

– Giacometti sempre começava com um enorme pedaço de pedra – explicou Pelletier. – Então, trabalhava bastante. Refinava, alisava e retirava qualquer coisa imprópria, que não parecesse correta. Às vezes, ele tirava tanto que quase não sobrava nada. A escultura desaparecia completamente. Tudo o que restava era pó.

Gamache sorriu, entendendo.

Por fora, os Morrows eram saudáveis, bonitos até. Mas não se pode rebaixar tantas pessoas sem rebaixar a si mesmo. E os Morrows, por dentro, haviam praticamente desaparecido. Não restava nada.

Mas ele não tinha tanta certeza de que o escultor estava certo. Achava que havia bastante dos Burgueses dentro de todos eles. Ele viu todos os Morrows marchando juntos, acorrentados uns aos outros, sobrecarregados pelas expectativas, reprovações, segredos. Desejos. Ambições. E ódio. Depois de anos investigando assassinatos, o inspetor-chefe Gamache sabia uma coisa sobre o ódio: ele conectava para todo o sempre o indivíduo à pessoa odiada. Assassinatos não eram frutos do ódio – eram um ato de liberdade. Uma tentativa de finalmente livrar o indivíduo daquele fardo.

Os Morrows estavam sobrecarregados.

E um deles tentara se libertar. Matando.

Mas como o assassino havia conseguido fazer aquilo?

– Como uma estátua pode sair de seu pedestal? – perguntou ele a Pelletier.

– Eu estava imaginando quando o senhor me faria essa pergunta. Aqui, vem comigo.

Eles adentraram ainda mais o cemitério, indo até a escultura de uma criança.

– Eu fiz esta dez anos atrás. Antoinette Gagnon. Morreu atropelada.

Eles olharam para a criança alegre e brincalhona. Sempre jovem, eternamente feliz. Gamache se perguntou se os pais da garotinha iam vê-la e se o coração deles parava cada vez que davam de cara com aquilo.

– Tente derrubar – disse Pelletier a Beauvoir.

O inspetor hesitou. A ideia de derrubar um monumento de cemitério o enojava. Principalmente o de uma criança.

– Vai lá – disse o escultor.

Mesmo assim, Beauvoir não se mexeu.

– Vou tentar – decidiu Gamache, aproximando-se e apoiando o corpo contra a pequena estátua, esperando sentir a criança se arrastar para a frente ou tombar.

Ela não se mexeu.

Ele se apoiou com mais força, virou de costas e empurrou, sentindo o suor descer pelo corpo. Nada. Depois de algum tempo, parou, enxugou a testa com um lenço e se voltou para Pelletier.

– Está preso no lugar? Tem alguma haste no centro conectada ao pedestal?

– Não. É só pesada. Muito mais do que parece. O mármore é pesado. E madeira petrificada é mais pesada ainda.

Gamache olhou para a estátua, que tinha cerca de um quarto do tamanho e do peso de Charles Morrow.

– Se uma pessoa não moveu a estátua de Charles Morrow, será que várias conseguiriam?

– Olha, eu diria que seriam necessários uns vinte jogadores de futebol americano.

Os Morrows não eram assim.

– Tem mais uma coisa – disse Gamache, enquanto caminhavam de volta para o carro. – O mármore do pedestal não estava arranhado.

Pelletier parou.

– Não entendi.

– Não havia marcas nele – explicou Gamache, observando o rosto do homem, que se mostrava genuinamente perturbado pela primeira vez. – Estava perfeito, polido até.

– O senhor se refere às laterais.

– Não, estou falando do topo. Onde Charles Morrow estava.

– Mas isso não é possível. Colocar a estátua lá em cima já seria suficiente para deixar o mármore marcado.

Ele estava prestes a sugerir que Gamache não olhara direito, mas supôs que aquele homem imponente e tranquilo provavelmente teria olhado muito bem. Em vez disso, balançou a cabeça.

– Então como a estátua pode ter caído? – reforçou Beauvoir.

Pelletier virou as mãos para cima em um gesto de quem não fazia ideia.

– O que isso quer dizer? – perguntou Beauvoir, subitamente irritado. – Foi Deus quem matou Julia Martin?

– Ele é mesmo um assassino em série – observou Pelletier, sério.

Após um momento de reflexão, ele continuou:

– Quando ouvi sobre o que aconteceu, eu me fiz a mesma pergunta. A única maneira que imagino para uma estátua daquele tamanho sair daquele pedestal é com cordas e um guincho. Até no tempo de Rodin era assim que eles faziam. Tem certeza de que não usaram isso para fazer a estátua cair?

Ele olhou para Gamache, que balançou a cabeça. Pelletier assentiu.

– O que nos deixa com Deus.

Quando entraram no carro, Beauvoir sussurrou para Gamache:

– A prisão vai ficar por sua conta.

Pelletier voltou para o celeiro e Beauvoir ligou o carro.

– Esperem, esperem.

Eles olharam pelo espelho retrovisor. O escultor estava correndo atrás deles, acenando com um pedaço de papel.

– Eu achei isto. – Ele enfiou o objeto pela janela de Gamache. – Estava preso no meu painel, e eu esqueci que tinha colocado lá.

Gamache e Beauvoir olharam para o papel amarelo e amassado. Nele havia um simples desenho a lápis de um pássaro, sem pés.

E estava assinado: *Peter Morrow*.

VINTE E DOIS

– Ainda bem que encontrei você – disse Marianna, tropeçando na tentativa de alcançar o irmão. – Queria conversar. Sabe, não fui eu quem contou a mamãe o que você disse ao policial. Foi a Sandra.

Peter olhou para ela. Ela sempre fora o bebê chorão, a linguaruda.

– Maldita Sandra – disse Marianna, andando ao lado dele. – Sempre agindo pelas costas dos outros. E o Thomas, que sujeito insuportável ele se tornou. Nojento. O que vamos fazer? – sussurrou ela, parando.

– Como assim?

– Bem, alguém matou a Julia. Não fui eu, e eu não acho que foi você. Isso quer dizer que foi um deles. Se eles mataram a Julia, vão nos matar também.

– Para de ser ridícula.

– Não estou sendo ridícula. – Ela soou petulante. – Estou cansada de toda essa porcaria. Cansada desses reencontros. Cada um é pior do que o outro, e este está sendo o pior de todos.

– Tomara que seja.

– Eu não vou voltar – afirmou ela, arrancando uma flor de um arbusto. – Nada no mundo vai me fazer voltar a um desses encontros. Estou cansada de tudo isso. Todo esse fingimento. "Sim, mamãe." "Não, mamãe." "Posso pegar alguma coisa para você, mamãe?" Quem se importa com o que essa velha imbecil pensa? Ela provavelmente já nos deserdou há muito tempo. Thomas acha que aquele Finney a convenceu a fazer isso. Então por que estamos nos dando esse trabalho todo?

– Porque ela é nossa mãe?

Marianna lançou-lhe um olhar e continuou a rasgar a flor.

– Eu achei – disse Peter – que, depois que você virasse mãe, conseguiria compreender melhor a sua.

– E consigo. A maternidade me mostrou como a nossa vida em família foi horrível.

– Bem, ela era melhor que papai.

– Você acha? – perguntou Marianna. – Pelo menos ele ouvia a gente.

– Aham. E não se importava com nada. Ele sabia o que nós queríamos, e mesmo assim nos ignorava. Você se lembra daquele ano quando todos nós pedimos novos esquis de Natal? Ele nos deu luvas. Ele podia comprar a montanha de esqui e nos deu luvas. Por que ele fez isso?

Marianna assentiu. Ela se lembrava.

– Mas pelo menos papai cheirava o leite antes de nos dar. Mamãe nunca fez isso.

Ele cheirava o leite e sentia a água do banho, soprava a comida quente. Todos os irmãos achavam nojento. Mas um estranho pensamento começou a se formar em uma parte do cérebro de Marianna que não pensava em nada novo fazia décadas.

– Você sabia que, quando saí de casa, encontrei um bilhete dele na minha mala? – disse ela, outra lembrança antiga vindo à sua mente.

Peter olhou para a irmã, surpreso e com medo. Medo de estar prestes a perder aquele pedacinho só dele. O criptograma, o quebra-cabeça. O código especial de seu pai.

Nunca use o primeiro vaso sanitário do banheiro público.

– Bean é menino ou menina? – indagou ele, sabendo que desviaria Marianna do curso da conversa.

Ela hesitou e então mordeu a isca.

– Por que eu deveria lhe dizer? Além do mais, você vai contar para mamãe.

A mãe havia parado de reclamar com Marianna sobre isso anos antes. Agora havia silêncio, como se ela não mais se importasse se tinha um neto ou uma neta. Mas Marianna conhecia a mãe e sabia que não saber a estava matando. Bem que isso podia acelerar o processo.

– É claro que não vou contar a mamãe. Me conta.

Marianna conhecia o irmão o suficiente para saber que não deveria contar a Peter. Spot.

Peter observou Marianna pensar. Francamente, ele não se importava se Bean era animal, vegetal ou mineral. Só queria que a irmã calasse a boca, para não roubar a única coisa que o pai dera apenas para ele.

Mas Peter sabia que era tarde demais. Sabia que o pai devia ter escrito o mesmo bilhete para todos os filhos e, mais uma vez, se sentiu um tolo. Por trinta anos, ele carregara aquela frase consigo, achando que fosse especial. Secretamente escolhido pelo pai porque ele amava e confiava em Peter mais do que nos outros. *Nunca use o primeiro vaso sanitário no banheiro público.* Toda a magia havia se dissipado. Parecia apenas um conselho idiota. Bem, ele poderia finalmente deixar aquilo de lado.

Ele se virou e saiu marchando para procurar Clara.

– Peter – chamou a irmã.

Relutante, ele se virou.

– Você está com uma mancha de geleia na calça – disse ela, gesticulando.

Ele foi embora.

Ela o viu partir, lembrando-se do bilhete que seu pai tinha lhe deixado. A mensagem que ela havia memorizado e estava prestes a contar a Peter, como uma oferta de paz. Mas ele a recusara, como fizera com todas as ofertas de ajuda.

Não se pode comprar leite em uma loja de ferragens.

Era uma coisa engraçada para um pai dizer a uma filha. Parecia óbvio. E mais ainda levando em conta todos os supermercados, onde era possível encontrar leite em um corredor e martelos no seguinte. Mas ela já havia desvendado o código e entendera o que o pai estava tentando lhe dizer. E o que ela tinha acabado de tentar dizer a Peter.

Não se pode comprar leite em uma loja de ferragens.

Então, pare de ir atrás do que não dá para conseguir. E observe o que está bem ali. Ela viu o garfo de comida e os lábios finos, que raramente sorriam para os filhos, soprando.

A AGENTE LACOSTE CAMINHAVA PELA COSTA do lago Massawippi. Estava quente, e o sol refletindo na água só aumentava o calor. Ela deu uma olhada em volta. Ninguém. Imaginou-se tirando o leve vestido de verão, chutando longe as sandálias, colocando o bloco de anotações e a caneta na grama e mergulhando. Imaginou como seria a sensação da água refrescante sobre seu corpo suado.

Pensar sobre isso só piorou a situação, e ela resolveu se arriscar, tirando as sandálias e caminhando à beira da água, sentindo o líquido frio nos pés.

Ela avistou Clara Morrow sentada em uma pedra que se projetava para o lago, então parou e observou. Clara Morrow usava um chapéu de sol de abas largas, que prendia o cabelo. Seu short e sua camisa estavam arrumados, o rosto sem manchas, borrões ou restos de sobremesa. Ela estava impecável. Lacoste mal a reconheceu.

A agente saiu da água, secou os pés na grama e calçou as sandálias de volta. Quando pigarreou, Clara tomou um susto e a olhou.

– *Bonjour* – cumprimentou Clara, acenando e sorrindo. – Senta aqui.

Ela deu um tapinha ao seu lado, e Isabelle Lacoste foi até as pedras. Quando se sentou, sentiu que estava quente.

– Perdão se interrompi.

– De jeito nenhum. Eu estava criando meu próximo trabalho.

Lacoste procurou um bloco de desenhos. Nada. Não havia sinal nem de um lápis.

– Sério? Parecia que...

Ela se deteve, mas não a tempo. Clara riu.

– Que eu não estava fazendo nada? Não tem problema, a maioria das pessoas acha isso também. É uma pena que criatividade e preguiça pareçam exatamente a mesma coisa.

– Você vai pintar isso? – perguntou Lacoste, indicando os arredores.

– Acho que não. Estava pensando em pintar a Sra. Morrow... Sra. Finney. Tanto faz. – Clara riu. – Talvez essa se torne a minha especialidade. Mulheres amargas. Primeiro, Ruth, e agora, a mãe do Peter.

Mas ela sempre pintava grupos de três. Quem seria a última velha amarga? Torceu para que não fosse ela mesma, mas às vezes Clara podia sentir se encaminhava para essa direção. Seria por isso que era fascinada por essas mulheres? Talvez ela soubesse que, sob seu exterior civilizado e solidário, vivia uma coisa velha, murcha, crítica e negativa, à espera.

– Bem, você fez uma série chamada Úteros Guerreiros – observou Lacoste. – Sobre mulheres jovens. Talvez essa seja a outra ponta, ou algo assim.

– Posso chamar de Histerectomias – disse Clara.

Ela também fizera uma série sobre as Três Graças. E Fé, Esperança e Caridade. Como se chamaria essa série? Orgulho, Desespero e Ganância? Corações Partidos?

– Tem problema se eu lhe fizer algumas perguntas? – perguntou a agente Lacoste.

– Pode falar.

– Quando você soube que Julia Martin havia sido morta, o que pensou?

– Fiquei chocada, como todo mundo. Achei que tivesse sido um acidente. Ainda acho, em alguns aspectos. Simplesmente não consigo imaginar como aquela estátua pode ter caído.

– Nem a gente – admitiu Lacoste. – Na noite em que ela morreu, houve uma cena na biblioteca.

– Sim, houve.

– Você acha que aquilo teve alguma coisa a ver com a morte dela?

– Parece, de fato, uma coincidência – admitiu Clara, com relutância. – Eu acompanho os Morrows há 25 anos. Quanto mais zangados, mais calados eles ficam. Eles não conversam de verdade há décadas.

Lacoste acreditava naquilo.

– Mas Julia... ela era uma exceção. Diferente. Não, mentira, não exatamente diferente, mas distante. Ela estava longe. Eu sempre acho que os Morrows têm uma espécie de camada de plástico resistente por fora. São mergulhados nele quando crianças, que nem na história de Aquiles. Para proteção. Para serem capazes de suportar altas pressões, ou caírem de cabeça. E, uma vez por ano, precisam estar perto da mãe para restaurar essa camada. Para que sejam lustrados, polidos e endurecidos de novo. Mas Julia passou tanto tempo longe que o revestimento dela se desgastou. Demorou alguns dias, mas no fim ela não aguentou mais. Explodiu. E disse algumas coisas que não queria dizer.

– O inspetor-chefe acha que ela quis dizer tudo aquilo, sim.

Clara ficou surpresa.

– Ela pode ter falado sério – refletiu –, mas isso não quer dizer que o que ela falou é verdade.

Lacoste assentiu e consultou suas anotações. Aquela era a parte delicada.

– Ela acusou o seu marido de ser o pior. De ser... – ela leu as anotações – cruel, ganancioso e vazio.

Clara começou a falar, mas Lacoste a deteve com um gesto.

– Tem mais. Ela disse que ele destruiria qualquer coisa para conseguir o que quer. – A agente olhou para Clara. – Isso não parece o Peter Morrow que nós conhecemos. O que ela quis dizer?

– Ela só estava tentando magoar o Peter, só isso.

– E conseguiu?

– Peter não era muito próximo da Julia. Eu não acho que ele se importava muito com a opinião dela.

– Isso é possível? – perguntou Lacoste. – Eu sei que a gente diz que não se importa, mas eles são uma família. Você não acha que ele se importou pelo menos um pouco?

– O suficiente para matar, você quer dizer?

Lacoste não disse nada.

– Os Morrows estão acostumados a machucar uns aos outros. Normalmente, eles fazem isso com mais sutileza. Uma pedra dentro de uma bola de neve, um ferrão na cauda. Você não espera. Você acha que está seguro.

– Julia voltou para casa em um momento de estresse, para estar com a família – observou Lacoste. – Ela devia ter achado que estava segura. Mas um deles a enganou.

Clara não disse nada.

– Quem você acha que fez isso? – perguntou Lacoste.

– Não o Peter.

Lacoste a encarou, então assentiu e fechou o bloco de anotações.

– Julia Martin disse outra coisa – comentou a agente, se levantando. – Ela disse que finalmente tinha descoberto o segredo do pai. O que ela quis dizer com isso?

Clara deu de ombros.

– Perguntei a mesma coisa ao Peter. Ele acha que ela estava só esbravejando, tentando machucar. As pessoas fazem isso, sabe? Como a Sra. Morrow hoje de manhã e aquelas mentiras horríveis sobre o inspetor-chefe.

– Ela estava falando sobre o pai dele, não sobre ele.

– Mas a ofensa foi dirigida a ele.

– Talvez, mas o inspetor-chefe não se ofende facilmente. Além disso, você está enganada. Tudo que ela disse sobre Honoré Gamache é verdade. Ele era um covarde.

Gamache e Beauvoir voltaram ao Manoir Bellechasse assim que ligaram do presídio de Nanaimo.

– O senhor vai ter que atender ali – disse madame Dubois, apontando para o pequeno escritório.

Beauvoir agradeceu e sentou-se atrás da escrivaninha, que parecia nunca ter sido usada, a proprietária obviamente preferia estar no centro das atividades.

– Monsieur David Martin?
– *Oui*.
– Estou ligando sobre a morte de sua ex-esposa.
– Esposa. Nós ainda não estávamos divorciados. Apenas separados.

Beauvoir achou que ele devia ter se encaixado perfeitamente na família Morrow. Era bem apropriado que acabasse na prisão.

– Sinto muito pela sua perda.

Ele disse aquilo por hábito, mas a resposta do homem o surpreendeu.

– Obrigado. Ainda não consigo acreditar que ela se foi.

Ele parecia genuinamente triste. O primeiro até o momento.

– Como posso ajudar? – perguntou David Martin.
– Preciso saber tudo sobre ela. Como e quando vocês se conheceram, quanto o senhor conhece a família. Tudo.
– Eu não conhecia os Morrows muito bem. Eu os via quando voltava para Montreal, mas até essas visitas diminuíram. Eu sei que Julia ficou muito chateada com o que aconteceu.
– O que aconteceu?
– Bem, quando o pai a expulsou de casa.
– Ouvimos dizer que ela foi embora por vontade própria.

Houve certa hesitação.

– Sim, acho que foi isso mesmo, mas às vezes as pessoas conseguem fazer da sua vida um inferno tão grande que você tem não escolha.
– Charles Morrow fez da vida da filha um inferno? Como?
– Ele acreditou em uma fofoca maldosa. Na verdade, eu nem sei se ele

acreditou mesmo. – David Martin de repente soou exausto. – Alguém escreveu umas coisas horríveis sobre Julia, o pai dela viu e ficou muito bravo.

– O que estava escrito era verdade?

Ele conhecia a história, mas queria saber a versão daquele homem.

– Dizia que Julia era boa em oral. – O nojo em sua voz estava claro. – Se o senhor tivesse conhecido Julia, saberia que era uma afirmação ridícula. Ela era generosa e gentil. Uma dama. Uma palavra antiquada, eu sei, mas a descrevia bem. Sempre fazia os outros se sentirem à vontade. E ela adorava o pai. Foi por isso que a reação dele a magoou tanto.

– E a mãe dela? Que tipo de relacionamento as duas tinham?

David Martin riu.

– Quanto mais para longe Julia se mudava e quanto mais tempo ela ficava longe, melhor era a relação. Para os Morrows, um pouco de espaço e tempo deixa tudo relativo.

Mas ele não parecia achar graça.

– Vocês não tiveram filhos?

– Não. Nós tentamos, mas Julia não parecia muito interessada. Ela fez isso por mim, mas quando percebi que ela realmente não queria, parei de insistir. Ela estava muito magoada, inspetor. Eu achei que poderia ajudar, e veja só aonde isso me trouxe.

– O senhor não quer dizer que roubou todo aquele dinheiro e arruinou tantas vidas pela sua esposa, certo?

– Não, isso foi ganância – admitiu ele.

– Se o senhor é tão ambicioso, por que sua esposa não tinha seguro?

Houve outro momento de hesitação.

– Porque eu não conseguia imaginar Julia morrendo. Não antes de mim. Sou mais velho do que ela, deveria ter ido primeiro. Eu queria ir primeiro. Eu jamais aceitaria receber dinheiro pela morte dela.

– O senhor sabe o que está no testamento da sua esposa?

– Ela pode ter feito um novo. – Martin pigarreou e sua voz voltou mais forte. – Mas da última vez que eu soube, tudo viria para mim, exceto por algumas doações para instituições de caridade.

– Por exemplo?

– Um hospital infantil, um abrigo de animais, a biblioteca local. Nada muito grande.

– Nada para a família dela?

– Nada. Não posso imaginar que eles esperem alguma coisa, mas nunca se sabe.

– E estamos falando de quanto dinheiro?

– Bem, ela devia ter mais, mas o pai deixou quase todo o dinheiro para a esposa, quando morreu. Os filhos só receberam o suficiente para arruinar suas próprias vidas.

O desdém havia ficado claro.

– O que o senhor quer dizer?

– Charles Morrow vivia aterrorizado com a ideia de que os filhos desperdiçariam a fortuna da família.

– "Cuidado com a terceira geração", *oui*, eu ouvi dizer.

– O pai dele disse isso, e ele acreditou. Cada um dos filhos herdou cerca de 1 milhão de dólares do pai, exceto Peter – prosseguiu Martin. – Ele recusou a herança.

– *Quoi*?

– Eu sei, uma idiotice. Ele devolveu o dinheiro, aí a parte dele foi dividida entre os irmãos e a mãe.

Beauvoir ficou tão surpreso que seu cérebro parou por um instante. Como alguém poderia recusar 1 milhão dólares? Ele odiava pensar no que faria por esse dinheiro e não conseguia nem imaginar o que o faria recusar uma quantia daquelas.

– Por quê? – foi tudo o que conseguiu dizer.

Felizmente, foi o suficiente.

A primeira reação vinda do outro lado do continente foi uma risada alta.

– Eu nunca perguntei, mas posso adivinhar. Vingança. Acho que ele queria provar ao pai que ele estava errado. Que ele, dentre todos os filhos, não tinha interesse em sua fortuna.

– Mas o pai estava morto.

Beauvoir não conseguia entender.

– Famílias são complicadas – disse David Martin.

– Minha família é complicada, monsieur. Essa é bizarra.

Beauvoir não gostava do que era bizarro.

– Como o senhor conheceu sua esposa?

– Em um baile. Ela era a mulher mais bonita lá, sempre foi a mulher mais bonita em qualquer lugar. Eu me apaixonei e voltei para Montreal para pedir a mão dela ao pai. Ele concordou. Não foi muito afável. Não tivemos muito contato depois disso. Eu realmente tentei fazer com que eles se reconciliassem, mas depois que conheci a família, perdi todo o entusiasmo.

– Quem o senhor acha que matou sua esposa? – arriscou Beauvoir.

– Sinceramente, não sei, mas sei quem eu acho que escreveu aquelas coisas terríveis no banheiro masculino do Ritz.

Beauvoir já sabia que provavelmente tinha sido Thomas Morrow, então não se interessou muito no que ouviria a seguir.

– O irmão dela, Peter.

De repente, Beauvoir ficou interessado.

PETER FOI ATÉ O QUARTO DO irmão a passos largos, entrando sem se incomodar em bater. Era melhor ser enérgico.

– Você está atrasado. Meu Deus, você está um horror. Aquela sua mulher não cuida de você? Ou ela está muito ocupada pintando? Como é ter uma esposa muito mais bem-sucedida do que você?

Uma metralhadora. Peter ficou atordoado. Quando se recuperou, sabia que era sua chance de defender Clara, de contar àquele oponente presunçoso, bajulador e sorridente como ela salvara a sua vida, como lhe dera amor. Como ela era excepcional e generosa. Ele diria a Thomas...

– Foi o que imaginei – disse o irmão mais velho, indicando que ele entrasse.

Silenciado, Peter seguiu aquele comando, olhando ao redor enquanto o fazia. O quarto era muito mais luxuoso do que o dele, com uma cama de dossel, um sofá virado para a sacada e o lago. O gigantesco armário quase parecia pequeno naquele ambiente tão grande. Mas os olhos de Peter encontraram a menor coisa que havia lá dentro. Em cima da mesinha de cabeceira.

Abotoaduras. Deixadas lá, ele sabia, para serem vistas.

– Precisamos fazer alguma coisa, Spot.

– Como assim?

Alarmado, Peter percebeu farelos em sua camisa e os retirou com um movimento rápido.

– Alguém matou Julia e aquele detetive idiota acha que foi um de nós.

Agora era sua chance de defender Gamache, de contar a Thomas que homem notável ele era, astuto, corajoso, gentil.

– Mamãe acha que ele está tentando compensar pelo pai dele – revelou Thomas. – Deve ser difícil ter um traidor e covarde como pai. Podemos falar muitas coisas sobre o nosso pai, mas pelo menos ele não foi covarde. Intimidador, talvez, mas não covarde.

– Quem intimida é covarde – observou Peter.

– Isso faria do pai de seu amigo tanto um intimidador quanto um covarde. O que não é uma coisa muito bonita de se dizer, Peter. Fico admirado que você tenha algum amigo. Mas eu não te chamei aqui para um bate-papo sobre a sua vida. Essa conversa é sobre a Julia, então, por favor, tenha foco. É óbvio quem foi que a matou.

– Finney – disse Peter, recuperando a voz.

– Muito bem. – Thomas virou as costas para Peter e olhou pela janela. – Não que ele não nos tenha feito um favor.

– Quê?

– Ah, não venha me dizer que você não fez as contas. Quatro menos um?

Sua voz era persuasiva, insistindo que Peter respondesse a uma pergunta retórica.

– Do que você está falando?

– Você não é tão idiota assim, é?

– Mamãe pode deixar todo o dinheiro dela para Finney – disse Peter. – A morte da Julia não quer dizer que a nossa herança vai ser maior. Além disso, eu não me importo. Você lembra que eu recusei a herança do papai? Dinheiro não significa nada para mim.

E ele sabia que Thomas não podia discutir com aquilo. Havia aquele fato inquestionável, de 1 milhão de dólares. A coisa que o diferenciava, que o separava dos irmãos. Eles sabiam que ele havia recusado a herança, mas, seguindo o código de comportamento dos Morrows, Thomas não dissera nada. Mas ficara em silêncio, reservando as palavras exatamente para aquele momento.

– Ah, fala sério – disse Thomas, a voz gotejando razão. – Se não significasse nada para você, você teria aceitado.

– Você está errado – disse Peter, mas sentiu o chão ceder sob seus pés.

O território que ele tinha comprado em troca de sua herança, em troca de segurança para si mesmo e Clara, havia se provado inútil. Ele estava afundando.

– Spot está dizendo que não se importa que a morte da Julia nos deixe mais ricos? – perguntou Marianna, entrando sem bater. – Três para herdar – cantarolou ela.

– Você está atrasada, Maguila – repreendeu Thomas.

– É reconfortante, não é, saber que você vai ficar rico um dia? – murmurou Marianna.

Peter sentia o cheiro de perfume, pó compacto e suor na irmã. Ela cheirava a decadência.

– Eu não ligo para essas coisas, nunca liguei.

– Olha, isso pode funcionar com o Gamache. Pode até funcionar com a Clara – disse Thomas. – Mas nós conhecemos você, Spot. Nós amamos coisas finas – ele olhou ao redor –, e aposto que seu quarto é espartano comparado a este.

Era.

– Mas você ainda é o mais ganancioso de todos nós – afirmou Marianna, terminando o pensamento do irmão.

– Isso não é verdade – retrucou Peter, levantando a voz.

– Ah, sei – rebateu Thomas, balançando o dedo para o irmão e então levando-o aos lábios.

– É claro que é verdade – disse Marianna. – Por que você acha que nós chamamos você de Spot?

Peter encarou a irmã com um olhar espantado. Ele levantou as mãos, para mostrar a eles as manchas de tinta praticamente tatuadas lá.

– Por causa da pintura – disse ele.

Mas ele via no rosto dos outros dois que estava enganado. Estivera enganado a vida toda. Ou não? Ou será que ele sempre soubera a verdade, mas a negava?

– Nós te chamamos de Spot porque você seguia papai para todos os lados – disse Thomas, a voz calma, explicando com toda a gentileza aquele fato devastador. – Que nem um cachorrinho.

– E o que é que os cachorros querem? – perguntou Marianna.

– Afeição – respondeu Thomas – e carinho. Eles querem ser abraçados e querem ouvir que são maravilhosos. Mas você não se contentava quando papai lhe dizia isso. Você queria tudo. Cada milímetro do afeto que ele tinha a dar. Você odiava quando ele prestava atenção na Julia. Você era ganancioso, Peter, e ainda é. Amor, atenção, elogios, Spot. Bom menino, Spot. E depois que papai morreu, você se voltou para mamãe. Me ame, me ame, me ame, por favooooor.

– E você caga pra gente porque tudo o que queremos da mamãe é o dinheiro. Pelo menos nós estamos atrás de uma coisa que ela pode dar – disse Marianna.

– Vocês estão errados! – explodiu Peter, a raiva irrompendo com tal força que ele achou que o quarto fosse estremecer, chacoalhar e se quebrar. – Eu nunca quis nada deles. Nada!

Peter gritou tão alto que a última palavra foi quase inaudível. Ele achou que havia rompido as cordas vocais. Olhou ao redor, procurando algo para jogar. Marianna ficou encarando-o, assustada. Ele gostou disso. Mas Thomas? Thomas estava sorrindo.

Peter deu um passo na direção dele. Finalmente, ele percebera como tirar aquele sorriso da cara dele.

– Você quer me matar, não é? – disse Thomas, caminhando em direção a Peter. – Eu sabia. Eu sempre soube que você era o mais instável. Todo mundo achava que era Julia, ou Marianna...

– Ei...

– Mas são sempre os mais quietos. Não é isso que seus vizinhos naquela vilazinha deprimente vão dizer à CBC amanhã? Ele sempre pareceu tão bonzinho, tão normal. Nunca falava alto, nunca reclamava. Vai me jogar da sacada, Peter? Aí vão restar só dois para dividir a herança. Isso vai ser suficiente? Ou será que Marianna deve começar a se preocupar também? Todo o carinho e todo o dinheiro. Sorte grande.

Peter podia se ver inclinando a cabeça para trás e abrindo a boca, e chamas saindo feito vômito. A fúria subiria da ponta de seus dedos dos pés para todo o corpo e explodiria, destruindo tudo ao seu redor. Ele era Nagasaki e Hiroshima, ele era o Atol de Bikini e Chernobyl. Ele aniquilaria tudo.

Em vez disso, fechou a boca e sentiu amargura e bile queimarem na garganta e no peito. Lutou para engolir a fúria, guardando-a junto com o ciúme, o medo e o ódio, ódio, ódio.

Mas a caixa de Pandora recusava-se a se fechar. Não desta vez. Os demônios já haviam escapado e estavam girando ao redor do Manoir Bellechasse, alimentando-se e crescendo. E matando.

Peter virou o rosto retorcido e atormentado para Marianna.

– Eu posso ter sido um cachorrinho, mas você é uma criatura muito pior, Maguila.

Ele cuspiu a última palavra no rosto assustado da irmã. Foi bom vê-la com medo. Então ele se virou para Thomas.

– Maguila e Spot – disse ele àquela cara presunçosa. – E sabe como nós chamávamos você?

Thomas esperou.

– De nada. Você não era nada para nós naquela época e continua não sendo. Nada.

Peter saiu, sentindo-se mais calmo do que há dias. Mas ele sabia que era porque estava encolhido no banco de trás, e outra coisa estava dirigindo. Alguma coisa rançosa, fedorenta, horrorosa. Alguma coisa que ele tinha escondido a vida inteira. E que finalmente estava no comando.

VINTE E TRÊS

Armand Gamache estava na pequena sombra que o bordo lançava ao meio-dia, olhando mais uma vez para o cubo de mármore branco. A fita amarela da polícia tremulava e o maldito buraco ainda estava na grama.

Por que ela fora assassinada? Quem se beneficiaria com a morte de Julia Martin?

Fazia quase dois dias, e ele ainda não sabia o motivo do assassinato, muito menos como ela morrera. Colocou as mãos para trás e ficou quieto, sabendo que algo viria.

– *Bonjour*.

O que veio ao inspetor-chefe foi a jardineira, Colleen.

– O senhor está mergulhado em seus pensamentos. Posso voltar depois.

Mas ela parecia relutante em sair. Ele sorriu e se aproximou. Os dois olharam por um momento para o local onde Julia Martin morrera. Gamache ficou em silêncio, curioso para saber o que Colleen diria. Depois de um ou dois minutos, ela indicou o cubo de mármore.

– As formigas foram embora. Estou feliz. Elas estavam me dando pesadelos.

– Você vai dormir melhor a cada dia que passar – disse Gamache.

Colleen assentiu, então olhou com tristeza para as flores.

– Eu vim ver como elas estavam. Deveria tê-las transplantado mais cedo.

Gamache olhou para as flores. A maioria estava murcha. Já não tinham salvação.

Então uma coisa lhe ocorreu. Algo que deveria ter lhe ocorrido muito antes.

– Por que você estava aqui de manhã naquele dia?

– Vim trabalhar no jardim – respondeu ela.

Ele lhe lançou um olhar mais atento.

– Mas estava chovendo. Muito. Ninguém mais estava trabalhando do lado de fora. Por que você estava?

Teriam os olhos dela se aberto ligeiramente? Teria seu rosto ficado vermelho? Ele sabia que Colleen era do tipo que corava com facilidade. Qualquer atenção era suficiente para ela enrubescer. Melhor não se fiar muito nesse detalhe. Mas, mesmo assim, ela de repente pareceu culpada e furtiva.

– Eu estava cuidando do jardim – insistiu ela. – É melhor mudar as plantas de lugar quando está molhado e frio. Elas têm mais chance de pegar. Essas aqui pareciam precisar de toda e qualquer ajuda que conseguissem.

Ambos olharam de novo para as flores murchas.

– A maioria dos outros funcionários estava lá dentro, relaxando – pressionou Gamache. – Acho difícil acreditar que você escolheria estar aqui fora na chuva.

– Bem, eu estava.

– Por quê, Colleen? Me diga.

Ele parecia tão razoável, tão paciente, que ela quase falou. Mas, no último instante, fechou a boca. Em vez de ser hostil ou insistir, o inspetor-chefe simplesmente esperou.

O lábio de Colleen tremeu levemente, então seu queixo se franziu e seus olhos se estreitaram. Ela olhou para baixo e seu cabelo liso caiu para a frente, feito uma cortina, escondendo seu rosto. O que escapou foi um soluço.

– Ninguém. Gosta. De. Mim. Aqui – ofegou ela, lutando para pronunciar cada palavra.

Tremendo e chorando, ela levou as mãos ao rosto, para esconder aquelas lágrimas bem óbvias. Gamache percebeu que ela estava com a mesma cara que ele vira alguns dias antes. Naquele mesmo local. Depois de algum tempo, os soluços diminuíram e, silenciosamente, ele lhe ofereceu seu lenço.

– *Merci* – agradeceu ela, gaguejando entre suspiros irregulares.

– As pessoas gostam de você, Colleen.

Ela olhou para Gamache.

– Eu vejo e ouço – continuou ele. – Eu leio as pessoas. Isso é o que eu faço para viver. Você está me ouvindo?

Ela assentiu.

– Aquelas moças gostam de você. Se alguma coisa boa veio de toda essa dor, é que você encontrou algumas amigas de verdade aqui.

– Pode ser – disse Colleen, novamente olhando para baixo.

Então Gamache entendeu.

– Quantos anos você tem?

– Dezoito.

– Eu tenho uma filha, sabe? Annie. Ela tem 26 anos. Ela é casada agora, mas, apesar de amar muito o marido, ele não foi o primeiro amor dela. Ela o conheceu num verão, quando trabalhavam num campo de golfe. Os dois eram *caddies*.

Os olhos de Colleen estavam no chão. Seus tênis amassavam a grama.

– Annie fazia de tudo para trabalhar como *caddie* em um quarteto com Jonathan, mas ele não estava interessado. Ele ficava sempre com os amigos, e todas as noites Annie voltava para casa às lágrimas. Cheguei a perguntar se eu poderia falar com ele, talvez mostrar minha arma.

Ela sorriu de leve.

O sorriso de Gamache se desvaneceu.

– Acho que foi o momento mais doloroso da vida dela, e acho que ela diria o mesmo. É horrível amar alguém tanto e saber que o outro não sente a mesma coisa. É bem solitário.

Colleen assentiu e baixou a cabeça mais uma vez, chorando em silêncio contra o lenço enrolado. Gamache esperou até ela se acalmar. Ela estendeu de volta o lenço de algodão encharcado, mas Gamache recusou.

– Ele ama outra pessoa – admitiu Colleen. – Ele a ficava seguindo, querendo saber tudo sobre ela. De onde vinha, como era sua casa. Todas as coisas que eu queria que ele perguntasse para mim, ele estava perguntando a ela.

– Melhor não se torturar com isso – disse ele, gentilmente mas com firmeza.

Ele sabia que tivera sorte. Casara-se com seu primeiro amor. Mas já havia testemunhado o que um amor não correspondido era capaz de causar.

Ela deu um suspiro tão forte que Gamache esperou que as pétalas das flores quase mortas começassem a esvoaçar.

Depois que a jovem jardineira se afastou, Gamache foi em direção ao *terrasse*. Sua intenção era ir à biblioteca almoçar e se reunir com sua equipe. No meio do caminho, porém, avistou Peter Morrow parado no cais, os olhos fixos no lago.

Ele tinha uma pergunta para Peter. Uma pergunta que queria lhe fazer em particular.

Mudando de rumo, ele foi para o cais, mas, ao fazê-lo, viu Peter chegar um pouco para trás e arremessar alguma coisa no lago. Um instante depois, ouviu um *plop* e dois anéis apareceram na superfície calma. Peter virou-se abruptamente e saiu marchando do cais, os pés batendo na madeira. De cabeça baixa, ele só percebeu a presença de Gamache quando estava quase em cima do inspetor-chefe.

– Ah, é você – disse Peter, assustado e não exatamente satisfeito.

Gamache notou o rosto mal barbeado, a camisa amassada e quase toda para fora da calça, as manchas na roupa. Tanto os modos de Peter quanto o que ele vestia estavam igualmente em frangalhos.

– Você está bem?

– Muito bem.

O sarcasmo era impossível de ser ignorado.

– Parece abatido.

– Eu acabei de perder minha irmã, o que você esperava?

– Tem toda a razão – disse Gamache. – Foi um comentário impensado.

Peter aparentou relaxar.

– Não, eu peço desculpas.

Ele esfregou o rosto. Parecia surpreso por não sentir a barba feita, como de costume.

– É um momento difícil – completou.

– O que você jogou no lago?

A pergunta fora feita para ajudar a quebrar a tensão, mas o efeito acabou sendo o oposto. Peter levantou a guarda de novo e olhou com raiva para Gamache.

– Você tem que saber de tudo? Nada mais pode ser privado por aqui? Ou talvez seu pai nunca tenha ensinado boas maneiras para você.

Ele foi pisando forte em direção ao Manoir e então, de repente, mudou de direção. Gamache viu por quê. Thomas Morrow saiu trovejando do hotel, atravessou o *terrasse* de pedra e saiu correndo pelo gramado.

– O que você fez com elas? Peter, eu vou te matar!

Peter começou a correr. Estava claro que a corrida não era um hábito dos Morrows, e a visão de dois sujeitos no final da meia-idade perseguindo deselegantemente um ao outro ao redor de um gramado bem-cuidado teria sido até engraçada se um não tivesse a nítida intenção de agredir o outro, que ainda por cima parecia aterrorizado.

Gamache, que tinha o hábito de correr, interceptou Thomas quando ele estava prestes a atacar Peter. Thomas se contorceu nos braços do homem e, de repente, Beauvoir também estava lá, agarrando Thomas e finalmente o jogando no chão. Thomas se desvencilhou e arremessou-se de novo em direção a Peter, que agora estava se escondendo atrás do inspetor-chefe.

– Pare com isso! – ordenou Gamache, agarrando com força os ombros de Thomas.

Ele falou com tanta autoridade que Thomas parou mais depressa do que se tivesse levado um soco.

– Me devolve – rosnou Thomas, tentando olhar para o irmão escondido atrás de Gamache. – Se você não me devolver, eu te mato.

– Chega! – disse o inspetor-chefe. – Afaste-se, Sr. Morrow.

Sua voz grave era séria e deveria ser obedecida.

Thomas Morrow parou.

– Que confusão é esta? – indagou Gamache, olhando de um irmão para o outro.

Pela visão periférica, ele viu Lacoste chegar. Ela e Beauvoir se colocaram atrás de cada um dos irmãos, prontos para agarrá-los, se necessário. Ele também viu Bert Finney surgir no gramado ao lado da matriarca da família. Eles ficaram atrás de Peter, fora de seu campo de visão.

– Ele pegou minhas abotoaduras.

Thomas apontou um dedo trêmulo para Peter, mas seus olhos estavam fixos atrás do irmão. Na mãe.

– Isso é ridículo. Por que eu faria isso?

– Ah, você não quer que eu responda, quer? Você roubou as abotoaduras. Elas estavam no meu quarto antes de você ir lá, e agora sumiram.

– Isso é verdade? – inquiriu uma voz atrás de Peter.

A expressão no rosto dele mudou de fúria para resignação, e ele fechou os olhos lentamente. Então se virou e encarou a mãe.

– Elas não estão comigo.

A Sra. Finney o encarou e balançou a cabeça devagar.

– Por quê? Por que você faria isso com a gente, Peter? Não sei quanto mais eu posso suportar. Acabei de perder minha filha e agora você fica brigando com o Thomas?

– Mãe... – começou Peter, dando um passo à frente, mas parou.

– Você está nas minhas orações.

Era o insulto que ela reservava para as pessoas em quem já perdera as esperanças, e Peter sabia disso.

– Deixa pra lá, Thomas. Se as abotoaduras são mais importantes para ele do que a família, deixe com ele. Eu compro um par novo para você.

– Não é esse o ponto, mãe – disse Thomas, juntando-se à mãe.

– Não, para você, não.

A Sra. Finney voltou para o Manoir, o marido de um lado, o filho do outro. E Peter foi deixado para trás.

Ele tentou ajeitar as roupas, mas desistiu e parou totalmente de se mexer. Parecia quase catatônico.

– Precisamos conversar – disse Gamache, conduzindo-o pelo cotovelo até um pomar, para a sombra fria e tranquila. Ele sentou Peter em um banco; em seguida, sentou-se ao lado dele. – Você jogou as abotoaduras dentro do lago.

Não era uma pergunta, e Peter pareceu quase aliviado por não ter que mentir de novo.

– Por quê?

Peter balançou a cabeça e deu de ombros. As palavras pareciam muito pesadas, um fardo muito árduo para serem produzidas. Mas Gamache esperou. Era um homem paciente. Seu pai lhe ensinara a ser assim. Poesia e paciência, e muito mais além disso.

– Thomas sempre as usava – disse Peter, finalmente, falando para as próprias mãos, frouxas entre os joelhos. – Clara uma vez disse que eram como os braceletes da Mulher-Maravilha, sabe?

Gamache de fato conhecia os acessórios. Outra vantagem de ter uma filha. Ele levantou os braços e cruzou os pulsos. Peter deu um sorrisinho.

– Poder e proteção, essa era a teoria da Clara. Ela diz que todo mundo tem essas coisas, mas ninguém consegue ser tão óbvio quanto os Morrows. Marianna usa seus xales, Thomas tem suas abotoaduras, Clara repete seus mantras, mamãe tem a maquiagem, sua "máscara", como ela chama.

– E você?

Peter levantou as mãos.

– Você não achou estranho esta tinta não sair? – perguntou Peter.

Gamache não tinha sequer pensado nisso, mas, parando para refletir, viu que fazia sentido. Qualquer tinta saía da pele, se a pessoa se esforçasse o suficiente para tirar. Nenhuma ficava para sempre.

– Quando chega uma reunião de família, paro de esfregar com aguarrás e uso sabão normal. A tinta a óleo fica. Depois, quando estou de volta em Three Pines, lavo tudo.

De volta em Three Pines, pensou Gamache, imaginando o pacífico vilarejo. Aquele porto de segurança.

– Poder e proteção?

Peter assentiu.

– Quando Thomas, Marianna, mamãe ou alguém está me atacando, só olho para as minhas mãos – ele fez o gesto – e me lembro de que tem uma coisa que eu faço bem. Faço melhor do que qualquer um da família.

Exceto, veio o sussurro em sua mente, *Clara. Clara pinta melhor que você*.

– Talvez tenha parado de funcionar – emendou ele.

– E você queria se livrar do amuleto do Thomas também?

Peter não disse nada. Era perto o suficiente da verdade.

Gamache enfiou a mão no bolso do paletó e, com cuidado, desdobrou um velho pedaço de papel. Peter estendeu a mão, mas Gamache o recolheu, não confiando no homem para segurar algo tão precioso.

A mão de Peter pairou no ar.

– Onde você conseguiu isso?

Seu tom estava longe de zangado ou acusador, mas maravilhado. Ele parecia um garotinho a quem tinham acabado de mostrar o mapa do tesouro do pirata, algo procurado e sonhado por semanas e meses, ou, no caso de um homem adulto, anos.

– Com o artista que esculpiu seu pai.

Peter mal estava ouvindo, os olhos cravados no desenho, que mostrava um pássaro cheio de vida, a cabeça em um ângulo impertinente, os olhos brilhando. Ele ameaçava sair voando da página amarelada. No entanto, apesar de toda a sua vitalidade, estava inacabado. Não tinha pés.

– Você desenhou isto – disse Gamache, suavemente, não querendo interromper muito o devaneio de Peter.

Peter parecia ter entrado no desenho e desaparecido por completo. Aonde quer que a figura o tivesse levado, parecia um bom lugar. Estava sorrindo, o rosto relaxado pela primeira vez em dias.

– Você devia ser jovem quando desenhou isto – comentou Gamache.

– Era, sim – concordou Peter, depois de algum tempo. – Devia ter uns 8 anos. Fiz o desenho para o aniversário do meu pai.

– Você tinha 8 anos quando fez isto?

Agora era a vez de Gamache olhar para o desenho. Era simples, elegante, não muito diferente da pomba icônica de Picasso. Quase uma única linha. Mas ele tinha capturado voo, vida e curiosidade.

– *Oh! Eu me desvencilhei das cruéis amarras da terra* – sussurrou Gamache.

Liberdade.

Um dia, Peter sabia, ele tinha voado. Antes de o mundo ficar tão pesado. Agora, sua arte, em vez de alçar voo, fazia o contrário.

Ele olhou de novo para o pássaro. O primeiro desenho que havia feito por conta própria, sem copiar. Ele o dera ao pai, e o pai o pegara no colo, o abraçara e o levara por todo o restaurante onde estavam comemorando, e mostrara o desenho a diversos estranhos. A mãe o fez parar, mas não antes que Peter tivesse ficado viciado em duas coisas: arte e elogios. Especificamente, em elogios e na aprovação do pai.

– Quando meu pai morreu, perguntei a mamãe se eu poderia ter isso de volta – disse Peter, gesticulando para o desenho. – Ela me disse que ele tinha jogado fora. – Peter olhou para Gamache. – Onde foi que você disse que encontrou?

– Com o escultor, aquele que fez a estátua do seu pai. Seu pai o guardou. O que é este desenho?

– É só um pássaro. Nada especial.

– Mas não tem pés.

– Eu só tinha 8 anos. O que você queria?

– Eu quero a verdade. Acho que você está mentindo para mim.

Gamache raramente perdia a paciência, e também não era o caso naquele momento, mas sua voz trazia um aviso que nem mesmo um Morrow poderia ignorar.

– Por que eu mentiria sobre um desenho de um pássaro feito há quarenta anos?

– Eu não sei, mas você sabe. Que tipo de pássaro é este?

– Um pardal, um tordo-americano, sei lá.

Peter parecia exasperado. Gamache se levantou abruptamente e redobrou o papel, colocando-o cuidadosamente de volta no bolso do paletó.

– Você sabe que eu vou descobrir a verdade. Por que está tentando me impedir?

Peter balançou a cabeça e permaneceu sentado. Gamache começou a se afastar. Em seguida, lembrou-se de uma pergunta que pretendia fazer.

– Você disse que todos os Morrows têm talismãs ou mantras. O que Clara chama de poder e proteção. Você não me disse qual era o de Julia.

Peter deu de ombros.

– Não sei.

– Pelo amor de Deus, Peter.

– É sério. – Peter se levantou e encarou Gamache. – Eu não a conhecia bem o suficiente. Ela quase nunca vinha aos encontros. Foi algo incomum.

Gamache continuou a encará-lo, então se virou e se afastou da sombra fresca.

– Espera – chamou Peter.

Gamache parou e deixou que ele se aproximasse.

– Olha, eu preciso contar uma coisa. Eu roubei aquelas abotoaduras e as joguei no lago porque foram um presente do meu pai para o Thomas. Elas eram passadas de um primogênito para o próximo. Eu sempre achei que ele as daria para mim. Sei que era uma idiotice, mas eu tinha esperança. De qualquer forma, ele não me deu. Eu sabia quanto as abotoaduras significavam para o Thomas.

Peter hesitou, mas seguiu em frente. Era como se estivesse se lançando de um penhasco.

– Elas eram a coisa mais importante que ele tinha. Eu queria machucar mesmo.

– Do mesmo jeito que você quis me machucar agora há pouco, quando falou do meu pai?

– Desculpa, eu não devia ter feito isso.

Gamache olhou bem para o homem desgrenhado à sua frente.

– Cuidado, Peter. Você tem um espírito bom, mas mesmo os bons de espírito tropeçam e, às vezes, caem. E às vezes não conseguem se levantar.

VINTE E QUATRO

Quem se beneficia?

Beauvoir escreveu as palavras bem grandes, bem nítidas, bem vermelhas, em letras maiúsculas na folha de papel. Instintivamente, apoiou o marcador embaixo do nariz enquanto examinava seu trabalho.

Aquilo, sim, era arte. Ou, se não fosse arte, estava, sem dúvida, lindo. Representava estrutura e ordem, duas qualidades que empolgavam o inspetor. Em breve eles teriam uma lista de nomes, motivos, pistas, movimentações. Ligariam todos eles. Alguns levariam a becos sem saída, outros a becos escuros, mas alguns seriam estradas gigantescas, e eles seguiriam as velozes pistas até o fim.

O inspetor Beauvoir olhou para o chefe, os cotovelos sobre a mesa de madeira escura, os dedos grandes entrelaçados, seu olhar reflexivo e atento.

Ok, e depois?

Mas Beauvoir sabia a resposta. Quando eles tivessem ido tão longe quanto fosse possível, quando ele e Lacoste e todos os outros investigadores não pudessem ver mais alternativas, o inspetor-chefe Gamache tomaria a frente. Ele adentraria o desconhecido. Porque é lá que os assassinos se escondem. Eles podem parecer andar sob o mesmo sol e a mesma chuva que todos, seguir pela mesma grama e concreto, e até mesmo falar a mesma língua. Mas não era verdade. O inspetor-chefe Gamache estava disposto a ir aonde poucos conseguiam. E ele nunca, nunca pedia que eles o seguissem, apenas que o ajudassem a encontrar o caminho.

Os dois homens tinham consciência de que um dia Beauvoir tomaria a frente. E ambos sabiam que o local desolado que Gamache procurava não era exclusivo do assassino. A razão pela qual Armand Gamache conseguia ir lá era porque esse local não era totalmente estranho em sua vida. Ele o conhecia porque tivera contato com aquela parte de si, havia saído do caminho familiar, da zona de conforto dentro de sua mente e de seu coração e vira o que apodrecia nas trevas.

E um dia Jean Guy Beauvoir encararia os próprios monstros, e então seria capaz de reconhecer outros. E talvez aquele fosse o dia e este fosse o caso.

Ele esperava que sim.

O inspetor colocou o marcador permanente tampado na boca e o agitou para cima e para baixo como um charuto vermelho gigante, olhando para a página em branco, exceto pelo cabeçalho que os aguardava.

QUEM SE BENEFICIA?

– Bem, David Martin – começou a agente Lacoste. – Ele não vai ter que pagar pensão.

Beauvoir anotou o nome e a razão. Além disso, escreveu: *Uma testemunha a menos.*

– O que você quer dizer com isso? – indagou o inspetor-chefe.

– Bem, no julgamento dele, ela testemunhou, mas basicamente disse que não sabia nada sobre os negócios do marido. Mas imagina se isso não for verdade? Tenho a sensação de que esses Morrows não são muito inteligentes. Na verdade, eles são tão burros que pensam que são inteligentes. Mas eles são astutos. Ela cresceu em uma casa onde se falava de negócios e adorava o pai, então provavelmente prestava atenção.

Ele parou para reunir as ideias. Tinha certeza de que aquilo estava levando a algum lugar. Os colegas esperaram. Houve uma batida na porta e ele foi abri-la.

Almoço.

– Olá, Elliot – disse o chefe, enquanto o garçom jovem e ágil lhe entregava um sanduíche de bife grelhado com cogumelos e cebolas caramelizadas por cima.

– *Bonjour, patron.*

O rapaz sorriu, e mais ainda para Lacoste, que se mostrou bastante satisfeita.

Ele colocou uma salada de lagosta na frente dela, e Beauvoir recebeu um hambúrguer e batatas fritas. Nos últimos vinte minutos, eles haviam sentido o cheiro do carvão aquecendo na enorme churrasqueira do jardim, os inconfundíveis aromas de brasas e fluido inflamável. Não conseguira parar de salivar. Com o apetite despertado e o suor, ele considerou pedir uma cerveja gelada. Apenas para evitar a desidratação. O chefe achou que era uma boa ideia, assim como Lacoste, e logo os três estavam bebendo cerveja em copos altos.

Quando ele olhou para fora pelas portas francesas, viu o maître passar com uma bandeja de carne e camarão da churrasqueira, presumivelmente para os Morrows.

– Mas você ia dizendo...?

O inspetor-chefe estava olhando para ele.

Beauvoir levou o hambúrguer consigo até a folha de papel.

– *D'accord,* o marido. Não parece que ele esteve aqui o tempo todo? – inquiriu Beauvoir. – Quero dizer, mesmo antes do assassinato, você disse que as pessoas estavam comentando sobre ele, contando a você e madame Gamache quem era o marido de Julia. Era como se os Morrows não conseguissem descobrir se o amavam ou odiavam.

– Você tem razão – concordou Gamache. – Ele é o hóspede que não foi convidado.

Beauvoir ignorou o comentário, suspeitando que fosse uma citação. Ainda assim, era uma boa maneira de descrever a situação. Aquele que não era necessariamente desejado, não era esperado, não era observado, e que ninguém havia se preparado para receber. Aquele, portanto, que tinha a maior vantagem.

– Tantas coisas se conectam a ele. – Beauvoir circulou o nome de Martin. Era fácil, pois era o único nome na página até o momento. – Ela só estava aqui por causa do divórcio.

– E a prisão dele – acrescentou Lacoste. – Qual é a acusação contra ele, afinal?

Os dois se viraram para Gamache.

– Vocês vão ter que verificar tudo isso de novo, porque já faz alguns meses desde que as notícias saíram nos jornais, mas David Martin era o presidente da Royale Assurance Company, uma empresa canadense muito antiga e muito próspera, que se especializou em seguros marítimos. Começou, acredito, na Nova Escócia, mais de um século atrás, mas foi para Vancouver quando o comércio marítimo cresceu no Pacífico.

— Somente marítimos?

— Não sob a direção de Martin. Ele fez duas coisas, se me lembro direito. Expandiu para edifícios e infraestrutura. Pontes, barragens, estradas. Mas a coisa mais brilhante que ele fez, que determinou a sua queda, foi que decidiu espalhar os riscos. Ele criou uma coisa chamada Parceiros.

— Certamente não é o primeiro empresário a ter parceiros – comentou Lacoste, com um sorriso.

— Muito espertinha. – Gamache sorriu de volta. – Mas o dele era escrito com P maiúsculo. Era como um esquema de pirâmide, embora tudo completamente legal, no início. Ele fazia o seguro do projeto de uma ponte, por exemplo, e conseguia que várias empresas assumissem uma parte do risco. Elas, por sua vez, vendiam cotas de participação para empresas menores, que vendiam para indivíduos. Todos chamados de Parceiros Royale.

— E o que eles ganhavam com isso? – perguntou Lacoste, esquecendo-se de sua salada de lagosta por um momento.

Os negócios escusos a fascinavam.

— Eles não tinham que pagar em dinheiro – explicou Gamache, aproximando-se dela e lembrando-se conforme contava. – Mas recebiam parte dos lucros da empresa, que eram enormes. A maioria dos Parceiros ficou milionária.

— Mas...? – questionou Beauvoir.

— Mas eles tinham que garantir que pagariam se houvesse alguma perda.

Beauvoir estava um pouco perdido. Mas Lacoste estava acompanhando.

— Entendi – disse ela. – Ele vendia parte dos lucros e todo o risco. Estava ganhando centenas de milhões e não corria nenhum risco se algum dia houvesse um problema.

— Exatamente. Funcionou por anos, com todo mundo, até mesmo o menor dos Parceiros, ganhando muito dinheiro. As pessoas estavam loucas para investir.

— Você investiu? – perguntou Beauvoir.

— Nós fomos convidados, mas recusamos.

— Inteligente da sua parte – comentou Lacoste.

— Gostaria de pensar que sim, mas, na verdade, foi só medo. Consigo falar sobre esse assunto e acho que até entendo alguns pontos, mas, sinceramente, não muito bem. O que eu percebi foi que, se alguma coisa desse errado, estaríamos arruinados.

– E alguma coisa acabou dando errado? – perguntou Lacoste.

– Cigarros – disse Gamache. – Uma das primeiras coisas nas quais a Royale Assurance se meteu sob a direção de Martin foram as empresas de tabaco. Eles fizeram uma quantidade enorme de dinheiro com elas. Fortunas. Mas, há dez anos, uma mulher no Oregon processou uma dessas empresas depois de desenvolver enfisema. Tinha 60 anos e histórico desse problema na família, a mãe tinha morrido disso. A empresa de tabaco venceu a primeira rodada e a mulher morreu, mas o marido dela continuou com o processo, e, no fim, virou uma ação coletiva. Então, há dois anos, o tribunal decidiu que a empresa era responsável.

A porta da biblioteca se abriu e Sandra Morrow entrou. Beauvoir habilmente se colocou na frente das listas e Gamache se levantou e foi até ela.

– Posso ajudar? – perguntou.

– Não, obrigada. Vim apenas pegar um livro para ler um pouco.

Ela fez menção de contornar o inspetor-chefe, que se colocou na frente dela.

– Com licença – disse ela, a voz fria.

– Sinto muito, madame, mas esta sala não está mais acessível aos hóspedes. Achei que isso estivesse claro. Se não, sinto muito pela confusão, mas nós precisamos dela como nosso quartel-general.

– Quartel-general? O senhor faz isso parecer muito grandioso. Somos hóspedes pagantes. E eu paguei para usar a biblioteca também.

– Isso não vai ser possível – explicou Gamache, a voz firme porém amigável. – Entendo a sua frustração, e sei que é um momento difícil, mas a senhora vai ter que ir a outro lugar.

Ela lançou a ele um olhar de tanto ódio que surpreendeu até Beauvoir, que já dera e recebera muitos daqueles olhares na vida.

– Eu entendo que o senhor precisa investigar a morte da minha cunhada, mas não precisa desta sala específica. Deve haver quartos disponíveis. O dela mesmo. Quartos menores. Certamente o Manoir tem algum escritório que o senhor possa usar. Estes cômodos são públicos, para os hóspedes.

– Adeus, madame Morrow – disse ele, levantando o braço para indicar a porta.

Ela o olhou com atenção.

– Eu conheço o seu tipo. Sempre quer o melhor. O senhor é um homem pequeno, com um poder pequeno, o que o faz querer bancar o valentão. Imagino com quem tenha aprendido isso...

Ela saiu.

Beauvoir balançou a cabeça. Quando ele pensava que aqueles anglos não tinham como ficar mais esquisitos, Sandra Morrow resolvia fazer sua parte.

– Onde nós estávamos? – perguntou Gamache, voltando a se sentar e tomando um gole de cerveja.

– Cigarros – disse Lacoste, analisando se aqueles insultos esfarrapados de Sandra Morrow haviam deixado alguma ferida.

Mas o chefe parecia completamente despreocupado.

– Eu me lembro desse caso – afirmou Beauvoir. – Toda aquela confusão sobre as merdas que as empresas colocam nos cigarros. Minha mãe até parou de fumar depois de assistir à reportagem.

– Decisão inteligente – comentou Gamache. – Muita gente parou.

– E isso causou a crise? – perguntou Beauvoir, de novo perdido.

– Não, eles apenas passaram a investir nos países em desenvolvimento. O que derrubou Martin foi a descoberta de que, mesmo muito tempo depois de saberem que estavam com problemas, a empresa dele continuava a vender Parcerias, para compensar as perdas com a indústria de cigarro. Milhares de pessoas ficaram arruinadas. Pequenos investidores.

Beauvoir e Lacoste ficaram em silêncio, pensando no assunto. Depois de sua conversa com Martin, aquilo deixava Beauvoir surpreso. Ele não parecia o tipo que prejudicaria intencionalmente tantas pessoas, pequenos negócios familiares. No entanto, foi o que aconteceu. Ganância. Aquilo é que era carcereiro.

– É possível que um dos Morrows, até mesmo Charles Morrow, fosse um Parceiro? – perguntou Lacoste. – Talvez eles tenham perdido uma fortuna.

– David Martin disse que os Morrows valem cerca de 20 milhões.

– De dólares? – indagou Lacoste.

– Não, de biscoitos de cachorro. Claro que de dólares – replicou Beauvoir.

– Mas pode ser que eles valessem 100 milhões antes de tudo isso – disse Gamache. – Você pode verificar? – pediu a Lacoste.

Em pouco tempo, todos os outros hóspedes compunham a lista de suspeitos.

– Não conseguimos diminuir a lista, né? – Beauvoir sorriu com tristeza. – Todos eles tinham a oportunidade, todos pareciam ter motivos para matar uns aos outros.

– Julia disse que descobriu o segredo do pai – lembrou Lacoste. – Acho que é um ponto significativo. Perguntei a Clara sobre isso.

– E...? – Gamache estava curioso.

– Não consegui nada novo. Na verdade, ela não se dispôs a falar muito.

– Sério?

Beauvoir examinou a lista. Depois olhou para o outro quadro. Nele, estavam enumeradas pistas, fatos, declarações. A frase no banheiro masculino. Os dois bilhetes que encontraram na lareira, também presos ali, ao lado de um pássaro sem pés.

E uma série de perguntas:

A tempestade teve relação?

O que Julia descobriu sobre o pai?

Quem escreveu os bilhetes da lareira?

Por que Julia guardava cartas de agradecimento tão antigas?

Quem escreveu aquela frase no banheiro masculino? Isso tem alguma ligação com o crime?

Eles tinham uma longa lista de potenciais "Quem". E de "Por quê". Mas uma palavra restava sozinha na folha de papel.

Como?

Como a estátua tinha caído? Não havia nada escrito abaixo da palavra, nem suposições.

– Ah, eu tenho outro nome para acrescentar à lista – disse Beauvoir, anotando o nome com a letra ligeiramente maior que as restantes.

– Pierre Patenaude? O maître? – perguntou Lacoste.

– É claro que sim – respondeu Beauvoir.

– Por que ele? – indagou Gamache.

– Bem, ele estava no *terrasse* por volta da meia-noite. Ele ajudou a colocar a estátua no lugar, então pode ter feito alguma coisa para que ela caísse. Ele trabalhou em um cemitério quando era jovem, então tinha conhecimento sobre estátuas.

— Ele saberia como colocá-las no lugar, talvez — comentou Gamache, racionalmente. — Mas não como derrubá-las. Provavelmente só aprendeu a cortar a grama ao redor delas.

— Ele tem acesso a todos os quartos — lembrou Beauvoir, tentando não soar insistente. — Pode ter escrito os bilhetes. Ou talvez ele nem tenha entregado os papéis para ela. Talvez tenha apenas escrito, amassado e jogado na grelha, sabendo que iríamos encontrá-los.

Gamache e Lacoste o olhavam fixamente, calados.

— De propósito — ressaltou ele. Os outros dois continuaram olhando para Beauvoir. — Para atrapalhar as investigações. Ora, ele é um grande suspeito. Ele está em todos os lugares e ninguém o vê.

— Você não está sugerindo que o culpado é o mordomo — disse Gamache.

— Ou foi ele, ou o lojista e sua esposa faxineira — argumentou Beauvoir, com um sorriso.

A porta se abriu e os três olharam para ela. Era Elliott com uma bandeja de morangos frescos.

— Acabamos de colher estes aqui. E temos *crème fraîche*. — Ele sorriu para Isabelle Lacoste, deixando um gosto bom na boca. — Do mosteiro aqui perto.

Até aquilo soou sexy.

Eles encaravam as listas enquanto comiam. Por fim, depois de raspar a última gota de creme da tigela, Beauvoir se levantou e foi novamente até os papéis, tocando em um deles.

— Isso é importante?

Quem escreveu aquela frase no banheiro masculino? Isso tem alguma ligação com o crime?

— Pode ser. Por quê? — perguntou Gamache.

— Bem, no final da minha conversa com David Martin, ele disse que achava que sabia quem tinha feito isso.

— Nós sabemos — disse Lacoste. — Thomas Morrow.

— Não, o marido de Julia acha que foi Peter.

Beauvoir e Lacoste passaram o resto da tarde verificando antecedentes e movimentos. Armand Gamache foi atrás de madame Dubois, embora não fosse uma busca muito difícil. Lá estava ela, como sempre, no meio do salão da recepção, no balcão de madeira brilhante, como se não fizesse um calor escaldante.

Gamache se sentou na cadeira em frente a ela. Ela tirou os óculos de leitura e sorriu.

– Em que posso ajudar, inspetor-chefe?

– Estou intrigado com uma coisa.

– Eu sei. Quem matou nossa hóspede.

– Isso também, mas andei me perguntando por que a senhora colocou a estátua naquele lugar específico.

– Ah, essa é uma pergunta muito boa, e minha resposta será fascinante. – Ela sorriu ao se levantar. – *Suivez-moi* – disse, como se talvez ele não fosse segui-la.

Eles se encaminharam para a porta telada, que se fechou com um estalo ao passarem. Lá fora, embora protegida do sol, a varanda ainda estava quente.

– Quando madame Finney me abordou pela primeira vez sobre a estátua, eu recusei – contou madame Dubois, desviando das plantas enquanto Gamache a acompanhava, curvado, ansioso para não perder nem uma palavra. – Isso foi pouco depois que Charles Morrow faleceu. Ela ainda era madame Morrow naquela época, é claro. Eles vinham aqui com frequência, e eu os conhecia muito bem.

– Qual era a sua impressão sobre ele?

– Era um tipo que eu conhecia. Eu nunca teria me casado com ele. O homem se preocupava demais com trabalho, sociedade, certo e errado. Não no sentido moral, mas coisas como garfos de sobremesa, bilhetes de agradecimento e roupas adequadas.

– Perdão, madame Dubois, mas todas essas coisas são nitidamente importantes para a senhora também.

– Elas importam por escolha, inspetor-chefe. Mas se o senhor surgisse aqui com uma camisa listrada e uma gravata de bolinhas, eu não lhe pediria para mudar de roupa. Monsieur Morrow pediria. Ou o faria entender que era ofensivo. Ele se ofendia facilmente. Tinha uma ideia bem definida da posição que ocupava. E da dos outros.

Ela sorriu para Gamache.

– Mas as pessoas são cheias de facetas, e a senhora disse que os conhecia muito bem.

– O senhor é muito inteligente. Imagino que seja por isso que é o chefe da Sûreté.

– Só da Divisão de Homicídios.

– Um dia, monsieur. E vou estar presente em sua posse e juramento.

Ela parou no final da varanda, onde a madeira fora cortada para acomodar o tronco de um enorme bordo, e se virou para Gamache.

– Eu gostava de Charles Morrow. Apesar de pomposo, ele tinha senso de humor e bons amigos. Pode-se dizer muito sobre um homem pelos amigos que ele tem, ou pela falta deles. Eles destacam o melhor uns dos outros, ou estão sempre fofocando, menosprezando as outras pessoas? Cutucando as feridas? Charles Morrow desprezava fofocas. E seu melhor amigo era Bert Finney. Isso dizia muito sobre o homem, *à mon avis*. Se monsieur Finney não fosse casado, eu mesma me casaria com ele.

Madame Dubois não se virou, não olhou para baixo nem assumiu um ar desafiador ao fazer aquela declaração extraordinária. Pareceu apenas sincera.

– Por quê? – perguntou Gamache.

– Eu gosto de homens que sabem fazer contas – respondeu ela.

– Ele estava fazendo contas no cais hoje de manhã.

– E provavelmente está fazendo contas agora mesmo. Ele tem muito para contar.

– Vinte milhões, aparentemente.

– Sério? Tudo isso? Ele é um bom partido – disse ela, dando uma gargalhada.

Gamache olhou para algo atrás dela, para a sombra e o mármore branco que brilhava mesmo na escuridão. Ela seguiu seu olhar.

– A senhora acabou cedendo sobre a estátua – afirmou ele. – Precisava do dinheiro.

– No início, os Morrows insistiram para que a estátua ficasse em um daqueles canteiros – ela indicou o canteiro principal de rosas e lilases, entre o hotel e o lago –, mas eu neguei. Mesmo que fosse uma obra-prima, ainda seria uma mácula ali, e, honestamente, eu não conseguia ver os Morrows mandando fazer uma obra-prima. Como o senhor deve ter notado, os Morrows não são exatamente minimalistas.

– Mais maximalistas, é verdade.

– Então, depois de muita discussão, decidimos que seria naquele local. É discreto.

– Escondido, a senhora quer dizer?

– Isso também. E, com sorte, a floresta crescerá ao redor de Charles Morrow e, em 20 anos, ele terá sido completamente engolido.

– Não imagino a senhora permitindo uma coisa dessas.

Ela lhe deu um sorriso triste.

– Não, o senhor tem razão. O pobre Charles teve muito disso durante a vida. Ele teria tido uma boa casa aqui. Se não tivesse matado a filha.

Ao longe, eles viram Pierre conversando com um dos funcionários. Parecia ser Elliot, mas estava de costas para eles. Pierre, no entanto, os viu e acenou.

– A senhora falou de amigos – disse Gamache. – Às vezes deve ser difícil estar tão longe de uma comunidade.

– Está pensando em monsieur Patenaude?

– E na senhora. E na chef Véronique. Os outros vêm e vão, como o jovem Elliot ali.

Ele havia se virado e ficara claro que era mesmo o rapaz. Parecia estar discutindo com o maître.

– Alguns ficam por algumas temporadas, mas o senhor está certo. A maioria não passa de um ano. E nossa relação com eles não é de amizade. Somos mais como professores e alunos, ou mentores e prisioneiros.

Ela sorriu. Era óbvio que não via aquele lugar como uma prisão, mas ele entendia que alguns dos jovens, talvez Colleen, o vissem exatamente assim. E mal pudessem esperar para ir embora.

– A senhora não se sente sozinha?

– Eu? Nunca. Mas eu tenho o meu marido. Ele está em tudo: nas paredes, nos tapetes e nas flores. Ele está neste bordo. – Ela colocou uma mãozinha rosada no tronco gigantesco. – Nós plantamos esta árvore há sessenta anos. Eu falo com ele o tempo todo e o abraço todas as noites. Então, não, nunca me sinto sozinha.

– E ele? – perguntou Gamache, indicando Patenaude.

– Eu devo admitir que, quando ele chegou, não achei que fosse ficar por muito tempo. Não estava acostumado a serviços pesados. Mas combinou com ele. Deve ter algum sangue de *coureur de bois*. Ele gostou da região. E era tão educado que nosso antigo maître logo o escolheu como sucessor. Então Véronique apareceu e nossa pequena família ficou completa.

– Pierre parece estar tendo dificuldades com Elliot – comentou Gamache.

– Pobre Pierre. Acredito que o rapaz o esteja irritando desde o instante em que chegou. Ele apareceu aqui em abril e só causou problemas desde então.

– Por que vocês não o dispensaram?

– Porque ele precisa. O rapaz trabalha bem, aprendeu francês depressa. Mas precisa aprender disciplina e autorrespeito. Ele exige atenção, seja por estar brigando ou flertando.

– Eu acho que ele quis flertar comigo.

– Ora, provavelmente o senhor começou – replicou ela, e Gamache riu. – Ele vai aprender que não precisa fazer isso, que é bom o suficiente do jeito que é. E vai aprender com Pierre. Embora talvez não hoje.

Eles assistiram Elliot marchar pela trilha de terra, nitidamente agitado. O maître o viu partir, então lentamente se virou e fez o caminho de volta para o hotel, imerso nos próprios pensamentos. Como chefe de subordinados que de vez em quando se mostravam difíceis, Gamache entendia Patenaude. E o rapaz.

– A agente Lacoste é muito observadora e intuitiva. – Ele se voltou para madame Dubois. – Ela acredita que a chef Véronique é apaixonada por Pierre.

– Temo que grandes poderes de observação e intuição não sejam necessários para perceber isso, inspetor-chefe, embora eu tenha certeza de que ela possui ambas as qualidades. Véronique é apaixonada por Pierre há anos. E ele, coitado, não percebe.

– A senhora não tem medo de que isso cause dificuldades?

– No começo, tive – admitiu ela. – Porém, depois da primeira década, eu relaxei. Francamente, isso tem mantido Véronique aqui, e ela é uma chef maravilhosa. Mas ela nunca vai tomar uma atitude. Eu sei disso. É o tipo de mulher extraordinária que se sente feliz o suficiente apenas por amar alguém. Não precisa que o sentimento seja recíproco.

– Ou talvez ela só tenha medo – sugeriu Gamache.

Clementine Dubois deu de ombros.

– *C'est possible.*

– Mas e se Pierre for embora?

– Ele não vai.

– Como a senhora pode ter tanta certeza?

– Ele não tem para onde ir. O senhor sabe por que somos todos felizes aqui, monsieur? Porque é a última casa da rua. Tentamos todos os outros lugares possíveis e não nos encaixamos. Mas aqui, sim. Aqui, nós pertencemos. Até os jovens que vêm trabalhar aqui são especiais. Eles vêm atrás de algo. E ficam o tempo que quiserem. Um dia, alguns vão decidir ficar para sempre. Como eu. Como Pierre e Véronique. E então, vou poder partir.

Armand Gamache olhou para aquela senhora baixinha, com a mão no marido. Depois, para o lago brilhante. Mais adiante, no gramado, havia um movimento, e ele percebeu Irene Finney caminhando devagar por ali. Com Bert a seu lado. E atrás vinham Thomas, Marianna e Peter.

– Charles Morrow era um pianista maravilhoso, sabe? – comentou madame Dubois. – Não apenas em termos de técnica, mas ele tocava com alma. Nós nos sentávamos por horas em tardes chuvosas, o ouvindo. Ele sempre dizia que Irene era como um acorde importante, e os filhos eram os harmônicos.

Gamache observou-os espalhados atrás da mãe. Ele se perguntou se o acorde materno não estaria um pouco desafinado, e os harmônicos só ampliavam isso.

Então outra figura apareceu brevemente e desapareceu na floresta. Uma coisa enorme e pesada, de macacão, luvas, botas e capuz. Parecia o monstro de Frankenstein, com a cabeça chata e desajeitado.

– É só falar no diabo... – disse madame Dubois, e Gamache sentiu os braços se arrepiarem.

– Como disse?

– Ali, aquela coisa desaparecendo no bosque.

– O diabo?

Madame Dubois pareceu achar aquilo extremamente divertido.

– Eu gosto da ideia, mas não. Muito pelo contrário, na verdade. Era a chef Véronique.

– Isso é o que eu chamo de protetor solar.

– É tela para abelhas. Ela é nossa apicultora. Saiu para colher mel para o chá.

– É cera para os móveis – disse Gamache, sorrindo.

Era por isso que o Manoir Bellechasse cheirava a décadas de livros velhos, madeira queimada e madressilva.

VINTE E CINCO

Marianna Morrow pousou as mãos nas teclas do piano no salão principal, feliz com a paz do momento.

Rica. Um dia ela seria rica. Desde que a mãe não deixasse tudo para aquele Finney e ele não deixasse tudo para algum abrigo de gatos. Bem, ela fizera o melhor que podia. Pelo menos havia gerado uma criança.

Ela olhou para Bean. Agora se arrependia da escolha do nome. O que estava pensando? River teria sido melhor. Ou Salmon. Ou Salmon River. Não, normal demais.

Bean definitivamente tinha sido um erro. A mãe de Marianna ficara horrorizada no início, seu único neto, ou neta, ser chamado de "feijão". A única razão pela qual a criança tinha sido batizada fora para que Marianna pudesse obrigar a mãe a ouvir o pastor dizer, na frente da congregação inteira, e também de Deus, o nome Bean Morrow.

Um momento glorioso.

Mas sua mãe provou ser mais resiliente do que Marianna imaginara, como uma nova cepa de superbactéria. Ela se tornara imune ao nome.

Aorta, talvez. Aorta Morrow. Ou Burp.

Droga, esse teria sido perfeito.

"Agora, na presença desta congregação, e diante de Deus, apresento Burp Morrow."

Outra oportunidade perdida. Talvez não fosse tarde demais.

– Bean, meu amor, vem com a mamãe.

Marianna deu um tapinha no banco do piano, e a criança foi até lá e se encostou nele. Marianna bateu no banco com mais força, mas Bean não se mexeu.

– Vem, Bean. Senta com a mamãe.

Bean ignorou as batidas, em vez disso olhando de relance para o sempre presente livro.

– Mamãe, você já viu um cavalo voador?

– Só uma vez, meu bem. No Marrocos, depois de uma festa muito divertida. Também vi umas purpurinas.

– Você quer dizer o tio Scott e o tio Derek?

– Isso mesmo. De vez em quando eles voam, mas não acho que possam ser considerados garanhões.

Bean assentiu.

– Bean, você gosta do seu nome? Quero dizer, você não gostaria que a mamãe o mudasse? – Ela olhou para a criança séria. – Por que você não pula?

Aquelas mudanças repentinas de assunto eram típicas da mãe, então Bean já as entendia com facilidade.

– Pular pra quê?

– Bom, as pessoas fazem isso. É por isso que temos joelhos e arcos nos pés. E tornozelos. Os tornozelos são pequenas asas, sabia?

Ela fez movimentos de voo com os dedos, mas Bean manteve o ceticismo.

– Eles não parecem asas, parecem ossos.

– Bem, as suas provavelmente caíram. Falta de uso. Acontece.

– Acho que você pula o suficiente por dois. E eu gosto daqui. Do chão.

– Você sabe o que deixaria a mamãe feliz? Se eu pudesse mudar o seu nome. O que você acha?

Bean deu de ombros.

– Pode ser. Mas você não vai colocar nada mais esquisito que Bean, vai?

A criança semicerrou os olhos.

Chlamydia Morrow.

Muito bonito. Bonito demais, talvez. Não. Em breve, todos saberiam se Bean era menino ou menina e aquele pequeno segredo acabaria. A melhor maneira de enfurecer a mãe seria dar ao seu único neto, ou neta, um nome realmente ridículo.

Marianna olhou para a criança, estranha até para os padrões da família.

Syphilis.

Marianna sorriu. Perfeito.

Syphilis Morrow. Seria de arrancar os cabelos.

Jean Guy Beauvoir recostou-se em sua cadeira na biblioteca e olhou ao redor. Não para absorver o ambiente, mas porque se sentia tranquilo. Normalmente, ele estaria fazendo anotações no computador, verificando mensagens, enviando outras, navegando na internet. Pesquisando no Google.

Mas não havia computador. Apenas caneta e papel. Ele mordeu a caneta e olhou para a frente, tentando fazer conexões.

Beauvoir passara a maior parte da tarde analisando amostras de caligrafia, tentando descobrir quem escrevera aquelas mensagens para Julia. Alguém lhe estendera a mão e, pelo pouco que conseguiram reunir sobre aquela mulher solitária, ela seria quase incapaz de não estender a mão de volta.

Teria isso a matado? Teria ela sido assassinada por suas necessidades?

Beauvoir também necessitava de algo. Durante uma hora e meia, ele se concentrara em um suspeito. O homem que ele sabia que era culpado. Pierre Patenaude. Havia amostras de sua caligrafia por toda parte: anotações em cardápios, listas de rodízio de funcionários, formulários de avaliação e até testes de francês para os jovens integrantes da equipe, tentando ensinar a eles que noite não era um tipo de morango e camundongos flamejantes não eram uma opção de menu. Parecia que a única coisa que o maître não tinha escrito eram os bilhetes para Julia Martin.

Mas depois de mais uma hora procurando e comparando, uma hora curvado sobre a antiquada lente de aumento tirada de uma exposição de borboletas, Beauvoir obteve sua resposta. Sabia quem tinha escrito para Julia, sem dúvida alguma.

Bert Finney fechou as cortinas e observou a esposa se despir para uma soneca. Não havia um minuto do dia em que ele não ficasse atônito diante de sua sorte. Nunca teria imaginado que seria tão rico.

Ele era paciente, mas aprendera isso anos antes. E tinha dado certo. Estava disposto até a limpar toda e qualquer desordem que ela fizesse, desde que conseguisse seu objetivo. Ele pegava as roupas do chão, tentando não notar os pequenos suspiros de dor vindos daquela pequena mulher. Que sentia tanto, mas que principalmente sentia que não podia demonstrar. Os dois só discutiram uma única vez – quando ele tentou convencê-la a explicar o problema para os filhos. E ela se recusou.

Agora Irene Finney estava nua no meio do quarto escuro, lágrimas escorrendo pelo rosto. Ele sabia que cessariam em breve. Sempre cessavam. Mas, nos últimos tempos, estavam demorando cada vez mais.

– O que aconteceu? – perguntou ele, percebendo de imediato que soara ridículo.

– Nada.

– Me conta.

Ele recolheu a roupa íntima dela e olhou para seu rosto.

– É o cheiro.

Poderia ser verdade, mas ele achou que era mais do que aquilo.

Diante da pia do Manoir Bellechasse, Irene Morrow jogava água morna sobre Julia, suas mãos jovens e rosadas. A pequena Julia, muito menor do que Thomas, que já havia tomado banho e estava enrolado em uma enorme toalha branca nos braços de Charles. Era a vez de sua irmãzinha. O quarto deles no Manoir não mudara desde que a matriarca estivera lá pela primeira vez, quando pequena. Tinha as mesmas torneiras, o mesmo tampão preto de borracha, o mesmo sabonete leve cor de marfim.

Suas mãos seguravam sua bebê na pia, protegendo-a das torneiras, segurando-a com cuidado para ela não escorregar. Certificando-se de que o sabão neutro não entrasse em seus olhinhos confiantes.

Seria perfeito, se não fosse pela dor. Neuralgia, como foi diagnosticado mais tarde, "um problema feminino", segundo os médicos disseram a Charles na época. Ele acreditou. Ela também. Veio depois de Thomas. Mas a dor aumentou depois de Julia, até ela mal conseguir ser tocada, embora não admitisse isso para Charles. Sua educação vitoriana deixara duas coisas bem claras: o marido deveria ser obedecido e ela nunca deveria demonstrar fraqueza, especialmente para o esposo.

Então ela banhava sua linda bebê e chorava. E Charles confundia aquelas lágrimas com um sinal de alegria. E ela não o corrigia.

E agora Julia se fora, Charles se fora, e até a farsa da alegria se fora, nem era mais preciso fingir.

E tudo o que restou foi a dor, uma pia e torneiras velhas, e a fragrância do sabonete cor de marfim.

– *Bonjour, é a rainha da* dança de tamancos?

– *Oui, c'est la reine du clogging* – cantou a voz alegre ao telefone.

Ela soava tão distante, mesmo estando do outro lado da cadeia de montanhas, do outro lado do lago. No vale adjacente.

– É o cavalariço que está falando? – perguntou Reine-Marie.

– *Oui, mademoiselle.* – Gamache podia sentir o início de uma risada. – Estou sabendo que seu belo esposo foi chamado para longe, para resolver um importantíssimo negócio de Estado.

– Na verdade, ele está em um centro de desintoxicação. De novo. A barra está limpa.

Ela era muito melhor nisso do que ele. Gamache sempre começava a rir primeiro, como naquele momento.

– Estou com saudade. – Ele não se deu ao trabalho de sussurrar, não se importando com quem ouvisse. – Você pode vir jantar aqui hoje? Posso te buscar daqui a uma hora.

Eles combinaram tudo, mas, antes de sair, Gamache se encontrou com a equipe. Era hora do chá e eles estavam rodeados de xícaras e pires elegantes de porcelana e pratinhos com guardanapos delicados. Na mesa à frente deles havia anotações sobre o assassinato e sanduíches de pepino no pão sem casca. Listas de suspeitos e *éclairs.* Algumas evidências e *petits fours.*

– Posso servir o chá? – perguntou Gamache.

Beauvoir assentiu e Isabelle Lacoste sorriu.

– *S'il vous plaît* – respondeu ela.

Gamache serviu o chá e eles pegaram a comida, Beauvoir contando para ter certeza de que conseguira uma quantidade justa.

– Ok – disse Isabelle Lacoste. – Eu tenho informações gerais. Primeiro, Sandra Morrow. Seu sobrenome de solteira era Kent. Família rica. Pai banqueiro, mãe ativa no voluntariado. Nascida e criada em Montreal. Ambos os pais já morreram. Herdou uma quantia modesta quando a herança foi dividida entre os herdeiros e os impostos foram pagos. Ela é consultora de gestão da empresa Bodmin Davies, em Toronto. Vice-presidente júnior.

Gamache ergueu as sobrancelhas.

– Não é tão impressionante quanto pode parecer, senhor. Quase todos são chamados de vice-presidente júnior, exceto os VPs seniores. Ela parece ter chegado ao topo da hierarquia possível para uma mulher, um tempo atrás. O marido, Thomas Morrow, estudou no Mantle, um colégio particular em Montreal, depois na McGill University. Passou raspando, com um diploma de Artes, embora tivesse entrado em algumas das equipes esportivas. Arrumou um emprego na Drum and Mitchell, a firma de investimentos de Toronto onde trabalha até hoje.

– Uma história de sucesso – comentou Beauvoir.

– Na verdade, não – disse Lacoste. – Mas você pensaria assim se o ouvisse contar.

– Ou se ouvisse a família inteira contar – argumentou Beauvoir. – Todos indicam Thomas como o bem-sucedido. Ele está escondendo alguma coisa?

– Não parece ser um grande segredo. O escritório dele é um cubículo, ele lida com negócios de alguns milhões de dólares, mas entendo que, no mundo dos investimentos, isso é considerado quase nada.

– Ele não ganha milhões?

– Nem chega perto. Esse dinheiro é dos clientes. Segundo a última declaração de imposto de renda, ele ganhou 76 mil dólares no ano passado.

– E ele mora em Toronto? – perguntou Beauvoir.

Toronto era uma cidade ridiculamente cara. Lacoste assentiu.

– Ele está endividado?

– Não que a gente saiba. Sandra Morrow ganha mais do que ele, cerca de 120 mil no ano passado, então, juntos, eles ganham quase 200 mil dólares. E, como você descobriu, eles herdaram mais de 1 milhão quando o pai de Thomas morreu. Isso foi há alguns anos, e aposto que não sobrou muita coisa. Eu vou continuar pesquisando. Agora, Peter e Clara Morrow a gente conhece. Eles têm uma casinha em Three Pines. Ele é membro da Royal Academy of Arts do Canadá. Um grande prestígio, mas prestígio não põe comida na mesa. Eles tinham apenas o suficiente para viver até Clara herdar um dinheiro da vizinha alguns anos atrás. Agora estão numa situação confortável, embora longe de serem ricos. Têm uma vida modesta. Ele não faz uma exposição individual há alguns anos, mas sempre vende tudo quando faz. Suas obras são vendidas por cerca de 10 mil dólares cada.

– E as dela? – perguntou Beauvoir.

– Isso é um pouco mais difícil de responder. Até pouco tempo atrás, ela vendia os quadros em troca de crédito em uma rede de supermercados.

Gamache sorriu, vendo os maços de cupons de crédito, que eram distribuídos a cada compra, feito dinheiro do *Banco Imobiliário*. Ele tinha uma pilha no porta-luvas do carro. Talvez devesse comprar um Clara Morrow original enquanto era possível.

– Mas aí sua arte começou a atrair mais atenção – prosseguiu Lacoste. – Como vocês sabem, ela fará uma grande exposição individual em breve.

– Isso nos leva a Marianna Morrow – disse Beauvoir, tomando um pequeno gole de chá.

Ele imaginou a chef Véronique colocando as folhas secas soltas no lindo bule floral, em seguida agarrando a grande chaleira de ferro e despejando a água fervente. Para ele. Ela saberia que era para ele, e provavelmente adicionara uma colher extra. E cortara as crostas dos sanduíches de pepino.

– Certo, Marianna Morrow – continuou Lacoste, virando a página de seu bloco de anotações. – Também mora em Toronto. Numa área chamada Rosedale. Imagino que seja como Westmount. Muito elegante.

– Divorciada? – indagou Beauvoir.

– Nunca se casou. Essa é a parte interessante. Ela é empreendedora independente. Tem a própria empresa. É arquiteta. Conseguiu sucesso logo que terminou a faculdade. Para o trabalho de conclusão de curso, ela projetou uma pequena casa de baixo custo, com eficiência energética. Não um daqueles blocos de concreto feios, mas algo bem legal. Um lugar onde pessoas de baixa renda não precisam ter vergonha de morar. Fez uma fortuna com isso.

Beauvoir deu uma leve risada. Uma Morrow só podia fazer dinheiro à custa dos pobres.

– Ela viaja o mundo inteiro – acrescentou Lacoste. – Fala francês, italiano, espanhol e chinês. Ganha muito dinheiro. No ano passado, ela teve uma renda de bem mais de 2 milhões de dólares. E isso é apenas o que ela declara.

– Calma aí – disse Beauvoir, quase se engasgando com um *éclair*. – Você está dizendo que aquela mulher toda enrolada em echarpes, que fica zanzando por aí e se atrasa para qualquer coisa, é uma empreendedora milionária?

– Mais bem-sucedida até do que o pai – garantiu Lacoste, assentindo.

Ela estava secretamente satisfeita. Era prazeroso pensar que a mais marginalizada dos Morrows era, na verdade, a mais bem-sucedida.

– Nós sabemos quem é o pai da criança? – indagou Beauvoir.

Lacoste balançou a cabeça.

– Talvez não precise. Pode ter sido concepção divina.

Ela gostava de mexer com a cabeça de Beauvoir.

– Eu acho que posso garantir que não é verdade – retrucou Beauvoir, mas um olhar para Gamache apagou seu sorriso malicioso. – Ah, o senhor não está me dizendo que acredita nisso, né, chefe? Não vou ser eu a colocar isso no relatório oficial. Suspeitos: Thomas, Peter, Marianna e... ah, sim, o Messias.

– Vocês acreditam na vinda dele, não é? Por que não na volta? – perguntou a agente Lacoste.

– Fala sério – rebateu ele. – Você realmente quer que eu acredite que, na segunda vinda de Cristo, o Messias seria uma criança chamada Bean?

– Um feijão é uma semente – disse Gamache. – É uma antiga alegoria para a fé. Tenho a sensação de que Bean é uma criança muito especial. Nada é impossível com ela.

– Exceto dizer se é menino ou menina – retrucou Beauvoir, irritado.

– Isso é importante? – perguntou Gamache.

– É importante porque todos os segredos de uma investigação de assassinato são importantes.

Gamache assentiu lentamente.

– Isso é verdade. Muitas vezes, depois de um ou dois dias, fica óbvio quem está falando a verdade e quem não está. Neste caso, as coisas estão ficando cada vez mais turvas. Thomas nos falou sobre uma planta no deserto. Se ela se mostrasse pelo que era de fato, os predadores a comeriam. Então ela aprendeu a se disfarçar, a esconder sua verdadeira natureza. Os Morrows também são assim. De alguma forma, em algum momento ao longo da vida, eles aprenderam a esconder quem são de verdade, o que realmente pensam e sentem. Nada é o que parece quando se trata deles.

– Exceto Peter e Clara – disse a agente Lacoste. – Imagino que eles não sejam suspeitos.

Gamache lhe lançou um olhar reflexivo.

– Vocês se lembram daquele primeiro caso em Three Pines? O assassinato da Srta. Jane Neal?

Eles assentiram. Foi quando conheceram os Morrows.

– Depois que prendemos o suspeito, eu ainda estava desconfortável.

– O senhor acha que prendemos a pessoa errada? – perguntou Beauvoir, horrorizado.

– Não, nós pegamos o assassino, sem dúvida. Mas eu também sabia que havia outra pessoa em Three Pines que eu sentia ser capaz de assassinato. Alguém em quem era necessário ficar de olho.

– Clara – disse Lacoste.

Emotiva, temperamental, passional. Tanta coisa pode dar errado com uma personalidade assim.

– Não, Peter. Ele é fechado, complexo, aparentemente tão plácido e relaxado, mas só Deus sabe o que está acontecendo por dentro.

– Bem, pelo menos tenho uma boa notícia – afirmou Beauvoir. – Já sei quem escreveu isto aqui. – Ele levantou os bilhetes amassados tirados da lareira do quarto de Julia. – Elliot.

– O garçom? – perguntou Lacoste, chocada.

Beauvoir assentiu e mostrou a eles amostras da caligrafia de Elliot ao lado das mensagens. Gamache colocou os óculos de leitura e se inclinou sobre os papéis.

– Muito bem – elogiou, endireitando a postura.

– Devo falar com ele?

Gamache refletiu por um momento e balançou a cabeça.

– Não, eu gostaria de juntar mais algumas coisas primeiro, mas isto aqui é bem interessante.

– E tem mais – contou Beauvoir. – Ele não apenas é de Vancouver, mas morava no mesmo bairro que Julia e David Martin. Os pais dele poderiam ter conhecido os dois.

– Descubra isso – ordenou Gamache, levantando-se para ir buscar a esposa.

Elliot Byrne tinha violado a fronteira definida por madame Dubois. Teria ele conquistado a solitária e indefesa Julia Martin? O que ele queria? Uma amante mais velha? Atenção? Ou talvez quisesse finalmente enfurecer de vez seu chefe, o maître.

Ou seria mais simples do que isso, como muitas vezes era? Será que ele queria dinheiro? Estaria cansado de servir mesas por uma ninharia? E, depois de conseguir o dinheiro com Julia, ele teria a matado?

Gamache parou na porta da biblioteca e olhou de novo para a folha de papel e as letras grandes e vermelhas no topo.

QUEM SE BENEFICIA?

Quem não *se beneficia com a morte de Julia?*, ele estava começando a se perguntar.

VINTE E SEIS

Reine-Marie largou o garfo e se recostou na cadeira. Pierre recolheu o prato (contendo apenas minúsculas migalhas de torta de morango) e perguntou se eles queriam mais alguma coisa.

– Talvez uma xícara de chá – disse ela.

Assim que o maître se afastou, ela apertou a mão do marido. Era um raro prazer vê-lo no decorrer de um dos casos. Quando ela chegara e cumprimentara o inspetor Beauvoir e a agente Lacoste, ambos estavam comendo e trabalhando na biblioteca. Depois, ela e o marido se dirigiram à sala de jantar, toda ornamentada com toalhas de mesa brancas, flores recém-colhidas e prataria e cristais cintilantes.

Um garçom colocou um expresso na frente de Gamache e um bule de chá diante de Reine-Marie.

– Você sabia que o Manoir faz o próprio mel? – perguntou Armand, notando o líquido âmbar em um potinho ao lado da xícara de chá.

– Sério? Que incrível.

Reine-Marie normalmente não usava mel para adoçar, mas decidiu experimentar um pouco com o chá, mergulhando o dedo mindinho no mel antes de despejá-lo.

– *C'est beau*. Tem um sabor familiar. Aqui, experimenta.

Ele fez o mesmo que ela.

Reine-Marie semicerrou os olhos enquanto tentava entender. Ele sabia qual era o gosto que a esposa estava sentindo, mas queria ver se ela conseguiria identificar.

– Desiste? – perguntou ele.

Quando ela assentiu, ele lhe contou.

– Madressilva? – Ela sorriu. – Que maravilha. Você me mostra a clareira depois?

– Com prazer. Eles até usam a cera das abelhas para polir os móveis.

Enquanto conversavam, Gamache notou que os Morrows estavam à mesa de sempre, embora Peter e Clara não estivessem em seus assentos costumeiros. Haviam sido relegados à ponta, com Bean.

– Olá – disse Reine-Marie, quando saíram do salão para um passeio –, como vocês estão?

Mas dava para ver. Peter estava pálido e tenso, as roupas desgrenhadas e o cabelo despenteado. Já Clara estava com a aparência imaculada, impecável. Reine-Marie não sabia dizer qual das duas visões era mais desconcertante.

– Ah, você sabe. – Clara deu de ombros. – Como está Three Pines? – Ela parecia melancólica, como se estivesse perguntando sobre um reino mítico. – Tudo pronto para o Dia do Canadá?

– Sim, é amanhã.

– Sério? – disse Peter, enfim a olhando.

Eles haviam perdido a noção de tempo.

– Eu vou lá amanhã – declarou Gamache. – Querem ir também? Vocês ficam sob a minha custódia.

Ele achou que Peter fosse cair no choro, de tão aliviado e grato que parecia.

– Ah, sim. É o aniversário de casamento de vocês – lembrou Clara. – E ouvi dizer que um grande talento vai ser revelado na competição de dança de tamancos.

Gamache virou-se para a esposa.

– Então Gabri não estava brincando?

– Infelizmente, não.

Eles combinaram tudo e os Gamaches se viraram para ir até o jardim.

– Espere, Armand. – Reine-Marie colocou a mão em seu braço. – Você acha que podemos ir até a cozinha para elogiar a chef? Morro de vontade de conhecê-la. Será que ela se importaria?

Gamache pensou.

– Talvez devêssemos perguntar ao Pierre. Não acho que seria um problema, mas nunca se sabe. Eu não ia querer ter que desviar de cutelos.

– Parece o nosso ensaio da dança dos tamancos. Ruth é a instrutora – contou ela.

Gamache tentou chamar a atenção de Pierre, mas o maître estava ocupado explicando alguma coisa, ou pedindo desculpas, para os Morrows.

– Vamos, podemos tentar dar uma olhada.

Ele pegou a mão da esposa e ambos passaram pela porta vaivém.

O lugar estava um caos, embora, depois de alguns instantes sendo empurrado contra a parede e agarrando-se a ela enquanto garçons passavam equilibrando bandejas de copos e pratos, Gamache percebeu o balé. Não era caos – era mais como um rio correndo. Havia um movimento quase frenético, mas também um fluxo natural.

– É ela ali? – perguntou Reine-Marie, fazendo um movimento com a cabeça na direção da chef, sem se atrever a apontar.

– É ela, sim.

A mulher usava um chapéu de chef branco e um avental e empunhava uma enorme faca. Ela estava de costas para o casal. Então se virou e os viu. E pareceu hesitar.

– Ela não parece satisfeita em nos ver – sussurrou Reine-Marie, sorrindo e tentando sinalizar para a chefe de cozinha claramente irritada que aquilo era culpa do marido.

– Vamos sair daqui. Eu primeiro – disse ele, e os dois escaparam.

– Uau, que situação, hein? – soltou Reine-Marie assim que chegaram do lado de fora, rindo. – Se eu fosse você, tomaria cuidado com a sua comida de agora em diante.

– Vou pedir ao inspetor Beauvoir para provar primeiro – afirmou Gamache com um sorriso.

A reação da chef Véronique o surpreendera. Antes, ela parecera estar sempre no comando e não muito estressada. Mas, dessa vez, parecia chateada.

– Sabe, eu acho que já a vi antes – comentou Reine-Marie, enganchando o braço no do marido, tranquilizando-se com sua força. – Provavelmente em algum lugar por aqui.

– É ela quem cuida das colmeias, então talvez você a tenha visto.

– Mesmo assim – disse Reine-Marie, endireitando-se depois de cheirar uma peônia –, ela é bastante singular. Difícil de esquecer.

O jardim cheirava a terra recém-revolvida e rosas. De vez em quando, Reine-Marie sentia um leve cheiro de ervas vindo da horta da cozinha. Mas a fragrância pela qual ansiava e que sentira assim que se apoiara no marido era sândalo. Era mais do que seu perfume, ele parecia exalar aquele cheiro por si só. Era o cheiro de cada estação. O cheiro do amor, da estabilidade e do pertencimento. Era o perfume da amizade, do bem-estar, da paz.

– Olha. – Ele apontou para o céu escuro. – É Babar.

Ele fez o traçado com os dedos, tentando fazê-la enxergar a forma do elefante nas estrelas.

– Tem certeza? Parece mais o Tintim.

– Com uma tromba?

– Para o que você está apontando?

A voz miúda saiu das trevas. Os Gamaches semicerraram os olhos, e então Bean apareceu carregando o livro.

– Oi, Bean. – Reine-Marie se abaixou e abraçou a criança. – Estávamos só olhando as estrelas, vendo formas.

– Ah.

O rosto de Bean expressava decepção.

– O que você achou que nós tínhamos visto? – perguntou Gamache, abaixando-se também.

– Nada.

Os Gamaches pararam, então Reine-Marie apontou para o livro.

– O que você está lendo?

– Nada.

– Eu gostava de ler sobre piratas – afirmou Gamache. – Colocava um tapa-olho e um urso de pelúcia no ombro e procurava um pedaço de pau para ser minha espada. Passava horas brincando.

Bean sorriu. O homem grande e imponente moveu o braço para cima e para baixo na frente do corpo, lutando contra o inimigo.

– Meninos... – disse Reine-Marie. – Eu brincava que estava andando a cavalo, participando de uma grande competição de hipismo.

Ela agarrou rédeas imaginárias, abaixou a cabeça, inclinou-se para a frente e guiou seu corcel para saltar uma cerca altíssima. Gamache sorriu na escuridão.

Ele já vira aquela pose, fazia pouco tempo.

– Posso ver o seu livro? – indagou Gamache.

Ele não esticou a mão, simplesmente fez a pergunta. Depois de alguns instantes, a criança lhe entregou o livro. Estava quente onde Bean o havia segurado, e Gamache teve a impressão de ter visto pequenos amassados, como se os dedos de Bean tivessem se fundido à capa dura.

– *Mitos que toda criança precisa conhecer* – leu ele. – Era da sua mãe?
Bean assentiu.

Gamache abriu o livro e deixou as folhas se espalharem. Ele olhou para Bean.

– A história de Pegasus – disse ele. – Quer que eu te mostre Pegasus no céu?
Bean arregalou os olhos.

– Ele está lá em cima?

– Está, sim. – Gamache ajoelhou-se e apontou. – Está vendo aquelas quatro estrelas brilhantes?

Ele encostou o rosto no da criança, macio e quente, depois levantou a mão relutante de Bean, até ela relaxar e apontar junto com Gamache. Bean assentiu.

– Aquilo é o corpo dele. E logo abaixo são as pernas.

– Ele não está voando – disse Bean, decepcionado.

– Não, ele está pastando, descansando – explicou Gamache. – Mesmo as criaturas mais magníficas precisam de um descanso. Pegasus sabe mergulhar no ar, perseguir e planar. Mas ele também sabe como ficar tranquilo.

Os três observaram as estrelas por alguns minutos, então caminharam pelo jardim silencioso e falaram sobre o dia de cada um. Depois de algum tempo, Bean decidiu entrar e pedir um chocolate quente antes de ir dormir.

Os Gamaches se deram os braços novamente e passearam.

– Você sabe quem matou Julia Morrow? – indagou Reine-Marie, quando se aproximavam mais uma vez do velho hotel.

– Ainda não – respondeu ele em voz baixa. – Mas estamos chegando perto. Já sabemos quem escreveu os bilhetes e temos uma variedade de pistas e fatos.

– Jean Guy deve estar muito feliz.

– Você não faz ideia.

Em sua mente, ele viu as colunas no papel. E então, mais uma vez, a única coluna sem pistas ou fatos, sem nem mesmo teorias ou suposições.

Como.

Eles deram a volta no hotel e ambos olharam instintivamente para o cubo de mármore branco. Então alguém surgiu do prédio. Era como se uma das toras de madeira tivesse de repente decidido voltar para a floresta. À luz da lua, eles observaram a sombra fazer o percurso pelo gramado, mas, em vez de entrar na floresta escura, ela virou em direção ao lago.

Os passos de Bert Finney ecoaram no cais de madeira, até se fazer silêncio. Armand Gamache contou a Reine-Marie sobre Finney e seu pai.

– E ele contou aos outros? – perguntou ela.

Ao seu lado, Armand assentiu. Ela olhou para o céu.

– Você falou de novo com o Daniel?

– Vou ligar amanhã. Eu queria dar a ele um tempo para se acalmar.

– Tempo para ele?

– Para nós dois. Mas eu vou ligar.

Antes de voltarem, eles pararam na biblioteca para dar boa-noite.

– E não deixe o inspetor-chefe sair amanhã sem levar um pote de mel da chef Véronique – Reine-Marie instruiu Beauvoir.

– O mel dela?

– Ela é apicultora também. Uma mulher incrível.

Beauvoir concordou.

No trajeto de carro até Three Pines, Reine-Marie lembrou de onde reconhecia a chef Véronique. Foi uma lembrança extraordinária e inesperada. Ela sorriu e abriu a boca para falar disso, mas então ele perguntou sobre as festividades do Dia do Canadá, e logo ela estava descrevendo o dia que o pessoal do vilarejo havia planejado.

Depois que o marido a deixou, Reine-Marie se deu conta de que se esquecera de contar a ele, mas prometeu a si mesma que não esqueceria no dia seguinte.

Quando voltou para o Manoir, Gamache encontrou a agente Lacoste ao telefone com seus filhos e Jean Guy Beauvoir tomando café expresso no sofá, cercado de livros. Sobre apicultura.

Gamache deu uma olhada nas prateleiras e em pouco tempo tinha um expresso, um conhaque e uma pilha de livros à sua frente.

– Sabia que existe só uma abelha-rainha por colmeia? – perguntou Beauvoir.

Alguns minutos depois, ele invadiu a leitura do chefe com outro anúncio.

– Sabia que uma vespa, um marimbondo ou uma abelha-rainha podem picar várias vezes, mas uma abelha-operária só pode picar uma vez? Só elas têm bolsas de veneno. Não é incrível? Quando elas picam, a bolsa é arrancada delas e fica na vítima. Isso mata a abelha. Elas renunciam a sua vida pela rainha e pela colmeia. Será que elas sabem que vão morrer?

– Não sei responder – disse Gamache, que realmente não sabia.

Ele retomou sua leitura, assim como Beauvoir.

– Sabia que as abelhas são as maiores polinizadoras do mundo?

Era como morar com uma criança de 6 anos.

Beauvoir baixou seu livro e olhou para o chefe, que lia poesia no sofá à sua frente.

– Sem as abelhas, todos nós morreríamos de fome. Não é incrível?

Por um momento, Beauvoir imaginou como seria se mudar para o Bellechasse e ajudar a expandir o império do mel de Véronique. Juntos, eles salvariam o mundo. Eles receberiam a *Légion d'honneur*. Músicas seriam escritas sobre eles.

Gamache abaixou o livro e olhou pela janela. Tudo que conseguia ver era seu próprio reflexo e o de Beauvoir. Dois homens fantasmagóricos lendo em uma noite de verão.

– As abelhas formam uma bola e protegem a rainha se a colmeia for atacada. Não é lindo?

– É.

Gamache assentiu e voltou para sua leitura. De vez em quando, Beauvoir ouvia um murmúrio do chefe.

Oh! Eu me desvencilhei das cruéis amarras da terra
E dancei pelo céu com asas prateadas sorridentes;
Subi em direção ao sol... e fiz coisas surpreendentes
que você nunca imaginou.

Beauvoir viu o chefe de olhos fechados, a cabeça inclinada para trás, mas mexendo os lábios, repetindo uma frase.

Subi, subi, para o azul ardente e delirante
Superei as alturas varridas pelo vento...
Onde a cotovia e a águia nunca chegaram antes.

– De onde é isso? – perguntou Beauvoir.
– Um poema chamado "Voo alto", de um jovem aviador canadense da Segunda Guerra Mundial.
– Sério? Dá para ver que ele adorava voar. As abelhas adoram voar. Conseguem cobrir grandes distâncias por comida, se for preciso, mas ficam perto da colmeia, se puderem.
– Ele morreu – disse Gamache.
– O quê?
– Diz aqui que o poeta morreu. Abatido. O poema foi citado pelo presidente Reagan depois do desastre da Challenger.
Mas ele tinha perdido Beauvoir para as abelhas mais uma vez.
Depois um tempo, Gamache trocou o livro fino de poesias, com capa de couro, por outra obra. O guia de campo de Peterson para os pássaros norte-americanos.
Eles passaram mais uma hora sentados juntos, o silêncio pontuado pelos boletins de Beauvoir sobre as abelhas.
Quando chegou a hora de dormir, Beauvoir deu boa-noite e Gamache fez uma última caminhada pelo tranquilo jardim, olhando para as estrelas.

E quando, com a mente quieta e elevada, eu cruzei
A alta e intransponível santidade do espaço,
Estendi minha mão e a face de Deus toquei.

VINTE E SETE

O PRIMEIRO DE JULHO, DIA DO Canadá, amanheceu nublado e fresco. Uma chuva ameaçava cair. Sentado à mesa do café, Armand Gamache olhou para Irene Finney. Entre os dois, estava o bule de chá e o *café au lait* dele. Nos fundos da sala, garçons arrumavam o bufê do café da manhã.

– Quando vou poder enterrar minha filha, inspetor-chefe?

– Vou ligar para a legista, madame, e aviso à senhora. Imagino que ela libere a sua filha nos próximos dias. Onde será o funeral?

Ela não esperava essa pergunta. Perguntas sobre a família, sim. Sobre ela mesma, certamente. A história deles, suas finanças, até seus sentimentos. Estava preparada para um interrogatório, não para uma conversa.

– Isso é realmente da sua conta?

– Sim. Revelamos a nós mesmos através de nossas escolhas. A única forma de eu encontrar o assassino da sua filha é se ele revelar a si mesmo.

– O senhor é um homem muito estranho.

Era óbvio que madame Finney não gostava de nada que fosse estranho.

– O senhor realmente acha que onde uma vítima de assassinato é enterrada também é uma pista?

– Tudo é pista. Especialmente onde os corpos são enterrados.

– Mas o senhor está perguntando a mim. Isso significa que suspeita de mim?

A mulher na frente dele se mantinha inabalável, quase o desafiando a pressioná-la.

– Sim.

Ela semicerrou ligeiramente os olhos.

– O senhor está mentindo – disse ela. – Não é possível que suspeite que uma mulher de 85 anos tenha empurrado uma estátua de várias toneladas em cima da própria filha. Mas talvez o senhor tenha perdido a noção de realidade. Deve ser um problema genético.

– Talvez. Francamente, madame, a possibilidade de a senhora ter feito isso é a mesma dos outros. Nenhum de vocês poderia ter empurrado Charles Morrow de seu pedestal, mas mesmo assim, sinto muito dizer, aconteceu.

Quanto menos gentil ela se tornava, com mais gentileza ele agia. E ela estava ficando completamente irascível. Não que isso surpreendesse o inspetor-chefe, que sabia que ela era do tipo que poderia ser extremamente cortês e excessivamente ofensiva.

– Obrigada. – Ela sorriu para o jovem garçom que a serviu, depois lançou um olhar gelado para Gamache. – Continue. O senhor estava me acusando de matar minha própria filha.

– Isso não é verdade.

Ele se inclinou para a frente, tomando cuidado para não invadir o espaço pessoal dela, mas chegando perto o suficiente para ameaçar fazê-lo.

– Por que a senhora diria isso? Eu imagino que esteja desesperada para descobrir quem realmente é o responsável. Então por que não está ajudando?

O tom dele era de curiosidade, a voz calma e racional.

Ela passou a irradiar raiva. Ele sentiu que o rosto da mulher estava prestes a borbulhar. E entendeu por que nenhum dos filhos dela jamais se aproximava tanto. E pensou, fugazmente, em Bert Finney, o único que se aproximava.

– Estou tentando ajudar. Se o senhor me fizer perguntas sérias, eu responderei.

Gamache reclinou lentamente e olhou para ela. O rosto de madame Finney era marcado por uma rede de linhazinhas, como um vidro estilhaçado mas ainda não desabado. Pequenas marcas cor-de-rosa coloriam suas bochechas, tornando-a ainda mais adorável, mais vulnerável. Ele se perguntou quantas pobres almas haviam sido enganadas.

– Quais são as perguntas certas?

Isso também a surpreendeu.

– Perguntas sobre a minha família, perguntas sobre como foram educados. Nunca faltou nada a eles. Educação, esportes. Viagens para esquiar no inverno, tênis e vela no verão. E sei que o senhor acha que nós demos tudo para eles. – Ela pegou o açucareiro e o bateu sobre a mesa, fazendo com que um gêiser da substância se derramasse. – E nós demos. Eu dei. Mas nós também lhes demos amor. Eles sabiam que eram amados.

– Como eles sabiam?

– Outra pergunta idiota. Eles sabiam porque sabiam. Eles eram informados. Eles viam. Se não sentiam, era problema deles. O que eles andaram contando ao senhor?

– Eles não disseram nada sobre amor, mas eu não perguntei.

– O senhor está perguntando a mim, mas não a eles? Culpem a mãe, é isso?

– A senhora está confundindo as coisas, madame. Quando chegar o momento de culpar alguém, a senhora vai saber. Estou simplesmente fazendo perguntas. E foi a senhora quem começou a falar de amor, não eu. Mas é uma pergunta interessante. A senhora acha que seus filhos amam uns aos outros?

– É lógico que sim.

– Entretanto, eles não se conhecem. Não é preciso ser detetive para perceber que mal se toleram. Eles já foram próximos em algum momento?

– Antes de Julia ir embora, sim. Nós costumávamos jogar. Jogos de palavras. Aliterações. E eu lia para os meus filhos.

– Peter me contou sobre isso. Ele ainda se lembra daqueles momentos.

– Peter é um ingrato. Eu ouvi o que ele disse ao senhor. Que seria melhor se eu morresse.

– Ele não disse isso. Estávamos falando sobre a dinâmica familiar e se os irmãos continuariam a se ver depois que a senhora partisse. Ele disse que era possível que até se aproximassem mais.

– Sério? Por quê? – soltou ela, e Gamache detectou uma curiosidade genuína.

– Porque agora eles vêm para vê-la, e somente à senhora. Eles se enxergam como concorrentes. Mas quando a senhora se for...

– Morrer, inspetor-chefe. O senhor quer dizer morrer.

– Quando a senhora morrer, eles vão ter que encontrar uma razão para se encontrarem, ou não. Ou a família vai desaparecer, ou eles vão ficar ainda mais próximos. Foi isso o que Peter quis dizer.

– Julia era a melhor deles, sabe? – Ela estava deslizando o açucareiro para a frente e para trás, por cima do açúcar derramado, enquanto falava com ele, mas sem encará-lo. – Amável e gentil. Ela nunca pedia nada. E sempre foi uma dama. O pai dela e eu tentamos ensinar isso a todos eles, que fossem damas e cavalheiros. Mas só Julia entendia. Era muito bem-educada.

– Eu notei isso também. Meu pai sempre dizia que um cavalheiro coloca os outros à vontade.

– Que coisa engraçada vinda de um homem que machucou tantas pessoas. Ele por certo se colocava à vontade, deixando a luta para os outros. Como é ter um pai tão vilipendiado?

Gamache sustentou o olhar dela, depois encarou o gramado, que continuava até o lago dourado e o cais. E o velho feio fazendo suas contas. O homem que conhecera seu pai. Ele queria muito perguntar a Finney sobre Honoré. Gamache tinha 11 anos quando o carro da polícia chegou. Ele estava olhando pela janela, seu rosto macio nas costas ásperas do sofá. Esperando pelos pais. Eles sempre apareciam. Mas daquela vez estavam atrasados.

Armand tinha visto o carro e sabia que não era deles. Teria sido uma pequena diferença no som? A inclinação dos faróis? Ou alguma outra coisa? Ele viu os agentes da polícia de Montreal saírem, colocarem seus chapéus, fazerem uma pausa e então seguirem até a porta.

Tudo muito devagar.

Sua avó também tinha ouvido o carro chegar, as luzes brilhando pela janela, e tinha ido para a porta receber os pais dele.

Devagar, bem devagarinho, ele a viu andar, a mão estendida para a maçaneta. Ele tentou se mover, dizer alguma coisa, impedi-la. Mas o mundo parecia desacelerar e ele havia paralisado.

Ele simplesmente ficou olhando, boquiaberto.

Houve uma batida na porta. Não uma batida rápida, mas algo mais sinistro. Era quase um arranhão, uma fricção suave. Ele viu a expressão de sua avó mudar um segundo antes de abrir a porta. Seus pais com certeza não bateriam. Ele correu para ela então, para impedi-la de deixar aqueles homens entrarem. Mas nada poderia impedi-los.

Antes mesmo de o policial falar, a avó segurou o rosto de Armand contra seu vestido, de modo que, mesmo depois de adulto, toda vez que ele sentia cheiro de naftalina, começava a se engasgar. E ele ainda sentia aquela mão grande e forte em suas costas, como se quisesse impedi-lo de cair.

Durante toda a infância, toda a adolescência e até os 20 e poucos anos, Armand Gamache se perguntara por que Deus havia levado ambos. Ele não poderia ter deixado pelo menos um, por ele? Não era uma exigência de sua parte e nem uma acusação contra um Deus desajeitado e insensível, era apenas um enigma.

Mas ele encontrou sua resposta quando conheceu Reine-Marie, ao amá-la e se casar com ela, e amá-la mais a cada dia. Ele soube então como Deus tinha sido bondoso por não levar um e deixar o outro. Ainda que fosse por ele.

Seus olhos deixaram o lago e voltaram para a mulher idosa à sua frente, que acabara de vomitar toda a sua dor em cima dele.

Ele a olhou com bondade. Não porque sabia que isso iria confundi-la ou irritá-la ainda mais, mas porque sabia que ele próprio já tivera tempo para absorver a sua perda. E a dela ainda era recente.

A dor era como uma adaga, afiada e apontada para dentro. Era feita de novas perdas e velhas tristezas. Forjada e bem-acabada, e às vezes polida. Irene Finney tinha sofrido a perda da filha e, a essa tristeza, adicionara toda uma vida de prerrogativas e decepções, de privilégio e orgulho. E a adaga que ela havia criado se afastara brevemente de suas entranhas e no momento estava apontando para fora. Para Armand Gamache.

– Eu amava meu pai na época e ainda o amo hoje. É muito simples – declarou ele.

– Ele não merece. Desculpa, mas é verdade, e eu tenho que dizer isso. A verdade vos libertará.

Ela parecia quase pesarosa.

– Eu acredito nisso – disse ele. – Mas também acredito que não é só a verdade acerca dos outros que nos liberta, mas a verdade acerca de si mesmo.

Ela ficou indignada.

– Não sou eu quem precisa de libertação, Sr. Gamache. O senhor se recusa a enxergar seu pai com clareza. O senhor vive uma mentira. Eu o conheci. Ele era um covarde e um traidor. Quanto mais cedo o senhor aceitar isso, mais cedo poderá seguir com a sua vida. O que ele fez foi desprezível. Ele não merece o seu amor.

– Todos nós merecemos o amor. E, às vezes, o perdão.

– Perdão? O senhor se refere à clemência, absolvição? – Ela fez com que as palavras soassem como uma blasfêmia, uma desgraça. – Eu nunca vou perdoar o homem que matou Julia. E se ele algum dia for perdoado...

Suas mãos trêmulas soltaram o açucareiro. Após um momento, sua voz se firmou.

– Nós já tínhamos perdido muito tempo. Um tempo que nos foi roubado por David Martin. Ele nem quis se casar em sua cidade natal. Insistiu que se casassem em Vancouver. E a manteve lá.

– Contra a vontade dela?

Ela hesitou.

– Ele a manteve longe. Ele nos odiava, especialmente Charles.

– Por quê?

– Charles era esperto demais para ele, sabia que tipo de homem David era. Ele não era um cavalheiro. – Ela quase sorriu. – Sempre tinha algum esquema. Sempre procurando o melhor ângulo, o negócio mais rápido. Julia e Charles tiveram uma briga. Talvez o senhor tenha ouvido falar.

Ela levantou a cabeça e seus ardilosos olhos azuis o avaliaram. Ele assentiu.

– Então o senhor sabe quanto Julia era sensível. Sensível demais. Ela foi embora e logo conheceu David Martin. Quando Martin ouviu que o pai dela era o financista Charles Morrow, bem, ele só pensava em reconciliá-los. De início, Charles ficou animado, mas depois ficou bem claro que Martin só queria que ele entrasse em um de seus esquemas. Charles recusou na hora.

– Tanto o acordo quanto a reconciliação fracassaram?

– Não, o negócio foi feito, mas com outros investidores mais fáceis de enganar. Mas ele acabou perdendo tudo e teve que começar de novo. Ele nunca se cansava de falar mal da gente para Julia. Virou-a contra nós, especialmente contra o pai.

– Mas não começou com David Martin, começou muito antes disso. Com um insulto escrito na parede de um banheiro masculino do Ritz.

– O senhor sabe sobre isso também? Bem, era uma mentira. Uma mentira imunda. Com um propósito. Ferir Charles e criar uma barreira entre ele e Julia.

– Mas quem iria querer fazer isso?

– Nós nunca descobrimos.
– A senhora suspeita de alguém?
Ela hesitou.
– Se suspeito, guardo para mim mesma. Está achando que eu sou de fazer intrigas?
– Eu acho que, se sua família fosse atacada, a senhora e seu marido revidariam. E fariam de tudo para encontrar quem teria feito aquilo.
– Charles tentou – admitiu ela. – Nós tínhamos nossas suspeitas, mas não podíamos agir sem ter certeza.
– Alguém próximo?
– Esta conversa está encerrada.
Ela se levantou, mas não antes de Gamache ter a impressão de que ela desviou o olhar. Para o gramado. Para o lago. E para o homem feio quase totalmente coberto pela névoa ao redor do cais.

Quando Gamache foi para a doca, uma pequena figura passou depressa, galopando. Bean em pleno voo, uma toalha do Homem-Aranha nas costas, as mãos segurando rédeas, uma canção sussurrada, "*Letter B, letter B*" cantada tão baixo que mal se ouvia. Feliz, a criança galopou até a floresta.
– Está vendo alguma coisa? – perguntou Gamache a Finney, gesticulando para os binóculos.
– Na verdade, eu parei de observar – admitiu Finney. – Os binóculos são um hábito. Caso alguma coisa fora do normal aconteça. Bean me pediu para ficar de olho em Pegasus, e eu acho que acabei de vê-lo.
Finney indicou com a cabeça o gramado agora vazio, e Gamache sorriu.
– Mas eu não procuro mais os pássaros. Acabo me esquecendo.
– O martlet é um pássaro interessante – disse Gamache, colocando as mãos grandes para trás e olhando para o lago e suas ondas suaves. Nuvens moviam-se devagar. – Muito usado em brasões. Representa empreendimento e trabalho árduo. Também serve para simbolizar o quarto filho.
– É mesmo?
Finney continuou olhando para o lago, mas seu olho vesgo estava energizado, indo para lá e para cá.
– Sim. Eu li isso ontem à noite, num livro sobre a Guerra dos Cem Anos.

Naquela época, o primeiro filho de qualquer família recebia a herança, o segundo era dado para a igreja, o terceiro podia casar bem, mas o quarto? Bem, o quarto precisava se virar sozinho.

— Tempos difíceis.

— Para os martlets... Eu me lembrei do que Charles Morrow mais temia em relação aos filhos, os quatro. Tinha medo de que eles dilapidassem o patrimônio da família.

— Um homem tolo, realmente — comentou Finney. — Gentil e generoso com todos, mas severo com a família.

— O senhor acha? Pois vou lhe dizer o que eu acho. De fato, Charles Morrow foi avisado pelo próprio pai para tomar cuidado com a próxima geração, e ele acreditou. Sua única decisão tola. Mas os filhos tendem a acreditar nos pais. Então Charles tomou outra decisão. Sábia, desta vez. Acho que ele decidiu dar algo mais aos filhos, outras riquezas além do dinheiro. Algo que não pudessem desperdiçar. Enquanto regalava a esposa e amigos com riquezas e presentes. — Ele fez uma reverência ligeira para Finney, que reconheceu o gesto. — Ele decidiu bloquear a fortuna para os filhos. Em vez disso, lhes deu amor.

Gamache notou que os músculos do rosto mal barbeado de Finney se contraíram.

— Ele pensava muito em riquezas, sabe? — disse Finney, finalmente. — Era obcecado por isso, de certa forma. Ele tentou descobrir o que o dinheiro podia comprar. Mas nunca realmente obteve resposta. O mais próximo que chegou foi entender que seria muito infeliz sem ele, mas, honestamente? — Finney se virou para Gamache. — Charles era infeliz *com* ele. No final, só pensava em dinheiro. Será que teria o suficiente, será que alguém estaria tentando roubá-lo, será que os filhos o jogariam fora? As conversas com ele ficaram muito entediantes.

— O senhor fala isso, mas fica sentado aqui fazendo contas.

— É verdade. Mas eu faço isso sozinho, não imponho nada a ninguém.

Gamache se perguntou se era verdade. A morte de Julia teria tornado as contas daquele homem muito mais interessantes. Matar Julia poderia ser considerado uma imposição.

— Então, fosse por ser avarento ou sábio, Charles Morrow decidiu que encheria os filhos de carinho, e não de dinheiro — continuou o inspetor-chefe.

– Charles foi para a McGill. Ele jogou no time de hóquei. Os McGill Martlets. – Finney fez uma pausa, reconhecendo a associação. – Ele contava aos filhos tudo sobre esses jogos, mas sempre contava sobre as ocasiões em que tropeçou no gelo, perdeu um passe ou foi esmagado no muro. Todas as vezes que estragou tudo. Para que os filhos aprendessem que não havia problema em cair, que fracassar fazia parte da vida.

– Eles não gostavam de cair? – perguntou Gamache.

– A maioria não gosta, mas as crianças dos Morrows gostavam menos ainda. Então elas nunca se arriscavam. A única que fazia isso era Marianna.

– A quarta filha – observou Gamache.

– De fato. Mas, de todos eles, Peter era o mais frágil. Ele tem alma de artista e temperamento de banqueiro. Isso torna a vida muito estressante, estar tão em conflito consigo mesmo.

– Na noite em que morreu, Julia o acusou de ser hipócrita – lembrou Gamache.

– Imagino que todos eles sejam. Thomas é o oposto de Peter. Alma de banqueiro, mas temperamento de artista. Emoções esmagadas. É por isso que ele toca de forma tão precisa.

– Mas sem prazer – completou Gamache. – Ao contrário de Marianna.

Finney não disse nada.

– Mas eu não contei a parte mais interessante sobre o martlet – disse Gamache. – Ele é sempre desenhado sem pés.

Isso fez o velho grunhir. Gamache se perguntou se ele estaria sentindo dor.

– O escultor Pelletier gravou um martlet na estátua de Charles Morrow – prosseguiu Gamache. – Peter desenhou um igual para o pai.

Finney assentiu e suspirou.

– Eu me lembro daquele desenho. Charles o valorizava muito. Levava sempre com ele.

– Julia aprendeu isso com ele – comentou Gamache. – Charles mantinha algumas coisas preciosas por perto, e a filha fazia a mesma coisa. Ela carregava um maço de cartas e cartões sempre com ela. Parecem inofensivos, bobos até, mas para ela eram sua proteção, a prova de que era querida. Ela os pegava e os lia quando não se sentia amada, o que imagino que ocorresse com frequência.

Peter dissera que todos eles tinham armaduras, e aquela era a de Julia. Um monte de cartões de agradecimento desgastados.

– Eu sei que Charles era seu melhor amigo, então me perdoe por dizer isto – começou Gamache, sentando-se para que pudesse ver melhor o rosto do velho, embora ele fosse quase impossível de decifrar. – Com tudo que o senhor contou sobre o amor que ele tinha pelos filhos, não parece que esse amor era retribuído. Monsieur Pelletier teve a impressão de que Charles Morrow não deixou muitas saudades.

– O senhor ainda não conhece os Morrows, não é? O senhor acha que conhece, mas não, caso contrário jamais teria disso isso.

As palavras foram ditas baixinho, sem rancor, mas a reprimenda foi óbvia.

– Eu estava apenas repetindo as palavras do escultor.

Juntos, eles observaram as libélulas flutuando e zumbindo pelo cais.

– Existe outra característica própria do martlet – comentou Gamache.

– Qual?

– O senhor sabe por que ele é sempre desenhado sem os pés?

Finney permaneceu em silêncio.

– Porque ele está a caminho do paraíso. De acordo com a lenda, um martlet nunca toca o chão, ele voa o tempo todo. Acredito que Charles Morrow queria dar isso aos filhos. Ele queria que voassem. Que encontrassem, se não o paraíso, pelo menos a felicidade. *Oh! Eu me desvencilhei das cruéis amarras da terra* – disse Gamache. – O senhor citou o poema "Voo alto" na primeira vez que conversamos.

– O favorito de Charles. Ele foi aviador naval na guerra. *E dancei pelo céu com asas prateadas sorridentes*. Belíssimo.

Finney olhou para o lago, a floresta, as montanhas. Abriu a boca, mas voltou a fechá-la. Gamache esperou.

– O senhor é muito parecido com seu pai, sabia? – declarou Finney, por fim.

As palavras saíram para o mundo e se juntaram aos raios de sol dourados, que fluíam pelas nuvens e caíam sobre a água e o cais e aqueciam o rosto dos dois homens ali. As palavras se juntaram às ondas brilhantes e ao movimento dos insetos, borboletas, pássaros e folhas cintilantes.

Armand Gamache fechou os olhos e adentrou as sombras, as profundezas da casinha onde viviam todas as suas experiências e lembranças, onde todos que ele já conhecera e tudo o que havia feito, pensado ou dito esperava. Caminhou até o fundo e lá encontrou um quarto, fechado, porém não trancado. Um quarto onde nunca ousara entrar. De baixo da porta não vinha um cheiro ruim, nem escuridão, nem gemidos ou ameaças terríveis. Mas algo muito mais assustador.

Uma luz brilhava ali.

Lá dentro, ele sabia que estavam seus pais. Onde o jovem Armand os havia colocado. Para que permanecessem sãos e salvos. E perfeitos. Longe de acusações, provocações, sorrisos maliciosos.

Durante toda a vida de Armand, Honoré vivera na luz. Inconteste.

O resto do mundo poderia sussurrar "Covarde", "Traidor", e seu filho sorriria. Seu pai estava seguro, trancado.

Armand estendeu a mão e tocou a porta.

A última sala, a última porta. O último território a ser explorado não abrigava um ódio monstruoso, amargura, ressentimentos. Abrigava amor. Um amor ofuscante e esplêndido.

Armand Gamache deu um leve empurrão e a porta se abriu.

– Como era meu pai?

Finney fez uma pausa antes de falar.

– Ele era um covarde, mas você já sabe disso. Ele realmente era. Não são apenas os delírios de uma população enlouquecida.

– Eu sei que ele era – disse Gamache, sua voz soando mais forte do que ele se sentia.

– E o senhor sabe o que aconteceu depois?

Gamache assentiu.

– Eu conheço os fatos.

Ele correu de volta para a casinha, atravessando as lembranças atônitas, desesperado para chegar ao quarto e à porta que fora tolo o suficiente para abrir. Mas era tarde demais. A porta estava aberta, a luz havia escapado.

E ele encarava o rosto mais feio do mundo.

– Honoré Gamache e eu tivemos vidas bem diferentes. Com frequência, estávamos em lados opostos. Mas ele fez algo extraordinário. Algo do qual nunca vou me esquecer, algo que carrego comigo até hoje. O senhor sabe o quê?

Bert Finney não olhava para o inspetor-chefe enquanto falava, mas Gamache teve a sensação de um imenso escrutínio.

– Ele mudou de ideia – declarou Finney.

Ele se levantou com dificuldade, limpando a cabeça quase calva com um lenço e recolocando o chapéu de abas largas que Gamache lhe dera. Ele se endireitou, alcançando cada centímetro da altura que ainda tinha, virou-se e encarou Gamache, que também havia se levantado. Finney não disse nada, simplesmente ficou olhando. Então abriu um sorriso e estendeu a mão, tocando Gamache no braço. Era um contato como muitos que Gamache tivera na vida, dados e recebidos. Mas naquele havia uma intimidade que parecia quase uma violação. Finney olhou nos olhos de Gamache, então deu meia-volta e caminhou lentamente pelo cais até a costa.

– O senhor mentiu para mim, monsieur! – gritou Gamache atrás dele.

O velho parou e se virou, apertando os olhos contra os raios de sol. Ele levou a mão trêmula à testa, para poder olhar para Gamache.

– O senhor parece surpreso, inspetor-chefe. Certamente as pessoas mentem para o senhor o tempo todo.

– É verdade. Não foi a mentira que me surpreendeu, mas o assunto sobre o qual o senhor escolheu mentir.

– Sério? E qual foi ele?

– Ontem eu pedi à minha equipe para analisar o passado de todos os envolvidos neste caso...

– Muito esperto.

– *Merci*. Elas descobriram que o do senhor foi exatamente como descreveu. Vida modesta em Notre-Dame-de-Grace, em Montreal. Contador. Trabalhou em um ou outro lugar depois da guerra, mas os empregos eram escassos, com tantos homens procurando de repente, ao mesmo tempo. Seu velho amigo Charles o contratou e o senhor continuou com ele. Muito leal.

– Era um bom trabalho, com um bom amigo.

– Mas o senhor disse que nunca foi prisioneiro.

– E nunca fui.

– Foi, sim, monsieur. Seu registro de guerra afirma que o senhor estava na Birmânia quando os japoneses invadiram. O senhor foi capturado.

Ele estava falando com um sobrevivente da campanha da Birmânia, de uma luta brutal, de um cativeiro atroz e desumano. Quase ninguém sobreviveu. Mas aquele homem, sim. Ele vivera para chegar a quase 90 anos, como se estivesse aproveitando todo o tempo que havia sido roubado dos outros. Ele vivera para se casar, para ter enteados e para ficar ali de pé pacificamente em um cais, em uma manhã de verão, discutindo um assassinato.

– O senhor está tão perto, inspetor-chefe. Eu me pergunto se tem noção de quão perto está. Mas ainda há algumas coisas para descobrir.

Com isso, Bert Finney virou-se e caminhou para o gramado, dirigindo-se devagar para aonde quer que homens como ele fossem.

Armand Gamache o observou, ainda sentindo no braço o toque de sua mão. Então fechou os olhos e voltou o rosto para o céu, a mão direita se erguendo apenas um pouco para segurar uma mão maior.

– *Oh! Eu me desvencilhei* – murmurou ele para o lago – *das cruéis amarras da terra.*

VINTE E OITO

Gamache tomou um café da manhã leve com granola caseira e viu Jean Guy Beauvoir comer quase uma colmeia inteira de mel.

– Sabia que as abelhas batem as asas sobre o favo de mel e que isso faz a água evaporar? – informou Beauvoir, mastigando um bocado de favo e tentando não deixar transparecer que tinha gosto de cera. – É por isso que o mel é tão doce e espesso.

Isabelle Lacoste passou geleia de framboesa fresca em um croissant amanteigado e olhou para Beauvoir como se ele fosse um urso com um cérebro bem pequeno.

– Minha filha fez um projeto sobre mel no primeiro ano – disse ela. – Você sabia que as abelhas comem o mel e depois o vomitam? E de novo, e de novo. É assim que o mel é feito. Vômito de abelhas, foi assim que ela chamou.

A colher com um pedaço de favo de mel e gotejando um líquido dourado parou no ar. Mas a adoração venceu e ela entrou na boca de Beauvoir. Qualquer coisa que a chef Véronique tocasse era boa para ele. Até vômito de abelha. Comer aquele líquido grosso, quase âmbar, lhe confortava. Ele se sentia cuidado e seguro perto daquela mulher grande e desajeitada. Ele se perguntou se seria amor. E se perguntou por que não se sentia assim com a esposa, Enid. Mas fugiu do pensamento antes que ele se consolidasse.

– Vou voltar no meio da tarde – avisou Gamache, parado à porta alguns minutos depois. – Comportem-se.

– Dê nossos parabéns a madame Gamache – disse Lacoste.

– Feliz aniversário de casamento – desejou Beauvoir, apertando a mão do chefe.

Gamache a segurou por um pouco mais de tempo do que o necessário. Havia uma pequena migalha de cera no lábio de Beauvoir.

– Venha comigo, por favor – pediu o inspetor-chefe, soltando a mão pegajosa.

Os dois seguiram a trilha de terra batida até o carro.

– Tome cuidado – avisou Gamache a seu segundo em comando.

– Como assim? – perguntou Beauvoir, rapidamente ficando alerta.

– Você sabe o que eu quero dizer. Este trabalho já é difícil o suficiente, perigoso o suficiente, sem ficarmos cegos.

– Eu não estou cego.

– Está, sim. Está obcecado por Véronique Langlois. O que tem nela, afinal, Jean Guy?

– Não estou obcecado. Eu a admiro, só isso.

As palavras tinham uma intensidade, um aviso.

Gamache não cedeu. Em vez disso, continuou a olhar fixamente para o homem mais jovem, tão asseado, tão arrumado, e sempre em tamanha turbulência. Gamache sabia que era esse turbilhão o que o tornava um investigador tão talentoso. Sim, ele coletava fatos e os juntava com brilhantismo, mas era a inquietação de Beauvoir que lhe permitia identificar isso nos outros.

– E Enid?

– O que tem minha esposa? O que está sugerindo?

– Não minta para mim – avisou Gamache.

Ele esperava isso de suspeitos, mas de sua equipe, jamais era tolerado. Beauvoir sabia disso e hesitou.

– Senti algo pela chef Véronique desde o início, mas é ridículo. Quero dizer, olhe para ela. Tem quase o dobro da minha idade. Ela me fascina, nada mais.

Em poucas palavras, ele tinha traído seus sentimentos e mentido para o chefe.

Gamache respirou fundo e continuou a encarar seu inspetor. Então tocou o braço dele.

– Você não precisa se envergonhar de nada, mas tem que prestar atenção. Tome cuidado. Véronique Langlois é uma suspeita, e tenho medo de que seus sentimentos por ela o ceguem.

Gamache deixou cair a mão e, naquele instante, Beauvoir desejou ser abraçado por ele, como uma criança. Sentiu-se profundamente surpreso e envergonhado por aquela vontade quase esmagadora. Era como se uma mão o empurrasse com firmeza em direção àquele homem poderoso e imponente.

– Eu não sinto nada por ela – disse ele, com dureza.

– Mentir para mim é uma coisa, Jean Guy, mas espero que você não esteja mentindo para si mesmo.

Gamache o encarou por mais um instante.

– Olá – chamou uma voz alegre da entrada.

Os dois se viraram. Clara e Peter vinham andando na direção deles. Clara hesitou quando viu a expressão dos dois.

– Estamos interrompendo?

– De jeito nenhum. Eu já estava saindo.

Beauvoir virou as costas para o chefe e se afastou rapidamente.

– Tem certeza de que não interrompemos nada? – indagou Clara, enquanto se dirigiam a Three Pines no Volvo de Gamache.

– Nós já tínhamos terminado de conversar, *merci*. Ansiosos para voltar para casa?

Durante o resto da agradável viagem, eles conversaram sobre o clima, o campo e os habitantes do vilarejo. Nada sobre o caso e os Morrows que estavam deixando para trás. Por fim, o carro chegou ao alto da colina e Three Pines surgiu, com sua praça no centro e as ruazinhas que dela irradiavam, como uma bússola, ou raios de sol.

Eles desceram a colina devagar, com cuidado, enquanto moradores saíam de suas casas e crianças bronzeadas, em trajes de banho, atravessavam a rua desacompanhadas e corriam para a praça, seguidas por cães saltitantes. Um pequeno palco tinha sido erguido de um lado e a churrasqueira já estava ardendo.

– Pode nos deixar aqui mesmo – disse Clara, quando Gamache virou para a pousada de Gabri e Olivier, que ficava de frente para a praça. – Vamos caminhando.

Ela apontou, desnecessariamente, para casa, uma pequena construção de tijolos aparentes do outro lado. Gamache a conhecia bem. Roseiras se arqueavam sobre o muro baixo de pedra e as macieiras que ladeavam a entrada estavam carregadas. Na lateral da casa havia uma treliça repleta de ervilhas-de-cheiro. Antes que ele descesse do carro, viu Reine-Marie sair da pousada. Ela acenou para Peter e Clara e, em seguida, desceu correndo a escada e abraçou o marido.

Estavam em casa. Gamache sempre se sentia um pouco como um caracol, mas em vez de carregar sua casa nas costas, ele a carregava em seus braços.

– Feliz aniversário – disse ela.

– *Bonne anniversaire* – disse ele, e colocou um cartão na mão dela.

Reine-Marie o levou para o balanço na varanda aberta. Ela se sentou, mas ele olhou para o balanço, depois para cima, para o gancho preso ao teto de tábuas, que o mantinha no lugar.

– Gabri e Olivier sentam aqui o tempo todo e ficam observando a vila. Como você acha que eles sabem tantas coisas? – disse ela, batendo no assento ao seu lado. – Ele aguenta.

Se o balanço aguenta aqueles dois, pensou Gamache, *deve me aguentar também*. E aguentou.

Reine-Marie apertou o papel grosso e o abriu.

Eu te amo, estava escrito. E, ao lado, uma carinha feliz.

– Você desenhou isto? – perguntou ela.

– Sim.

Ele não contou que trabalhara naquilo quase a noite inteira. Escrevendo versos e mais versos e descartando todos eles. Até que destilou seus sentimentos naquelas três palavras. E naquele desenho bobo.

Foi o melhor que conseguiu fazer.

– Obrigada, Armand.

Ela deu um beijo nele e enfiou o cartão no bolso. Quando chegasse em casa, o juntaria aos outros trinta e quatro, todos dizendo exatamente a mesma coisa. Seu tesouro.

Em pouco tempo, eles estavam caminhando de mãos dadas pela praça, acenando para as pessoas que cuidavam das brasas do cordeiro recheado com molho *au jus*, embrulhado em ervas e papel-alumínio e enterrado antes do amanhecer. O *meshoui*, a tradicional comida festiva do Quebec. Pelo Dia do Canadá.

– *Bonjour, patron* – cumprimentou Gabri, dando uns tapinhas no ombro de Gamache e um beijo em sua bochecha. – Ouvi dizer que hoje há uma celebração dupla, o Dia do Canadá e seu aniversário de casamento.

O marido de Gabri e dono do bistrô, Olivier, juntou-se a eles.

– *Félicitations* – disse, com um sorriso.

Enquanto Gabri era grande, efusivo e desleixado, Olivier era contido e tinha uma aparência imaculada. Os dois tinham 30 e poucos anos e haviam se mudado para Three Pines em busca de uma vida menos estressante.

– Ah, não acredito! – disparou uma voz idosa e penetrante em meio às celebrações. – Se não é o inspetor Clouseau.

– A seu serviço, madame – disse Gamache com seu mais forte sotaque parisiense, fazendo uma mesura para Ruth. – A senhora tem uma licença para aquele bichano? – perguntou ele, apontando para o pato que vinha bamboleando atrás da poeta.

Ruth o encarou carrancuda, mas uma pequena contração no canto de sua boca a traiu.

– Venha, Rosa – disse ela ao pato grasnante. – Ele bebe, sabe como é.

– Feliz por estar de volta? – indagou Olivier.

Ele ofereceu um chá gelado para Gamache e Reine-Marie, e o inspetor-chefe sorriu.

– Sempre.

Eles passearam pelo vilarejo, finalmente parando nas mesinhas colocadas na calçada, em frente ao bistrô, para ver a corrida das crianças.

Peter e Clara juntaram-se a eles para uma bebida. Peter já parecia mais composto.

– Feliz aniversário – disse Clara, erguendo o copo de cerveja de gengibre.

Todos brindaram.

– Tem uma coisa que estou louca para perguntar – admitiu Reine-Marie, inclinando-se sobre a mesa e colocando a mão quente sobre a de Clara. – Eu posso ver o seu trabalho mais recente? O de Ruth?

– Eu adoraria mostrar a você. Quando?

– Por que não agora mesmo, *ma belle*?

As duas mulheres esvaziaram seus copos e se afastaram, Peter e Gamache observando-as passar pelo portão e se dirigir para a casa.

– Eu tenho uma pergunta para você, Peter. Vamos caminhar um pouco?

Peter assentiu, de repente se sentindo como se tivesse sido chamado à sala do diretor. Juntos, os dois atravessaram a praça e em seguida, sem precisar dizer anda, subiram pela Rue du Moulin e vagaram pela tranquila estrada de terra, um dossel de folhas verdes acima de suas cabeças.

– Você sabe em qual cabine aquela frase sobre a sua irmã estava escrita?

A pergunta deveria ter surgido do nada, mas Peter já a antecipara. Esperava por ela. Há anos. Ele sabia que algum dia alguém iria perguntar.

Ele deu mais alguns passos em silêncio, até que as risadas vindas do vilarejo desapareceram atrás deles.

– Acredito que foi na segunda – respondeu Peter, finalmente, olhando para suas sandálias.

Gamache ficou em silêncio por um instante, então falou:

– Quem escreveu a frase?

Era o buraco que Peter tinha contornado toda a sua vida. Um buraco que havia crescido e se transformado em um abismo e que ele continuava a evitar, fazendo o caminho mais longo, para não olhar para dentro, para não cair. E agora ele se abria bem à sua frente. Escancarado e escuro, e o envolvia. Em vez de desaparecer, ele simplesmente crescera.

Ele sabia que podia ter mentido. Mas estava cansado.

– Fui eu.

Durante a maior parte da vida, ele se perguntara como seria aquele momento. Ficaria aliviado? Será que a admissão o mataria? Não fisicamente, talvez, mas será que o Peter que ele havia construído com tanto cuidado morreria? Aquele homem decente, bondoso e gentil... Seria ele substituído pela criatura desprezível e odiosa que havia feito aquilo com a irmã?

– Por quê? – indagou Gamache.

Peter não ousou parar, não ousou olhar para Gamache.

Por quê? Por que ele tinha feito aquilo? Fazia tanto tempo. Ele se lembrava de se esgueirar para a cabine do banheiro. Lembrava-se da porta de metal limpa e verde, do cheiro de desinfetante que ainda o fazia engasgar. Ele havia levado sua caneta permanente, e com ela escrevera as fatídicas palavras. E fizera a irmã desaparecer. E mudara a vida de todos para sempre com seis simples palavras.

Julia Morrow é boa no boquete.

– Eu estava com raiva da Julia, por puxar o saco do meu pai.

– Você estava com ciúme dela. É normal. Com o tempo, passa.

Mas, de alguma forma, aquele consolo piorou a situação. Por que ninguém lhe dissera aquilo décadas antes? Que não havia nada de errado em odiar um irmão? Que isso iria passar?

Em vez disso, o ódio ficou. E cresceu. A culpa infeccionou, apodreceu e criou um buraco bem fundo dentro dele. E, finalmente, agora ele conseguia se sentir caindo.

– Julia percebeu que foi você, Peter? Era isso o que ela estava prestes a dizer a todos?

Peter parou e olhou para o inspetor-chefe.

– Você está sugerindo que eu matei minha irmã para ela não contar?

Ele tentou soar incrédulo.

– Eu acho que você faria qualquer coisa para guardar esse segredo. Se sua mãe tivesse descoberto que você era responsável por um ato que expôs sua família ao ridículo e causou uma ruptura, bem, só Deus sabe o que ela teria feito. Poderia tirá-lo do testamento dela. Na verdade, acho que essa é uma grande possibilidade. O erro que você cometeu há trinta anos pode lhe custar milhões.

– E você acha que eu me importo com isso? Minha mãe jogou dinheiro em cima de mim durante anos, e eu sempre mandei tudo de volta, tudo. Até minha parte da herança, quando meu pai morreu. Eu não quero nenhuma parcela desse dinheiro.

– Por quê? – perguntou Gamache.

– Como assim por quê? Você continuaria aceitando dinheiro dos seus pais até ficar adulto? Ah, não, me esqueci. Você não teve pais.

Gamache o encarou e, depois de alguns instantes, Peter baixou os olhos.

– Cuidado – sussurrou Gamache. – Você está criando o hábito de ferir as pessoas. Espalhar a dor não vai fazer com que a sua fique menor. É exatamente o contrário.

Peter o encarou, desafiador.

– Minha pergunta está de pé, Peter. Isto não é um bate-papo agradável entre amigos. É uma investigação de assassinato, e eu vou descobrir tudo. Por que você recusa as ofertas de dinheiro da sua mãe?

– Porque eu sou um homem adulto e quero me sustentar sozinho. Eu vi Thomas e Marianna bajulando, se curvando e fazendo qualquer coisa por dinheiro. Mamãe comprou uma casa para Thomas e deu a Marianna o dinheiro para começar os negócios.

– Por que ela não deveria fazer isso? Ela tem o dinheiro. Não estou entendendo qual é o problema.

– Thomas e Marianna são escravos do dinheiro, escravos de mamãe. Eles amam o luxo e as comodidades. Clara e eu vivemos com o que produzimos. Durante anos, mal podíamos pagar o aquecimento central. Mas pelo menos somos livres.

– Você é livre? Será que não é tão obcecado pelo dinheiro quanto eles? – Ele ergueu a mão para impedir a interrupção raivosa de Peter. – Se não fosse, você aceitaria o dinheiro, antes e agora. Thomas e Marianna o querem. Você, não. Mas ele ainda manda na sua vida. Ela ainda manda.

– Ah, logo você dizendo isso. Olhe só para você. Quão patético é ser um policial, carregar uma arma, quando isso foi exatamente a única coisa que seu próprio pai se recusou a fazer? Quem é que está compensando agora? Seu pai era um covarde, um covarde famoso, e o filho é famoso também. Pela coragem. Pelo menos minha mãe está viva. Seu pai está morto há muito tempo e ainda controla você.

Gamache sorriu, o que irritou Peter ainda mais. Aquele era o *coup de grâce*, o golpe final que ele havia mantido em suspenso para ser usado somente se a situação ficasse desesperadora.

Agora ele havia lançado a sua bomba, mas Hiroshima permaneceu intocada, até mesmo sorrindo.

– Eu amo o meu pai, Peter. Ainda que ele tinha sido um covarde, foi um grande pai, um grande homem, aos meus olhos, se não aos dos outros. Você conhece a história?

– Mamãe nos contou – disse ele, solenemente.

– O que ela contou?

– Que Honoré Gamache reuniu os franco-canadenses contra a Segunda Guerra Mundial, forçando o Canadá a hesitar antes de entrar no confronto e convencendo milhares de jovens quebequenses a não se alistar. Ele próprio ingressou na Cruz Vermelha para não ter que lutar.

Gamache assentiu.

– Ela está certa. Ela contou o que aconteceu depois?

– Não, você mesmo me contou. Ele e sua mãe morreram em um acidente de carro.

– Mas houve muitos anos no meio. Próximo do fim da guerra, o exército britânico chegou a um lugar chamado Bergen-Belsen. Tenho certeza de que você já ouviu falar dele.

Os dois estavam andando novamente, descendo a trilha sombreada, sentindo o doce ar do verão.

Peter não disse nada.

– Meu pai estava na divisão da Cruz Vermelha designada para entrar em prisões recém-libertadas. Ninguém estava preparado para o que iriam ver. Em Bergen-Belsen, meu pai viu o horror total que o homem era capaz de provocar. E ele viu seu erro. Ele olhou nos olhos dos homens e mulheres esperando por uma ajuda que não chegava. De um mundo que sabia o que estava acontecendo, e mesmo assim não se apressou. Eu tinha 8 anos quando ele começou a me contar as histórias. Assim que entrou em Bergen-Belsen, ele soube que estava errado. Ele nunca deveria ter sido contra aquela guerra. Ele era um homem da paz, isso é verdade. Mas também teve que admitir que tivera medo de lutar. E quando ficou cara a cara com aquelas pessoas em Bergen-Belsen, ele soube que tinha sido um covarde. Então voltou e pediu desculpas.

Peter continuou andando, o sorriso presunçoso estampado no rosto. Mantido cuidadosamente lá para esconder o choque. Ninguém havia lhe dito isso. Ao contar a história, sua mãe não mencionara que Honoré Gamache havia mudado de ideia.

– Meu pai se apresentou em sinagogas, igrejas, em encontros públicos, nos degraus da Assemblée Nationale, e se desculpou. Passou anos angariando fundos e coordenando esforços para ajudar refugiados a reconstruírem suas vidas. Ele patrocinou a vinda para o Canadá de uma mulher que havia conhecido em Bergen-Belsen, para morar na nossa casa. O nome dela era Zora. Ela se tornou minha avó e tomou conta de mim depois que meus pais morreram. Ela me ensinou que a vida continua e que eu podia fazer uma escolha: ficar lamentando o que eu não tinha mais, ou ser grato pelo que restou. Eu tive a sorte de ter um exemplo que não poderia moldar como quisesse. Afinal, como você discute com uma sobrevivente de um campo de extermínio?

Gamache riu, e Peter refletiu sobre aquele homem que vivera tantos pesadelos, e era feliz, enquanto ele mesmo tivera todos os privilégios possíveis, e não o era.

Eles saíram do túnel de árvores e pararam. O som de um violino os alcançava.

– Eu não quero ficar muito tempo longe de Reine-Marie – disse Gamache. Eles começaram a fazer o caminho de volta.

– Você tem razão. Eu sabia que meu pai veria o que eu tinha escrito no banheiro masculino. Eu sabia que ele nunca usaria a primeira cabine, então escrevi na segunda. Não foi só meu pai quem viu, mas os amigos dele também.

O ritmo deles diminuiu.

– Houve uma briga horrorosa, e Julia foi embora. Ela amava papai, como você provavelmente já sabe, e não o perdoou por não a amar de volta. É claro que ele a amava. Esse era o problema. Ele a amava tanto que viu aquilo como uma traição. Não à família, mas a ele. Ela era sua menininha.

Eles pararam mais uma vez. Gamache não disse nada. Depois de algum tempo, Peter continuou:

– Eu fiz aquilo de propósito. Para que ele a odiasse. Eu não queria a competição. Queria o meu pai só para mim. E ela implicava comigo. Eu era mais novo que ela, mas não muito. Era uma idade difícil. Dezoito anos. Todo desajeitado e descoordenado.

– Com espinhas.

Peter olhou para Gamache com espanto.

– Como você sabe? Foi Thomas quem contou?

Gamache balançou a cabeça.

– Pobre Peter da pele apinhada de pus.

Peter respirou fundo. Mesmo depois de tantos anos, ele ainda sentia o incômodo daquelas palavras.

– Onde você ouviu isso?

– De Julia – respondeu Gamache, observando Peter com atenção. – Uma noite, depois do jantar, eu estava no jardim e ouvi alguém repetindo algo várias vezes. Pobre Peter da pele apinhada...

– Entendi – interrompeu Peter. – Você sabe o que era?

– Sua irmã explicou que era uma brincadeira que vocês faziam quando crianças, mas, na verdade, eu não tinha ligado os pontos até hoje de manhã, quando sua mãe disse que vocês faziam jogos de palavras com seu pai. Aliterações.

Peter assentiu.

– Era a maneira dele de tentar nos fazer sentir como uma família, imagino, mas teve o efeito contrário. Nós ficamos competitivos. Pensávamos que o prêmio seria o amor dele. Era excruciante. Além disso, eu tinha um caso terrível de acne. Perguntei a Julia se ela conhecia algum creme que eu pudesse usar. Ela me deu um, mas então, mais tarde, fizemos o jogo. Começava totalmente aleatório, com "a pele apinhada". Eu disse "de pus". E achei que tinha vencido. Mas então Julia acrescentou "Pobre Peter". *Pobre Peter da pele apinhada de pus*. Papai gargalhou até não poder mais e a abraçou. Fez o maior alarde. Ela venceu.

Gamache podia até ver. Peter jovem, desajeitado, todo das artes. Traído pela irmã, ridicularizado pelo pai.

– Então você planejou sua vingança – disse Gamache.

– Eu escrevi o negócio no banheiro. Meu Deus, não consigo acreditar que fiz aquilo, tudo por causa de um jogo idiota. Uma coisa que simplesmente saiu da boca da Julia. Ela provavelmente nem quis dizer isso. Não era nada. Nada!

– Quase sempre é assim – observou Gamache. – Algo tão pequeno que ninguém mais enxerga. Tão pequeno que você não vê chegando, até que te destrói.

Peter suspirou.

Eles ficaram parados no alto da Rue du Moulin. Um grupo de violinistas estava tocando ao longe, suavemente, melodicamente, no início. Ao lado do palco, Ruth movimentava sua bengala rugosa de uma maneira inesperadamente graciosa ao compasso da música. No palco, havia fileiras de dançarinos alinhados, crianças na frente, mulheres no meio, homens robustos atrás. A música ganhou força e ritmo, e os pés dos dançarinos batiam com mais e mais insistência, até que, depois de mais ou menos um minuto, os violinistas estavam tocando com toda a intensidade, seus braços subindo e descendo, a música alegre e livre, e os pés dos dançarinos atingindo o piso em uníssono, pisando e batendo. Mas não era uma exibição de dança tradicional irlandesa, em que a parte superior do tronco se mantém rígida e os braços pendem como galhos mortos. Aqueles dançarinos, sob a bengala de Ruth Zardo, eram mais como dervixes, dançando, rodopiando, gritando e rindo, mas sempre dentro do ritmo. Suas pisadas sacudiam o palco, as ondas sonoras viajando pela terra, através dos corpos de todos no vilarejo, pela Rue du Moulin e em seus peitos.

Até que parou. E fez-se silêncio. Até as risadas recomeçarem, e os aplausos preencherem o vazio.

Peter e Gamache chegaram bem a tempo da apresentação final de dança do tamanco. Era uma turma de crianças de 8 anos. E Reine-Marie. Os violinistas tocaram uma valsa irlandesa lenta enquanto os dançarinos se movimentavam. Um menino abriu caminho até a frente do palco e fez passos diferentes. Ruth bateu a bengala nele, mas o garoto parecia imune a qualquer orientação.

No fim, Gamache os aplaudiu de pé, junto com Clara, Gabri e, por último, Peter.

– E aí, o que acharam? – perguntou Reine-Marie, juntando-se a todos à mesa de piquenique. – Sejam sinceros.

– Maravilhoso – respondeu Gamache, abraçando-a.

– Fiquei com lágrimas nos olhos – disse Gabri.

– Teria sido melhor se o Número Cinco não ficasse monopolizando o palco – sussurrou Reine-Marie, aproximando-se e apontando para um menininho radiante.

– Devo dar um chute nele? – indagou Gamache.

– Melhor esperar até que ninguém esteja olhando – aconselhou a esposa.

O menino sentou-se à mesa de piquenique ao lado e logo derramou uma Coca-Cola em uma direção e derrubou o saleiro em outra. A mãe fez com que o Número Cinco jogasse uma pitada de sal por cima do ombro. Gamache assistiu com interesse. Peter chegou com uma travessa de hambúrgueres, fatias de cordeiro assado e uma pirâmide de milho na espiga, enquanto Olivier apoiava uma bandeja de cervejas e resplandecentes *pink lemonades*.

– Pelo amor de Deus, *qu'est-ce que tu fais*? Tem formigas por toda parte, e espere. As vespas vão picar você.

A mãe agarrou o braço do menino e puxou o Número Cinco para outra mesa, deixando a bagunça para outra pessoa limpar.

– Todo mundo volta para esta semana – comentou Olivier, tomando um grande gole de cerveja gelada e observando as pessoas reunidas. – Elas chegam um pouco antes do Dia de São João Batista e ficam até depois do Dia do Canadá.

– Como vocês celebraram o Dia de São João Batista na semana passada? – perguntou Gamache.

– Violinistas, dança de tamancos e um churrasco – contou Gabri.

– O Número Cinco é turista? Nunca vi esse menino antes – disse Reine-Marie.

– Quem? – indagou Olivier, e quando Reine-Marie indicou sutilmente seu companheiro de dança, ele riu. – Ah. Ele é de Winnipeg. Você o chama de Número Cinco? Nós o chamamos de Bobalhão.

– Para simplificar – explicou Gabri. – Como Cher, ou Madona.

– Ou Gabri – acrescentou Reine-Marie. – Você sabe que eu nunca tinha ouvido o nome Gabri? É apelido de Gabriel?

– É.

– Os Gabriéis que conheço não têm apelido.

– Eu não sou qualquer Gabriel – disse Gabri.

– Desculpa, *mon beau*. – Reine-Marie estendeu a mão para confortar o enorme homem magoado. – Eu nunca diria que você é. E sempre gostei do nome Gabriel. O arcanjo.

De alguma maneira, isso deixou Gabri menos ofendido. Por um instante assustador, Reine-Marie imaginou enormes e poderosas asas cinzentas nas costas de Gabri.

– Nós temos um filho chamado Daniel, como você sabe. E uma filha chamada Annie. Escolhemos nomes que funcionariam tanto em inglês quanto em francês. Gabriel também funciona.

– *C'est vrai* – disse Gabri. – De Gabriel eu gosto, mas na escola todos me chamavam de Gab. Eu odiava. Então, inventei meu próprio nome. Gabri. *Voilà*.

– Nossa, que apelido mais viril – comentou Olivier, com um sorriso.

– Pois é – replicou Gabriel, desprezando o sarcasmo.

Mas, um instante depois, ele chamou a atenção de Reine-Marie com um olhar divertido, confirmando que não era tão indiferente ou egocêntrico quanto fingia ser.

Todos eles viram quando Bobalhão deu uma lambida em seu sorvete, derramou mais sal e de novo derrubou a lata de Coca-Cola na mesa. Ela derrapou sobre o sal, deu um solavanco e caiu. Ele começou a chorar. Depois de consolá-lo, a mãe pegou uma pitada do sal derramado e a jogou sobre o ombro do menino. Para dar sorte. Gamache ponderou que a única sorte que o Número Cinco teria seria se a mãe o tivesse feito limpar a própria bagunça, em vez de mudar de lugar cada vez que ele fazia sujeira.

Gamache olhou para a primeira mesa de piquenique. Como esperado, formigas e vespas se reuniram sobre as poças doces de Coca-Cola.

– Hambúrguer, Armand?

Reine-Marie lhe estendeu o hambúrguer, mas em seguida o abaixou. Ela reconheceu o olhar no rosto do marido. Ele tinha visto alguma coisa. Ela olhou para a mesma direção e viu apenas uma mesa de piquenique vazia e algumas vespas.

Mas ele viu um assassinato.

Ele viu formigas e abelhas, a estátua, a nogueira-preta, o Dia do Canadá e o de São João Batista. Viu trabalhos de verão, ganância e a maldade que levaria décadas para atacar Julia Morrow.

E ele finalmente tinha algo para escrever naquela última coluna.

Como.

Como um pai tinha saído de seu pedestal e esmagado a filha.

VINTE E NOVE

Armand Gamache deu um beijo de despedida na esposa assim que as primeiras gotas de chuva grossas caíram, fazendo barulho. Nada de névoa ou chuvisco naquele Dia do Canadá. Era um dia para uma chuva pesada, madura e suculenta.

– Você sabe, não é? – sussurrou Reine-Marie em seu ouvido quando ele a abraçou.

Ele se afastou e assentiu.

Peter e Clara entraram no Volvo como dois veteranos de guerra traumatizados retornando à linha de frente. O cabelo de Peter já estava arrepiado.

– Espere – pediu Reine-Marie quando Armand abriu a porta do banco do motorista.

Ela puxou o marido para perto, ignorando as gotas que caíam ao redor deles.

– Eu esqueci de lhe dizer. Lembrei onde eu vi a chef Véronique antes. Você também viu, tenho certeza.

Ela contou ao marido e os olhos dele foram se arregalando, surpresos. Ela estava certa, claro. E muitas coisas vagamente perturbadoras de repente fizeram sentido. A chef renomadíssima escondida. O exército de jovens trabalhadores ingleses. Nunca velhos, nunca franceses. Por que ela nunca cumprimentava os convidados? E por que ela vivia o ano inteiro às margens de um lago isolado?

– *Merci, ma belle.*

Ele a beijou mais uma vez e voltou para o carro, e o carro voltou para a estrada. A caminho do Manoir Bellechasse.

Quando fizeram a última curva na estrada de terra, eles avistaram o velho hotel através dos limpadores de para-brisa e viram um veículo da Sûreté estacionado na trilha sinuosa. Depois, mais veículos da polícia, à medida que se aproximavam. Alguns da força municipal. Até uma caminhonete da Real Polícia Montada do Canadá. A entrada estava lotada de veículos estacionados de maneira desordenada.

A conversa no carro parou, e tudo se tornou muito silencioso lá dentro, exceto pelo barulho contínuo dos limpadores de para-brisa. Gamache ficou sério, vigilante, e os três saíram correndo debaixo da chuva. Entraram na recepção do Manoir.

– *Bon Dieu*, graças a Deus o senhor chegou – disse a pequenina madame Dubois. – Eles estão no salão principal.

Gamache avançou rapidamente.

Quando abriu a porta, todos os olhares se voltaram para ele. No centro estava Jean Guy Beauvoir, cercado pelos Morrows, o que parecia ser toda a equipe do Manoir e homens e mulheres em uniformes variados. Um enorme mapa estava pendurado na cornija da lareira.

– *Bon* – disse Beauvoir. – Acredito que vocês conheçam esse homem. Inspetor-chefe Armand Gamache, chefe da Divisão de Homicídios da Sûreté du Québec.

Houve um murmúrio e alguns meneios de cabeça. Alguns dos policiais fizeram continência. Gamache retribuiu, assentindo.

– O que aconteceu? – perguntou Gamache.

– Elliot Byrne está desaparecido – explicou Beauvoir. – A ausência dele foi percebida em algum momento entre o café da manhã e o almoço.

– Quem relatou o desaparecimento?

– Fui eu.

A chef Véronique deu um passo à frente. E, quando Gamache olhou para ela, perguntou a si mesmo como não percebera antes. Reine-Marie estava certa.

– Ele não compareceu ao serviço do café da manhã – explicou a chef –, e isso é incomum, mas não inédito. Ele tinha trabalhado no jantar na noite anterior, e, nesses casos, às vezes o esquema de trabalho permite que não estejam no café da manhã seguinte. Por isso eu não disse nada. Mas ele precisava ter vindo preparar as mesas para o almoço.

– O que a senhora fez? – perguntou Gamache.

– Falei com Pierre, o maître – disse Véronique.

Pierre Patenaude deu um passo à frente ao ouvir seu nome, parecendo abalado e preocupado.

– Nós não deveríamos estar procurando por Elliot? – indagou ele.

– Nós estamos, monsieur – respondeu Beauvoir. – Avisamos a polícia e a imprensa, as estações de ônibus e de trem.

– Mas ele pode estar lá fora – argumentou Pierre, indicando o exterior, onde a chuva agora escorria pelas janelas, fazendo com que o mundo parecesse distorcido e grotesco.

– Vamos formar grupos de busca, mas primeiro precisamos de informações e de um plano. Prossiga – disse Gamache, dirigindo-se a Beauvoir.

– Monsieur Patenaude fez uma busca rápida nos beliches e no prédio para ter certeza de que Elliot não estava doente ou machucado, ou talvez apenas de bobeira – informou Beauvoir. – Nada foi encontrado.

– As roupas dele estão lá? – perguntou Gamache.

– Sim – respondeu Beauvoir, e os olhos dos dois se encontraram por um instante. – Estávamos prestes a formar grupos de busca para procurar nos arredores. – Beauvoir dirigiu-se a todos. – Quem quiser se voluntariar, por favor, fique aqui. O resto, por favor, pode sair.

– Posso ajudar? – ofereceu-se a pequena madame Dubois, parecendo ainda menor perto dos gigantescos oficiais da Polícia Montada, dando um passo à frente.

– A senhora pode me ajudar, madame – disse Gamache. – Prossiga – arrematou ele, fazendo um sinal para Beauvoir.

E, para a surpresa de todos, o inspetor-chefe pegou o braço de madame Dubois e eles deixaram o salão principal.

– Covarde.

A palavra sussurrada na voz de um Morrow deslizou pelas costas de Gamache e caiu no chão, onde evaporou.

– O que posso fazer, monsieur? – perguntou ela, quando chegaram ao escritório.

– A senhora pode me dar a ficha de emprego de Elliot e qualquer informação que tenha sobre ele. E pode dar esses telefonemas.

Ele fez uma lista.

– Tem certeza? – perguntou ela, perplexa com a lista, mas, ao olhar para o rosto dele, não esperou a resposta.

Ele entrou na biblioteca e fechou a porta. No corredor, ouviu o tropel de voluntários se preparando para sair na chuva. Não era uma tempestade, mas o tipo de chuva e vento que deixa o chão encharcado e escorregadio. Ia ser terrível.

Depois de fazer mais algumas anotações, ele olhou pela janela. Então passou depressa pelas portas francesas e atravessou o gramado chuvoso, indo em direção a um grupo de voluntários e policiais que estavam começando a entrar na floresta.

Eles usavam casacos laranja brilhantes, fornecidos pela sociedade de caça, que também havia se voluntariado. Cada equipe contaria com um policial e um caçador local. A última coisa de que precisavam era perder um membro da equipe de busca. Isso acontecia. Com frequência, o perdido reaparecia e os que o procuravam desapareciam, seus ossos sendo encontrados anos depois. As florestas canadenses não abdicavam de seu território, ou de seus mortos, facilmente.

A chuva caía em torrentes, atingindo-os de lado. Todos ficaram anônimos nos casacos alaranjados e molhados.

– Colleen? – gritou ele à procura da jardineira, mesmo sabendo que, com o capuz, tudo que ouviriam seria o barulho da chuva batendo na capa. – Colleen!

Ele agarrou um par de ombros promissor. Era um jovem que Gamache reconheceu como um dos porteiros. Ele parecia assustado e inseguro. A água caía pelo rosto de Gamache, entrando em seus olhos e descendo pelas bochechas. Ele deu um sorriso reconfortante para o rapaz.

– Você vai se sair bem! – gritou. – Apenas não se afaste dos outros. – Gamache apontou para dois grandes casacos alaranjados com letras X feitas de fita-crepe preta nas costas. – Caso se canse, avise a eles. Não se arrisque, *d'accord*?

O jovem assentiu.

– O senhor vem com a gente?

– Não posso. Precisam de mim em outro lugar.

– Eu entendo.

Mas Gamache notou sua decepção. Viu o medo se espalhar pelo rosto do rapaz até tomar conta dele. E se sentiu péssimo. Mas ele precisava ir a outro lugar, embora primeiro tivesse que encontrar a jardineira.

– Colleen está no seu grupo?

O jovem balançou a cabeça em negativa e correu para se aproximar dos outros.

– *Sacré* – sussurrou Gamache, agora sozinho no gramado encharcado, suas roupas completamente molhadas. – Idiota.

Ele passou minutos caminhando pela floresta, perguntando a cada grupo que encontrava se a jardineira estava com eles. Ele conhecia o padrão de busca, tinha coordenado várias equipes, por isso se preocupava em não perder nenhum deles. Mas também estava preocupado com outra coisa. Com Elliot, agora desaparecido. Com Elliot, cujas roupas ainda estavam em seu modesto armário de madeira, no pequeno quarto com beliches.

– Colleen?

Ele tocou em outro ombro laranja e viu outro sobressalto, como se o pesadelo de algum jovem tivesse virado realidade por um momento. Quando eles se viravam, ele sabia que esperavam ver Freddy Krueger, Hannibal Lecter ou a Bruxa de Blair. Olhos enormes e aterrorizados encontraram os dele.

– Colleen?

Ela assentiu, aliviada.

– Venha comigo.

Ele avisou ao líder da equipe que estava tirando a jovem jardineira da busca e, enquanto os outros se embrenhavam cada vez mais na floresta, Gamache e Colleen voltaram ao gramado e correram em direção ao hotel.

Assim que chegaram lá dentro, pegaram toalhas para se secar, e Gamache falou:

– Preciso saber de algumas coisas, e preciso que você seja honesta.

Colleen não parecia capacitada a mentir.

– Quem era a pessoa de quem você gostava aqui no hotel?

– Elliot.

– E de quem você acha que ele gostava?

– Ela. A mulher que foi morta.

– Julia Martin? Por que você acha isso?

– Porque ele estava sempre perto dela, fazendo perguntas.

Ela levou a toalha macia ao rosto molhado e deu uma boa esfregada.

– Que tipo de perguntas? O que ele queria saber?

– Bobagens. O que o marido dela fazia, onde eles moravam e se ela velejava ou fazia caminhadas. Se ela conhecia o Stanley Park e o iate clube. Ele trabalhou lá uma vez.

– Você acha que ele já a conhecia, de Vancouver?

– Eu os ouvi rindo uma vez, dizendo que ele provavelmente serviu um martíni para ela lá, assim como estava servindo um aqui no Quebec.

Colleen claramente não vira graça naquilo.

– Você falou sobre formigas – disse ele, com mais cuidado. – As que estavam te dando pesadelos. Onde elas estavam?

– Em toda parte.

Colleen estremeceu ao se lembrar das formigas rastejando sobre ela.

– Não, eu quero dizer na vida real, não no seu sonho. Onde você viu as formigas?

Ele tentou não demonstrar a ansiedade que sentia e manteve a voz deliberadamente estável e calma.

– Por toda a estátua. Quando eu estava transplantando as flores quase mortas, olhei para cima e vi a estátua coberta de formigas.

– Agora pense com cuidado. – Ele sorriu e não se apressou, mesmo sabendo que o tempo corria, fugia. – Elas estavam realmente por toda a estátua?

Ela pensou.

– Não – respondeu, depois do que pareceram horas. – Elas estavam embaixo, nos pés dele e no bloco branco. Bem onde a minha cabeça estava.

E ele podia ver a jovem jardineira ajoelhada, tentando salvar as plantas que morriam e ficando cara a cara com uma colônia de formigas frenéticas.

– Havia mais alguma coisa lá?

– Que tipo de coisa?

– Pense, Colleen, pense.

Ele estava morrendo de vontade de dizer a ela, para levá-la rapidamente ao que queria ouvir, mas sabia que não podia. Então esperou.

– Vespas – declarou ela, finalmente.

Gamache soltou o ar sem nem ter percebido que estivera prendendo a respiração.

– O que era esquisito – continuou a jardineira –, porque não havia nenhum ninho. Só vespas. Aquela criança, Bean, disse que tinha sido picada por uma abelha, mas tenho certeza de que era uma vespa.

– Era uma abelha, na verdade – disse Gamache. – Uma abelha melífera.

– Mas isso é ridículo. Por que uma abelha melífera estaria lá? As colmeias ficam do outro lado da propriedade. Além do mais, as flores por ali estavam mal. Nenhuma abelha seria atraída por elas.

– Uma última pergunta. A agente Lacoste disse que você insistiu em afirmar que não foi sua culpa. – Ele rapidamente ergueu a mão para tranquilizá-la. – Nós sabemos que não foi. Mas preciso saber por que você disse isso.

– Elliot e a Sra. Martin estavam conversando do outro lado da estátua. Rindo e meio que flertando. Eu fiquei muito zangada. Era horrível ter que ver os dois juntos todos os dias. Eu estava trabalhando lá e eles, obviamente, não tinham me visto, ou não perceberam. Até que eu me levantei e coloquei a mão na estátua. Ela se moveu.

Ela baixou os olhos e esperou a inevitável risada. O inspetor-chefe jamais acreditaria nela. Quem acreditaria? O que acabara de dizer era risível, por isso não contara nada antes. Como uma estátua poderia se mover? Mas tinha acontecido. Ela ainda a sentia se movendo para a frente. Colleen esperou Gamache rir, dizer que o que ela havia contado era ridículo. Mas, quando levantou os olhos, ela o viu assentir.

– Obrigado – disse ele calmamente, embora ela não soubesse ao certo se ele estava falando com ela. – Está tarde demais para você se juntar aos outros na busca. Talvez você possa me ajudar.

Ela sorriu, aliviada.

Enquanto Gamache atendia algumas chamadas que madame Dubois completara, ele pediu a Colleen para ligar para o presídio de Nanaimo, na Colúmbia Britânica.

– Diga que o inspetor-chefe Gamache precisa falar urgentemente com David Martin.

Gamache falou com o Musée Rodin, em Paris, a Royal Academy, em Londres, e o cemitério Côte des Neiges, em Montreal. Ele tinha acabado de desligar quando Colleen lhe entregou o telefone.

– O Sr. Martin está na linha.

– David Martin? – perguntou Gamache.

– Sim. É o inspetor-chefe Gamache?
– *Oui, c'est moi-même.*

Ele continuou em um francês rápido e recebeu respostas em um francês igualmente veloz. Em pouco tempo, Gamache ficou sabendo do início da vida e da carreira de Martin, suas primeiras falências, seus investidores.

– Preciso dos nomes de todos os seus primeiros investidores.

– Isso é fácil. Não eram muitos.

Gamache anotou os nomes à medida que Martin os ditava.

– E eles perderam tudo o que investiram com você?

– Nós todos perdemos, inspetor-chefe. Mas não precisa chorar por eles. Não se engane, eles também estavam querendo ganhar muito dinheiro. Não era caridade. Se as empresas tivessem um bom lucro, eles fariam fortuna. É o mundo dos negócios. Eu fali, e alguns deles também. Mas eu me reergui.

– Você era jovem e não tinha responsabilidades. Alguns deles eram mais velhos, tinham família. Não havia tempo ou energia para recomeçar.

– Então não deveriam ter investido.

Gamache desligou e ergueu o olhar. Irene Finney e madame Dubois estavam de pé na sala, lado a lado, com uma expressão idêntica no rosto. Atrás delas, Colleen parecia o "antes" de um "antes e depois" com aquelas mulheres idosas, exibindo o mesmo olhar.

De medo.

– O que aconteceu?

Ele se levantou.

– Bean – disse a Sra. Finney. – Não sabemos onde Bean está.

Gamache empalideceu.

– Quando foi a última vez que viram Bean?

– No almoço – respondeu a Sra. Finney, e todos eles olharam seus relógios. Três horas. – Onde Bean está?

Ela olhou para Gamache como se ele fosse o responsável. E ele sabia que era. Tinha sido lento, se permitira ser mal direcionado por sua própria parcialidade. Ele havia acusado Beauvoir de estar cego de emoção, mas ele também estivera.

– O senhor está sentado aqui, em segurança, com as mulheres mais velhas e as crianças – sibilou a Sra. Finney. – Escondido aqui enquanto outros fazem o trabalho difícil.

Ela estava tremendo de fúria, como se a culpa tivesse finalmente se espalhado de maneira tão ampla que ela mesma fora atingida.

– Por quê? – sussurrou Gamache para si mesmo. – Por que Bean?

– Faça alguma coisa, homem! – gritou a Sra. Finney.

– Preciso pensar – disse ele.

Gamache colocou as mãos para trás e começou a caminhar a um ritmo constante pela biblioteca. Incrédulas, elas assistiram. Então, finalmente, ele parou e se virou, enfiando a mão no bolso.

– Aqui, pegue meu Volvo e o estacione bloqueando a entrada. Existem outras maneiras de entrar e sair da propriedade?

Ele jogou suas chaves para Colleen e foi rapidamente até a porta; madames Dubois e Finney o seguiam, a jardineira corria na chuva.

– Há uma entrada de serviço – explicou madame Dubois. – Uma pequena passagem, nos fundos. Nós a usamos para equipamentos mais pesados.

– Mas ela leva até a estrada principal? – inquiriu Gamache.

Madame Dubois assentiu.

– Onde fica? – perguntou ele.

Ela apontou, e ele correu para a chuva. Subiu na enorme picape da Polícia Montada, encontrando as chaves na ignição, como esperava. Logo ele estava afastado do hotel, descendo pela trilha da entrada de serviço. Ele precisava encontrar um estreitamento na mata onde pudesse deixar a caminhonete e fechar a propriedade.

O assassino ainda estava entre eles, Gamache sabia. Assim como Bean. Era preciso mantê-los lá.

Gamache estacionou a picape atravessada na pista e estava saindo dela quando outro veículo virou na curva em seu encalço e derrapou até parar. Gamache não conseguia ver o rosto do motorista. O capuz laranja brilhante fazia uma sombra. Parecia que um fantasma estava dirigindo o carro. Mas Gamache sabia que não era nenhum espírito, mas carne e osso ao volante.

Pneus lançaram lama e folhas mortas enquanto o carro tentava dar marcha a ré. Mas ficou preso na lama. Gamache correu no instante em que a porta se abriu e o assassino saltou e começou a correr, a capa de chuva laranja esvoaçando loucamente.

Gamache parou e enfiou a cabeça no carro.

– Bean? – gritou ele.

Mas o carro estava vazio. Seu coração parou de bater com tanta força por um momento. Ele se virou e correu atrás da figura laranja, que desapareceu dentro do hotel.

Logo depois, Gamache também atravessou a porta, parando apenas por tempo suficiente para avisar às mulheres que se trancassem no escritório e para avisar, pelo walkie-talkie, para os outros retornarem.

– E o Elliot? – gritou Colleen atrás dele.

– Ele não está na floresta – respondeu Gamache, sem olhar para trás.

Ele estava olhando para baixo, seguindo a linha de gotas, como se fosse sangue transparente.

Elas subiam pela escada polida, atravessavam o corredor e formavam uma poça em frente a uma das estantes.

A porta do sótão.

Ele a abriu com força e subiu a escada de dois em dois degraus. À luz fraca, seguiu as gotas até uma abertura. Já sabia o que ia encontrar.

– Bean? – sussurrou. – Você está aqui?

Ele tentou conter a ansiedade da voz.

Pumas empalhados, caçados quase até a extinção, o encaravam, os olhos vidrados. Pequenas lebres, alces, veados e lontras delicados. Todos mortos, por esporte. Encarando.

Nem sinal de Bean.

No andar de baixo, ele ouviu botas e vozes masculinas, o som aumentando. Mas, naquele cômodo, havia apenas silêncio, como se uma respiração estivesse presa havia centenas de anos. Esperando.

Então ele ouviu. Uma leve pancada. E ele sabia o que era.

À sua frente, um quadrado de luz e água atingiu o chão. A claraboia encardida estava aberta. Ele correu em direção a ela, enfiou a cabeça para fora. E lá estavam.

Bean e o assassino, no telhado.

Gamache tinha visto o terror muitas vezes. No rosto de homens e mulheres recém-mortos e nos que estavam prestes a morrer, ou que acreditavam estar. Ele viu o mesmo olhar naquele instante, no rosto de Bean. A boca tapada por fita, agarrando o livro com suas mãozinhas amarradas, os pés pendurados. Gamache tinha visto terror, mas nunca como aquele. Bean estava literalmente nas garras do assassino, no telhado de metal escorregadio de chuva.

Sem pensar, Gamache agarrou as laterais da claraboia e içou o corpo para atravessá-la, seus pés imediatamente escorregando no metal molhado. Ele caiu sobre um joelho, sentindo um choque.

Então o mundo começou a rodar e ele agarrou a borda da claraboia aberta. Mal conseguia enxergar, com a chuva em seus olhos e pânico puro na cabeça, que gritava para ele sair dali, fosse pelo buraco do sótão, fosse pela beirada.

Vá embora daqui, implorou sua cabeça. *Vá embora.*

Lá embaixo, as pessoas gritavam e acenavam, e ele levantou os olhos.

Para Bean.

E Bean também se viu de cara com uma expressão de terror. Os dois encararam um ao outro e, devagar, com mãos molhadas e trêmulas, Gamache se forçou a ficar de pé. Ele deu um passo hesitante ao longo do topo do telhado íngreme, um pé de cada lado. Com a cabeça girando, se manteve abaixado, para poder se segurar. Em seguida, mudou a direção dos olhos, de Bean para o assassino.

– Afaste-se de mim, monsieur Gamache. Afaste-se ou vou jogar a criança lá embaixo.

– Você não vai fazer isso.

– Vai arriscar? Eu já matei. Não tenho nada a perder. Estou no fim do mundo. Por que você tinha que bloquear as saídas? Eu poderia ter escapado. Quando vocês encontrassem a criança amarrada no sótão, eu já estaria a meio caminho de...

Sua voz vacilou.

– De onde? – perguntou Gamache, a voz mais alta do que o barulho do vento. – Você não tinha para onde ir, tinha? Não faça isso. Acabou. Me entregue a criança.

Ele estendeu os braços trêmulos, mas o assassino não cedeu.

– Eu não queria machucar ninguém. Eu vim aqui para esquecer tudo isso, para fugir. Pensei que tinha conseguido. Mas quando a vi de novo...

– Eu entendo, eu entendo. – Gamache tentou soar tranquilizador, razoável. Tentou controlar o tremor da voz. – Você não vai querer machucar uma criança. Eu te conheço. Eu sei...

– Você não sabe de nada.

Em vez de assustado, o assassino parecia quase calmo. Um assassino encurralado e em pânico era algo terrível, mas a única coisa pior era um assassino calmo.

– Bean – disse Gamache, a voz firme. – Bean, olhe para mim.

Ele viu os olhos apavorados da criança, mas percebeu que Bean já não estava enxergando mais nada.

– O que você está fazendo? Não! Desce! – gritou o assassino, ficando mais assustado de repente ao ver alguém atrás de Gamache.

O inspetor-chefe virou-se com cuidado e viu Beauvoir subindo pela claraboia. Seu coração se acalmou por um instante. Beauvoir estava lá. Ele não estava sozinho.

– Manda esse cara descer!

Beauvoir observou aquela cena horrível. O assassino de pé, como um para-raios na tempestade, segurando a criança aterrorizada. Mas o mais assustador era seu chefe, com aquele olhar sombrio estampado no rosto. Assustado, seu destino selado, e ele estava ciente disso. Um Burguês de Calais.

Gamache levantou a mão e fez sinal para Beauvoir se afastar.

– Não, por favor – pediu Beauvoir, a voz rouca. – Me deixe ir.

– Desta vez, não, Jean Guy – respondeu Gamache.

– Cai fora! Ou jogo esta criança lá embaixo.

De repente, Bean passou a flutuar, o assassino mal segurando a criança. Beauvoir podia ouvir seus gritos, mesmo com a fita adesiva cobrindo a boca da criança.

Com um último olhar, Beauvoir desapareceu, e Gamache estava sozinho novamente, com Bean pendente, o assassino e o vento e a chuva que esbofeteavam os três.

Bean lutou nos braços do assassino, contorcendo-se para se libertar e soltando um grito agudo, estrangulado, abafado pela fita.

– Bean, olhe para mim – indicou o inspetor-chefe.

Gamache olhou para Bean, disposto a esquecer onde estava, tentando enganar seu cérebro traiçoeiro para acreditar que estavam no chão. Ele limpou o medo do próprio rosto.

– Olhe para mim – insistiu.

– O que você está fazendo? – repetia o assassino, olhando para Gamache com suspeita e agarrando a criança, que se contorcia.

– Estou tentando acalmar a criança. Tenho medo de que Bean faça você se desequilibrar.

– Não importa.

O assassino içou ainda mais a criança. E Gamache percebeu então que aquilo realmente ia acontecer. Bean cairia lá embaixo.

– Pelo amor de Deus – suplicou Gamache. – Não faça isso.

Mas o assassino não estava mais ouvindo a voz da razão. Porque razão não tinha nada a ver com o que estava acontecendo. O assassino agora ouvia apenas um uivo muito antigo.

– Bean, olhe para mim! – gritou Gamache. – Você se lembra do Pegasus?

A criança se acalmou um pouco e pareceu focar em Gamache, embora os gritos continuassem.

– Você se lembra de cavalgar o Pegasus no céu? É isso o que você está fazendo agora. Está sentindo as asas dele, consegue ouvi-las?

O gemido do vento se transformou no barulho das asas do cavalo, que deu uma batida forte e levou Bean pelos céus, para longe daquele terror. Gamache viu quando Bean se desvencilhou das cruéis amarras da terra.

Bean relaxou nos braços do assassino e, lentamente, o livro grande escorregou de seus dedinhos molhados, bateu no telhado, deslizou para baixo e se lançou no ar, as folhas se abrindo como asas.

Gamache olhou para baixo e viu toda a atividade frenética, pessoas acenando e apontando. Mas um homem tinha os braços estendidos, prontos para pegar alguém que caísse dos céus.

Finney.

Gamache respirou fundo e olhou brevemente para além de Bean, além do assassino, além das chaminés. Para o topo das árvores, o lago e as montanhas.

Respira ali o homem de alma partida
que nunca para si mesmo disse:
Isso é meu, minha terra nativa!

E ele se sentiu relaxar, um pouco. Então olhou para mais longe. Para Three Pines, logo do outro lado das montanhas. Para Reine-Marie.

Estou aqui. Está me vendo?

Ele se levantou, devagarinho, uma das mãos firme nas costas para se equilibrar.

– Agora, mais alto, Bean. Eu já vi você voar mais alto com o Pegasus.

Lá de baixo, as pessoas viam os três, o inspetor-chefe de pé, agora ereto sob a chuva, e as outras duas figuras, que se fundiam, como se do peito do assassino tivessem brotado pequenos braços e pernas.

Ao lado de Finney, o livro caiu no chão, as folhas achatadas. E, em meio ao vento, eles ouviram uma música distante, com voz de barítono.

– *Letter B, letter B* – cantava, seguindo a canção dos Beatles.

– Ah, meu Deus – sussurrou Lacoste, levantando os braços também.

Ao lado dela, Marianna só olhava, entorpecida, sem entender. Tudo o mais poderia cair, ela via isso todos os dias. Exceto Bean. Ela deu um passo à frente e levantou os braços. Invisível ao lado dela, Sandra ergueu as mãos em direção à criança. Aquela coisa preciosa, presa no teto.

Bean, agora com as mãos livres, juntou-as na frente do corpo, agarrando as rédeas, seus olhos encarando o homem grande do outro lado.

– Mais alto, Bean – insistiu Gamache.

Rodava, subia e balançava, disse uma voz em sua cabeça, e a mão direita de Gamache se abriu um pouco, para segurar uma outra, maior e mais forte.

A criança deu um puxão forte e chutou Pegasus nos flancos.

Chocado, Pierre Patenaude soltou Bean, que caiu.

Armand Gamache mergulhou. Saltou com toda a sua força, e pareceu pairar no ar, como se esperasse alcançar o outro lado. Ele se esticou, estendeu a mão e tocou a face de Deus.

TRINTA

Os olhos de Gamache se fixaram na criança voadora. Ambos pareciam pairar no ar, até que, finalmente, ele sentiu o tecido da blusa de Bean e fechou a mão com força.

Batendo no telhado, ele lutou para se equilibrar, enquanto os dois começavam a deslizar pela lateral escorregadia e íngreme. Com a mão esquerda, Gamache agarrou o topo do telhado de cobre, obra de mãos habilidosas mais de cem anos antes. As mesmas mãos que ali colocaram uma cumeeira na parte mais alta. Sem qualquer razão.

Agora ele estava pendurado na lateral do telhado de metal, agarrando-se à cumeeira de cobre com uma das mãos, e segurando Bean com a outra. Eles se entreolharam, e Gamache sentiu o aperto firme na criança, mas os dedos deslizando no telhado. Pela visão periférica, notou a frenética atividade lá embaixo – gritos que pareciam vir de um mundo distante. Viu pessoas correndo com escadas, mas sabia que seria tarde demais. Seus dedos estavam se separando do telhado e ele sabia que em breve ambos cairiam. E sabia que, se caíssem, ele aterrissaria em cima da criança, como Charles Morrow havia feito. Esmagando o que estivesse embaixo. Não conseguia nem pensar nessa possibilidade.

O inspetor-chefe sentiu seus dedos finalmente perderem contato com a cumeeira e, por um glorioso e surpreendente momento, nada aconteceu. Mas logo os dois recomeçaram a escorregar.

Numa última tentativa, Gamache se contorceu para levantar a criança, afastá-la de si, movendo-a na direção dos braços abertos lá embaixo. E foi nesse instante que alguém agarrou sua mão. Ele não ousou olhar, caso não fosse real. Em seguida, porém, ele viu. A chuva caía em seus olhos, mas ele sabia de quem era a mão que o segurava, de um passado longínquo.

As escadas rapidamente chegaram. Beauvoir subiu, pegando Bean e entregando a criança a alguém, depois voltou para o telhado e apoiou o inspetor-chefe com seu corpo.

– Pode soltar agora – disse Beauvoir para Pierre Patenaude, que estava agarrado à mão de Gamache.

Patenaude hesitou por um momento, como se ainda não tivesse certeza de que queria soltar aquele homem, mas acabou cedendo, e Gamache deslizou suavemente para os braços do inspetor.

– Tudo bem? – sussurrou Beauvoir.

– *Merci* – sussurrou de volta Gamache.

Suas primeiras palavras em sua nova vida, em um território inesperado, mas que se abria inacreditavelmente diante dele.

– Obrigado – repetiu.

Ele se permitiu ser ajudado na descida, as pernas trêmulas, os braços que nem um elástico esgarçado. Da escada, virou-se e olhou para cima, para o rosto da pessoa que o salvara.

Pierre Patenaude olhou para trás, de pé no telhado como se pertencesse àquele lugar, como se os *coureurs de bois* e os abenakis o tivessem deixado ali quando partiram.

– Pierre – disse uma voz baixinha porém firme, em tom de conversa. – É hora de entrar.

A cabeça de madame Dubois apareceu na claraboia. Patenaude olhou para ela e ajeitou a postura. Então estendeu os braços e inclinou a cabeça para trás.

– *Non*, Pierre – disse madame Dubois. – Não faça uma coisa dessas. A chef Véronique fez um chá e nós acendemos o fogo para você se aquecer. Venha comigo agora.

Ela estendeu a mão e ele a olhou. Então, segurando-a, desapareceu no interior do Manoir Bellechasse.

Os cinco estavam sentados na cozinha do Manoir. Patenaude e Gamache vestiram roupas secas e estavam enrolados em cobertores quentes junto ao fogo, enquanto a chef Véronique e madame Dubois serviam o chá. Beauvoir sentou-se ao lado de Patenaude, para caso ele tentasse fugir, embora não esperasse que o fizesse.

– Tome.

A chef Véronique hesitou por um momento, uma xícara de chá em sua mão grande. Ela pairou entre Gamache e Patenaude, depois foi até o maître. Entregou a seguinte a Gamache, com um pequeno sorriso como se pedisse desculpa.

– *Merci* – agradeceu ele, pegando o chá com uma das mãos.

Deixou a outra sob a mesa, flexionando-a, tentando recuperar a sensibilidade. Seu corpo estava gelado – mais devido ao choque, ele sabia, do que à chuva. Ao lado dele, Beauvoir colocou duas colheres cheias de mel no chá de Gamache e mexeu.

– Hoje eu sirvo – disse Beauvoir, baixinho, e esse pensamento despertou algo dentro dele.

Era algo ligado àquela cozinha. Beauvoir soltou a colher de chá e viu a chef Véronique se sentar do outro lado de Patenaude.

Beauvoir esperou pela pontada de dor, pela raiva. Mas sentiu apenas um espanto vertiginoso por estarem juntos no calor da cozinha e por ele não estar ajoelhado na lama, tentando trazer um corpo quebrado e querido de volta à vida. Ele olhou de novo para Gamache. Só para ter certeza. Então voltou os olhos para a chef Véronique e sentiu algo. Tristeza por ela.

O que quer que ele tivesse sentido por ela antes não era nada comparado ao que ela sentia por aquele sujeito, aquele assassino.

A chef Véronique pegou a mão trêmula de Patenaude. Não havia mais razão para fingir. Não havia mais motivos para esconder seus sentimentos.

– *Ça va?* – perguntou ela.

Podia ter sido uma pergunta ridícula, dado o que tinha acabado de acontecer. Claro que ele não estava bem. Mas ele a olhou com certa surpresa e assentiu.

Madame Dubois levou uma xícara de chá bem quente e forte para Beauvoir e serviu mais uma para si. Mas, em vez de permanecer com eles, se afastou da mesa. Ela tentou bloquear os outros dois e enxergar apenas Véronique e Pierre. Os dois que lhe faziam companhia naquele lugar tão distante. Que haviam crescido e envelhecido ali. Um caíra de amores, o outro simplesmente caíra.

Clementine Dubois sabia que Pierre Patenaude carregava muita raiva quando chegara ali, ainda jovem, mais de 20 anos antes. Ele era tão contido, seus movimentos tão precisos, os modos tão perfeitos. Ele disfarçara tão bem. Ironicamente, porém, o que confirmara suas suspeitas fora a sua decisão de ficar. Ninguém escolhia viver no meio de uma floresta por tanto tempo sem um motivo. Ela sabia quais eram os de Véronique. Sabia quais eram os seus próprios. E agora, finalmente, sabia quais eram os dele.

Ela sabia que era a primeira vez que Véronique e Pierre se davam as mãos. E provavelmente seria a última. Seria a última vez que todos se reuniriam em volta daquela velha mesa de pinheiro. E comentariam sobre seu dia.

Ela sabia que deveria se sentir horrorizada pelo que Pierre tinha feito, e sabia que se sentiria, em poucos minutos. Mas, naquele momento, só sentia raiva. Não de Pierre, mas dos Morrows e seu reencontro, e de Julia Martin, por ter ido até lá. E por ter sido assassinada. E ter destruído sua vida simples mas perfeita à beira do lago.

Madame Dubois sabia que se sentir assim era irracional e insensível, e certamente muito egoísta. Mas, por apenas um momento, ela foi indulgente consigo mesma e com a própria tristeza.

– Por que você matou Julia Martin? – questionou Gamache.

Ele ouvia as pessoas se movendo do outro lado da porta vaivém, na sala de jantar. Havia um agente da Sûreté de guarda na porta – não para impedir qualquer um de sair da cozinha, mas de entrar. Gamache queria uns minutos com Patenaude e os outros.

– Acho que o senhor sabe por quê – disse Patenaude, sem encarar o inspetor-chefe.

Desde que olhara nos olhos da chef Véronique um minuto antes, ele não conseguira mais olhar para ninguém. Olhava apenas para baixo, atordoado pelo que vira nos olhos dela.

Ternura.

E agora ela segurava a mão dele. Quanto tempo se passara desde que alguém segurara a sua mão? Ele havia segurado as mãos de outras pessoas em comemorações. Confortara jovens com saudades de casa e com medo. Ou tristes. Como Colleen. Ele havia segurado a mão dela para reconfortá-la quando ela encontrou o corpo. Um corpo que ele matara.

Mas quando fora a última vez que alguém segurara a *sua* mão?

Ele retrocedeu em sua mente até atingir o muro além do qual jamais conseguia olhar. Em algum lugar do outro lado estava a sua resposta.

Naquele momento, contudo, Véronique segurava a mão fria dele em suas mãos quentes. E, aos poucos, ele parou de tremer.

– Mas nós não sabemos por quê, Pierre – disse Véronique. – Você pode nos contar?

Clementine Dubois sentou-se de frente para ele, e novamente, e pela última vez, os três entraram em seu próprio mundo.

Pierre Patenaude abriu e fechou a boca, dragando as palavras das profundezas.

– Eu tinha 18 anos quando meu pai morreu. Ataque cardíaco, mas eu sei que não foi isso. Minha mãe e eu o vimos trabalhar até morrer. Nós tínhamos dinheiro antes. Ele era dono de uma empresa. Casa grande, carros bons. Escolas particulares. Mas ele cometeu um erro. Investiu em um jovem, um ex-funcionário. Alguém que ele tinha demitido. Eu estava lá no dia em que ele demitiu o homem. Eu era bem novo. Meu pai me dizia que todos mereciam uma segunda chance. Mas não uma terceira. Ele tinha dado àquele homem uma segunda chance, então o despediu. Mas papai gostava daquele rapaz. Manteve contato com ele. Até o convidou para jantar depois da tal demissão. Talvez se sentisse culpado, não sei dizer.

– Ele deve ter sido um bom homem – disse madame Dubois.

– Ele era.

Os olhos de Patenaude encontraram os dela e ele ficou surpreso, novamente, pela ternura. Será que ele sempre estivera cercado de ternura?, se perguntou. Ela sempre estivera lá? E tudo o que ele via eram bosques sombrios e águas profundas...

– Ele deu a esse rapaz seu dinheiro pessoal para investir. Foi uma tolice, uma loucura. Mais, tarde, o cara alegou que meu pai e minha família eram tão gananciosos quanto ele, e talvez fosse verdade. Mas eu não concordo. Eu acho que papai só queria ajudar.

Ele olhou para Véronique, seu rosto tão forte e seus olhos tão claros.

– Acho que você está certo – garantiu ela, apertando de leve a mão dele.

O maître piscou, sem entender aquele mundo que surgira de repente.

– O jovem era David Martin, certo? – disse Véronique. – O marido de Julia.

Patenaude assentiu.

– Meu pai faliu, é claro. Perdeu tudo. Minha mãe não se importou. Eu não me importei. Nós o amávamos. Mas ele nunca se recuperou. Eu não acho que foi pelo dinheiro, acho que foi pela vergonha e traição. Nós nunca achamos que Martin devolveria o dinheiro. Foi um investimento, um mau investimento. Acontece. Papai sabia dos riscos. E Martin não roubou. Mas ele nunca disse que estava arrependido. E quando ele fez sua fortuna, centenas de milhões de dólares, nunca procurou meu pai. Nunca se ofereceu para pagar o prejuízo. Ou investir na empresa dele. Eu vi Martin ficar rico e meu pai trabalhar sem parar, tentando se reerguer.

Ele parou de falar. Parecia que não havia mais nada a ser dito. Ele não tinha como explicar como se sentiu ao ver aquele homem que ele adorava afundar e, por fim, sucumbir. E ver o responsável se levantar.

Algo novo começou a crescer no menino. Uma amargura. E, ao longo dos anos, essa amargura criou um buraco onde deveria estar seu coração. E finalmente devorou suas entranhas, deixando apenas a escuridão lá dentro. E um uivo, um velho eco que se repetia. E crescia cada vez mais.

– Eu estava feliz aqui.

Ele se virou para Madame Dubois, que estendeu a mão sobre a mesa e tocou seu braço.

– Que bom – disse ela. – E eu estava feliz por ter você. Parecia um milagre. – Ela se virou para Véronique. – Uma bênção dupla. E você foi sempre tão bom com os jovens. Eles te adoravam.

– Quando estava com eles, eu sentia o meu pai dentro de mim. Eu quase podia ouvi-lo sussurrando para mim, me dizendo para ser paciente com eles. Que eles precisavam de uma mão firme porém gentil. Vocês acharam o Elliot? – perguntou ele a Beauvoir, ao seu lado, que assentiu.

– Acabei de receber a ligação. Ele estava na rodoviária, em North Hatley.

– Não chegou muito longe – comentou Patenaude, e foi incapaz de conter um sorriso. – Ele não consegue mesmo seguir ordens.

– O senhor disse a ele para fugir, não disse? O senhor tentou incriminá-lo, monsieur – declarou Beauvoir. – Tentou fazer com que acreditássemos que ele tinha matado Julia Martin. Encontrou os bilhetes que ele tinha escrito para ela e os guardou, jogando-os deliberadamente na lareira, sabendo que os encontraríamos lá.

– Ele estava com saudades de casa. Conheço os sinais – disse Patenaude. – Vi isso com bastante frequência. E quanto mais tempo ele ficava, mais irritado e frustrado se sentia. Mas quando ele descobriu que Julia Martin era de Vancouver, ele se agarrou a ela, como um viciado depois de uma dose. No início, foi um inconveniente para mim. Eu estava com medo de que ele percebesse o que eu estava fazendo. Então me dei conta de como poderia usá-lo.

– Você teria deixado que ele fosse preso pelo seu crime? – indagou Véronique.

Beauvoir notou que ela não estava acusando, não estava julgando. Apenas perguntando.

– Não – respondeu Patenaude, cansado.

Ele esfregou o rosto e suspirou, esgotando suas energias.

– Eu queria apenas confundir as coisas, só isso – concluiu.

Beauvoir não acreditou nele, mas achou que Véronique, sim. Ou talvez não, e o amasse assim mesmo.

– Foi por isso que você pegou a criança? – indagou madame Dubois.

Eles estavam entrando em terreno perigoso. Matar Julia Martin era uma coisa. Quem, honestamente, não tinha vontade de matar um Morrow de vez em quando? Até incriminar Elliot ela poderia compreender, talvez. Mas deixar aquela criança dependurada no telhado?

– Bean era uma garantia, só isso – explicou Patenaude. – Para aumentar a confusão, e no caso de Elliot voltar. Eu não queria machucar Bean. Eu só queria fugir. Nada disso teria acontecido se o senhor não tivesse tentado me impedir – disse ele a Gamache.

E todos naquele cômodo quente e confortável vislumbraram o pequeno mundo de Pierre Patenaude, onde ações cem por cento equivocadas podiam ser justificadas e outros podiam ser culpados.

– Por que você matou Julia Martin? – perguntou Gamache mais uma vez. Ele estava extremamente cansado, mas ainda restava uma distância a percorrer. – Ela não era responsável pelo que o marido fez. Eles nem eram casados naquela época.

– Não.

Patenaude encarou Gamache. Ambos estavam com a aparência bem diferente de uma hora antes, no telhado. O medo desaparecera dos profundos olhos castanhos de Gamache, assim como a fúria sumira dos de

Patenaude. Ali, naquele instante, eles eram dois homens esgotados tentando compreender. E ser compreendidos.

– Quando eu percebi quem ela era, me senti meio entorpecido, mas, com o passar dos dias, fui ficando cada vez mais furioso. Com suas unhas perfeitas, seu cabelo arrumadinho, seus dentes.

Dentes?, pensou Beauvoir. Ele já ouvira muitos motivos para assassinatos, mas nunca dentes.

– Tudo era tão perfeito – prosseguiu o maître. À medida que falava, sua voz ficava mais determinada e transformava o homem gentil em algo diferente. – Suas roupas, suas joias, seus modos. Amigável, mas um pouco prepotente. Dinheiro. Ela gritava dinheiro. Dinheiro que devia ter sido do meu pai. Da minha mãe.

– Seu? – perguntou Beauvoir.

– Sim, até meu. Fui ficando mais e mais zangado. Eu não podia me aproximar de Martin, mas podia chegar até ela.

– Então resolveu matá-la – concluiu Gamache.

Patenaude assentiu.

– O senhor não sabia quem ele era? – indagou Beauvoir, apontando para o inspetor-chefe. – O senhor matou uma pessoa bem na frente do chefe da Divisão de Homicídios do Quebec?

– Não dava para esperar – disse Patenaude.

E todos sabiam a verdade por trás daquilo: ele já havia esperado tempo demais.

– Além disso, eu sabia que o senhor viria mais cedo ou mais tarde, não fazia diferença que já estivesse aqui.

Ele olhou para o inspetor-chefe.

– Sabe, bastaria que David Martin tivesse dito que estava arrependido. Só isso. Meu pai o teria perdoado.

Gamache se levantou. Era hora de enfrentar a família. Explicar tudo aquilo. À porta da sala de jantar, ele se virou e viu quando Pierre Patenaude foi conduzido pela porta dos fundos, onde um veículo da Sûreté o esperava. A chef Véronique e madame Dubois ficaram olhando pela porta telada depois que o maître saiu.

– O senhor acha que ele realmente jogaria Bean do telhado? – perguntou Beauvoir.

– Eu acreditei que sim naquele momento. Agora, já não tenho certeza. Talvez não.

Mas Gamache sabia que só estava sendo otimista. Sentiu-se feliz por ainda ser capaz disso. Beauvoir encarou aquele homem grande parado à sua frente. Deveria dizer a ele? O inspetor respirou fundo e mergulhou no desconhecido.

– Eu tive uma sensação estranhíssima quando o vi no telhado – confessou. – O senhor parecia um burguês de Calais. Estava com medo.

– Muito.

– Eu também.

– E ainda assim você se ofereceu para ir comigo. – Gamache inclinou a cabeça ligeiramente para o lado. – Eu me lembro. E espero que você se lembre, sempre.

– Mas os burgueses morreram, e o senhor, não – disse Beauvoir com uma risada, tentando quebrar aquele momento insuportável.

– Ah, não, os burgueses não morreram – declarou Gamache. – Suas vidas foram poupadas.

Ele se voltou para a porta da sala de jantar e disse algo que Beauvoir não entendeu direito. Então ele se foi. Beauvoir fez menção de empurrar a porta vaivém e seguir o chefe, mas hesitou. Em vez disso, voltou para a mesa onde as duas mulheres estavam em silêncio, olhando pela porta dos fundos, para dentro da floresta.

Ele ouviu vozes altas vindas da sala de jantar. Vozes dos Morrows. Exigindo respostas, exigindo atenção. Ele precisava ir ajudar o inspetor-chefe. Mas precisava fazer algo primeiro.

– Ele poderia ter deixado os dois morrerem, sabem?

As duas se viraram lentamente para olhá-lo.

– Patenaude, quero dizer – continuou Beauvoir. – Ele poderia ter deixado o inspetor-chefe Gamache e Bean morrerem. Mas não. Ele salvou a vida dos dois.

E a chef Véronique o encarou com um olhar pelo qual ele ansiara por muito tempo, mas do qual não precisava mais. E ele sentiu uma profunda calma interior, como se tivesse pagado uma antiga dívida.

TRINTA E UM

– Paraíso perdido – disse o inspetor-chefe Gamache, tomando seu lugar, naturalmente, no centro da reunião, levantando a mão para pedir silêncio aos Morrows. – Ter tudo e perder. É disso que se trata este caso.

A sala estava lotada com a equipe do Manoir, policiais e voluntários. E Morrows. Reine-Marie tinha vindo correndo de Three Pines quando ouviu o que tinha acontecido e estava sentada calmamente mais ao lado.

– Do que ele está falando? – murmurou Sandra.

– É um poema de John Milton – respondeu a Sra. Finney, sentada com as costas retas ao lado do marido. – É sobre o diabo ser expulso do céu.

– Isso mesmo – disse Gamache. – A queda da graça. A tragédia no poema de Milton era que Satanás tinha tudo e não se deu conta disso.

– Ele era um anjo caído – explicou a Sra. Finney. – Acreditava que era melhor governar no inferno do que servir no céu. Ele era ganancioso.

Ela olhou para os filhos.

– Mas o que é o céu e o que é o inferno? – indagou Gamache. – Depende do nosso ponto de vista. Eu amo este lugar. – Ele olhou ao redor e para o lado de fora, pela janela, onde a chuva tinha parado. – Para mim, é o paraíso. Vejo paz, tranquilidade e beleza. Mas, para o inspetor Beauvoir, é um inferno. Ele vê caos, desconforto e insetos. Ambas as visões são verdadeiras. É uma questão de percepção. A mente é o nosso lugar, ela pode fazer do inferno um céu, e do céu um inferno – citou Gamache. – No início, mesmo antes da morte de Julia Martin, eu sabia que havia algo errado. Spot e Claire, os odiosos membros da família que ainda estavam ausentes, tornaram-se Peter e Clara, dois amigos nossos, amáveis e gentis. Não sem seus defeitos –

Gamache ergueu a mão novamente para anular o catálogo de Thomas sobre os defeitos de Peter –, mas, no fundo, boas pessoas. E ainda assim foram considerados desprezíveis. Eu vi então que esta família estava em desacordo com a realidade, com uma percepção distorcida. Mas com que propósito?

– Tem que haver um propósito? – perguntou Clara.

– Existe um propósito para tudo – declarou Gamache, virando-se para ela, sentada ao lado de Peter. – Thomas era visto pela família como um pianista, linguista e empresário de sucesso. No entanto, ele toca com competência, mas sem brilhantismo, sua carreira é medíocre e ele não fala francês. Já os negócios de Marianna estão florescendo, ela toca piano com paixão e habilidade, é mãe do único exemplar da nova geração da família, mas é tratada como a irmã egoísta que não consegue fazer nada certo.

Gamache caminhou pela sala até Peter, todo desgrenhado.

– Peter é um artista talentoso e bem-sucedido, tem um casamento amoroso e muitos amigos. E, ainda assim, é visto como ganancioso e cruel. E temos Julia – prosseguiu ele –, a irmã que foi embora e foi punida por isso.

– Ela não foi expulsa – disse a Sra. Finney. – Ela escolheu ir embora.

– Mas vocês a forçaram a isso. E qual foi o crime dela?

– Ela envergonhou a família – respondeu Thomas. – Nós nos tornamos motivo de chacota. *Julia Morrow é boa no boquete.*

– Thomas! – repreendeu a mãe.

Eles haviam sido excluídos da sociedade. Ridicularizados.

Paraíso perdido.

E se vingaram da boa menina.

– Deve ter sido difícil para Julia vir ao encontro – disse Marianna.

Bean estava em seu colo pela primeira vez em anos, os pés pendurados a centímetros do chão.

– Ah, por favor – replicou Thomas. – Como se você se importasse, Maguila.

– Para de me chamar assim!

– Por quê? Você pode enganar a ele – ele olhou para Gamache –, ele não te conhece. Mas nós conhecemos. Você era egoísta naquela época e é egoísta agora. É por isso que chamamos você de Maguila. Para você se lembrar do que fez ao papai. Ele te pediu uma coisa. Pediu para você dar um beijo nele quando ele chegasse em casa. E o que você fez? Ficou no porão, vendo aquele programa ridículo. Você preferiu um desenho animado ao nosso pai. E ele sabia disso. E quando você finalmente foi dar um beijo nele, estava chorando. Chateada por ter sido obrigada a fazer uma coisa que não queria. Você partiu o coração dele, Maguila. Toda vez que eu te chamo assim, quero que você se lembre da dor que causou a ele.

– Pare com isso! – Marianna ficou de pé. – Nunca. Foi. O. Desenho.

As palavras saíram de repente, como se lutassem com ela, desesperadas para ficar lá dentro.

– Era. A. Gaiola.

Marianna ficou em um silêncio completo, com a boca aberta. Bean apertou a mão dela e Marianna começou a respirar de novo, soluçando e gritando, como um recém-nascido esbofeteado.

– Era a gaiola. Todos os dias eu vinha correndo da escola para ver Maguila, o Gorila, em sua gaiola. Rezando para que ele encontrasse um lar. Para que fosse adotado. E amado.

Marianna olhou para uma das vigas no teto. Ela a viu tremer, deixando cair um fio de poeira e gesso. Então se preparou para o que ia acontecer. E aí a coisa parou. A viga se manteve firme. Não caiu.

– É por isso que você projeta aquelas casas bonitas para pessoas em situação menos favorável – comentou Gamache.

– Marianna... – disse Peter suavemente, aproximando-se da irmã.

– E você! – berrou Thomas, suas palavras impedindo Peter de continuar. – Você é o mais desonesto de todos. Você tinha tudo e queria mais. Se existe um diabo nesta família, é você.

– Eu? – disse Peter, atordoado pelo ataque, cruel até mesmo para os padrões de um Morrow. – Você está dizendo que eu tinha tudo? Em que família você vivia? Era você que mamãe e papai adoravam. Você tinha tudo, até as... – Ele parou, lembrando-se dos *plops* e dos dois círculos irradiando no lago calmo.

– O quê? As abotoaduras dele? – indagou Thomas.

Ele se balançava de raiva, as mãos tremendo ao pensar na camisa branca desgastada pendurada no armário no andar de cima. A velha camisa do pai dele, que Thomas tinha pegado para si no dia em que ele morreu. A única coisa que ele queria. A camisa dele. Que ainda tinha o cheiro dele. De charutos intensos e perfume forte.

Mas agora as abotoaduras haviam desaparecido. Por culpa de Peter.

– Você não tem ideia, não é? – proclamou Thomas. – Você não consegue nem imaginar como é ser obrigado a ter sucesso o tempo todo. Papai esperava isso, mamãe esperava. Eu não podia fracassar.

– Você fracassava o tempo todo – disse Marianna, recuperada. – Mas eles se recusavam a ver isso. Você é preguiçoso e mentiroso, e eles achavam que você nunca fazia nada errado.

– Eles sabiam que eu era a única esperança – disse Thomas, os olhos jamais se desviando de Peter. – Você sempre foi uma decepção.

– Peter nunca decepcionou seu pai.

Era uma voz que os Morrows raramente ouviam. Eles se viraram para a mãe e, em seguida, para a pessoa ao lado dela.

– Ele nunca esperou que você se destacasse, Thomas – continuou Bert Finney. – E ele nunca quis nada, apenas que você fosse feliz, Marianna. E ele nunca acreditou naquelas coisas escritas na parede do banheiro sobre Julia.

O velho se levantou com dificuldade.

– Ele amava a sua arte – disse a Peter. – Ele amava a sua música, Thomas. Ele amava o seu espírito, Marianna, e sempre dizia que você era forte e gentil. Ele amava todos vocês.

As palavras explodiram no meio dos Morrows, mais perigosas do que qualquer granada.

– Foi isso o que Julia descobriu – prosseguiu Finney. – Ela percebeu que era essa a mensagem que ele queria passar não dando dinheiro nem os presentes que vocês tanto queriam. Ela, que tinha tudo, sabia quão vazias essas coisas são, e que o que realmente tinha valor ela já havia recebido. Do pai de vocês. Amor, apoio. Era isso o que ela queria falar.

– Mentira – disse Thomas, voltando a sentar-se ao lado de Sandra. – Ele a expulsou de casa. Isso lá é uma atitude de amor?

– Ele se arrependeu – admitiu Finney. – Sempre se arrependeu por não ter defendido Julia. Mas ele era um homem teimoso, um homem orgulhoso. Não podia admitir que estava errado. Ele tentou se desculpar, do jeito dele. Entrou em contato com ela em Vancouver, quando descobriu que ela estava noiva. Mas deixou que sua antipatia por Martin atrapalhasse tudo. Charles precisava estar sempre certo. Ele era um bom homem, atormentado por um ego ruim. Pagou um preço alto por ser assim. Mas isso não significa que ele não amasse vocês. Inclusive a Julia. Só significa que não sabia demonstrar. Não do jeito que vocês queriam.

Seria isso a se tirar daquela estranha mensagem?, perguntou Peter a si mesmo. Não literalmente o que estava escrito, mas a existência da mensagem em si?

Nunca use o primeiro vaso sanitário no banheiro público.

Peter quase sorriu. Era bem a cara dos Morrows, ele tinha que admitir. Eles eram extremamente anais.

– Ele era cruel – disse Thomas, não querendo aceitar a explicação.

– Seu pai nunca parou de procurar a pessoa que escreveu aquilo no banheiro. Ele achou que, assim, poderia mostrar a Julia quanto se importava. E no final, acabou descobrindo quem foi.

Houve silêncio então, até que o som de alguém pigarreando o quebrou.

– Isso não é possível – disse Peter, levantando-se e alisando o cabelo. – Papai nunca me disse nada sobre isso.

– E por que ele faria isso? – retrucou Thomas.

– Porque fui eu.

Ele não se atreveu a olhar para a mãe.

– Sim – concordou Finney. – Foi o que seu pai me disse.

Os Morrows olhavam fixamente para Peter, sem palavras.

– Como ele descobriu? – perguntou Peter, sentindo-se tonto e ligeiramente enjoado.

– Foi escrito no segundo cubículo. Só você e ele sabiam disso. Foi seu presente especial.

Peter inspirou bruscamente.

– Eu escrevi aquilo porque ela me magoou. E porque eu queria papai só para mim. Não queria dividi-lo com ninguém. Não aguentava que ele amasse Julia. Eu queria destruir isso. E consegui.

– Você não ouviu uma palavra do que eu disse?

Bert Finney agora comandava a sala, Gamache voluntariamente cedendo seu lugar.

– Você não tinha como destruir nada. Você acha que tem controle de muita coisa, Peter. Seu pai amou sua irmã a vida toda. Você não seria capaz de destruir isso. Ele sabia o que você tinha feito.

Finney olhou para Peter e Peter implorou que ele parasse por ali. Que não dissesse a frase final.

– E ele te amava de qualquer maneira. Ele sempre te amou.

Paraíso perdido.

Foi a coisa mais devastadora que Finney poderia ter dito. Não que Peter fosse odiado pelo pai. Mas que ele tinha sido amado o tempo todo. Ele interpretara a bondade como crueldade, generosidade como maldade, apoio como limitações. Como é horrível ter recebido amor e ter escolhido o ódio. Ele havia transformado o céu em um inferno.

Gamache deu um passo à frente e assumiu o comando da sala mais uma vez.

– A semente de um assassinato é, muitas vezes, plantada anos antes – explicou Gamache. – Como a nogueira-preta, leva muito tempo para crescer e se tornar tóxica. Foi o que aconteceu aqui. Cometi um grande erro no início. Presumi que o assassino fosse um membro da família. Um erro que quase custou a vida de Bean. – Ele se virou para a criança. – Sinto muito.

– Você salvou a minha vida.

– Muito gentil da sua parte enxergar dessa forma. Mas eu cometi um erro. Um erro enorme. Eu estava olhando na direção errada.

– O que o fez suspeitar de Patenaude? – perguntou Clara.

– Este foi um caso muito incomum – disse Gamache. – Não foi o "quem" que me deixou intrigado, nem o "por quê". Foi o "como". Como o assassino havia matado Julia Martin? Como aquela estátua poderia ter caído, e sem arranhar o pedestal? Você se lembra do dia da revelação, quando você foi para o passeio de barco? – perguntou Gamache a Peter. – Estávamos no cais e Bean chegou fazendo a maior confusão.

– Com uma picada de vespa – disse Peter.

– Não de vespa, de abelha – disse Gamache. – Uma abelha melífera.

– Desculpa, mas qual a diferença de ter sido uma vespa ou uma abelha? – perguntou Clara.

– O fato de ser uma abelha que produz mel traiu Patenaude. Era a pista fatal, a única coisa sobre a qual ele não tinha controle. Vou explicar.

– Por favor – disse a Sra. Finney.

– O Manoir Bellechasse tem suas próprias colmeias, ali. – Ele indicou a floresta. – A chef Véronique plantou madressilvas e trevos e colocou as colmeias no meio. As abelhas podem voar uma grande distância para conseguir comida, mas, se o alimento estiver perto, elas não se dão ao trabalho. A chef colocou as madressilvas lá para que as abelhas não deixassem a clareira e não perturbassem os hóspedes. E durante anos funcionou tão bem que nem sabíamos que elas estavam lá.

– Até alguém ser picado – observou Peter, perplexo.

– Francamente, eu não sei a diferença entre a picada de uma abelha e a de uma vespa – admitiu Gamache. – Mas o inspetor Beauvoir ficou muito interessado nas abelhas. – Ele não disse por quê. – Segundo ele, uma vespa nunca deixa o ferrão, nem outras abelhas. Elas podem picar várias vezes. Mas uma abelha-operária só pode picar uma vez. Ao picar, ela deixa o ferrão e uma pequena bolsa de veneno, e isso mata a abelha. As picadas de Bean ainda tinham ferrões e bolsas venenosas. Bean não tinha estado na clareira, mas esteve por toda a propriedade. – Ele apontou da floresta para a direção oposta. – Bean estava brincando perto do pedestal da estátua antes de aparecer correndo. O que as abelhas estariam fazendo lá, tão longe do foco de madressilvas? Ainda mais considerando que todas as flores ali estavam morrendo, por conta da nogueira-preta?

– O que elas estavam fazendo? – indagou madame Dubois, sem entender direito.

– Era um daqueles pequenos mistérios, uma inconsistência que me deixou com a pulga atrás da orelha. Investigações de assassinato estão cheias delas. Algumas são importantes, outras são apenas resultado da confusão da vida cotidiana. Essa acabou sendo crucial. E finalmente a entendi hoje cedo, no piquenique do Dia do Canadá.

– Sério? – disse Clara, lembrando-se do almoço, todo o vilarejo na praça, as crianças cheias de energia de tanto sorvete, refrigerante e marshmallow tostado.

– O que você viu que nós não vimos? – perguntou Reine-Marie.

– Eu vi abelhas e formigas atraídas pelas poças de Coca-Cola, e vi sal derramado – respondeu ele.

– Eu também – comentou Peter –, mas isso não me disse nada.

– Você se lembra de como a Coca-Cola derramou?

– O menino derrubou a lata e a bebida caiu na mesa – disse Peter, se lembrando.

– Ele derrubou em cima do sal já derramado – esclareceu Gamache. – Sua mãe fez uma coisa parecida quando estávamos conversando hoje de manhã.

Espantado, Peter se virou para a mãe.

– Eu não fiz nada disso.

Gamache foi até o aparador e pegou um delicado açucareiro de porcelana.

– Posso? – perguntou ele a madame Dubois, que assentiu.

Gamache então tirou a toalha de uma das mesas da sala de jantar, revelando um tampo de madeira por baixo. Era pinheiro antigo, áspero ao toque. Tirando a tampa do açucareiro, ele o virou para baixo.

– O senhor ficou louco? – exclamou a Sra. Finney.

Mas ela se juntou a todos os outros ao redor da mesa, observando a pirâmide de açúcar branco. Gamache a alisou até cobrir metade da superfície escura da madeira.

– Hoje de manhã, enquanto conversávamos no *terrasse*, a senhora segurava um açucareiro muito parecido com este – relembrou o inspetor-chefe à Sra. Finney. – Quando ficou agitada, a senhora o moveu para a frente e para trás em cima de um pouco de açúcar que tinha derramado.

– Eu não fiquei agitada.

– Perdão – disse Gamache. – Talvez *animada* seja uma palavra melhor.

A Sra. Finney não se mostrou satisfeita com aquela escolha de palavras.

– A questão é que o açucareiro deslizou pelo açúcar – Ele demonstrou, passando o açucareiro suavemente sobre o pó, para a frente e para trás. – O menino, no almoço, fez algo parecido com a lata de refrigerante, embora não tão graciosamente. Ele apenas empurrou a lata por cima do sal derramado, assim.

Gamache colocou o açucareiro em uma extremidade da mesa de madeira e o empurrou para a frente. Ele escorregou pelo tampo e parou na borda.

– Agora vejam o que acontece na outra metade, a parte da mesa sem o açúcar.

Ele tentou de novo, mas desta vez o açucareiro de porcelana mal se moveu, grudando na madeira áspera e parando de repente.

– Foi assim que o assassinato aconteceu.

Gamache encarou os rostos espantados. Na verdade, estavam mais para perplexos.

– Hoje de manhã, eu fiz uma ligação para o Musée Rodin, em Paris, e falei com um arquivista de lá, que tinha ouvido falar sobre a técnica. Um funcionário do cemitério Côte des Neiges também tinha ouvido falar dela, mas eles não a usavam há anos. É um truque para mover estátuas.

– Ainda estamos falando da lata de Coca-Cola? – perguntou Peter. – Ou do açucareiro?

– Estamos falando da estátua do seu pai. Pierre Patenaude passou um verão trabalhando em um cemitério e os viu colocando estátuas. Alguns dos trabalhadores mais velhos ainda usavam essa técnica naquela época.

Gamache pegou o açucareiro e o empurrou para o outro lado da mesa mais uma vez. Desta vez, ele não parou na borda, mas caiu da mesa. Beauvoir o pegou antes que tocasse o chão.

– *Voilà* – disse Gamache. – Assassinato. De acordo com o Musée Rodin, quando colocaram *Os burgueses de Calais* em cima do pedestal, eles espalharam uma boa quantidade de açúcar nele primeiro, para que pudessem ajustar a estátua alguns centímetros, movê-la ligeiramente. Pouco antes de a estátua do seu pai chegar, Pierre Patenaude fez a mesma coisa. Ele derramou uma camada de açúcar na base.

– Deve ter precisado de um bocado de açúcar – observou Clara.

– De fato. Ele vinha acumulando fazia dias. Foi por isso que o açúcar do Manoir acabou inesperadamente. Ele estava roubando. Lembram que o pedestal é branco?

Todos assentiram.

– O maître percebeu que uma camada de açúcar branco não seria notada, especialmente porque ele tinha expulsado todos da área, deixando apenas madame Dubois e o operador do guindaste, ambos ocupados com outras coisas.

Eles começaram a visualizar a cena. Charles Morrow içado do caminhão, bem amarrado, todos olhando, prendendo a respiração e rezando para ele não cair. E então, lentamente, ele foi baixado para o pedestal.

– Nem na inauguração nós percebemos – comentou Clara. – O que vimos foram vespas.

– Atraídas pelo açúcar – disse Gamache. – Vespas, abelhas, formigas. Colleen, a jardineira, tem pesadelos com as formigas, e eu achei que ela quisesse dizer que pensava em formigas rastejando sobre o corpo. Mas não. Na

verdade, a legista até nos disse que a chuva forte significava que não havia formigas. Colleen viu as formigas antes de a estátua cair, no pedestal e nos pés.
– Ele olhou para Colleen, que assentiu. – A camada de açúcar tinha atraído todos os insetos em uma área de quilômetros. Quando vi as vespas e as formigas na Coca-Cola derramada, percebi que tinham sido atraídas pelo doce.

– Uma abelha melífera – soltou Peter, balançando a cabeça. – Será que Patenaude percebeu como aquilo era incriminador?

– Uma coisa tão pequena, uma abelha. Imagine isso revelando um assassino – disse Clara.

– A verdadeira genialidade dessa velha técnica do açúcar é que ela é sensível ao tempo – explicou Gamache. – Basta uma boa chuva e o açúcar se dissolve, a estátua se fixa em seu pedestal e fica lá para sempre.

– Mas e se não tivesse chovido? – perguntou Peter. – O que aconteceria?

– Era só trazer uma mangueira, simples assim. Colleen poderia ter percebido o açúcar, mas provavelmente não entenderia seu propósito.

– Mas ainda assim, podia não ter sido o Pierre – argumentou madame Dubois. – Qualquer um de nós poderia ter jogado aquele açúcar.

– É verdade. Ele era o mais provável, mas eu precisava de mais. E consegui com Gabri, quando ele nos contou sobre seu nome. Abreviação de Gabriel, claro. Você contou a ele sobre os nomes dos nossos filhos, que também funcionam tanto em francês quanto em inglês.

– Eu me lembro – disse Reine-Marie.

– Isso foi uma pista. Isso e a frase "todo mundo volta para esta semana". Você só "volta" se já for daqui, para início de conversa. David Martin disse ao inspetor Beauvoir que tinha voltado a Montreal algumas vezes. Tinha voltado. Eu achei que ele fosse da Colúmbia Britânica, mas e se ele fosse de Montreal e seu nome fosse *David Martan*? – Gamache disse o nome com a pronúncia francesa. – Quando voltei ao Manoir, uma das ligações que fiz foi para Martin. Ele confirmou que era de Montreal e que um tal François Patenaude esteve envolvido em um investimento seu anterior, que fora desastroso.

Ele contou, então, o que o maître havia dito na cozinha.

Enquanto o chefe falava, Beauvoir viu a chef Véronique parada à porta da cozinha, ouvindo. E de repente soube quem ela era, e por que se importava tanto com ela.

TRINTA E DOIS

A chuva tinha parado, mas a grama estava encharcada. O sol atravessava as nuvens e iluminava o lago, o gramado, o vasto telhado de metal. Com os pés afundando na grama, dois casais e Beauvoir atravessavam o gramado do Manoir em direção ao círculo de cadeiras recém-secas pelos jovens funcionários.

– O que você acha que vai acontecer com o Bellechasse? – perguntou Reine-Marie, segurando a mão do marido, mas se dirigindo a Clara.

Clara fez uma pausa e olhou para trás, para o hotel grande e sólido.

– Isso foi construído para durar – respondeu ela, finalmente. – E eu acho que vai.

– Concordo – disse Gamache.

Elliot Byrne estava no *terrasse*, preparando mesas para o jantar e dando indicações a alguns dos funcionários mais jovens. Ele agia com toda a naturalidade.

– Como você está? – perguntou Reine-Marie a Beauvoir, ao seu lado, que afastava a nuvem de borrachudos que o cercava.

– Você sabia quem ela era? – perguntou ele.

– A chef Véronique? Assim que a vi – respondeu Reine-Marie. – Embora eu a conhecesse por outro nome, ela é inconfundível, mesmo depois de todos esses anos. Eu costumava assistir ao programa dela. Nossos filhos foram criados com aquelas receitas.

– Eu também – disse Beauvoir, e tossiu um inseto. – Desculpa.

Ele sorriu tristemente para madame Gamache.

Os insetos e zumbidos diminuíram, e ele podia novamente sentir o cheiro do Vick Vaporub, o gosto do refrigerante e dos biscoitos. Podia sentir o sofá irregular e o cobertor macio, sua versão mirim febril impossibilitada de ir à escola. Ao lado dele, sua mãe esfregava suavemente seus pés frios, enquanto juntos assistiam a seu programa favorito.

"*Bonjour, mes enfants*", dizia a jovem musculosa usando um hábito de freira. "Que Deus abençoe vocês por se juntarem a mim. Vamos torcer para eu não incendiar a cozinha hoje. A madre superiora ainda está zangada por causa da frigideira que esqueci no fogo na semana passada." E ela ria. Tinha uma risada como uma trompa e uma voz forte.

Soeur Marie Angèle e seu famoso programa de culinária. *Midi Avec Ma Soeur*.

O programa se tornara parte da rotina das jovens mães do Quebec. Algumas assistiam para rir da mulher antiquada, não muito mais velha do que elas próprias, que ensinava a fazer um manjar-branco perfeito, um molho *rouille* ou uma *poire Hélène*. Ela parecia alguém de outra época. Porém, por trás das risadas, havia admiração. Soeur Marie Angèle era uma cozinheira talentosa, que amava o que fazia, e o fazia com humor e animação. Havia nela um quê de simplicidade e determinação, em um Quebec que mudava rapidamente.

Beauvoir podia ouvir novamente a mãe rindo, enquanto Ma Soeur fazia até as receitas mais complicadas parecerem fáceis.

As matrículas em conventos aumentaram, assim como as vendas de seus livros de receitas populares, que traziam na capa aquela mulher simples e feliz e um adorno com baguetes cruzadas.

Como ele podia não ter notado?

Mas também havia algo preocupante naquelas memórias. Então ele se lembrou. O escândalo quando Soeur Marie Angèle de repente largou tudo. Na imprensa e em programas de entrevistas, nas ruas e cozinhas do Quebec, só se falava de um assunto. Por que Soeur Marie Angèle tinha abandonado tudo? Não só o programa, mas a ordem?

Ela nunca respondeu a essa pergunta. Simplesmente pegou suas panelas e desapareceu.

Foi parar no meio da floresta, e ali, Beauvoir sabia, ela finalmente encontrara paz. E amor. E um jardim para cuidar, mel para colher e pessoas para quem tinha prazer de cozinhar.

Era uma vida simples e perfeita. Longe dos holofotes, longe do escrutínio.

Todos os pequenos mistérios preocupantes ficaram claros. Por que aquela chef maravilhosa estava satisfeita no Manoir Bellechasse quando poderia trabalhar no melhor restaurante do Quebec. Por que o Manoir empregava apenas jovens de origem anglófona, de outras províncias.

Para que o segredo dela fosse preservado. Para que sua paz não fosse interrompida. Ninguém reconheceria a chef Véronique como a infame Ma Soeur, que deixara a ordem como um ladrão se esgueirando à noite. E fora para lá, para ser acolhida e protegida pela feroz madame Dubois. Sua nova madre superiora.

– Por que você acha que ela largou a ordem? – perguntou ele a Reine-Marie, enquanto caminhavam.

Ela parou para pensar.

– Depende de em que você acredita – disse ela.

– Em que você acredita?

– Eu acredito que aqui é o lugar dela. Para alguns, imagino, isto seria simplesmente o meio do mato. Você anda três metros na floresta e está perdido. Mas, para outros, aqui é o paraíso. Por que procurar o divino em um convento frio e apertado quando se pode estar aqui? Ninguém vai me convencer de que Deus não habita este lago. – Ela sorriu para Beauvoir. – Não é uma resposta muito original. Mas é a mais simples.

– O manjar-branco das respostas? – sugeriu ele.

Surpresa, ela o olhou e riu.

– Como o próprio Quebec. É só continuar mexendo até virar uma mistura homogênea.

Paraíso reconquistado.

Do outro lado dos jardins, Bean e Marianna estavam brincando. Haviam feito as malas e estavam se preparando para ir embora, depois de mais um voo pelos jardins.

– Mamãe, mamãe, você é o Pegasus. Corre. Voa.

– Pegasus está descansando, querido. Pastando. Olha.

Marianna escavou o chão com seu casco cansado.

Ela guardara todos os relógios de Bean na mala, depois fora ao banheiro para arrumar os produtos de higiene. Quando voltou, para seu desânimo, viu os relógios espalhados mais uma vez pelo quarto.

– O que é tudo isso, Bean? – perguntou ela, tentando soar casual.

Bean fechou a pequena mala, quase vazia.

– Acho que não preciso mais deles.

– Por que não?

– Você vai garantir que eu vou acordar. Não vai?

– Sempre, meu amor – disse Marianna.

E agora ela observava aquela pequena e estranha figura saltitando pelo agradável jardim.

– Acho que até o Pegasus precisa descansar – reconheceu Bean, com as mãos para a frente, segurando as rédeas e inclinando-se para trás e para a frente, estabilizando um poderoso corcel.

Os Morrows e os Gamaches sentaram-se, mas Beauvoir permaneceu de pé.

– Preciso ir para casa. O senhor vai ficar bem? – perguntou ele ao chefe.

Gamache levantou-se e assentiu.

– E você?

– Melhor do que nunca – garantiu Beauvoir, coçando as picadas em seu pescoço.

– Eu levo você até o seu carro.

Gamache tocou Beauvoir no braço e os dois fizeram o trajeto de volta pelo gramado. Lado a lado.

– Uma coisa ainda está me incomodando, e eu sei que está incomodando a agente Lacoste também – comentou Beauvoir, ao se aproximarem de seu veículo.

Lacoste havia acompanhado Patenaude até o quartel-general da Sûreté em Montreal, mas pedira ao inspetor para explicar algo que nem Patenaude fora capaz de responder.

– Por que Julia abriu os braços quando a estátua caiu?

Gamache abriu a porta do carro para seu subalterno.

– Eu não sei.

– Não, de verdade, chefe. Por que ela faria isso? Eu sei que o senhor não tem como saber com certeza, mas qual é a sua opinião? Apenas um palpite.

Gamache balançou a cabeça. Quantas vezes, ele se perguntou, Julia teria imaginado o pai ao seu lado mais uma vez? O pai a abraçando. Quantas vezes, no silêncio, ela teria se permitido imaginar aqueles braços fortes ao seu redor? O cheiro dele, o toque de seu terno? Será que ansiava por isso? Estaria ela ao lado da estátua imaginando o abraço mais uma vez, dois lados reunidos por um perdão? E enquanto ele se movia na direção dela, teria Julia, naquele último momento, confundido a vida real com a saudade?

– Eu não sei – repetiu ele, e caminhou lentamente de volta pelo gramado úmido e perfumado, a mão direita apertada, quase fechada.

– Posso sentar aqui? – Marianna desabou em uma cadeira. – Essa brincadeira do Pegasus é cansativa. Pelo menos Maguila vivia em uma jaula. Muito mais tranquilo.

Bean se juntou a eles, e um garçom, enviado por Elliot, veio perguntar se queriam alguma coisa. Bean e Marianna pediram sopa, e os outros, chá e sanduíches.

Reine-Marie procurou algo na bolsa.

– Eu tenho uma coisa para você – disse ela à criança.

Os olhos de Bean se arregalaram.

– Um presente?

Reine-Marie entregou a Bean um embrulho, e logo a embalagem estava rasgada e Bean encarava a mulher em choque.

– Como você achou?

Bean abriu *Mitos que toda criança precisa conhecer* e, ansiosamente, procurou o capítulo sobre o cavalo voador.

– Myrna? – perguntou Clara, pensando na amiga, dona da livraria de Three Pines.

Reine-Marie assentiu.

– Quais eram as chances de ela ter esse livro? – disse Clara.

– Ah, ela tem tudo – afirmou Peter.

Clara assentiu, mas também suspeitou do que encontraria na frente daquele livro, em letras redondas e infantis. O nome de um garotinho e, talvez, um desenho. De um pássaro sem pés.

– Me conte sobre o Pegasus – pediu Reine-Marie.

Bean recostou-se nela, abriu o livro e começou a ler. Do outro lado da mesa, Marianna soprava suavemente a sopa quente de Bean.

– Por que o senhor disse que não foi prisioneiro?

Gamache tinha levado Beauvoir até o carro e, em seguida, voltou para onde se encontravam os outros. Estava dolorido e queria muito ir para casa, tomar um banho quente e desabar na cama ao lado de Reine-Marie. Mas, enquanto caminhava lentamente de volta, fez uma pausa e mudou de direção.

Seguiu para o cais. Lá, sentou-se ao lado do velho. Agora, parecia natural ficarem lado a lado.

– Eu não fui prisioneiro – disse Finney. – De fato, eu estive em um campo prisional japonês, mas eu não era prisioneiro. Não é questão de semântica, entende? É uma distinção importante. Crucial.

– Eu acredito.

– Eu vi muitos homens morrerem lá. A maioria. O senhor sabe o que os matou?

Fome, Gamache pensou em dizer. Disenteria. Crueldade.

– Desespero – disse Finney. – Eles se viam como prisioneiros. Eu morava com aqueles homens, comia a mesma comida infestada de larvas, dormia nas mesmas camas, fazia o mesmo trabalho extenuante. Mas eles morreram, e eu sobrevivi. Sabe por quê?

– O senhor era livre.

– Eu era livre. Milton estava certo, sabe? A mente é o seu próprio lugar. Eu nunca fui um prisioneiro. Nem antes, nem agora.

– Que contas o senhor faz quando vem aqui? Sei que não conta pássaros, e não acho que conte dinheiro.

Finney sorriu.

– O senhor sabe o que o dinheiro compra?

Gamache balançou a cabeça.

– Eu sou contador, e passei a vida toda contando dinheiro e observando as pessoas que o possuem. Sabe o que eu percebi? Sabe a única coisa que o dinheiro realmente compra?

Gamache esperou.

– Espaço.

– Espaço? – repetiu Gamache.

– Uma casa maior, um carro maior, um quarto de hotel maior. Passagens de avião de primeira classe. Mas nem sequer compra conforto. Ninguém reclama mais do que os ricos e os privilegiados. Conforto, segurança, tranquilidade. Nada disso vem com o dinheiro.

Ele começou a se afastar do cais, os pés fazendo um ligeiro eco.

– Seu pai foi um herói, sabe? Ele teve a coragem de admitir que estava errado. E de mudar. Ele odiava violência, odiava matar. É interessante que o filho dele tenha uma carreira levando assassinos à justiça. Mas tenha cuidado, jovem Armand. A cruz dele não é sua. O senhor não precisa vingar cada morte.

– Não é a morte que me deixa zangado – disse Gamache. – É o sofrimento. Ele também enfurecia meu pai. Não considero isso uma cruz, nem um fardo. Talvez seja um traço de família.

Finney o observou com atenção.

– O senhor me perguntou o que eu conto todas as noites e cada manhã. O que contei todos os dias na prisão, enquanto homens melhores enfraqueciam e morriam. Sabe o que eu conto?

Gamache ficou parado, caso algum movimento assustasse o homem e ele nunca obtivesse a resposta. Mas sabia que não precisava se preocupar. Aquele homem não tinha medo de nada.

– Eu conto tudo o que tenho a agradecer.

Ele se virou e viu Irene no *terrasse*, como se tivesse sentido a presença dela ali.

– Todos nós somos abençoados e todos nós passamos por frustrações, inspetor-chefe – disse Finney. – Todos os dias, cada um de nós faz suas contas. A questão é: o que contamos?

O velho colocou a mão na cabeça e tirou o chapéu, oferecendo-o a Gamache.

– Não, por favor, fique com ele – disse Gamache.

– Eu já tenho idade. Não vou precisar dele de novo, mas o senhor vai. Para se proteger.

Finney lhe devolveu o chapéu, o mesmo que Gamache tinha comprado no dia em que comprara um para Reine-Marie, depois que ela tivera câncer de pele. Para que ela não se sentisse boba em seu enorme chapéu protetor. Eles seriam bobos juntos. E ficariam seguros juntos.

– O senhor conhece as Ilhas Marianas? São o local de onde as tropas americanas partiram para libertar a Birmânia.

Finney parou, então olhou para as quatro cadeiras, numa das quais estava uma mulher e uma criança, ambas muito diferentes dos outros Morrows.

— Agora, eu queria contar uma história a você — disse Reine-Marie, quando Bean terminou animadamente de explicar aos adultos sobre Pegasus. — É sobre Pandora.

Ao lado dela, Peter fez menção de se levantar.

— Não preciso ouvir isso de novo.

— Vamos, Peter, fique — disse Clara, pegando a mão do marido.

Ele hesitou, mas voltou a se sentar, contorcendo-se na cadeira, incapaz de ficar confortável. Seu coração se acelerava à medida que ouvia aquela história conhecida. Mais uma vez, ele estava no sofá de casa, lutando para encontrar e manter seu espaço ao lado dos irmãos, se esforçando para não ser jogado para fora. E do outro lado da sala estava sua mãe, aprumada, lendo enquanto o pai tocava piano.

— Essa é para o Peter — dizia ela, e os outros davam risadinhas.

E ela contava sobre Pandora, que vivia no Paraíso, um mundo sem dor nem tristeza, sem violência ou doença. Então, um dia, Zeus, o maior dos deuses, deu um presente a Pandora. Uma caixa magnífica. A única condição era que ela nunca deveria ser aberta. Todos os dias, Pandora era atraída para a caixa, e todos os dias ela conseguia ir embora, lembrando-se do aviso. *Nunca deve ser aberta*. Mas, um dia, a tentação foi demais e ela abriu a caixa. Só um pouquinho. Mas foi o suficiente. Foi demais.

Dela, voou todo tipo de horror. Ódio, calúnia, amargura, inveja, ganância, doença, dor, violência — todos gritaram e escaparam para o mundo.

Pandora fechou a caixa, mas era tarde demais.

Peter se contorceu em sua cadeira, sentindo o pânico subir pelo corpo feito uma colônia de formigas, assim como se contorcia no sofá, seu irmão e as irmãs beliscando-o para que ficasse quieto. Mas ele não conseguia.

E não conseguia naquele instante também. Seus olhos caíram sobre a coisa branca e brilhante sob a sombra perene da nogueira-preta, a árvore que mata. E Peter sabia que, embora Gamache pudesse achar o contrário, aquela caixa tinha se aberto por conta própria. E grandes horrores haviam sido libertados. A caixa inclinara seu pai e o deixara cair sobre Julia. Esmagando-a. Matando-a.

Ele ouviu a voz de Reine-Marie novamente.

– Mas nem tudo escapou. Algo ficou guardado no fundo da caixa.

Os olhos de Bean estavam arregalados. Peter parou de se contorcer e prestou atenção.

Havia restado algo na caixa? Isso era novo. A mãe dele nunca tinha mencionado esse fato.

– No fundo, por baixo de tudo, uma coisa ficou parada e esperou. Não fugiu.

– O que era essa coisa? – perguntou Bean.

– A esperança.

– Aqui, deixa que eu ajudo – disse Peter, pegando a mala da mãe.

– Bert pode fazer isso, ou um dos porteiros.

– Eu sei que eles podem, mas eu quero fazer.

– Fique à vontade.

Ele levou a mala dela para fora. Thomas e Sandra estavam indo embora, sem se despedir. Thomas chegou a buzinar. Para dizer adeus, ou para mandar Peter sair da frente?

– Bert está trazendo o carro – disse a Sra. Finney, olhando para a frente.

– Você vai ficar bem?

– Claro que vou.

– Sinto muito pela frase no banheiro, mãe. Eu nunca devia ter feito aquilo.

– Isso é verdade. Foi uma coisa terrível.

Peter esperou o "mas".

Irene Finney esperou o carro. Por que Bert estava demorando tanto? Ele havia implorado a ela, no quarto, enquanto faziam as malas, para contar tudo aos filhos. Para explicar por que ela nunca os segurava, nunca os abraçava. Nunca dava ou aceitava beijos. Especialmente beijos. Que explicasse a dor da neuralgia, que qualquer toque, mesmo o mais leve, era excruciante.

Ela sabia o que todos pensavam. Que ela era fria. Sem sentimentos. Mas a verdade é que ela sentia demais. Muitíssimo.

Mas ela fora criada para nunca admitir problemas, fracassos, sentimentos.

Ela olhou para Peter. Segurando sua mala. Abriu a boca, mas o carro apareceu naquele instante. Ela se afastou daquele vazio.

– Aí está ele.

Sem olhar para trás, ela entrou no carro e foi embora.

Não se pode comprar leite em uma loja de ferragens.

Marianna tinha contado a Peter sobre o bilhete que o pai lhe deixara. *Talvez*, pensou Peter, *se colocássemos todas as nossas frases juntas, o código ficasse completo*. Então ele sorriu e balançou a cabeça. Velhos hábitos. Não havia código, e ele já tinha uma resposta.

O pai o amava.

Vendo sua mãe desaparecer na floresta, ele se perguntou se poderia acreditar que ela também o amava. Talvez um dia, mas não agora.

Ele voltou para Clara, sabendo que nem tudo tinha escapado. Ainda restava algo.

Reine-Marie encontrou o marido no cais, novamente com seu chapéu de abas largas, as calças enroladas e os pés metidos na água fria.

– Eu quase te perdi hoje, não foi? – perguntou ela, sentando-se ao lado dele, sentindo o cheiro de água de rosas e sândalo.

– Nunca. Assim como o Manoir, eu fui feito para durar.

Ela sorriu, deu um tapinha na mão dele e tentou não pensar mais naquilo.

– Finalmente consegui falar com Daniel em Paris – contou Gamache. – Eu me desculpei.

E fora de coração.

– Eu disse a ele que, se quisesse chamar o filho de Honoré, tinha a minha bênção. Ele estava certo. Honoré é um bom nome. Além disso, o filho dele vai trilhar o próprio caminho. Que nem Bean. Achei cruel dar esse nome a uma criança, achei que isso ajudava a explicar sua infelicidade. Mas Bean não é nem um pouco infeliz.

Ele fez uma pausa.

– É incrível saber que seu filho tem mais coragem do que você – admitiu.

– Ele puxou ao pai.

Eles olharam para o lago, perdidos em pensamentos.

– Em que você está pensando? – perguntou ela baixinho, depois de alguns instantes.

– Estou contando tudo o que eu tenho a agradecer – sussurrou ele, olhando para a esposa. – Daniel me disse outra coisa. Eles descobriram hoje o sexo da criança e decidiram que nome dar a ela.

– Honoré?

– Zora.

– Zora – disse Reine-Marie.

Ela estendeu a mão e, juntos, eles fizeram suas contas.

Levaram um bom tempo.

AGRADECIMENTOS

Preciso agradecer a algumas pessoas por este livro. O primeiro e mais importante, como sempre, é meu amável e atencioso marido, Michael. Demorei muito mais do que deveria para perceber que Armand Gamache não é simplesmente meu marido fictício, ele é meu marido de verdade. De fato, sem perceber, baseei o inspetor-chefe Gamache em Michael. Um homem que sabe ser feliz e que reconhece as grandes alegrias porque conheceu as grandes tristezas. E, principalmente, que sabe diferenciá-las.

Também gostaria de agradecer a Rachel Hewitt, que faz a curadoria da coleção de esculturas na Royal Academy, em Londres.

A Hope Dellon da St. Martin's Press/Minotaur Books, e Sherise Hobbs, do grupo Headline, que são meus editores e trabalharam para fazer deste livro o que ele é. Tenho para com eles uma dívida enorme e, também, para com a agente mais maravilhosa do mundo, Teresa Chris. Uma mulher muito sábia.

Devo muito a Lise Page, minha assistente, que cuida, com toda a paciência, dos jardins no verão e de nós no resto do ano. Tudo o que ela toca floresce. E ela raramente sente necessidade de usar fertilizante.

E finalmente Jason, Stephen e Kathy Stafford, que possuem e administram o Manoir Hovey na vila de North Hatley, no Quebec. O hotel Manoir Bellechasse é inspirado no Manoir Hovey e nos muitos dias e noites maravilhosos que passamos lá. Se você ler este livro e, em seguida, visitar Hovey, vai notar que ele está longe de ser uma réplica exata – do hotel em si ou do lago. Mas espero ter pelo menos capturado a atmosfera do lugar. Na verdade, Michael e eu o amamos tanto que nos casamos na pequena igreja anglicana de North Hatley, há muitos anos, e depois tivemos uma festa de casamento de dois dias no Hovey.

Uma verdadeira bênção.

Embora, como Stephen já observou, eles felizmente não tenham a quantidade de moscas-negras que existem no fictício Manoir Bellechasse. Nem, deve-se dizer, a mesma quantidade de assassinatos.

Leia um trecho de

REVELAÇÃO BRUTAL

o próximo caso de Armand Gamache

UM

– Todos eles? Até as crianças?

A lareira crepitava, estalava, engolindo o arquejo dele.

– Assassinados?

– Pior que isso.

Fez-se um silêncio. E naquela quietude vivia tudo que poderia ser ainda pior que assassinato.

– Eles estão aqui perto?

Ele sentiu um arrepio percorrer a espinha ao imaginar algo terrível se esgueirando pelo bosque. Vindo na direção deles. Olhou em volta, quase esperando que olhos vermelhos os observassem pelas janelas escuras. Ou nos cantos, ou debaixo da cama.

– Eles estão por toda parte. Você não viu a luz no céu à noite?

– Pensei que fosse a aurora boreal.

Tons de rosa transmutando-se em verde e branco, fluindo em meio às estrelas. Como algo vivo, que brilhava e crescia. E se aproximava.

Olivier Brulé baixou o olhar, sem conseguir mais fitar os olhos perturbados e lunáticos à sua frente. Não era de hoje que convivia com aquela história, e seguia dizendo a si mesmo que não era real. Era um mito, uma história contada, recontada e aprimorada com o passar dos anos. Ao redor do fogo, exatamente como eles faziam naquele momento.

Era só uma história, nada mais. Uma historinha inocente.

Mas, naquela cabana simples de madeira nas profundezas da mata quebequense, parecia mais do que isso. Até Olivier sentiu que acreditava. Talvez porque o Eremita nitidamente acreditasse.

O velho estava sentado em uma poltrona entre a lareira de pedra e Olivier. Olivier olhou para o fogo, que ali ardia havia mais de uma década. A velha chama imortal resmungava e estalava na lareira, iluminando a cabana suavemente. Ele cutucou as brasas com o atiçador de ferro simples, lançando faíscas pela chaminé. A luz das velas cintilava nos objetos brilhantes como olhos encontrados pelas chamas na escuridão.

– Não vai demorar muito.

Os olhos do Eremita brilhavam como metal em ponto de fusão. Ele havia se inclinado para a frente, como sempre fazia quando contava aquela história.

Olivier examinou o quarto de solteiro. A escuridão era quebrada por velas bruxuleantes que lançavam sombras fantásticas e grotescas no ambiente. A noite parecia ter se infiltrado pelas frestas entre as toras de madeira e se instalado na cabana, se aninhando nos cantos e debaixo da cama. Muitos povos originários acreditavam que o mal vivia nos cantos, por isso suas casas tradicionais eram arredondadas – ao contrário das moradias quadradas que o governo lhes dera.

Olivier não acreditava que o mal vivesse nos cantos. Não mesmo. Pelo menos não à luz do dia. Mas acreditava que havia coisas à espreita nas profundezas daquela cabana, coisas que só o Eremita conhecia. Coisas que faziam o coração de Olivier disparar.

– Continue – incentivou ele, tentando manter a voz firme.

Já era tarde, e Olivier ainda tinha uma caminhada de vinte minutos pela floresta até Three Pines. Era um trajeto que ele percorria a cada quinze dias e que conhecia bem até no escuro.

Ou melhor, apenas no escuro. Aquele era um relacionamento que só existia ao anoitecer.

Eles estavam bebendo chá preto. Uma gentileza, Oliver sabia, reservada para o convidado de honra do Eremita. Seu único convidado.

Mas estava na hora da história. Eles se aproximaram do fogo. Era início de setembro, e um ventinho frio havia se infiltrado junto com a noite.

– Onde eu estava mesmo? Ah, sim. Lembrei.

Olivier apertou ainda mais a caneca quente entre as mãos.

– A força terrível destruiu tudo que viu pela frente. O Mundo Velho e o Novo. Tudo se foi. Com exceção...

— Do quê?

— Restou um pequeno vilarejo. Como ele está escondido em um vale, o exército sombrio ainda não encontrou o povoado. Mas vai. E quando isso acontecer, o grande líder deles estará à frente do exército. Ele é imenso, maior do que qualquer árvore, e usa uma armadura de pedras, conchas espinhosas e ossos.

— Caos.

A palavra saiu em um sussurro e se dissipou na escuridão, onde se enroscou em um canto. E esperou.

— Caos. E as Fúrias. Doença, Fome e Desespero. Todos rondando. Buscando. E nunca vão parar. Nunca. Até que eles encontrem...

— A coisa que foi roubada.

O Eremita assentiu, o rosto sério. Ele parecia estar vendo a matança e a destruição diante de si. Os homens, as mulheres e as crianças fugindo daquela força impiedosa e desalmada.

— Mas o que foi roubado? O que poderia ser tão importante a ponto de fazer o exército destruir tudo só para recuperar?

Olivier se forçou a não desviar o olhar do rosto marcado do velho. A não deixar que fossem para a escuridão, para as profundezas e para a coisa que ambos sabiam que estava ali, em seu pequeno saco de lona. Mas o Eremita parecia ler a mente dele, e Olivier viu um sorriso malévolo surgir no rosto do velho. E logo desaparecer.

— Não é o exército que quer isso de volta.

Os dois viram a coisa que pairava atrás do terrível exército. A coisa que até o Caos temia. Que impelia o Desespero, a Doença e a Fome com um único objetivo: encontrar o que havia sido tirado de seu mestre.

— É pior que assassinato.

Eles conversavam em voz baixa, baixíssima. Pareciam conspiradores de uma causa já perdida.

— Quando o exército enfim encontrar o que está procurando, vai parar e abrir passagem. Então vai vir a pior coisa que se pode imaginar.

Eles ficaram em silêncio de novo. E naquela quietude vivia a pior coisa que se podia imaginar.

Do lado de fora, um bando de coiotes uivou. Tinham encurralado alguma criatura.

Mito, isso é só um mito, tranquilizou-se Olivier. *É só uma história.* Ele olhou para as brasas de novo, para não ver o terror no rosto do Eremita. Então consultou o relógio, inclinando o vidro para a lareira até que o mostrador brilhasse na luz alaranjada e lhe informasse as horas. Duas e meia da manhã.

– O Caos está vindo, meu amigo, e ninguém pode impedir. Ele demorou um bocado, mas finalmente chegou.

O Eremita aquiesceu, seus olhos marejados e remelentos, talvez devido à fumaça da lareira, talvez por alguma outra coisa. Olivier se recostou, surpreso ao sentir o corpo doer de repente, do alto de seus 38 anos, mas então percebeu que estivera tenso durante toda aquela história horrível.

– Desculpa, mas está ficando tarde, Gabri vai ficar preocupado. Eu preciso ir.

– Mas já?

Olivier se levantou e lavou a caneca, jogando água fresca na pia esmaltada. Em seguida, retornou ao quarto.

– Volto em breve – garantiu, sorrindo.

– Deixa eu te dar uma coisa – disse o Eremita, dando uma olhada ao redor.

Os olhos de Olivier foram direto para o canto onde estava o saco de lona. Fechado só com um pedaço de barbante.

O Eremita riu baixinho.

– Um dia, quem sabe, Olivier. Mas não hoje.

Ele foi até a lareira talhada à mão, pegou um pequeno item e o entregou ao belo homem louro.

– Pelas compras – explicou, apontando para as latas, o pão, o queijo, o leite, o chá e o café no balcão.

– Não, imagina. É um prazer – respondeu Olivier, mas os dois já conheciam aquele jogo, assim como sabiam que ele acabaria aceitando a pequena oferta. – *Merci* – disse afinal, da porta.

Do bosque, ouviu-se uma corrida aflita – a criatura que tentava escapar de seu destino e, logo atrás, os coiotes que tentavam selá-lo.

– Tome cuidado – disse o velho, examinando rapidamente o céu.

Antes de fechar a porta, ele sussurrou uma única palavra, que logo foi devorada pela mata. Olivier se perguntou se o Eremita estava se benzendo e murmurando orações do outro lado da porta, que era grossa, mas talvez não o suficiente.

Ele se perguntou se o velho acreditava nas histórias daquele grandioso e sombrio exército, com as Fúrias e a ameaça do Caos. Inexorável, implacável. Iminente.

E, atrás deles, algo mais. Algo indescritível.

Ele se perguntou, ainda, se o Eremita acreditava nas preces.

Olivier acendeu a lanterna e esquadrinhou a escuridão. Troncos de árvores cinzentos o rodeavam. Ele foi iluminando alguns pontos, tentando encontrar a trilha estreita na floresta de fim de verão. Assim que a encontrou, apertou o passo. E, quanto mais se apressava, mais assustado ficava, e quanto mais medo sentia, mais corria, até que começou a tropeçar, perseguido por palavras sombrias na floresta sombria.

Finalmente irrompeu por entre as árvores e parou, cambaleando, as mãos nos joelhos dobrados, ofegante. Então, endireitando-se devagar, olhou para o vilarejo lá embaixo, no vale.

Three Pines dormia, como sempre parecia fazer. Em paz consigo e com o mundo. Alheia ao que acontecia ao seu redor. Ou talvez ciente de tudo, mas escolhendo ficar em paz assim mesmo. Luzes suaves brilhavam em algumas janelas. Casas antigas e discretas traziam as cortinas fechadas. O perfume doce das primeiras lareiras do outono flutuava até ele.

E bem no centro do pequeno vilarejo quebequense havia três grandes pinheiros, feito vigias.

Olivier estava a salvo. Então tateou o bolso.

O presente. O modesto pagamento. Havia deixado para trás.

Praguejando, virou-se para a floresta que havia se fechado atrás dele. E pensou de novo no pequeno saco de lona no canto da cabana. A coisa com a qual o Eremita o havia provocado, que havia prometido e estendido a ele. A coisa escondida, de um homem que se escondia.

Olivier estava cansado, farto e com raiva de si mesmo por ter perdido o berloque. E com raiva do Eremita por não ter dado a ele a outra coisa. A coisa que, àquela altura, ele já merecia.

Ele hesitou, depois se virou e mergulhou de volta na floresta, sentindo o medo crescer e alimentando a própria raiva. E, conforme andava e, depois, corria, uma voz o seguia, açoitando suas costas. Impulsionando-o.

– O Caos está aqui, meu amigo.

CONHEÇA OS LIVROS DA SÉRIE

Natureza-morta
Graça fatal
O mais cruel dos meses
É proibido matar

Para saber mais sobre os títulos e autores da Editora Arqueiro,
visite o nosso site e siga as nossas redes sociais.
Além de informações sobre os próximos lançamentos,
você terá acesso a conteúdos exclusivos
e poderá participar de promoções e sorteios.

editoraarqueiro.com.br